ハヤカワ文庫JA
〈JA1413〉

ペ ニ ス

津原泰水

JN003521

早川書房
8463

ペニス

登場者――管理人、薔薇色の君、彼、小説家、本多恵子、眼鏡のホームレス、電器店の店主とその息子、N、ディキシー、テノール、ウッチェロ、八百屋の男、皆川美乃莉、ホームレスの女、張本すなお、横井昭、横井和代、隻腕の青年、所長、石見、ジミニー・クリケット、監視係の店員、ピョートル・イリイチ・チャイコフスキーなど。

舞台――井ノ頭恩賜公園とその周辺、および管理人の記憶と夢想。

A

1

脱ぎやすそうな衣装だった。袖《そで》なしのチュニックと腰にぶらさがった幅のない巻きスカートの間に、黄色い腹部が覗いている。

「こんにちは」と女が会釈《えしやく》をすると、それまで縦長に見えていた臍《へそ》がいびつな十字形に変わった。

「こんにちは」とわたしも云って左の壁ぎわに身を寄せた。異様に高い背もたれのほかは病院の待合室に並んでいるものそっくりな黒い合皮張りの長椅子が、ぎこ、と大きく呻《うめ》いた。前の長椅子との間の小さなテーブルに、喫茶店のメニューのように置かれた客に対する注意書きの札の一項を思いだし、わたしは姿勢を前傾させた。曰く、

お客様各位

以下の行為に対しては罰金のうえご退出いただく場合がございます

一、女の子を他店に引き抜くこと

一、女の子を店外でのデートに誘うこと

一、サービス中の喫煙

一、サービス中の女の子を押さえつけること

一、椅子を倒して後ろのお客様に迷惑をかけること

いくら天井でミラーボールが廻っているとはいえ、立札の字が苦もなく読めるのだから、店内は暗いようでいて、そのじつ曇りの昼間、薄手のカーテンを引いた室内程度には明るい。まるで真っ暗な気がするのは、壁も天井もインテリアも黒一色であるためだ。闇ではない。わたしは闇にいるのではない。女が無造作に腰をおろすと、黒い長椅子がまた違った感じの音をたてた。こういう現実そのものの音というのは肉体に直接響いて、無暗《むやみ》な音量で店内を席捲《せっけん》しているダンス音楽にも本質が損なわれない。かつて音楽は、むしろこの長椅子の呻きに近かった。現実を超えた現実で、レコード盤はその姿絵だった。だから盤からして高価であったにもかかわらず、それで音楽を愉しむという行為には自瀆《じとく》に似た敗北感がつき纏《まと》った。デジタルディスクに封じ込められた音楽は洗剤やティッシュペーパーと同価だから、ただ消費して忘れ去るのを躊躇《ちゅうちょ》したり恥じ入る者はない。今やコンサート

に出掛けることは洗剤をバーゲンセールで大量に買いこむに等しい。それ以上のなにかを期待して出掛けていく客はいないし、演奏者も洗剤以上のものでは商売になるまいと諦めている。クラシックにおいてさえ。

女の小さな手がテーブルに伸びて、よほどはにかんでいるかのようにてきぱきと、注意書きの札とステンレスのコップと灰皿をわたしの側に移動させ、できた空間におしぼりを山積みにしたトレイと薄荷《はっか》たばこの箱が入った透明のポウチを置く。わたしは頭を傾けて女の表情を窺った。女はわたしを見ていない。わたしになんの興味も抱いていない。横顔は、入口の壁のホルダーに収まったポラロイド写真で眺めたように淡くも、背景に滲んでもいなかった。写真の女は正面を向いて軽く口許をほころばせていたが、いま隣に坐っている女はわたしに横顔しか向けようとしないし、笑ってもいない。美しくもない。目は小さくて左右に離れ過ぎているし、鼻は尖った鷲鼻だし、肌は黄緑色に沈んでいる。手入れの行き届いた長い髪が発する滑らかな光沢が、それらに不相応でかえって哀れっぽい。本当に写真と同じ女なのだろうか。わたしが番号を不明瞭に発音したから、違う女が来てしまったのではないだろうか。だとしたら正しい女と替わってもらう必要がある。そうしなければ指名料を払った意味が失われる。わたしは首を伸ばして、なにも見えておらず、また見えたところで興味などないといった素振りで通路を行き来している、監視役の店員を目で追った。ここの店員はみな判で捺《お》したがごとくボーイ姿に不釣合な長髪をし、耳飾りをさげ、白シャツの袖口からは重たげな時計やブレスレットを覗かせている。監視係がわたしの視線に気づく。近づいてきて、会話の許可を請うように姿勢を屈めた。視点のよく定まらない、軽度の狂気を感じさせるふたつの目が、未知のトラブルへの期待で青白く輝いている。怖気づいたわたしは掌を上げてかぶりを振った。ち、と男は舌を鳴らして席を離れていった。

「どうしたの」女がそっぽを向いたままで云う。

「いや。向こうの勘違いだ」わたしは答えた。

べつにどんな女でもよかった。なのに入口のところで待ち構えていた店員が、それが入店の条件であるかのように指名を訊ねてきたから、わたしは慌てて、びっしりと壁面に並んだポラロイド写真のなかから目の高さにあった一枚を選んで指示した。店員は苦笑した。上にリボンが付いている子が、いま出勤してる子なんですが。

わたしが指差している写真にはリボンが付いていなかった。リボンの付いた写真は全体の半分もなかった。なぜそう最初に説明しないのかと内心腹を立てながら、写真を選びなおした。同じ衣装をつけ同じような髪型をして同じような微笑を泛べている女たちのあいだに差異を見つけるのは難しく、時間がかかった。ここ、ここ、と床を叩く音がするので、自分の二の腕のなにかに気づいたふりをして店員の足許を見ると、片方の踵を上げてしきりに貧乏揺すりをしている。わたしは鬢《びん》に汗をかきはじめた。なんとなく目についていた二枚のうち、全体が淡い調子に見えるほうの番号を云った。

……さんですね、ええと、と店員は受付に置かれたノートを捲った。二十分ほどお待ちいただきますが。

……さん。いったいなんと云っただろう。忘れてしまった。写真の下の余白に女の自筆で書きこまれていた二文字の名前だ。指名料と称して、料金表にある金額のほかに千円を余計に払わされた。衝立で仕切られた待合の空間で、実際は三十分以上待たされた。わたしはずっとテレビを見つめていた。見知らぬ芸能人たちが海外で、与えられた予算になるたけ近づくように、かといって超えぬようにしながら、買いものを楽しむという番組だった。

「このお店は初めてですか」……がまたそっぽを向いたまま訊ねる。

「いや、何年か前に」と答えるが、確信はない。並びの、似たような店だったという気もする。この種の店というのは頻繁に名前や内装を変えてしまうから、毎週のように通いつめる気がないかぎり記憶していても意味がない。

「じゃあわたし、まだ高校生だ。中学だったりして」

「いまいくつ」

「二十歳」女は躊躇なく答えた。わたしの短い質問の語尾が掻き消えたほどの迅速さだった。そう答えることに慣れきっているようだ。どのくらいの誤差を含んだ二十歳なのかは見当をつけかねた。女の肌に、二十歳前の人間によくある、あの今しも小爆発を起こして周囲に体液を撒きちらしそうな生生しさは見受けられないが、口調はまさしくその年代のものだ。舌足らずに発語する癖がついているため、膨らんだ舌の根に口腔の奥が圧迫されて声がうまく鼻孔に抜けない。鼻孔に抜けない声というのはふしぎと胸にも響かず、咽ばかりが振動して、ぼわんとした締まりのない声質になる。本当に二十歳か、ことによったら十代であることが知れると面倒が起きかねないので多目に鯖《さば》を読んでいるのかもしれない。この新しい仮定により生じた遥かな星霜の心象は、わたしの心にむしろ落ち着きをもたらした。

わたしは五十歳だ。少年の頃、三十年、五十年という歳月は、あたかも無限の綴り換えのように感じられていた。ところが面白いことに五十歳の今でも、同じ期間がやはり悠久と感じられる。未知が忘却にすり替わったに過ぎない。もし女が三十五歳であると答えたなら、わたしは激しく動揺したかもしれなかった。五十歳のわたしが直感できる若さの最下限がそのあたりだからだ。十五年ぶんの距離。人間の脳が面倒な手続きを踏まずに目測できる最長の時間が、だいたいこの十五年ではないかとわたしは考えている。十年を目測するのは容易《たやす》い。四十歳のときのわたしの意識と今のわたしの意識とのあいだに断絶はない。なだらかな連続体だ。未来の、六十歳の自分に対してもわたしは同じ連続性を感じることができる。その頃の心理状態を容易に模擬して、感情移入できる。むろん、まだ生きている場合についてだけだが。では二十年という時間ではどうか。今のわたしは三十歳の、あるいは七十歳のわたしと連続しているか？　即座には答えがたい。三十歳のわたし。まるきり別人格について語っているような感覚があるが、別人格であるという確信もない。本当に今の自分と連続した存在であったことを確認するためには、いったん四十歳あたりの自分にキャンプを張って、そこからさらに過去方向を双眼鏡で眺めなくてはならない。もしレンズ越しになだらかな連なりだけが観察できたなら、三十歳から五十歳までのわたしは連続体であると証明されることになるが、こうなるともう実感としての連続ではない。感覚的には断絶に等しい。二十年は、つまり長過ぎる。そこで今度はキャンプ地を、十年前の地点からすこしずつ遠ざけてみる。十一年前の、十二年前の、十三年前の、十四年前の、十五年前の、孤独や憤怒や悲嘆や倦怠や、絶望に思いを馳せてみる。すると十六年か十七年前あたりから途端に、記憶同士の距離関係がきわめて曖昧《あいまい》になっていることに気がつく。時期からいって関連しているはずのない記憶が隣接し合い、天体図上の星座のごとく意味ありげな図形を成して、平べったく点在しているだけだ。そのあたりが正常な時間感覚の限界、わたしの時間宇宙の果てというわけだ。十五年だ。さきは星座だ。三十五歳より遥かに幼いには違いないこの……もまた、わたしにとっては夜の星座の眷属《けんぞく》だ。あるいはナスカの地上絵。あるいはアンコール・ワット。あるいは象の墓場。あるいはニューヨーク五番街の有料便所。あるいはモナコ・グランプリ。あるいは屋内スキー場。あるいは国立公文書館。なんでもいい。そのようなものだ。

「たばこ、吸ってもいい？」ナスカの地上絵がわたしに訊ねる。

「どうぞ」

彼女はポウチからたばこと使い捨てのライターを引っぱり出した。

「きょうは、お仕事は？」と云いながらたばこに火を点け、煙を吐いて、「お休み？」

「勤務中だよ」

ぬへへへ、といった恐ろしく下卑た笑い声をあげて、彼女が初めてまともにわたしの顔を見る。「サボり？」

わたしは丁寧に頷いた。「勤務中だというのにここにいる。つまりサボりだ」

「仕事なに？」

「指揮者」

わたしはあまり嘘をつかないが、職業に関してはそのかぎりではない。もしも相手が義理堅い人間で、わたしの職場の近くまで来たから挨拶をしていこうという気を起こしたとして、こちらとしては必ずしもそれを歓迎できないからだ。わたしはわたしなりに職場での時間を大切にしているのだが、職場の性質上、人の来訪を断るということができない。かつて、義理堅き、暇多き人人との稀なる出合いが重なって、管理所とその周辺が彼らの社交場と化してしまったことがあった。わたしに会いたいわけでもないのに通ってきて互いに待ち合わせ、顔を合わせたら合わせたで日がな一日、みなで目につく範囲に留まっているものだから、わたしの精神はすっかり疲弊してしまった。集まりは結局、彼らのうち長老格であったふたりが相次いで入院して亡くなるまで、一年半ものあいだ雨の日も風の日も続いた。

偽って云う職業はそのときどきによって異なる。無難に現実とのぶれの少ない職業を選ぶこともあるし、突飛な職業を云って相手が二の句を継げられなくしたりもする。きょうは指揮者でいこうと、出掛けるまえ管理室で、ストコフスキーが振った《イタリア奇想曲》を聴きながら決めていた。

「指揮者ってオーケストラの？」

「オーケストラだね」

「有名なとこ？」

「いや。わたしの顔だって知らないだろう」

「知らない。でもマエストロって顔してる」と象の墓場から、まさに伊語が出てきたことにわたしは驚いた。顔の下方を被った髯《ひげ》と、相殺するように近年とみに乏しくなってきた髪の毛の印象を述べているに過ぎないとはわかっていたが、むろんわるい気はしない。

「音楽は好きかい」

……は顎を上げて、「こういうのは、あまり聴かないけど」

「どういうのを聴くんだ」

「家で聴くのは、美空ひばりか都はるみ」

「いいね」わたしは頬を弛ませ、テーブル上の、表面にびっしりと汗をかいたステンレスのコップに手を伸ばした。薄く色のついた液体に、だいぶ小さくなった氷がふたつみっつ浮かんでいる。せめて安ウィスキーの水割りであることを期待したのだが、唇を浸してみると市販の烏龍茶だった。「若いのに筋がいい。ところで、この店はビールは出さないの」

「ないのよ。六時前はすけべだけなの」

「そう」わたしは頷き、烏龍茶のコップをテーブルに戻した。アルコールへの依存症傾向のある肉体がアルコール分を含まない飲みものに対して感じる負荷というのは、子供の咽が酒に対して感じる負荷に近い。わたしの場合、負荷をあまり感じないで済むのは濃いコーヒーと蕎麦《そば》湯くらいのものだ。それから意外と牛乳も楽に飲める。ただし後で腹をくだしてしまうから、一日にグラス半分が限度だ。場に飲めるものがないとわかると、店に足を踏み入れる瞬間ひらりと風化した悔恨のように頭の後ろを過っていった枯渇感が、今度は背後からがっちりと頸筋をつかんできた。息を吐き、目を閉じ、下顎の内側に溜まっていた唾液を舌先で味わい、吸い上げて嚥下《えんげ》した。唾液も飲むのは楽だ。顔の前で空気が動いた。香料が混じりあった明るいにおいがした。早くもわたしが会話に飽きてしまったのだと……が誤解して、作業の準備を始めたのである。彼女の姿をいったん瞼に思い描いてから目を開いた。想像図よりだいぶわたしから距離を置いていたものの、チュニックはすでに脱ぎ捨てていた。こちらを向いて座面に片手と両膝をついた。長椅子がまた短い旋律を奏でた。左右に離れ気味の大きな乳房が鎖骨の向こうに吊りさがっている。乳暈《にゅううん》の広さにわたしは目を瞠《みは》り、内心感嘆した。その広大なこと、もしも乳房を正面から写真に取ったら、縦割りにした茹で玉子の切断面とほぼ相似形であることは疑いない。乳房に乳暈がかかっているというよりも、これはもはや薔薇色の乳房である。ブラヴォ。

「始めますね」

「いや、もうすこし話そう」

「時間なくなるよ」

「もうすこしだけ」

薔薇色の君の溜息はわたしの咽をくすぐった。彼女は軀を起こし、背後に置いたチュニックをつかもうとした。

「脱いだままで」

彼女は眉をひそめた。そしてわたしを見返した。「あたしだけ脱いでて恥ずかしいじゃん。おじさんもパンツ下ろして」

「わかった」と、スラックスのベルトを外しジッパーを開き、腰を浮かせてトランクスと一緒に膝まで下ろす。「これでいいかね」

んふふ。彼女はだらしない咽声で笑い、わたしの肩に縋《すが》りついてきた。たばこ臭の背後にうがい薬かなにかの薄荷臭がし、さらに背後には酸っぱいような口臭がある。しかしいずれも不快ではなかった。彼女は唇を尖らせて、ち、ち、とわたしの頬に不器用なキスを降らせた。股間に冷たいものが接した。驚いて見おろすと、拡げたおしぼりが押しつけられていた。「すぐできるようにね」

わたしの陰茎をおしぼりごと握って引っぱり、また握っては引っぱる。お蔭で包皮がすっかり亀頭に被さってしまい、その生ぬるい感覚はまったく久しぶりに味わうものだった。靴下を履いたまま風呂に入っているような感覚だ。しばらくしたら元に戻るだろうと思って、わたしはわざと陰茎に触れないでいた。おしぼりをテーブルに置いてふたたびすがりついてきた……がそれに気づいて、指で包皮をつまんで根元側に引き上げる。「はい」

「ありがとう」

ぬふふ、と咽を鳴らして、わたしの顔を見る。「指揮者って嘘でしょ」

「真実だ」

「だって指揮者の服じゃない」

「練習のときは私服だよ。オーケストラも全員。ジーンズで通ってくる者だっている」

「でも」と彼女は云い、次の反証を見つけられず沈黙する。わたしは浮き浮きした気分で彼女の言葉を待つ。「指揮者が抜け出してきて、そのあいだオーケストラはどうしてるの」

「オーケストラだけで練習しているよ」

「でも」と彼女はいい、またしばらく考えて、「吉祥寺にはなにしにきたの」

「尺八してもらいに」

「歌舞伎町じゃなくて？」

「あなたは誤解している。練習場がここに近いんだよ」

「でも」とまた考えはじめ、そのうち霊感を得たかのように、「おっぱい、触っていいから」

「美空ひばりのどこに惹かれる？」

「惹かれるっていうか、ほか知らないだけ。名前、あんまし覚えられないし。じゃあ音楽詳しいんだよね」

「詳しいもなにも仕事だ」

「なに聴くのがいいの」

「心から愛せるものを、すこしだけ。聴き過ぎは駄目だ」

「クラシックがいい？」

「こだわる必要はない。民謡にもジャズにもいいものはあるよ」

「お奨めはないの。自分が好きなんでいいから」

「モーツァルト、シューベルト、シューマンにもいい曲がある。ビゼーの《カルメン》も美しい。どれも学校で習ったろう」

「かなあ。昔から覚えらんなくて」

「ビル・エヴァンスもなかなかいい。まずは《ザ・トゥ・ロンリー・ピープル》の入っているCDを買うといい。生きている者のなかではポール・マッカートニーが傑出しているが、駄作も多い。いかにも風変わりだったり無暗に重厚だったり、あるいは狂気を装ったような音楽には気をつけたほうがいいよ。あとで必ず後悔する。音楽は大衆の慰めだ。そのことを取り違えて、みずからが聴衆に慰められたがっている幼稚な音楽家が多過ぎる。時代が変わってしまった。というか、三波春夫の痕跡がこうもきれいに消えてしまうとは。本当は愛聴者、少なかったんだな」

「もう一度云って。ビルなにとポールなに？」

「ビル……いや、憶えなくていい。今は最高のひとりを挙げるに留めておこう。それでわたしのいいたいことは伝わるはずだ。彼に駄作はない。彼自身が最悪の出来と信じていた曲でさえ、今も演奏のたびに奇跡を呼ぶよ。たとえオーケストラの腕前が冴えなくてもだ。あなたも、たぶん名前は知っている」わたしはその名を口にしようとした。途端に咽の奥に熱いものが込みあげて涙しそうになった。いつもこうなってしまう。泣いてしまわないよう彼女の耳に唇を寄せて囁いた、子音をすこしでも露西亜風に響かせるべく神経を払いながら。「ピョートル・イリイチ・チャイコフスキー」

「チャイコフスキー」

わたしは頷き、できるだけ雄雄しく云いなおそうとした。そう、ピョートル・イリイチ・チャイコフスキーだ、と。しかし彼女がくるりと顔を背けてしまい、果たせなかった。

店内には音楽のほかにも始終店員による放送が響いており、それは女たちへの座席の指示であったり残り時間の報《しら》せであったりするのだが、駅構内の業務連絡と同じく発音が極端に歪められているため客にはよく聴き取れない。そのひとつに、彼女は反応したのだった。

「始めないと」彼女の手がわたしの股間に伸び、弛緩しきった陰嚢をたなごころに寄せ集め、同じくらい軟らかいままの陰茎と一緒に握り込んで揉みしだきはじめる。鈍い痛みと隣合わせの楽しい遊戯だが、彼女が期待している効果はなかなか顕れない。手の動きから、彼女が焦れはじめているのを感じた。とつぜん彼女が、ぶつけそうな勢いで顔を寄せてきてわたしの唇を舐める。わたしは唇を開いた。瑞瑞しい舌が歯の間から勢いよく躍りこんできた。わたしは彼女の唾液を吸引して飲んだ。唾液は豊富で、吸えば吸っただけ口の中に流れ込んだ。わたしの唾液よりずっと甘かった。最初からこれを頼めばよかったのだ、とわたしは思った。

「元気ないね」彼女は陰茎の握り方を変えた。

「気にしないでくれ」

「気にするよ」と云って手に力を込めてきた。睾丸の鈍痛が胃のあたりまで上がってきて、さすがに耐えがたく、わたしは声をあげそうになった。不意に彼女の手が股間を去った。自分の無反応ぶりが彼女を怒らせてしまったのだと感じて、情けなく、また哀しくなった。国立公文書館や屋内スキー場のような存在に対して、わたしがこうも心を砕くというのはかつてないことだ。指揮者であるという虚言は、わたしの内面に予期せぬ効果を及ぼしてしまったようである。仮にチャイコフスキーをわたしの信仰の対象と位置づけるなら、指揮者というのはその美に干預《かんよ》する祭司にほかならない。偽祭司であるわたしもいつしか、野放途な天才であると同時に卓抜した職人でもあった（そしてみずからもタクトを揮った）チャイコフスキーのように、適度な裏切りを重ねて相手の期待を長引かせたあげく、最後には存分なカタルシスを与えて歓喜させることを望んでいた。チャイコフスキー的な勃起を望んでいた。

わたしは一種の性交不能者だが、ありがちな自己憐憫や異性に対する卑屈な先入観からはおよそ脱却しているつもりでいる。個人の教養が低ければ低いほど性生活が円満確実に営まれるのは、べつに動物的な逞しい生活能力ゆえではなく、単に植物的だからであり、それは脊髄の機能に過ぎない、というヴィルヘルム・シュテーケルの不能論にわが意を得たくちだ。不能の種子である心的外傷も、その成育をかえって促進する結果となった葛藤や抵抗も、努めて客観的に見つめている。温床となった遺伝的異常もしくは天才性についてもはっきりとした自覚がある。わたしがなんの天才であるかについては後述することになろう。いま指摘しておきたいのは、わたしという人間がしたたかな不能者であるという事実のみだ。真にプラトニックな情交を求めて黄色い帽子の小学生を尾行したことも、マスコミがいい加減に弾きだした平均性交回数との天文学的ギャップに焦燥するあまり手首の内側を裂いたこともない。若い頃から悠悠と自慰を楽しんでいるし、金を払って相応の快楽を得ることも知っている。かといってそれらに溺れたこともない。節度を失いがちなのは酒に対してだけで、これもまた入院が必要なほどではない。わたしは不能者であることを、あきらかにどこか楽しんでいる。タフな不能者なのだ、いつもは。

「軀、あちこち触っていいから」……が辛抱づよい笑顔を泛べて云う。苛立ちはじめているのは間違いないが、まだ怒ってはいない。彼女は両の肘を上げて長い髪を後ろで束ね、おそらくスカートのポケットに入れていたのであろう撥条《ばね》式《しき》の髪留めでくるりと小さくまとめた。そうして魔術のように髪の毛が笑顔の背後に消えていくさまより、わたしはむしろ彼女の腋下の肉に見蕩れていた。ぽつぽつと凹凸に満ちた皮膚が内部の脂肪でふっくらと盛り上がって、その上に二三本、女児の性器のような唐突な皺が寄っている。寄ってしまったことに自分で驚いているような皺だ。きれいに剃られた毛の断面が、巣にうずくまった小動物よろしくこちらを見つめている。きっと塩《しょ》っぱく湿っているであろうその部位を口に含んで吸い上げてやったら、われわれはより親密になれるだろうか。これから彼女がおこなう行為に相称して、わたしのほうも彼女を味わう必要性を感じた。

……がわたしの下腹に顔をうずめ、軟らかい陰茎をつると口に含んだ。わたしは長い息を吐いた。こうして女体の、生殖器官ではなく消化器官に吸い込まれる面白さといったらない。女性の内側では性的欲求であったはずのものがいつの間にか味覚的追求に入れ替わってしまうようだし、味わわれている立場のわたしはやがて口腔粘膜や歯や唾液の感触を積極的に楽しむに至る。断っておくが、そういった感覚にはなんら問題はないのだ。むしろ敏感なほうだといっていい。性交不能症とは、性欲、勃起、膣内挿入、射精、極致感のいずれかを著しく欠く状態を指し、広義のインポテンツと同義であるとされている。単純な勃起力の低下や極端な早漏などもこの「病気」に含まれるという。そう聞いてしまうと、ではなんらインポテンツの傾向を持たず、のびのびと「正常な性交」を謳歌している男性というのははたして実在するのか、実在するとすればそのほうがよほど稀少な症例ではないのかという思いをだれもが抱くはずなのだが、われわれは半ば本能的に反問を忌避する。優秀なる性交者たちの実像に迫ることを畏れ、諸悪を蹴散らす仮面の英雄のような存在として幼児的幻想のなかに温存しておくことを望んでしまう。自然の摂理に祝福された理想の性交のあと、逞しい腕枕の上で恋人が寝息をたてはじめたのを確認して、われらが英雄がついに仮面を外す。素顔は、われわれ自身に似ている。そっくりなはずだ。それがわれわれの本来あるべき姿、本来ありえた姿、というわけだ。莫迦莫迦しい。仮面の下に顔などありはしない。あったところでせいぜい一九七〇年代に流行ったステッカーの黄色い笑顔か、でなければここの入口係か監視係の顔だ。医学的に正常で美しい姿というのは、その程度のものなのだ。

　医学的にはさらに異常とされる狭義のインポテンツとはどういったものか。器質的インポテンツと機能的インポテンツのふたつに大別されるという。前者は、神経障碍、血行障碍、ホルモンの分泌障碍、糖尿病などによる全身衰弱といった肉体的原因を見出しうるインポテンツであり、後者はそれら以外だ。わたしは以外のほう。こちらは物の本によると、肉体的劣等感、性交に対する過度の緊張、過度の期待と亢奮、経済的、社会的、家庭的原因によるストレスなどを契機に起き、一度二度の失敗が失敗恐怖観念を招き、ついには自分はインポテンツであるという固定観念に陥って完成するとのこと。だれにでも当てはまるような当てはまらないような要因ばかり並べたててある。この機能的インポテンツの最大の特徴は、勃起そのもの、射精そのものは可能であるという点だ。だから自慰はできる。夢精もするし、いわゆる朝立ちもある。性的行為に及ぶべき相手といざ及ばんとしたときだけ、脊髄の反射より意識もしくは無意識の判断が優先されて勃起が生じない。それがわたしの「病気」だ。それだけのことだ。

「れえ」……が陰茎を口の端にくわえたまま、わたしの肋骨の方向に声を発する。「おっはい、はわっへいんらよ、ぉわんこん」

わたしは頷き、長椅子の座面の十五センチほど上空を漂っている薔薇色の乳房のひとつを下から持ちあげ、その重量のほどを確かめた。重いといえば重い、軽いといえば軽い、中途半端な手応えはさておき、ふにゃふにゃした果実のようなものが並んで人体からぶらさがっているというのは、なんとも奇妙な感じだった。下方に引っぱるように指を辷《すべ》らせて乳首をつまんだ。広大な乳暈は一面ざらざらした凹凸に満ちていたが、中心に近づくほど繊細な感触になっていった。乳首の大きさは平均的か、それよりもやや小さい。強くつまんでみた。……は、んぐふ、という声とも吐息ともつかないものを洩らした。乳暈から乳首に、わたしは繰り返し指先を辷らせた。乳首は次第に充血して大きさと硬さを増した。乳房全体もいくぶん硬さを増してきたように思える。勃起だ。……は指で陰嚢を揉みながら、頬を凹ませ頭を上下させて、陰茎を吸い込んでは解放する運動を繰り返している。繰り返している。繰り返している。反復のトランスが性行為の根幹だ。音楽と同じだ。音楽と、同じだ、そこに、意外性の、スパイスを、巧みに、わたしは、この娘を、この、おかしな横顔、わたしは、わたしは指揮する、わたしは、素早くその尻に手を、指を辷り込ませ、肛門、の膨らみ、まさぐり、圧迫し、別の指で、ぬるぬるした、べとべとした、粘液が、指を濡らす、辷らせる、分け入って、拡げて、前進する、微速で、達する、陰核、張りつめて、尖っている、んぐふ、勃起だ、んぐふ、なんて大きな、んぐふ、陰核だ、だ、だだ、だ、だ。

だん。

ふたたび主題。わたしは目を閉じ、そっと指を顔の前に運んで、……を味わう。滑らかで、塩気があり、酸味があり、甘くもあり、魚臭く、生ゴミ臭く、石鹸臭く、青臭く、肌臭く、肉臭い。わたしはアンコール・ワットの有料便所にいる。屋上に自由の女神のミニチュアを戴いたホテル・ニューヨークの貧相な一室のベッドの上で三十九歳の女編集者と全裸で対坐しているのでも、管理所の裏の繁みで死にかけていた推定五十五歳の女ホームレスの下着を脱がせその悪臭芬芬《ふんぷん》たる性器に悪戯を加えているのでもない。アンコール・ワットの有料便所の、だだっ広い個室のなかだ。洗面台に置かれた香炉から漂っている白檀香の煙にいくぶん噎《む》せながら、冷たい便器に腰掛けて広大な壁面を埋めつくしたレリーフを眺めている。白兵戦を繰り広げる戦士たちの姿が一面に描かれている。全員が横向きに重なり合い、ひしめき合って、複雑な紋様を織り成している。長い耳たぶに輪を通した大づくりな横顔に混じり、ところどころに爬虫類そっくりな横顔も見受けられる。悪魔だろう。わたしは軽く咳きこんで、その甲高い残響に耳を澄ませる。

パターンの執拗な重なりや連なりがわたしたちを沈黙させるのは、それが森の記憶を喚び起こすからかもしれない。記憶は世代を超えた遺伝的なものかもしれない。わたしの生家は地方都市の街場にあったが、すぐ裏手にまで大きな神社の鬱蒼とした杜《もり》が迫っていた。

幼いわたしはそこに独りで踏み込むことを好んだ。その薄暗さを、静寂を、心の底から懼《おそ》れていながら、いつだって踏み込んでしまうのだ。そこになにかがあることをわたしは知っていた。生まれたときから憶えていた。ごく幼いうちは、杜の冷気に身を浸しながらしばらく陰気な妄覚に耐え、いよいよ我慢の限界に達したところで家へと逃げ帰るのがせいぜいだった。そういう真似ばかりを日課のように繰り返していた。しかし年齢を重ねるにつれ、わたしは杜の木立の奇怪さや苔むした地面の毒毒しさに対しての無神経を装いながら、異国的な幻想に耽溺することを覚えた。ほとんどあらゆる幻想が、男根の勃起と、なぜか便意に直結した。実際のところは逆で、便意とそれに伴う勃起が多彩な幻想を喚起していたのかもしれない。二三度の致命的な失敗を経てわたしは、劇甚たる便意に備え、ちり紙を携帯するようになった。やしろの近くまで行けば参拝客のための便所があったが、間に合いそうにないとなると日向の低木を割って枝の間に身を押し込んで、そこで用を済ませていた。頻繁にではないが他の人影を目にすることがないではなかったからだ。下着姿で木木の間を駆けていく女を見たことがある。足が血だらけだった。横顔を、わたしは瞼に焼き付けた。以来同年輩の女を見かけるたび横顔に気をつけるようになった。まみえることは二度となかったが、彼女もまた星座のひとつ。

　便所の裏の繁みに佇んでいる同級の少年を見かけたことがある。いつも学級が違っていたため言葉を交わしたことはなかったが、悪魔めいて吊り上がった眉と眼が特徴的で、かねがね強い印象を抱いていた少年だった。彼はズボンのベルトを垂らし、便所の土壁に向かって一心に自慰をおこなっていた。わたしはその彼の仕種から自慰の方法を学習したのだ。やがて彼の細い陽物から濁った液体が迸ったのを見て、なんと奇妙な小便をするのだろうと思った。わたしは十二歳になったばかりで、まだ精通は得ていなかった。彼がシャツの裾をズボンに押し込みながら繁みを去ったあと、わたしは黄色い壁に近づき、そここに附着した彼の小便をじっくりと観察した。いやどうも小便ではない。しかし膿にも見えない。むろん痰でもない。液体が彼の性器の先端から発射されるのをわたしははっきりと目撃していた。粘液の透明な部分に怖怖《こわごわ》と触れて、指先のにおいを嗅いでみた。異臭は、わたしに未知の感覚の存在を示唆した。

その日のうちにわたしは彼の所作を真似、勃起した男根の包皮を手で引き寄せては鈴口を露出させて遊ぶことを覚えた。射精の快美が得られない以上それは表面的な猿真似に過ぎず、自慰というより、瘡蓋《かさぶた》をはがして内側の赤身を覗いてみるたぐいの自虐に過ぎなかった。そうして半年ものあいだわたしは未熟な男根を擦り続けたが、けっきょく初めての射精は、次の冬、杜のなかをただ歩いているとき起きた。買ってもらったばかりのコール天のズボンのごわごわした感触がそれを招いたようだ。感電したような衝撃にわたしは後ずさり、立木に背をぶつけてしゃがんだ。その最中も下着のなかには、どく、どく、と熱いものがあとからあとから噴き出し、わたしは、自分の生命がついに肉体から離脱を始めたのだと誤解した。死んじゃう。お母さん、ぼく死んじゃう。しばらくして自失から立ち直ったわたしは、下着の内側にべっとりと附着しているものが黄みがかった白色の粘液であることを確認した。そのにおいを嗅ぎ、当然、かつて彼が便所の壁に残していたものを連想したけれど、両方がまったく同質の体液であるとは確信できなかった。彼のものはもっと純白に近く、においも植物的だったように思われた。勃起は持続していた。わたしは鈴口になにか異変は起きていないかと心配になって、それを露出させてみた。途端にまた先端の孔から、粘液が噴き出してきた……。

日日、杜のなかで自慰を重ねるうち、液体の粘度は薄れ、色も黄みのない半透明の白色に変化した。彼のほうは家か学校にでも適当な場所を見出したのか、あれ以来便所の壁にも木の幹にもその精液を見出すことはなかったが、記憶のなかのあのにおいをわたしの粘液もまたくっきりと漂わせるに至っていた。わたしは彼にそのことを教えたくて堪らず、学校で姿を見かけるたびそわそわとしていた。小学校最後の学期が終わって、四月、わたしたちは同じ中学に上がり、そこではついに同じ学級に振り分けられた。しかし慎重な告白の機会にはなかなか恵まれず、そうこうするうち彼のまわりには無遠慮な、あまり知性的とはいえない連中が集まるようになって、彼は莫迦げた集団の中核を成してしまった。あるとき集団のなかでまさに自慰を題材にした冗談が大声で云い交わされているのを耳にすると、わたしの彼に対する情熱はたちまちにして醒めた。わたしにとって自慰は、より孤独でかつ先鋭的な楽しみへと変容していった。同時に杜からも足が遠のいた。もっと以前から遠のいていてよさそうなものだった。現実がそうは運ばなかったことは、わたしが強烈でかつ得体の知れない使命感に駆りたてられて杜の探索を重ねていた証左といえるかもしれない。というのもわたしは九歳になったばかりの秋、杜の入口で父親の首吊り屍体を発見しているのである。どういう理由で父が自殺をはかるに至ったのか、はっきりとしたことはいまだ知らない。もともと虚弱なうえ鬱病の気があった。妻のなんらかの言動が衝動の引鉄となったのではないかとただ想像している。母は存命中だが真相を訊ねてみる気はない。

杜の地面は、過去整地を経てきた周囲の住宅地から結果的にだいぶ盛り上がっており、落差は大きいところでおとなの身長くらいあったから、楽に入り込める場所というと長年のうちに土砂が流れ出して、そこかしこに木の根が露出した、V字形の溝を成しているところに限られていた。わたしがよく出入りに使っていた溝のひとつには、登りきったところにまるで侵入者を迎えるアーチのように彎曲《わんきょく》して生えた松の木があった。その幹の中程から、父は役割を終えて枯れた熱帯植物の雄花よろしく垂れさがっていた。街にもわたしにも背中を向けていたが、体格からも、着ているヴィエラのシャツの柄からも、父であることは瞭然とわかった。父は非常に痩せた人だった。地面からわずかに浮かんだ両足の、どちらかを懸命に伸ばせば届きそうな位置に黒い革靴が脱ぎ揃えてあり、やはり足から同じくらいの距離のところに赤いヴィニル張りの円椅子が倒れていた。生家の食堂の片隅に、なんに使うともなくずっと置かれていた椅子だった。わたしはそれ以上屍体には近づかず、ただ溝の底を駆足気味に引き返した。目撃を人に語ることもなかった。あまりに驚き過ぎていたためでもあるし、しょせん父は死んでしまったのだという諦めのためでもあるし、また界隈の子供たちの社交場である河原に出掛けていったはずの自分が早早に家の裏手に舞い戻っていたことについて、あれこれ問い質されたくなかったためでもある。程なくして父は別のだれかに発見され、わたしが河原から帰ってきたときには庭に面した座敷で近所の人たちに囲まれて、なるべく眠っている状態に近くなるよう修復を受けていた。洩れ聞えてくる、瞼を、舌をどう、テープで固定してどうといった会話からわたしはそのことを悟った。修復のようすを眺めようとして座敷にあがったが、お母ちゃんところに行け、と複数の手によって廊下に押し出されてしまった。母は食堂にいた。父のまわりにいたのと同じくらい大勢の人人に囲まれていた。母の悲しみぶりがさほどではなかった場合の落胆を考え、わたしはあえて人いきれのなかには入らず、祖父母の部屋に行って、さめざめと泣いていた彼らの話し相手になった。

通夜の眠気、葬儀の足の痺れ、火葬場の退屈……糊の利いたシャツと黒い半ズボンの時間は恐ろしくゆったりと流れて、わたしは二歳ぶんくらい成長してしまったような気がした。それらが過ぎ去ると、わたしはまた杜に戻っていった。わたしは父の死をあくまで杜と外界の境における出来事として捉え、杜全体とは関連づけまいと決めていた。さすがにあの松の木のあたりだけは避けるように心掛けていたけれど、あるとき恐いもの見たさで杜のなかからそっと近づいてみると、そこには禍禍《まがまが》しい気配など微塵もなくて、ただ裏返しの松の木が冬枯れかけて侘しくなった下草を従え、愚鈍げに明るい曇り空を仰いでいるに過ぎなかった。それだけだった。

曇っていようが晴れていようが、晩秋の空はわたしにいつも《弦楽セレナーデ》を思いださせる。滑稽なほど劇的で、否応なく身も世もない気分にさせられてしまう曲だ。父はクラシックマニアで、自作の棚いっぱいのＳＰ盤とＨＭＶのモデル１９４をコレクションしていた。ＨＭＶ製の蓄音機の上から三番めにあたる大型高級モデルで、キャビネットは金色に塗られていた。《弦楽セレナーデ》はわたしの大のお気に入りだった。しかし父は同じチャイコフスキーでも《くるみ割り人形》ばかりを聴かせたがった。そちらのほうが子供受けすると信じているようだった。どのレコードも、葬儀に集まってきた親戚や友人たちに、これは貸していただの想い出があるだのといって片っ端から持っていかれてしまった。その後も弔問があるたびにレコードは減り続けて、けっきょく家には割れていた数枚しか残らなかった。母はそういうものの価値のいっさいわからぬ人だから、手っ取り早い形見分けくらいに思っていたのだろう。蓄音機のほうも、後年ひょっこりと訪ねてきた父の古い友人で喫茶店をやっているという人物が、レコードがないのなら店の飾りにするから貸してくれと云って運んでいって、それきりとなった。

……の頭の、上下運動が、いつの間にか、曲のリズムと、一致している。機械によるリズムと喋くりを中心に据えた昨今のダンス音楽を耳にし、それがクラシックの名曲の和声展開をそのまま借用しているのに失笑することがある……畜生、睾丸がまた……わたしが杜に見出そうとしていたものが、本来、父の屍体ではなかったことは確かだ……痛くなってきた……プレスリーの歌唱だってリズムに乗せた喋くりには違いなかった。わたしの彷徨は、彼への落胆をもって終息した。いまかかっている曲なんて、まるきり《ロメオとジュリエット》の一部じゃないか。「もういい」

凡ては、わたしが自慰なるものを見出し、それを自家薬籠中のものとするための旅だったのかもしれない。……の艶やかな髪をわたしは撫でる。わたしの旅はすでに終わっている。新しいものなどなにもないのだ。繁みのなかでの排便も、走り去る女も、木立のざわめきも、苔の輝きも、みな、凡てが、「もういいよ。ありがとう」

不意に手首をつかまれる。あらゆる夢想と思索と追憶が一気に弾け散り、わたしは大きく身震いする。……も吃驚《びっくり》したようすで口から陰茎を吐き出して軀を起こす。わたしの手首を握っているのは監視係の店員の手だ。わたしは注意書きのなかの一項を思いだす。男の眼差しには近視眼的な反射行動を正当化するための、拵《こしら》えものの正義感が燃え盛っている。無意識に女の頭を撫でてしまう客が、特異な存在であるとは思えなかった。だとしたら、撫で方になにか問題があったのだ。わたしの自然な動作は、この男がこれまでの労働のなかで組み立ててきた警報装置を反応させるなにかを秘めていたわけである。わたしはまた逸脱してしまった。

「お客さま、ちょっと事務所のほうへ」男は云い、一呼吸おいてから、わたしの手首を解放した。わたしは黙ったまま腰を浮かせて、トランクスとスラックスを腰まで引きずり上げた。ベルトを留めながらちらりと……のほうを見ると、すでに彼女はチュニックを着て新しいたばこに火を点《とも》さんとしている。わたしのために口添えしてくれそうな風情ではない。

2

「店長呼んできますから、ちょっとここ、いて」と監視係は敬語と常語を混ぜて云い、小部屋を出ていこうとした。わたしは振り返った。

「すみませんが」と彼に対して初めて声を発した。「たいへん咽が渇いているんだが」

「水？」

「ビールはないですか」

むろんからかい半分だ。男はわたしをよほどおめでたい人間だと思ったのだろう、憐れむような一瞥を残してドアの向こうに消えた。

畳敷きにして二三畳ぶんほどの、そのうえ天井も低い正真正銘の小部屋だ。灰色の事務机がある。その前に置かれた折畳み式のパイプ椅子にわたしは坐らされている。机の上にはペン立ての付いたメモパッドと酒屋が景品に配るような安手の灰皿がある。灰皿を覗きこむと、じじつ底にはBudweiserの文字があった。壁に窓はない。どの壁にもない。わたしが対面している壁の上方に換気扇がひとつあるだけだ。換気扇は廻っている。じっと眺めていると、その廻転には周期的なむらがあることがわかる。換気扇の唸りとは別に、どこかから微かに女の悲鳴のような風の音が響いてくる。有り金まるごと没収されても、一発二発殴られても構わないから、わたしは早く職場に戻りたかった。自分の意志で抜け出してきておいて勝手をいうようだが、たとえサボタージュといえども時間に対する厳格さは必要なのだ。長くひとつの職場にいれば、その日の曜日や、月の何週めかということや、朝からかかってきた電話の数や、逆にこちらからかけた数や、抱えている案件の処理具合や、時代の趨勢や、あるいは身内や友人の健康状態などから、世界中のだれひとりとして自分を必要としないであろう二時間ないし三時間の社会的空白を、動物的な鋭敏さでもって予見することが可能となる。そういった空白の時間帯にいかに疑りぶかく管理室の机に張りついていたところで、けっきょく電話もなければ訪問者もない。長い退屈とじりじりした後悔の果てに、空白が単なる空白として終了すると、途端に電話のベルが鳴りはじめる。そういうものなのだ。きょうの空白の終了時刻が迫っていた。もうじき管理所をだれかが訪れる。予感は確信に変わりつつある。きっと電話ではない。だれかが来る。

　わたしは十七分待たされた。男が出ていった直後から腕時計で測っていた。そのあいだにだいぶ室温が上昇した。わたし自身の体温のためだ。唇の上や髪の生えぎわに汗が泛んできてむず痒かった。わたしは額や蟀谷《こめかみ》を指で拭い、そうしたくらいではとても拭いきれないほど顔じゅうがじっとりと濡れていることに気づいて、尻のポケットからハンカチを取り出した。わたしは監視係をからかったことを後悔していた。そうと口にだしてしまったがために咽の渇きはいよいよ切迫し、粘膜が薄紙のように張りつめて、唾を飲み込むと痛いほどだった。ドアノブが騒いだかと思うと、すぽん、という音がして女の悲鳴が途切れた。悲鳴の正体がわかった。部屋の気密性が高いので、換気扇を廻すと空気が薄まってドアの周辺に隙間風が生じるのだ。店長が入ってきた。わたしと同年輩のくせに髪の毛を長く伸ばして後ろで縛っていた。金まわりはいいようで小肥りな軀を洒落たシャツとネクタイで飾り、全身から化粧品のにおいをぷんぷんさせていた。彼はドアを閉じながら外にいる監視係に向かって、「で、メグは」

「あ、ええとたぶん、次のテーブルに」

「わかった。おまえも早く戻れ」

ドアが閉まると、また微かな悲鳴が小部屋に響きわたった。彼は軀を横にして机の向こう側に通り抜け、わたしと対《むか》い合わせに坐った。彼の椅子はわたしの椅子よりいくらか高級そうだった。しかしまあ、大差はない。

「どうも」と彼は両肘を机に乗せた。物腰は柔らかいが、目つきがきわめて陰険なうえ、眼の下に大きな疵痕がある。

わたしは唾液を無理やり飲んで、「初めまして」

「規則でして。札のほうはお読みになってますね」

「読みました」

「あらかじめ？」

わたしは頷いた。「読んでいました。でも反していない」

「従業員は押さえつけているのを見たと云っていますが」

「そう見えただけです。女性に訊いていただけばわかる」そうだ、メグと書いてあったのだ。薔薇色の君の名はメグだ。しかし源氏名がわかったからといって、それがいったいなんに？

店長は口許だけに笑みを泛べた。「女を信用しちゃ駄目です。どうせ自分に都合のいいことしか云わない」

彼女の言いぶんは関係ない、というわけだ。「罰金はいくらですか」

「取るとは云っていません。そういう場合もあると」

「なにをもって判断するのですか、その、取るか取らないかというのは」

「わたしが決めます。あんまり反省の色が見られないようだと、そういう方がまたおみえになっても困るんで、二度と来る気にならない程度の罰金をいただき、そのことについてあとであれこれ云わないという旨の念書を書いていただきます」

「無反省な人が念書など書きますか」

「書いていただくんです」

「なるほど」わたしは預金の残高をアラビア数字で頭に泛べながら、「わたしの場合はどうなるんでしょうね」

「相変わらず暑いな、ここは」彼は脚を組み、身を反り返らせて換気扇を指差した。「これしかないんだから」

「その、ご判断の材料として、ちょっとよろしいですか」

　店長の右手が、上向きにひっくり返る。

「問題の焦点は、わたしが自分のものを女性の咽にまで突っ込んで苦痛を与えようとしていたかどうかではないかと思われるんですが。つまり強制的な、ええ、なんといいましたか」

「イラマチオ？」

「それかな」

「あれは腰を動かすんだ。動かしました？」

「いえそんな。それどころか、咽に突っ込むということ自体、わたしには無理な話で」

「小さいから許されるって話にはならんでしょう」

「いやいや大きさの話じゃなくて。大きさは普通です。ただ咽まで突っ込むというのは、まずもって不可能であると。このことは医学的に証明できます」

　彼は脚に片肘を乗せた。「ほう」

「インポテンツです」

　ちろ、と蛇が舌を出すような調子で彼はわたしに視線を送り、それから破顔した。くくく、としばらく声をたてて笑ったあと、「こちらには治療に？」

「遊びにです。その権利はあるでしょう」

「もちろん。もちろん、どなたも大切なお客さまです」

「規則にも反していない。女性の頭を押さえつけたって、わたしの場合、自分の皮膚に歯形がつくくらいのもので」

「そういうのを気持ちいいといって悦ぶ手合いもいますな」

「だったら別の店に行くでしょう」

　彼は頷きながらたばこをくわえ、漆塗りのライターを捌《さば》いて火を点けた。はい、はい、と声の代わりに煙を吐いたあと、「ごもっとも」

「医師の診断書を貰ってきても」

「結構ですよ。本当に罰金を取るなんてことはまずもってありません。そういう迂闊《うかつ》なことをやってると営業が危なくなって、それはわたしが非常に困る。社長じゃありませんから。でもそういうことにしとかないと、あいつらの足が止まっちゃうでしょ。現場を押さえてもどうせ無罪放免だと思ってると」

「ああ」わたしは思わずドアを見た。閉まっている。「はあ、なるほど」

「衰えますよ、お互い、歳にはね」

「わたしは昔からです」

「そういうのはやっぱりストレスですか」

「そのようなもんでしょう」

「仕事がやっぱり、あれですか。失礼だけどお仕事は？」

わたしは返事より腕時計に視線を落とすことを優先させた。

「仕事は」店長が声を低めて、その本性を垣間見せる。すぐさま口調を戻して、「申し訳ないけど、もうしばらくはここにいてもらわないと。形としてね」

「ちょっと、あまりにも、咽が渇いてしまって」

彼はたばこを灰皿に押しつけると椅子を立ち、机の横を通ってわたしの側に出てきた。

いつ手を上げられるかと思いハンカチを握りしめているわたしの背後を、彼は素通りしてドアを開き、「おい、おれにビール」

「仕事は公務員です」わたしは詐称しなかった。正直にそう云った。

彼はドアを閉めて椅子に戻った。それから思いだしたように、「またまた」

「そこの公園の管理室に勤めています」

「管理室って、あれじゃない、動物園の対いの」

「わたしがいるのはまた別の、分室といいまして」

「あれじゃないんだ」

「上水沿いにもあるんですよ」

「管理ってあれ、どこが管理してるの。三つの市に跨《またが》ってるでしょ」

「都です」

「都のどこ」

「建設局です」

「はあ、建設局か。建設局のどこ」

「公園緑地部というところです。東京都建設局公園緑地部東京都西部公園緑地事務所井ノ頭恩賜公園管理所玉川上水前分室というのが、わたしの勤務先の正式な名前です」

「なに、その」彼は苦笑しながら、「都の公園の管理所ってのは、みんなそういう立派な名前が付いてるわけ？」

「上野公園と日比谷公園はそのはずです。ほかは都の直接管理ではなくて外郭団体に管理を委託してありますから、もっと別の、財団法人東京都公園協会なんとか公園管理所といった名前だと思います」

ノック。

「ビールか」と店長。

「ビールです」と男の声。

「入れ」

入口係でも監視係でもないがやはり長髪で同じ服装をした若い男が、キリンビールの中罎とグラスの載った盆を捧げて入ってきた。

「盆ごと置いといてくれ」

「はい」

男は盆を店長の前に置いて部屋を出ていった。悲鳴復活。店長はグラスにビールを注いだ。「どうぞ」

「ありがたい」わたしはグラスに手を伸ばした。いいぞ、冷たい。咽に一気に流し込む。痛い。沁みる。喉仏が驚いている。助かった。わたしは救われた。げふ。

わたしが置いたグラスに店長がまたビールを注ぐ。「どうぞ」

「ありがとう」

今度は落ち着いて飲んだ。半分を残してグラスをいったん机に戻した。

「こう暑いとね」店長はもう一度わたしのグラスを満たしてから、罎を直接唇に運んだ。

わたしは部屋を見回して、「ずいぶんとその、この広さで中にふたりもいるとさすがに室温が上がりますね。わたしのいる管理所もまあ大差ない広さですが」

彼は罎を置いた。「ここはべつにオフィスというんじゃなくて、こういうときにしか使わない部屋でね。あとは女の子の面接かな」

わたしはほほえんだ。

「可笑しい？」

「いえ、羨ましい。わたしのところを訪れるのは老人が大半で。しかし若い人たちを使うというのはそれなりに大変なんでしょうが」

「大変だよ。傍目ほど楽しかないですよ。休みもほとんどないし。だいたいこの業界、みんな軀をわるくして辞めてくんだ。かといって続いても老後の保障はないしね。悲惨だよ。おたくさん、きょうは」

「ええ、だからそろそろ職場に戻らないと」

「サボってここ遊びにきてたの？　よく上の人がっていうか、公務員てのはそうなのかなあ」

「分室にはわたししかいないんです」

「ひとり？　ひとりきり？」

「そうです」

「おたくさんが休みの日は？」

「土日は管理所を閉めます。祝日も。本室に人がいますから」

「人出が多いとき閉めるんだ。いいねえ」

「開けていてもどうせ暇です。基本的に暇な職場で」

「暇は羨ましいけど、ま、孤独の代償か。どっちがいいともいいかねるか。じゃあひょっとしてずっとそこに？　何十年もひとりで」

「いやあ分室が出来たのは八年前で、そのときからです。なぜ出来たかというと」わたしは自嘲的な笑みをつくった。「だれかが、分室は必要だと判断したわけです。必要だということにして業者に建物を発注してしまった」

「ああ、よくある無駄な。接待とか受けて」

「まあそういうことです。つまり建物が出来てしまったんで、そこにいる人間が必要になったと」

「それまでは本室にいたの」

「いえ、本室にいるのは基本的に再就職者ばかりで。わたしは建設局の総務部にいました。

総務部総務課広報係というところです。あの、『東京のまちづくり』という冊子はご存知ですか」

「知らないな。売ってる？」

「区役所、市役所、それから図書館にも置いてあります。もちろん管理所にも。こう、わりと大きめの八頁の冊子で、毎号特集がありまして、べつにわたしが決めるわけじゃないんですが、それは都内の公園の紹介だったり、都が分譲しているマンションや霊園の宣伝だったり、公共事業に理解を求めるためのその意義の説明だったり、それから紙面が余ると動物園に生まれた仔象のことだとか」

「だれが読むの。そういうのを毎月つくってたわけだ」

「毎月ではなくて、季刊ですね。でも『花の見ごろ情報』というのは月刊で、これはもっと小さいサイズの、四頁の」

「それも知らない」彼はゆっくりとかぶりを振った。

わたしは調子を合わせているつもりで話していたのだが、いつの間にか彼の目つきにはわたしという人間に対する落胆が滲んでいた。わたしは笑みを保った。「ほとんどひとりでつくってたんです。けっこうその、仕事には定評があって」

「でも今の職場にだれかってとき、おたくさんってことになったわけだ」

「それはまあ、たしかにそうなんですが、チームを組んでの仕事が少なかったのであまり周囲に影響がないというふうに、上に判断されてしまったわけで」

「で、今はほかのだれかが同じものをつくってる」

わたしは視線を膝に落とした。「そうです。はい」

「今はなにやってんの。まさか一日じゅう坐ってるだけかい」

「いえ、暇といっても、いろいろと訊ねにくる人はあるし、苦情の電話もかかってきますしね。最近はもっぱら鴉や鳩に関するものが多いです。苦情がなくても見回りに歩きますし、一日の終わりには日報を書きます」

「きょうはなんて書くの。いや、きのうはなんて書いた？」

髯のなかに溜まっていた汗が立て続けに二粒落ちて、スラックスの股のあたりを濡らした。店長のネクタイを見ると、そこには赤いスポーツカーが描かれていた。わたしは車の免許を持っていない。取得の必要を感じたことがないし、だいいち酒を飲んだら乗れない乗物というのはわたしには不便でしょうがない。「異状なし、と」

んふ、と店長は鼻息を吐いた。「じゃあ仮にこういう電話がかかってきたとしよう。公園のなかの木で、鳩や鴉の糞で真っ白になっちまってるやつがある。おたくさんはそれを掃除にいくのかな」

「いえ」

「どうするの」

「草木の面倒を見る職員というのがまた別にいるんですよ、専門の技術を持った。彼らに連絡をとります」

「それだけ？」

「そうするよう決まってるんです。ただし鴉の屍骸が転がっているといった場合は、わたしが片づけにいきます」

「そうごろごろと転がってるわけじゃないだろう」

「意外と少ないですね」

「本当のところ、毎日なにやってるの」

わたしはまた返答に窮した。

「給料は貰ってる。結構な年金もつくんだろう。そういうのは元はといえば税金だ。で、毎日なにをやってるの。毎日風俗で遊んでるの」

「いえ」

「じゃあなに」

「音楽を聴いています」

彼はふたたびたばこをくわえて、鮮やかなライター捌きで火を点けた。「なんでちんぽこが立たないかわかるよ。もう死んでるわけだ」

わたしは反論しなかった。一面、真理であると感じたからだ。

「帰っていいよ」

「はい」わたしは立ちあがった。「どうも、あの、ご馳走に」

「黙ってさっさと帰って、日報に異状なしって書きな」

　ドアを開くと、ビールを運んできた店員が、黒いペンキを塗ったコンクリートの壁にもたれてたばこを喫っていた。外にご案内、と小部屋のなかから店長が叫んだ。店員が指差した方向に進んで階段を上ると、ビルの裏側に出た。日はまだ西空に残っていた。街は熱っぽかった。雑踏にまぎれて横断歩道を渡った。公園に通ずる小路《こうじ》は若者で溢れ返っていた。このあたりは深夜までこうだ。一軒、新しい店が開店している。以前あったのはなんの店だったか思いだそうとして、諦めた。新しい店は玩具を扱っているようだったが子供相手の構えではなく、商品のパッケージが暖簾《のれん》のようにぶらさがった窓越しには、腰を屈めて一心に陳列台を見つめている若い男女の姿が見えた。興味を惹かれて店内に入った。管理室に戻っているべき時刻はとうにまわっているが、なに、ほんの一二分だ。

　ごちゃごちゃした店内の、しばらくはどこにも目の焦点を合わせられず、頭がぼおっとしかけた。土産ものめいた帽子やTシャツも売られていたが、商品の大半が映画や漫画のなかの人物や怪物をかたどったグロテスクな人形だった。人形というより模型といった風情の、三十センチほどのものが多い。バットマンやスパイダーマンやエイリアンといった、わたしにさえ出自がわかる人形もある。若者向けの店でそういったものを見つけると嬉しくなるし、同時に、年寄りはこれを買って帰れといわれているようで侘しくもある。こういう人形で部屋を飾りたてることが今は流行っているらしい。時代時代でいろんなものが流行るものだ。そして廃《すた》れる。廃れてもだれも困らない。わたしが若い頃、コートのライナーだけを着るのが流行ったことがある。ライナーを外したコートではなくコートから外したライナーを、あのキルティングのちゃんちゃんこのようなものを羽織って、街を闊歩《かっぽ》している者が少なからずいた。なぜあんな奇習が生まれたのか、だれが流行らせたものなのか、たしかに同時代を生きていたわたしだけれど、さっぱりわからない。着ていた連中も、あれははたして自分だったのかと首を傾げていることだろう。しかし当時はべつに莫迦げた格好とは感じられなかったし、着ている人間がどこかしら周囲から抽《ぬき》んでて見えたのも事実だ。鋭敏で、攻撃的で、迂闊に接すると傷つけられてしまいそうな気がした。あの彼らと同質の輝きを、この店内の若者たちも纏っている。透明フィルムと厚紙でできたパッケージに埋めつくされた壁面を見あげながら、わたしは考えた。もしわたしが二十歳の若者だったら、どの人形に惹きつけられて買うだろうか。一列ずつ壁の隅隅にまで視線を動かしてみた。結論は得られなかった。ということは、どれも買わないのだ。きっとその金は酒に使っている。子供の時分だったらどうだろう、と仮定しなおしてあたりを眺めると、今度はすぐに一体が目に入ってきた。長い手足をした緑色の怪物である。出自はわからない。棚から外して値段を見てみると、かなり高価だった。他の人形と大差ないつくりと思えるのに、五倍もする。

「すみません、これは」レジスターの背後に坐っているニット帽を被った若者に声をかけた。「なぜこうも高いんですか」

「限定なんで」

わたしは首を傾げた。

若者は親切な口調で、「わざと少ない数しか造ってなくて、売り切れたらそれで終わりなんですよ。だからコレクションとしての価値が高くて、店頭での値段もだんだん上がってくんです。それはたしか、世界で九百九十九体かな」

「ここに吊られているあいだに値段が上がったんですか」

「いやそういうんじゃなくて、どうしても間の業者さんが高いほうに卸しちゃうんで、店頭に出るときにはもうそれなりの値段になっちゃうんです。もしルートがあって普通の値段で出せたとしても、別の業者がまとめて買ってっちゃいますよ」

「なるほど」わたしはもう一度少年時代の視線で怪物を眺めなおしてから、そのパッケージを壁に戻した。

「お子さんにですか」

わたしは若者を振り返った。ほほえんで頷いた。

「安いのもありますよ。安いっていっても普通の値段だけど」

「どこですか」

「えっと、たしか」彼は通路に出てきた。壁の前に跪《ひざまず》き、パッケージをフックから外しては、後ろに隠れている人形を確かめていった。「ありました。ポーズが違うんですけど」

彼がかざしたパッケージを受け取った。「違いはポーズだけ？」

「あと、あっちの高いほうはおなかのところが透明で、それから眼が暗闇で光ります。こっちは光らない」

光らないほうを買い、店の白いポリエチレン袋を提げて外に出た。足早に小路を進んで焼きとん屋の煙をくぐり、コンクリートの緩やかな階段を下りる。脇に敷物を広げてアクセサリーやＴシャツを売っている外国人が、きょうは三組。公園規約で禁じられている行為だから本来注意せねばならないのだが、注意を受けたときだけさっと荷物を片づけて見せ、わたしたちが立ち去ると同時にまた広げはじめるから、きりがない。きのうすこし雨が降ったせいで、階段下の舗道の両側が泥濘《ぬかる》んでいる。このあたりの地面は水捌《みずは》けがわるくて、梅雨どきには全体が大きな水溜りになる。池に架かった長い橋の入口付近の手摺には、いつも人がびっしりとたかって水鳥に餌を撒いている。間を進む。池は大きなＹ字形をしている。なかに半島状に張り出した三角形の土地は、ほぼ全体が、公園とは道路を一本隔てたところにある自然文化園の分園になっていて、鶴、鴛鴦《おしどり》、白鳥、それに何種類かの鴨が飼育されている。水生物館というのもある。しかしこれらはいっさい自然文化園管理事務所の管轄であるから、わたしの仕事には直接関係がない。関係があるのは池を横断しようとするときの中継点であり、またボート場もある、半島のごく先端部分だけだ。ボート場とその桟橋に繋留された百艘ものボートは財団法人東京都公園協会の管轄で、こちらもわたしには関係がない。公園じゅうに数箇所ある売店についても同様だ。ふたつめの橋を渡って右折し、Yの字の左上の突起にあたる方向へと遊歩道を進む。池のこちら側は公園敷地をただ住宅が囲んでいるだけなので、人影が乏しい。ただし岸に点在するベンチには男女が一組ずつ座を占めており、しかも必ず遊歩道に背を向けて坐っている。遊歩道のほうを向いて坐っている男女というのは八年間にまだ一組も見たことがない。やがて池のなかに弁天堂が泛んでいるのが見えてくる。お堂だけで土地いっぱいの、じつに小さな島だ。ここもまたわたしとは関係がない。近所の寺の飛地である。Yの字の突起の先端まで進み、丸木と土で出来た階段を上がって雑木林に踏み入る。同時に、西日が厚い雲に隠れ、景色が暗転した。また雨が来るようだ。

　元帝室御料林。一九一三年すなわち大正二年、東京市に下賜。見あげていると眩暈を起こしそうな大樹ばかりだ。間を縫って上水の方位に薄闇を進む。太宰治と美容師の山崎富栄が飛び込んだ上水である。ふたりの遺体は六日後、二キロ下流で発見された。激流だったのだ。今は亀が泳ぐほどの緩流だ。管理所はそのすぐ手前にある。公園内を突っ切る細い道路を横断し、売店の前を素通りする。鳩の群れを蹴散らし、犬連れの散歩者を追い越して、進む、進む。管理所の建物が見えてきた。童話に出てくる樵《きこり》小屋のような小さな建物だ。あかりが点いていない。点いていないのがここからもはっきりとわかる。本室の連中に見つかっていないことを祈りながら、さらに足を速める。入口の前に、ぽっと蛍のような輝きが見えた。人がたばこを喫っているのだと気づいてぎょっとなった。やがてその足許で黒いものが動いているのを見つけて安堵する。本室の人間ではない。ときたま管理所を訪れる、招かれざる客のひとりだ。三十代半ばほどの男で小説家を自称している。しかしわたしは著書を見たことがない。

「早あがりかと思ったよ」とくわえたばこで云う。

「どうも」とわたしは会釈して入口の鍵を開けた。「まだです。まだもうすこし」

「なんで留守なんだって、向こうの管理所に訊きにいこうと思ってた」

「ちょっと買いものに」卑屈な笑いを泛べて玩具屋の袋を持ちあげる。「すみません。勘弁してくださいよ」

　玄関に辷り込んであかりを点ける。点けっぱなしだったエアコンが空気を程よく冷やしてくれている。小説家も犬と一緒に入ってきた。柴犬をひとまわり大きくしたくらいの黒い毛むくじゃらな犬である。おとなしいが愛想もない。わたしはスリッパに履きかえて室内にあがり、玄関との間のドアを閉めた。

「で、なんでしょう」と受付口から顔を出し改めて訊ねる。そのとき初めて小説家が手に提げているものに気づいた。わたしは後ずさった。

「お土産」彼はそれをどさりと受付台に置いた。兎の屍骸だった。白い毛皮が雨に汚れて灰色に変わっている。

「殺したんですか」

「おれじゃないよ。だいぶ経ってる」

彼がそういうが早いか、兎の肛門のあたりからのそりと細長い甲虫が這い出してきた。

「隠れてた」彼は虫を玄関のほうに払った。

「どこかにやってくださいよ」

「証拠なんだ」彼は屍骸をひっくり返した。兎の顔がわたしのほうを向いた。怒ったように口を開けて前歯を剥き出していた。眼の位置にはただ小さくて穢《きたな》い空洞があった。そこから蟻が出てきて、また中に入っていった。「傷がないだろ。血が出てない。人が絞め殺したんだ」

「病死かも」

「生きてるこれを最後に見たのは四日前かな。元気だったよ。間違いなくこいつだった。いま全身が真っ白なのはこいつだけなんだ」

「じゃあもういませんね、白いのは」

「いなくなった。これでわかっただろ？　兎を殺してるのは犬じゃない」

「はい」

「おれが思うに連中ってのは、兎狩りっていう言葉のイメージだけで犬が兎を殺すと思ってるんだ。でもさ、ドイツで兎狩りに使う犬、知ってる？」

「いいえ」

「ダックスフントだよ。あのちょこちょこしたやつ。つまり兎狩りってのはさ、いや狐狩りも穴熊狩りもそうなんだけど、決して犬が獲物を直接襲うわけじゃないんだ。犬が騒ぎながら近づけば、焦ってぽかんと広い場所に出てくるだろ、そこを銃で仕留めるもんなんだよ。だいいちグレイハウンドじゃあるまいし、そこいらの犬がさ、必死で逃げてる兎になんか追いつけるわけないじゃんか」

「犬が兎を殺してるなんて思っていませんよ」

「あんたはね。でもあいつらは思ってるんだ。本気でそう信じてるんだ。なんでもかんでも、たとえ鴉のゴミ漁りの跡を見つけたって犬のせいにして追いまわす」

「そんなにひどいですか、まだ」

「金属バット持ち歩いてるやつがいるぜ。信じられる？　あきらかにチャンスさえあれば殺そうとしてるんだよ。撲殺だぜ。信じられる？　でもさ、もしあんたが人が飼ってる犬を撲殺したとするだろ。いや撲殺じゃなくても車で轢《ひ》くんでもなんでもいい、殺しちゃったとするだろ。どういう罪に問われると思う？」

「さあ」

「器物破損。信じられる？ 自転車借りて毀《こわ》しちゃったってのと同じなんだよ。ほいって何万円か出して犬屋に行って新しい犬買ってこいよって、それで弁償になっちゃうんだ。十年寝食を共にした犬でもそうなんだ。冗談じゃないだろ。おれだったら復讐するね。もしあいつを殺されたりしたら、おれはそいつの家族を殺してやるね」小説家は拇《おやゆび》で肩越しに背後を示した。犬はタイルの上にべったりと這いつくばって、後脚で耳の後ろを掻いている。「犬と兎を同列に思ってるってだけでも片腹痛いのに、ましてやあいつらがやってるのは単なる放し飼いだからね。どんな動物であれ、放し飼いってのは都条例に反してる。東京都動物の保護及び管理に関する条例の第七条の二『適正に飼養できる施設を設けること』と四『公共の場所並びに他人の土地及び物件を不潔にし、又は損傷させないこと』のどちらにもな」

「犬についても同様ですが」

「犬を放し飼いしてるやつなんかいないよ」

「でも公園に連れてきて放すでしょう、あなたも」

「東京都立公園条例第十六条〈行為の制限〉のなかに動物に関するものは、三『鳥獣魚貝の類を捕獲しまたは殺傷すること』しかない。にもかかわらず公園を所有しているわけでもない管理当局が、いったいどういう権限でか自主的に規則をつくっておれたちを縛る。その一方では禁じられているはずの物品販売が公園協会の手によって堂堂とおこなわれてる。なんであきらかに個人経営の汁粉屋やそこの自動販売機が園内にあるんだ」

「そこは外郭団体任せの部分ですから、わたしにはなんとも。犬に関しては、都条例の第九条というのがありまして」

「悪名高き〈犬の飼い主の遵守事項〉だな。犬は檻の中か鎖に繋いで飼えとある。畜生、あれのお蔭で日本の愛犬家は欧米じゃあ鬼畜扱いだ。その例外項目イロハニのハ『犬を制御できる者が、犬を綱、鎖等で確実に保持して、移動させ、又は運動させる場合』が公園にも適用されるってんだろ。ところがその二には『犬をその種類、健康状態等に応じて、適正に運動させること』とある。しかしあるていど以上の大きさの犬と同じ速度で走れるやつなんかいないから、これを両立させるには身の危険を賭して自転車や単車に乗って路上で運動させるほかない。そういう飼い主は大勢いる。おれはやらないけどね。悪法を守って命を落とす気なんかない。第九条に犬虐《いじ》めとその飼い主虐め以外の意味はほとんどないよ。躾の奨励をせずにおいて、ただ頭ごなしに檻に入れろっていったいどういうことなんだとあんたも思うだろ。きっと子供のころ飼い犬への虐待を繰り返したあげく狂犬にしちゃったやつらが、自己正当化のためにつくったんだあれは。例外項目のニ『その他逸走又は人の生命、身体及び財産に対する侵害のおそれのない場合で、規則で定めるとき』をもしも厳格に解釈されたら、自分ちの玄関に寝かせといても犯罪ってことになっちゃう。うちの玄関は知事の認可を受けてないからな」

「だれもご自宅のなかでのことまでとやかく云いはしませんよ」職業柄か、細かいことをよく憶えている男なのだが、わたしの前でどのような長広舌をふるったかだけは忘れてしまうらしい。いつも同じような話をする。しかしわたしもよく人からうんざり顔で、それはもう聞いたよ、と云われてしまうほうだから、お互いさまなのかもしれない。この男は忘れっぽくていつも同じ応答をする、と彼のほうでも思っていて、わざと同じ話を繰り返しているのかもしれない。期待に沿うべく、極めつきの紋切型を演じた。「しかしここは不特定の大勢が利用される公共の場でして」

「だからこそ、その管理側は法律を厳しく解釈するのか甘く解釈するのか首尾一貫してほしいと云ってるんだよ。公園側が犬とその飼い主に対しては言いがかりを重ねておいて、兎や鳩や鴉に関しては堂堂たる条例違反にいつも目を瞑ってるから、犬というのは危険な動物だという誤解が助長されて無意味なトラブルが跡を絶たない。公園でいちばん人を襲うのは人間で、その次は巣のそばにいる鴉だろう。違う？」

「そうでしょうね。それは認めます。もっとも鴉や鳩については、古くから鳥獣保護及狩猟ニ関スル法律というのがあって迂闊に手出しできないのが現状で」

「兎には手出しできる。あれはべつに公園固有の鳥獣でもなんでもないしね。老人どもに連れて帰らせりゃいいんだ」

「彼らに飼っているという意識はないんですよ。兎に関してはそれがいちばんの問題で、いや飼ってるんじゃない、可愛いから餌をやっているだけだと云われてしまうと、ちょっと控えていただけないかとお願いする以上のことはできないんです。しかも大抵の場合は逆に説教を受けますね。こんなに可愛い生きものが目の前でおなかを空かせているというのに、ただ飢えさせておけとはあなたがたに人の情はないのか、といったふうな」

「人の情ね」小説家はいったんわたしに背を向けると、ほとんどフィルターだけになっていたたばこを長椅子の脇の灰皿に棄て、また別のたばこに火を点けながらカウンターの前に戻ってきて、「最近はこの界隈にも兎の料理を出すようなレストランがいくつもあるね。そのことを知ったら怒鳴り込むんだろうか。毛皮の店や帽子屋にも」

「さあ」

「そういえばおれもひとつ持ってるよ。いい中折帽ってのは兎の毛なんだ。でもきっとあんたのほうが似合うな。おれだって兎を可愛いと思わんじゃないさ。でも飼い兎の歴史というのはその肉と毛皮の歴史なんだ。愛情の持ちかたを間違えると悲しい思いをするだけだよ」

「しかし犬を食べる国もありますよね」

「ある。よくチャウチャウのことをいうけれど、実際にはもっと捌きやすい短毛のタイプを食うらしいね。おれたちが見たこともないような。チワワも元はといえば高地民族の食用犬だ。他国の文化のことをあれこれ云う気はないよ。旅行することがあってもおれは食わないがね。だからさ、どんな生きものでもそうなんだけど、情をかけるのはそれが死ぬまで手許に置いておける一匹か二匹にしとけってことさ。それだけを特別なものと思うしかないんだ」彼はたばこでカウンターの屍骸を指して、「この犯人の気持ちがなんとなくわかる。本来なんの関係もない土地で、まるで養殖されるみたいにさ、食わされて食わされて無暗に世代ばかり重ねて、最後は栄養過多で病死か、公園の外に散歩に出掛けて轢死《れきし》。屍骸は可燃ゴミだろ」

「埋めてやりたいんですが」と云ってわたしはカウンターに近づき、屍骸の発する甘い腐臭に鼻腔を圧迫されてまた後ずさりした。

「規則で」と小説家。

「そうです」

「せめて食われるなり帽子になるなり、その死を人の胸に刻んでもらうなりさ、まあ死んでく兎にそんなことわかりゃしないわけだけど、せめて自分の目の前のやつをそういう存在に昇格させてやろうって感じなんじゃないの。絞め殺した感触なら簡単には忘れられないだろうからな」

「あなたでは」

「犯人？　だから違うって。犬じゃないってのを証明にきたんだ。金属バットの爺《じじい》を見たらそう云ってやってよ。屍骸を見たけど犬の仕業じゃなかったって」

　小説家によれば、犬連れの散歩者たちと兎の養育者たちの確執は、すでに五六年にもわたっているらしい。この管理所の周辺に棲みついた兎の最初の一つがいが、管理所の本室で話題になりはじめた頃からすでにあったことになる。わたしも兎はよく見かけていたし、頭数が見る見る増していくのをいささか苦苦しい思いで眺めもしていたが、そういった確執には長いあいだ気づかずにいた、老人から投石を受けた、と云ってこの小説家が管理所に怒鳴り込んでくるまで。

　兎の養育者たちは、大半が老人である。もともと公園利用者に老人が多いという事情に加え、餌をやるのは兎が空腹であるほど面白く、養育者同士が競うように訪れる時間を早め合っていたら、もともと早朝から公園を訪れることの多い老人ばかりが勝ち残って他は敗退していったのだろうと想像している。それならばと早起きな連中の裏をかいてか、あるいは最初から競争に加わらなかったのか、いかにも兎が小腹を空かせていそうな昼時前や夕方の四時くらいに、決まって餌を撒きにくる老人たちもいる。これらも考えてみたら、職をリタイアした老人以外は訪れにくい時間帯だ。せっかく餌を運んできても、近くを通りかかった犬のにおいを兎が察知するや繁みに隠れてしまうので、当初から彼らの犬に対する反発は強かったという。とりわけ小説家のように犬を放して歩かせたり遊ばせたりしていると、怖い怖いと大声をあげて逃げまわったり、勢いよく食ってかかってくる老人は多かったそうだ。小説家のほうも、自分に非があろうがなかろうが、はいそうですか、とこうべを垂れるような男ではないから、逆に彼らに向かってああだろうこうだろうがとまくしたてる。相当数が管理所に駆け込んできただろうと小説家は云うのだが、たしかに月にひとりやふたりは来ていたと思うけれど、犬に関する苦情はもともとそのくらいの頻度ではあったし、すくなくとも犬の苦情を兎に関連づけて述べた者はひとりもいなかった。みな、わたしが黙黙と兎の食べ残しを片づけているのをどこかで見て、餌やりが管理所の、とりわけ分室には歓迎されざる行為であることを察知しており、苦情をいうならば本室のほうにと決めていたか、わたしの前では言葉を選んでいたのだろう。

見かける兎のサイズや模様が多彩になり、ざっと二十羽は下るまいと思われるようになった頃から、養育者たちの行動は異様な色彩を纏いはじめた。一口に云えば宗教的でかつ政治的になってきた。雑木林が途切れた日溜りの、車前草《おおばこ》が群れて生えているなかに、とつぜん工事現場によく置かれている停止表示器材が一式出現した。赤いカラーコーンがふたつと、それらを連結した、黒テープが螺旋に巻かれた黄色いポールである。ポールには丁寧にヴィニル袋で防水をした貼紙がさがっており、

いぢめるとバチが当たるゾ

とそこにはあった。器材はどれも新品とは程遠い状態で、いずこかから勝手に運んできたものと目され、ゆえにわたしは黙認を選んだ。それらが本来置かれていた場所を探しまわる手間を惜しみ、持ち主のほうが気づいて持ち帰ってくれることを望んだのだ。本室の連中も見ていないはずはなかったが、いつまで経っても器材は撤去されずに日溜りにあった。そのうち界隈に、また別のものが出現しはじめた。横幅三十センチほどの長方形の塩化ヴィニルのプレートで、

犬のひとり歩きはいけません
散歩のときは引き綱などで
つないで歩きましょう
ふんの始末も忘れずに！

という文句が、飼い主の足許を闊歩している犬の絵と一緒に印刷してある。犬と猫が並んで走っている絵柄で文面が、

みんなのまちを美しく！
犬・猫のふんで困っている人が大勢います
ふんの始末は飼い主の責任です
あなたのペットは大丈夫？

というものもある。またプレート自体が太った犬の形をしていて、

みんなのまちを美しく！
ふんは飼い主が持ち帰って始末しましょう

と書かれているものもある。衛生局と保健所が連名でつくって、街の各所に貼ったり、貼ることを委託しているプレートである。これらがまるで時季を迎えた大輪の花のように、車前草群生地のまわりの柵や木の幹に日ごと数を増して、ついには、どちらを向いても一度に十ものプレートが視界に入ってくるという滅茶苦茶な状態になってしまった。新品のプレートは一枚もなかった。固定のための針金も、揚げた麺のようにぐにゃぐにゃに曲がったうえ赤黒い錆に被われた代物《しろもの》で、どう見ても都や市の職員の仕事ではない。念のため保健所に電話を入れ、最近大量のプレートを民間団体にでも供出したかと訊ねてみると、

そんなことはありえないという答が返ってきた。何者かが、おそらくは車前草のなかのオブジェを調達してきたのと同じ人物が、街じゅうのプレートを集めてきてしまったのである。当初わたしはそれらを、犬連れ散歩者たちに向けた直接的なメッセージとは受け取らなかった。夢幻と現実のあわいをさ迷うに至った孤独な老人が、自室のように信じこんでいる場所にお気に入りの家具や絵画を蒐集しているのだという印象を抱いて、もし一般利用者から苦情があったならそのとき、なければ主である彼もしくは彼女が部屋の模様に飽きた頃を見計らってまとめて撤去すればよいと考え、いかにも樹木を傷つけそうな数枚のプレートを外すに留めておいた。外したプレートは不燃ゴミとして管理所の裏に出した。

公園管理人となって得た最も重要な教訓は、決して完璧な状態を目指してはならない、ということだ。公園内のどんな箇所についてであれ完璧な状態に整えて保とうとすると、付随的に整備しておくべき箇所が次から次へと芋蔓式《いもづるしき》にやたら現れ、それぞれの芋がまた別の蔓に続いているという具合である。好奇心混じりに無暗やたらと蔓を辿ろうものなら、そのうちいったいどんな芋を掘り当ててしまうか知れない。都政の腐敗や園内で暮らすホームレスや国産の動植物を刻刻と侵蝕している帰化動植物といった、だれにもどうしようもない問題に突き当たってしまって、仕方なく自力でなんとかなりそうなところまで蔓を埋めなおしていたら、最初の地点に戻ってしまうのである。解決は常に暫定的でなければならない。だれの目にも余るであろう部分だけ、遠慮がちに剪定《せんてい》しておくのが最善だ。鴉の叫びを忌まわしく感じたら、まずヘッドフォンで耳を塞ぐことだ。郊外の水田を飾っているきらきらした雀避けのテープでも張りめぐらせたら、すこしは追い払う効果があるのかもしれないが、その眩しさに対して寄せられる苦情のほうが鴉よりよほど喧《やかま》しかろう。たいへん頭のいい鳥だから、仲間が罠にかかって殺されでもすれば以後は来訪を遠慮してくれるかもしれないとも考える。しかし公園の鳥を狩るという行為は都立公園条例のみならず、鳥獣保護及狩猟ニ関スル法律という山鳥の保護を主眼として生まれた亡霊のような法まで、時の彼方から招喚してしまうのだ。大正七年制定、同八年施行の法律である。

鴉の話はあとに譲る。盗まれてきたオブジェが示す不吉な予兆には、単にわたしが鈍感でいた。また兎の糞は当初から問題視していない。落ち葉や泥濘対策に撒かれた木屑に紛れて目立たないため、ほとんど苦情の種になったことがない。数箇月前、飼い犬がドッグフードと間違って食べてしまい病気になったと主張する婦人と一時間にわたって無益な問答を重ねたのが、記憶している唯一の例だ。それにしても賤しい犬があったものだ。

当時からよほどわたしをうんざりした気分にさせていたのが、兎の養育者たちが撒いていく過剰な餌だった。とりわけ夏場は閉口する。週明けに出勤してくると管理所の周囲一帯に腐臭がたちこめている。においの源は繁みに放り込まれた大量の野菜や果物や食パンである。姿を見かける頻度からいって兎がどんどん数を増しているのは確実だったが、園内や周囲の車道で見つかる屍骸の数もまた増えていた。非常な高速度で世代交代しているらしかった。兎の増加が餌の過剰供給を解消するかといえば、現実はまったく逆であって、養育者たちは頭数が増えたといって餌を増やす、嵩を増やすぶん質は落とす、以前はスーパーで買ったきれいな林檎一箇だったのが、ただ同然の野菜屑やパンの耳や、きのう自分が食べ残したサンドイッチになる。ところがいったん餌付けされた動物というのは図図しくて、少少の空腹に耐えてでも、旨いもの、目新しいものしか口にしない。萎びたキャベツを喜ぶ兎はもはや一羽もいなくなっていた。生まれたときから玉蜀黍《とうもろこし》や果物や駄菓子を常食にしているので、こんなのは虫の食いもの、くらいに思っている。

兎の集まりがわるくなったものだから、養育者のなかには餌を工夫して市販の飼料に切り替える者が現れた。小説家が管理所を訪れるようになったあと、わたしもいくらか兎のことを調べてみたりペット屋を覗いてもみたのだが、愛玩兎用の人工飼料は現在、意外と豊富に市場に出まわっている。店員に話しかけてみて、また兎の飼育が流行っているというのを知った。正確には、兎、フェレット、ハムスター、モルモット、チンチラといった、大声で啼《な》かない、そして散歩が要らない動物の室内飼育が、だ。店内の籠に入れられている兎にせよハムスターにせよモルモットにせよ、わたしなどが即座に思い泛べる姿とはだいぶ違っていた。一概に、長毛でぼけっとした風貌のものばかりであった。たまたまそのように生まれた変異個体を選択繁殖し、遺伝的特徴として固定してしまったのだろうが、種類の違う獣たちが右向け右でみな同じような衣装に着替えてしまうのだから、流行の力というのは恐ろしい。兎の場合、成獣だというのに仔兎なみに小さいものが多く、毛は犬のように多彩で、なにより驚いたことに耳が、あまり長くないか、もしくは垂れていた。公園にいる兎たちは眼こそ赤くないものの、まだだいぶ兎らしい。店員に、普通の、白くて耳の長いやつはいないんですか、眼の赤い、と訊ねた。珍奇な品種を求めているかのように目されてしまい、詳細を問われた。

わたしが姿を知っているような小動物はもはや流通していないのかと物淋しく感じていたら、棚の隅にゴールデンハムスターがいた。けっきょくわたしが長らく姿を眺めていたのは、すっかり脇役に成りさがっていたその小さな鼠だった。少年時代のわたしは、まだ実物を見たことすらないそいつが飼いたくて仕方なかったものだ。なんらかの本で目にした小記述——世界じゅうのハムスターは一九三〇年シリアで捕獲された一匹の雌の子孫であるという、伝説めいた挿話——ゆえである。簡潔でかつ壮大な物語に、わたしは感電にも似た衝撃を受けた。抱いていた妖精像に限りなく近かった。忽然と人類の前に姿を現したかと思うと、たちまち無数に分裂して世界じゅうに飛び散り、ひとりひとりに大切な秘密を囁きかける。わたしはすっかりハムスター熱に浮かされてしまった。妖精の眷属とともに日日を過ごすことができたらどんなにか素敵であろうと、夜な夜な、見知らぬシリアの森の下草の上に寝転がりハムスターと戯れている情景を夢みるまでになった。シリアの風景など写真においてさえ知らず、いま思えばあの景色は裏の神社の杜そのものだったけれど、夢のなかのわたしはそこがシリアの大地であることをはっきりと意識していた。地方都市ではまだポピュラーな動物ではなかった。ようやく実物を目にすることができたのは中学に上がってからのことだ。同級に開業医の息子がいた。家に遊びにいったら、彼の自室に一家族が養われていた。想像してきたよりずっと矮小《わいしょう》な動物であることにわたしは落胆し、それでも膝や掌に乗せて遊ぶことを許可されると嬉しく、羨ましくて堪らず、次に子供が生まれたら一匹譲ってもらえないだろうかと懇願した。彼はあっさりと承知してくれた。しかしその後、生まれたけれど死んでしまったとか、雌雄のどちらかが逃げ出したといった話を繰り返されているうち、学級が変わり、彼とは疎遠になってしまった。

　ラビットフードはさすがに嗜好をよく研究してあるのだろう、公園の兎にも人気が高いようで、もっぱらそればかりを撒いている老婦人がただ公園にやって来て自転車を停めただけで、周囲に五六羽が集まってきたのを見たことがある。たとえ食べ残されても腐臭を放つことのない新しい餌の登場は、一見、ようやく訪れた事態の好転であった。やがてわたしは自分が楽観的であり過ぎたことを知る。腐臭が減じるためには、ラビットフードが撒かれる餌の主流を占めなければならない。しかし主流は相変わらず野菜屑や残飯である。目新しい新飼料の登場が兎たちの野菜屑離れ残飯離れを助長して、結果、管理所周辺の腐臭や蠅は倍加した。

　そして鴉。防鳥ネットに被われたゴミ集積場を襲撃するよりここいらで老人を待ち構えていたほうがよほど満腹できることに気づいた彼らが、管理所の屋根を糞で白く染めるようになった。ある日突然、大群を成していた。今もわたしの頭上に群れている。のべつ管理所を包囲しているわけではなく、不意に大挙してやってきてしばらく居坐り、また不意に群れごといなくなる。多いときで五十羽くらいが屋根の上や周囲の木の枝に留まって、ああ、やあ、と囂《かまびす》しく囃《はや》している。鴉。鴉。鴉。鴉。

わたしの生家あたりで鴉というと嘴細鴉《はしぼそがらす》ばかりで、これも決して小さな鳥ではないけれど軀のバランスが端整で、電線に留まっているのを見かけても、ちょっと小振りな鳶くらいの印象だった。比較的海の近い土地であり、鷗が河川沿いに住宅地まで上がってくることが多かったから、白いのは鷗、黒いのは鴉、という認識の仕方だったような気もする。現実の鷗というのは詩歌や唄に見られる嫋《たお》やかなイメージに反して好戦的でかつ凶暴な鳥であり、寄って集《たか》って鴉を殺してしまったりもする。わたしは湊の鷗の群れよりも、人里にぽつねんといる鴉のほうにずっと親近感を抱いていた。鳶についても鷗と同様、廃棄された魚の腸《わた》やこぼれた小魚を目当てに市場のまわりに群れている姿が、わたしはどうも好きではなかった。大気に充満した塩辛い腐臭と相俟って、彼らはとても穢らしく、また寒寒しく見えた。この鳶という鳥も鴉とはしばしば敵対関係となるが、単独行動が多い嘴細鴉のほうがいつも負けてしまう。

このあたりの鴉はどれも嘴太鴉《はしぶとがらす》だ。嘴細鴉よりふたまわりくらい大きく見えるのは、太い嘴《くちばし》の付いた頭の威圧感ゆえだろう。また嘴太鴉というのは嘴細鴉に較べて、どうも地面に近い場所を好む傾向があるようだ。故郷の街を歩いていて鴉を目の高さに見るということはまずなかったが、こちらの鴉は人間の平時の視界に堂堂と登場するからぎょっとさせられる。鴉が大きな群れをつくって行動しうることも、こちらに出てきて初めて知った。しかも巧みに連携して行動する。十羽くらいが奇妙な感じに交錯して飛んでいるので、なにをしているのかと思って窓から身を乗り出してみたら、集団で仔兎を追いたてていたことがある。仔兎が逃げていく先に急降下して退路を塞ぎ、兎が方向を変えれば別の鴉が降下してまた塞ぐ。そのうち体力を使いはたしたのかそれとも恐慌状態に陥ったのか仔兎の動きが急に鈍った。すると一羽の鴉がすとんとかたわらに降りて、仔兎のほうに頭と嘴を動かした。突いた、という感じではなくてただ指し示したかの所作だった。途端にほかの鴉たちが吸い込まれるように地面に集まってきて、羽ばたき、口口に喚き、とてつもない大騒ぎになり、やがて黒い蠢《うごめ》きが四散していくと、あとには朱色に染まった小さな屍骸が残っていた。食事が始まるのかと思いもうしばらく観察を続けていたが、屍骸に寄りつく鴉は現れなかった。ただの遊戯だった。屍骸はわたしが片づけた。可燃ゴミとして。

　小説家が管理所に怒鳴り込んできたのもその頃だ。投石投石と云っているので、質《たち》のわるい若い連中同士が喧嘩でもしているのかと思った。よく聞いてみればなんのことはない、石を投げられたのは彼ではなくて犬であり、投げつけてきたのは兎に餌をやっていた老人だという。引き紐から解放された状態で園内を闊歩しているこの黒犬を遠くに追いやろうとしたのである。しかし小説家には自分が投げられたよりよほど深刻な問題のようで、今し方より遥かに激烈な調子で兎の養育者たちを罵り、わたしたちの管理不行届きを糾弾し、また自分に不都合な条例を槍玉に挙げては嘆いた。彼と話していてわたしは初めて、保健所のプレートや停止表示器材がそれまで考えていたような物悲しいものではなく、犬とその飼い主を公園から排除しようという政治的な意図で集められたものだと思い至った。となれば放置しておくべきではなかろうと判断して、即日、ペンチを片手に目につくかぎりのプレートを撤去していったのだが、いざ外そうと思って柵や立木をよく見てみると、針金ではなく釘を打ちこんで留められているものが少なからずあり、これにはさすがに腹を立てた。固定のされ方がどうであれ、生木からプレートを外すと腐りかけた樹皮の上に蟻や油虫がびっしりといる。それらがいっせいにわらわらと木の表面を這い、ときにはわたしの腕にまで上がってくる。油虫は屋内にいるものよりだいぶ小さく、翅《はね》がなく、赤っぽい色をしていた。回収したプレートを数えてみると七十枚以上に及んだ。車前草の日溜りのカラーコーンとポールも撤去し、本室の裏に運んで、放置されてずいぶん経っているから粗大ゴミとして廃棄してほしいと頼んだ。撤去するまでは見逃していたが、ポールの貼紙はずいぶん数を増していた。ほとんどが最初に見た貼紙やプレートの文句と重複した内容である。ただし一枚、苦笑したというか、呆れてしまったものがあった。新聞の投書欄を切抜いてコピーしたもの、と一見したところ思えるが、どうも活字のレイアウトがすかすかで素人くさい。

公共の場の私物化やめてほしい

ファッションで、犬を連れ歩くのが流行しているのか、近年、公共の場を私物化して、犬を連れてくる人が増えている。公共の場の代表格といえば公園だが、公園といえば人々の憩いの場であり、ピクニックを楽しんだり、スポーツをしたり、芝生の上で休んだりする。私も、毎日運動をしている。

その公園に近年、犬を連れてくる人が増加してきた。犬を好きな人はいいのだろうが、犬を嫌いな人も公園にはいる。そのうえ芝生に小便をされたりして、みな大変、迷惑をしている。ひどい犬になると、鎖もつけず、勝手に走りまわっていて、私は注意をしたいが、犬が大きいと恐ろしくて、近づくのも怖い。まったく、迷惑な時代になったものだと、妻と話している。

昔は犬といえば、庭で鎖につないで飼ったものだが、そこで「昔は良かった」とため息をついてしまうのは、私も年をとったのだろうか。無責任な飼い主たちに、ぜひとも反省をうながしたい。

また余白には手書きの文字で、このように迷惑している人、たくさんいます！　とあり、記事に向かって矢印が延びている。いかなる新聞であれこう下手糞な文章をそのまま掲載するはずはなく、自治体の広報紙レベルのレイアウトでさえなく、またそれらがこうも一方的な意見を掲載する意味もない。載せそうな媒体といったら小規模で特殊な思想団体の機関紙くらいだが、思想普及に寄与するタイプの投書とも思えない。ひょっとするとこの執筆者自身が主筆か発行人なのかもしれない。あるいは一切が最初から貼紙として制作されたもので、記事は演出のための捏造であるかだ。いずれにせよ、貼った人物と投書した人物の同一性に疑いの余地はなく思われた。

　兎に餌をやらないでほしい、鴉が集まって困っている、という近隣の住人による貼紙もあった。犬の飼い主からのものはなかった。余裕の沈黙で応じる、ということなのか、しかし小説家を含め公園を訪れる犬連れ散歩者のいずれもが、どこかしらそういった鼻持ちならなさを漂わせているのは確かだ。犬が好きだから犬を飼っている、という論理に基づいて彼らは行動し語りたがるけれど、そこに普遍性を見出すのは難しい。普遍性を持たせようと思えば、犬を飼えるし、という前提を冠しておく必要がある。犬を飼えるし犬が好きだから犬を飼っている。動物を、とりわけ犬のような手間がかかるうえ寿命も長い動物を飼うには、多大なリスクが伴う。それを背負っていること自体、彼らの人生が享楽的であるという証左だ。経済力のみの問題ではないのだ。たとえホームレスでも犬を飼っている者はいる。塔の高さはあまり問題ではない。問題は余力を確信しているかどうかだ。おおいに当人の思い込みたりうるこの確信は、周囲を充分に苛立たせ、また漠とした恐怖を与える。恐怖は年齢を経た者にほど深い。余力という言葉の意義が、日日、自分のなかで薄らいでいるのを実感しているからだ。彼らはもう見たくないのだ、可能性という悪夢を。貼紙の投書の根底にある感情は憤懣《ふんまん》ではない。恐怖だ。具象としての犬はどうでもいいはずだし、兎も、たまたまひとつの役割を担っているに過ぎない。犬に金属バットを振りかざす老人は、べつに兎の恨みを晴らそうとしているのではない。それは犬に対して振りかざされているのではない。彼は恐怖にあらがおうとしているだけだ。

途方もない幸福だよ、老人であることは。若い頃、私はいつもこんな言葉に追っかけられたものだ。《今にいい日が来るよ、今に！　きっと》。よろしい！　私は今老人だ。そして、何も来はしなかった。何も！

エリック・サティ五十歳の弁だ。かつてこれを読んだとき、なんと侘しい見栄を張る人であったかと思った。しかし今は彼が本音を語っていたことがわかる。わたしは五十歳だ。公園を訪れる人人を老人呼ばわりしながら、私自身、すでに立派な老人なのだ。そしてこれまでなにも来なかった。なにも！　この種の諦観は、わたしを確実に幸せな気分にしてくれる。すこしでも若さを残していた時代には決して味わえなかった気分だ。わたしはインポテンツで音楽好きな公園の管理人だ。それ以上である必要はないし、それ以下でもありえない。やがてこの仕事を定年退職したら、毎日の散歩コースに公園を組み入れるか否か決めかねているけれど、インポテンツで音楽好きな年金生活者として暮らしていくことは間違いない。そしていずれ死ぬ。順風満帆の晩年である。もっともサティが右のように語ったのは知り合ったばかりのジャン・コクトーに対してだった。コクトーはすでにサティを、みずからが台本を手掛けたバレエ《パラード》に引きずり込んでいた。舞台美術はピカソ、振付けはマシーン、監督はディアギレフ、指揮者はアンセルメ。観客は舞台に物を投げ、わずかな人人が絶賛し、コクトーはサティを懸命に擁護した。幸か不幸かサティはいつしか生きた芸術の表舞台に立たされていた、今更のように。

「雨だ。やっぱり来た」小説家が云った。「うわ、濡れるな。まあいいか」

　わたしは窓を見返した。細長い水跡が三筋か四筋、硝子に附着しているのを確認したかと思うと、たちまち数を増し、窓の下半分を埋めつくし、林に涌いたざわめきが室内にまで漂いはじめる。

「このあいだ、土曜日だったかな、日曜かな、来たよ、ここ。週末は閉まってんだね」

「わたししかいないもんですから」サティは悪夢の実現をまのあたりにした。「向こうの大きいほうの管理所は開いてますよ」

「普通は土日は外に出ないんだけど、取材があって、その帰り。どこ行っても混んでてさ。交代勤務にしないの」

「上がその必要を感じない以上は」

「机もロッカーもふたつある」

「そうなんですよ。まったく無駄なことに」わたしは狭い室内を見回した。机とロッカーがふたつずつであることをのべつ意識していたのは、ここに勤務するようになった初日だけだ。あの日だけは、いずれもうひとりの勤務者がやって来るのだろうと思って、ずっと落ち着かなかった。だれも来なかった。ただの来訪者もなかった。電話もなかった。わたしは日誌に、異状なし、と書いて帰宅した。

「両方ともあんたが使えばいい。使ってるの」

「いいえ」

「もう行くよ。とうぶんやまないだろう。どうするこれ」

「可燃ゴミに。出しときましょう」

　小説家は頷き、たばこを灰皿に放ると、犬を従えて雨のなかに出ていった。わたしはカウンターの兎の屍骸を、なるべく毛皮に触れないように怪物の人形を運んできたポリ袋に滑り込ませ、口を固く縛った。ヴィニル傘を差して外に出ていき、袋を可燃ゴミのバケツに押し入れた。そうしているあいだにも雨は勢いを増して、林の叫びが耳を塞いだ。袋の中の兎はぐにゃぐにゃして冷たかった。

　管理室に戻ってカウンターを拭い、拭った雑巾を洗い、流し台の下の小型冷蔵庫から五百ミリリットル入りの缶ビールを取り出してプルトップを開け、窓ぎわのオーディオセットの電源を入れた。かけたのはサティではなくチャイコフスキーだ。プレイヤーに入っていた《交響曲第五番》である。このボーズのオーディオセットはわたしの私物で、WBS－5EXという品番が付いている。CDプレイヤーとチューナーが内蔵されたアンプと、ウーファーユニットと、ふたつのスタンド付きの小型スピーカーから成るシステムだ。ウーファーは対いの机の下に置いてある。このセットを購入する以前は、同じ机の上に置いたラジカセ同然の小さなセットで音楽を聴いていた。

　勤務終了時刻を過ぎていた。わたしは机について日誌を開いた。兎の屍骸が発見されたことを記録しておくべきかどうか考えた。これまで兎について記したことはない。鴉のことも犬に関する苦情のことも書いてない。なるべくなにも書きたくないのだ。しかし兎の存在がじゅうぶん知れわたっている今、関連した記述が管理者の日誌のどこにも見当らないというのも不自然に思える。ペンを日誌の上で指揮棒のように動かし、ときどきビールを飲みながら、ずっと兎のことを考えていた。肉と毛皮の歴史だと小説家は云った。言いえて妙である。わたしなりに兎のことは勉強してきた。それを鼠のともがらだと信じてきた半世紀を今は恥じている。あたかも兎は、わたしにとっての知の暗黒大陸だった。兎の歯には門歯の重複という大きな特徴があり、この点が齧歯《げっし》類《るい》すなわちネズミ目《もく》とは決定的に違い、かつては重歯類とも呼ばれていた。歯の構造的な違いは、食物を噛むときの下顎の動かし方にも顕れている。齧歯類はかりかりかりと下顎を前後もしくは上下に動かすけれど、兎はもそもそと左右に動かす。そうだよ、そのとおりだ、と記述に接して膝を打った。

　ウサギ目の動物は現在、二科十二属五十九種に分類されている。まず全体がウサギ科とナキウサギ科に分かれる。啼兎《なきうさぎ》というのは日本にもいる高山動物で、姿はむしろ鼠に近い。名前のとおり甲高い啼き声をあげるようだ。ナキウサギ科にはナキウサギ属の一属しかなく、これが十七種いる。一方ウサギ科の十一属を列挙すると、アカウサギ属、アナウサギ属、アマミノクロウサギ属、アラゲウサギ属、ウガンダクサウサギ属、スマトラウサギ属、ノウサギ属、メキシコウサギ属、ピグミーウサギ属、ブッシュマンウサギ属、ワタオウサギ属となり、アカウサギ属とノウサギ属とワタオウサギ属以外は、それぞれの属に同名の一種しかいない。アカウサギ属は三種、ノウサギ属は十九種、ワタオウサギ属は十二種いる。これで四十二種。ナキウサギ科の十七種と足して合計五十九種。これで全部だ。

　このうちの一種、アナウサギ属穴兎から、あらゆる飼い兎が作出された。長毛だろうが垂れ耳だろうが食肉用の巨大種だろうが、血脈を辿れば凡て穴兎である。本来イベリア半島、南フランス、そして北アフリカにのみ棲息していたこの兎を、ローマ人がイタリアに持ち帰った。以後穴兎たちは中世の頃まで、もっぱら食用、狩猟用として、石壁に囲われた場所に幽閉されたり、小島に軟禁されたりしていた。しかし穴兎の名のとおり本来巣穴を掘ってそのなかで暮らす彼らは、いくらでも土中を掘り進むことができ、また意外と泳ぎも達者だった。彼らは次次に脱走した。折しもヨーロッパでは耕作地を確保するための森林伐採がさかんにおこなわれており、住処を構えるに適した草原には事欠かなかった。棲息地はヨーロッパの全域に広がった。

　十一世紀もしくは十二世紀、穴兎の飼育は修道院に普及した。仔兎や兎の胎児は彼らのあいだでは肉類に分類されておらず、四旬節すなわち復活祭《イースター》前の四十日間にも食べることができたからだ。しかし仮にそういう理由がなくとも、食肉用の家畜として穴兎は優れた動物だった。生後半年以内に性成熟に達し、一年じゅう繁殖活動を行う。妊娠期間は最長三十四日。一度に出産する子供の数は平均して六羽から七羽。産後三日以内にまた交尾が可能になる。好条件下であれば、年間十一回の出産が可能という計算になる。毛皮の利用価値も低くはない。養兎は農家にも広まり、すくなくとも十七世紀までに飼育のノウハウが完全に確立された。食肉に有利なよう大きなものが選択して繁殖されてきたため、飼われている穴兎は野生のものより大型になっていた。穴兎はすでに飼い兎だった。さまざまな毛色の突然変異種が誕生し、色の美しいものや長毛のものは珍重された。ふわふわで垂れ耳の愛玩種も、中型犬ほどもある食肉種も、昨今のバイオテクノロジーの功績ではない。数百年にわたる選択繁殖の成果だ。

この公園の兎がなんという品種であるか、いろいろな図鑑を繙《ひもと》いては調べてきたのだが、これという結論には至っていない。昔、よくパンダ兎と称して夜店などで売られていたやつではないかという気がする。もっとも先刻の屍骸のように真っ白なのもいれば、ほとんど真っ黒なのも、白地に褐色の斑紋を持つのもいるから、必ずしも彼らは最初の一つがいの直系ばかりではなく、公園に兎がいると知り、飼い飽きた自分の兎を棄てにきた不届者などもいたのかもしれない。最初のつがいの飼い主はわかっている。公園に隣接した住宅地のなかの一軒だ。捕獲して養育者たちか本来の飼い主に引き取らせろと小説家が強硬に主張するもので、ある日ラビットフードを撒いている老婦人をつかまえて、もともとはどこの兎なんでしょう、と訊ねたのである。彼女は家を知っていた。

いちおうつかまえようとしてたみたいよ、と彼女は云った。籠を毀して、窓から逃げちゃったんですって。

なぜ連れて帰るのを諦めたんでしょう。

なかなかつかまらなくて、そのうちそのうちと思ってたら、兎が替わっちゃったんだって。

世代が？

彼女は頷いた。だからこの子たちはここの生まれなのよ。

最初のつがいはどうしてます？　まだ生きてますか。

どれが最初なのかしら。ぴょんちゃん？　うさちゃん？

どれがぴょんちゃんなんですか。ここにいますか。

ここにはいないわねえ。ピーターなんて呼んでる人もいるけど。

それが最初の一羽？

知らないわよ。でも大きいから。

わたしの記憶だと、最初のつがいの片方はほとんど真っ黒だったんですが。

じゃあ黒ちゃんかしら。でもこの黒ちゃんとは違うわね。別の黒ちゃんね。

黒ちゃんはいっぱいいるんですね。

そりゃそうよ、黒い子はみんなそうだもの。

音楽の雰囲気が気分から離れはじめたので、CDを替えるために椅子から立ちあがった。窓ぎわに乱雑に重ねられたディスクの山から次にかけるものを択《よ》りながら、せっかく使われていない机があるのだから、これらはその抽斗《ひきだし》に整理するべきかもしれないと思った。しかし実行には移さなかった。ものごとを考えついたところで満足してしまい、なかなか実行に及ばないという癖がどうもわたしにはある。もうひとつのロッカーも、いずれは開けて利用しようと思いつつ、八年間、把手に触れたことすらない。いや待て。ある。一度あった。前の夏か、またひとつ前の夏だ。同じく雨が降っており、しかしきょうとは違い前日からの長雨で、管理所を訪ねてくる人もなく、わたしは苛苛と昼過ぎから酒を飲み続けて、勤務が終了する頃にはすっかり泥酔状態にあった。帰宅しようとしてロッカーの扉に指を掛けたが、引いても引いても開かず、そのうち、自分のロッカーは右側のもうひとつだったことを思いだしたのだ。そうだった、ロッカーは開かなかったのだ。

　わたしはロッカーの前に進んだ、自分のではなく、その左の、持ち主のいないロッカーの前に。八年前は近づく者を威圧するような清潔な輝きを帯びていた扉だ。今はぼんやりと曇りに被われ、毎日使われてそこかしこに凹みの生じているわたしのロッカーよりも、なぜかずっと古びて見える。把手に指を掛けて引いた。扉は微動だにしなかった。やはり、と思うと同時に疑問が生じた。通常、この種の扉にはいくらか遊びが設定してあるもので、たとえ鍵が掛かっていてもがくがくとわずかには動くものだ。そこで今度は押してみた。動いた。扉の端でさえほんの一ミリほどだが、沈み込んだような、決して軽くはない感触があった。力を緩めるとまた元の位置まで戻ってきた。なにかが入っている。弾力のあるなにかが、鍵の掛かった扉を外側に押し返しているのだ。わたしはポケットから鍵束を出して、自分のロッカーの鍵をその鍵穴に挿し入れてみた。鍵は入ったが、廻らない。わたしは管理室のなかを見回した。鍵はどこにあるのだろう。本室に保管されているのだろうか。

　あるじのいないほうの机の抽斗をひとつずつ開けてみたが、鍵穴付きの抽斗の底に、小さなヴィニル袋に入った自分自身のための鍵がテープで貼りつけられているのを見つけたのみだった。念のため袋から出して抽斗の鍵穴に挿してみると、まさしく適合した。奇跡が起きないものかとロッカーの鍵穴にも押しつけてみたが、今度は入りもしなかった。試みが失敗するたび、鍵を得なければ、という妙な焦躁は膨らんだ。気を落ち着かせようと二本めのビールを呷りはじめたが、ふとまた思いついて缶を流し台の横に置いた。

わたしは自分のロッカーの工具箱からラジオペンチと針金のロールを取り出した。針金を適当な長さに切ると、片方をわっか状に曲げて持ち手にし、反対側を自分のロッカーの鍵を手本にしてジグザグに折っていった。あるていど形がついたと思ったところで、机に押しつけて平たく伸した。そうして作った贋の鍵をロッカーの鍵穴に挿してみると、それはするりと中に滑り込んでいったが、しかし左右のどちらにも廻りはしなかった。扉を押さえつけた状態で試しても同じだった。慎重に鍵穴から抜いて先を調べてみると、力がかかって微妙に歪んでいる箇所がふたつある。ふたたびラジオペンチを持ってその二箇所の形を変え、もう一度試してみたが、またしても引っ掛かる。抜き取って、また別の形に変える。しょせんシンプルな鍵だから厳格さは必要あるまいと、わたしは踏んでいた。いくつかのポイントさえ適合すれば、きっと廻る。

買い置きのビールを次次と飲み干し、ときどき小便として便器に送り出しながら、わたしは辛抱強く自作の鍵に改良を加え続けた。針金が疲弊して折れそうな気配を感じると、そっくりな形状のものを作りなおして、そこからまた作業を進めた。作業に集中するほどに焦躁は遠のき、何十回めかの改良を終えた針金を鍵穴に挿した瞬間、どこかで、今回も廻らないようにと願っている自分に気づいて、ほほえんだ。わたしは鍵作りの無心を楽しんで、それが永遠に継続してくれることを望んでいた。しかし鍵は廻った。内部の機構を成しているなにかが、わたしの指の動きに連動して廻転しているのがはっきりと感じられた。ちょうど半廻転したところで、き、という楽器めいた軽い音をたてて鍵が安定した。扉を押さえていた左手の力を緩めた。別の音がした。扉はおのずと動いた。わたしはロッカーから離れた。子供の屍体が後ろ向きに転がり出てきて、床に倒れた。

3

わたしは叫んだが、声は雨音に吸い込まれた。

六歳か七歳か八歳か九歳。それ以上推量の幅を狭めるのは難しかった。小学校の一年生から小柄な四年生くらいまでの範囲の子供だ。その屍体だ。半ズボンを穿き、上は開襟になった白いシャツで、足に汚れた靴下を履いているが、靴はない。午睡しながら足掻いているみたいに、片手を頭の横に上げている。腕にもそして脚にも、多数の擦傷や火傷《やけど》の痕跡がある。髪の毛はざんばらな感じで、顔は男の子のわりに白く、いや血の気がないから白く見えるだけかもしれない、わからない。死後どのくらい経っているのだろう。皮膚に屍斑は見られない。硬直は解けている。ちょうど通夜で見るほどの状態の屍体だ。とすれば一日くらいか。しかしあれはたしか冷やして保存するのだ。

　屍体が子供だからか鳥獣の屍骸に狎《な》れているからか、出てきたときは吃驚したが、見つめていて怖いという感じはまったくない。しゃがんで顔を凝視すると、睫や産毛が青白く輝いていて、今にもくるっと目を開きそうなのだけど、動かない。ひどく痩せた、眼と眉がいくらか吊り上がった感じの少年だということだけはわかる。ところがその顔が生前はどういう表情で喋ったり泣いたりしていたのかを想像してみようとすると、ふしぎとそうするほどに顔かたちの特徴が認識できなくなって、完成する前の塑像を前にしているような気がしてきた。少年を模した、なにか別のものを見ているような気がしてきた。腐臭はしない。しかし腐敗に近づいていることを示す、むんとするくせに冷たい感じのにおいを強く感じた。屍体から直接涌きあがっているのではなく、ロッカーの中に籠っていたにおいのようだ。少年は、唇をすこし開いている。この屍体をどうしようかというふうにはわたしは考えず、ただ、わたしはこれからどうするのだろうと思った。なにも思いつかなかった。人生最期の場面にいて、終焉の闇までを秒読みしているような気がしてきた。

　電話が鳴った。わたしは机を振り返り、とても長い時間、机上の墨色の機械を眺めていたけれど、呼出しの音は一向に終わらずに、雨音の一部のようにいつまでも部屋に響いた。

電話機の下には、業務時間を案内したテープを流すための、古めかしい自動応答装置がある。スイッチを、まだわたしは入れていなかった。今から押しても間に合うだろうか。それともその前に切れてしまうだろうか。わたしは電話に近づいた。右手の人差指でスイッチに触れる一方、あろうことか左手では条件反射的に受話器をつかみ上げていた。わたしは自分の愚かさに愕然としながら受話器を見つめ、そうしていても始まらないことに思い至って、耳にあてた。

「――し」と女の声がした。もしもし、と云ったのだろう。

「はい」と小声で返事をした。

「イワミさん？」

「いえ」わたしは息をついた。「いえ、違います」

女はあまり抑揚のない調子で、「切らないでください。嘘よ、イワミさんの声」

「違います。どちらにおかけですか」

「メグミです。これきりもうかけませんから、すこしだけ話させて」

「番号をお間違えですよ。ここは公園の管理所です」

「メグミです。お願い」女は声をつまらせ、黙ってしまった。

「もしもし。もしもし？」

「本当に、忘れてしまったわけじゃないんでしょう、わたしのこと」

女が告げた名前にふと思いあたった。あの店の女の源氏名はメグではなかったか？　しかし声が違う。喋り方も。「あの、どちらのメグミさんで」

「あなたの、恋人だったメグミです」女の声は、動揺しているかに震えがちではあるが、整った発声の、深みのあるアルトだ。違う。

「ここは公園の管理所です」わたしは繰り返して、通話を切った。室内はまた雨音に支配された。少年の屍体を遠目に見ながら流し台の前に進んで、冷蔵庫を開いた。買い置きのビールは尽きていた。吊棚の扉を開けてウィスキーの罎を取り出そうとしたところで、また電話が鳴りはじめた。わたしは扉を閉じ、机の前に戻って受話器を上げた。「もしもし」

「切らないでって云ったでしょう」同じ女だった。荒い息づかいが聞える。

「しかし、お間違えなんですよ」

「まえもそうして、わたしになんか会ったこともないような顔をして、そうして別の人間に成りすまして、あなたはそういう人だわ。ひどいことをたくさんしたのは、わたしじゃなくてあなたのほうなのに、あなたのほうから逃げてって、まるで自分が被害者だったみたいに、今もそうしてわたしのことを煙たがるのね」

「あなたは」わたしは声を大きくした。「どこのどなたなんですか。わたしはそのイワミという人物ではない」

「公園の管理人だと云いたいんでしょう。本当、初めはなんでそんなことをしているのかと思ったけど、最近じゃあすっかり板について、どこからどう見ても立派な管理人さんね」

わたしは宙に視線をさ迷わせた。この女は、単純に番号を間違えたのではない。ここが管理所だとわかってかけているのだ。イワミという人物が、わたしに成りすましてここにいると思っているのだ。

「もしもし。わたしに会いにきた？」

「そのことさえ忘れたふり？　わたし、勇気をだして、一所懸命綺麗にしてあなたの前に現れたのに。そりゃあ昔のようには洋服は似合わないし、あなたは迷惑がるだろうとも思ってた。だから口実をつくって、またぶたれるかもしれないとも思ったけど、それでも、短い時間でいいから話をしたかったの。たったひと言かふた言、今のわたしを気遣うような言葉が聞ければ、それでよかった」

「それはいつのことですか。最近ですか」

「ごめんなさい、ごめんなさい、こんなこと云うつもりでかけたんじゃないの。あなたがそうやってまた演技を続けるだろうってことも予想してた。それでも会話がしたかったの。でもイワミさんも悪いの。とても遠いところに行ってしまったと思っていたのに、平然と同じ街に暮らしてるんだもの。わたし、だったら自分が遠くに行ってしまおうかと思ったけど、それも恐ろしくてできなくて、だからただ毎日」女はまた言葉につまった。やがて不意に、「わたし、鬱陶しい？　もっと嫌いになりそう？」

「いえべつに。ただ、あなたは人違いをしている」

「いつも落ち着いてるのね。わたしから電話がかかってきても驚きもしないのね。そういう泰然自若としたところが魅力だったけど、ぞっとさせられることも多かった。この人、わたしが邪魔になったら殺すんだろうなと思ってた。わたしの頸を絞めながら、きっと眉ひとつ動かさないんだろうって。ごめんなさい、怒らないでね。想像してただけなの。本当に殺されたりはしなかった。わたし、まだここにいる。もうすこし切らないでいてね。切らないでいてください、これでもう最後ですから」そういった直後、女は小さく、あ、と叫んだ。

「もしもし」

すこし沈黙があって、「いえ、なんでもないの。ただ一輪挿しが倒れて。暗いのよ。電球が切れてるの。また買ってくるのを忘れてしまった。仕方ないから台所のあかりだけ点けてるの。ここ、まえの部屋じゃないんです。あなたは来てくれなくなったし母も心細いと云うので、あれからいったん母のところに戻ったの。でもしばらくして母は肺炎で死んでしまいました。あの家は母の家であってわたしの家ではなかったのでわたしは出ていかなくてはいけなくて、だったらまた元のお部屋にと思ったんですけど、もうほかのだれかが暮らしていたから、仕方なく犬も飼えない今のところにしたんです。ねえねえお母さんが死んでしまったの」

「それは、ご愁傷さまです」

「ありがとう。もう昔のことだから悲しくないわ。別人のふりしていると、そういう優しい言葉もかけてくださるのね。でもそれはきっと、あなたがまだ気づいてないからね」

「なににですか」

「教えてあげない。自分で気づいてくれるまで」

「なんのことだかわかりませんが、わたしはイワミさんではないから、きっと永遠に気づきませんよ」

「気づくわよ。そういうことになってしまったのをわたしは悲しんでいるし、寂しくて途方に暮れたりもしましたが、心のどこかにほっとしている部分があることも感じていて、だから、これこそ自分が長いあいだ求めてきた結末なんだと思うことに決めたの。そうしたら本当に自分はとても綺麗な結末の場面にいまいるんだという気がしてきて、きょうわたしはお化粧をして街に出て、とても久しぶりに男の人とセックスをしました。部屋を出ていくときはその何時間か後にセックスをすることになるなんて夢にも思っていなかったのに、結果的にそういうことになってしまったことに自分でも驚きながら、でもそのセックスは、これが結末の場面の結末で、このまますとんと世界が真っ暗になって、闇のなかにただ The End か Fin か Fine か完か了か終劇という白い文字だけがぼおっと泛び続けているか、それともフィルム自体が終わってしまって、あとは永遠にすこし黄色がかった白一色の眩しい世界にちらちらと黒いノイズだけが走っていればそれでいいと思ったくらい、気持ちよかったです。もしそうなってしまっても心残りはなにもないと思いました。もしあるとしてもそれはイワミさんのことではなくて、お昼、鰻の稚魚を食べたのね、むかしイワミさんにどこかの球場の近くのスペイン料理屋さんに連れていってもらったとき食べたのが忘れられなくて、それは味が好きとか嫌いとかという以前に、あのパスタよりも細い一匹一匹が全部、それだけで完結した生命だったんだと思うと、どう云ったらいいかしら、あの感覚自体はじつはわたしにとって目新しいものではなくて、白子乾《しらす》しってあるでしょう。子供の頃あの一匹一匹にちゃんとふたつずつ目があって魚の顔をしていることを意識してしまった途端、わたし食事をもどしてしまったの、四五歳だったと思うけど。だからといってそれ以来白子乾しが食べられなくなったというんでもなくて、ただし食べるのにはちょっとしたこつがあって、口の中に入れるときわたしは魚の屍骸を食べてる魚の屍骸を食べてるんだって頭のなかで繰り返して、そのことから意識が逸れないようにするんです。もちろんとても厭な感じがして、最初のうちは咽に胃液が上がってきたりもするけど、我慢して咀嚼《そしゃく》して飲み込むの。すると飲み込む段にはもう、舌や歯の奥や咽といった粘膜の一切が自分のものではないような、人間じゃないぜんぜん別の生きものの粘膜を移植されてしまったような感じがして、まるで両生類や爬虫類の捕食を体験しているみたいなんです。飲み込むと、ぐちゃぐちゃになった白子乾しがゆっくりと胃に降りていくのが、ふしぎなほどはっきりとわかります。あの感覚を言葉に移すのは難しいんだけど、あえて単純な語彙に翻訳すれば、おいしい、です。とてもおいしいの。もちろん口の中で転がしながらこれは甘いとか塩っぱいとか硬いとか軟らかいとかいっているのとはまるきり次元の違う、おいしい、です。あのスペイン料理屋さんで鰻の稚魚がうじゃうじゃと入った鉄の平鍋が運ばれてきたとき、わたしがいつもそうやって白子乾しを食べていることをあなたは見抜いていて、ほかのお客や店員の見ている前で蟇《ひきがえる》や草亀になってみろと命じているのかしらと思い、それは屈辱的なことだから、わたしは人間らしい意識を保ったままでそれを食べたいと強く思いました。鍋の底にあるのはまさしく屍骸の集まりで、鰻の蒲焼きや白焼きはたとえそれが生きているところを見たあとでも屍骸という感じはしないし、目刺しになった鰯や柳葉魚《ししゃも》を見てもあまりそういう感じがしないのにふしぎね、たぶんあのくらいの大きさの白いものがうじゃうじゃとあるというのが、わたしにとっての屍骸のイメージなんだと思います。初めて食べる鰻の稚魚は、口に含んでもオリーヴオイルと岩塩の味しかしなかったけれど、白子乾しよりずっと強い屍骸としての存在感があって、咀嚼しはじめるとわたしはそれまでの決意に反してたちまち下等な生きものになったような感覚に支配されてしまい、あなたがなにを喋っているのかも、自分がそれになんと答えているのかもよくわからなくなってきて、ただひたすら、わたしは屍骸を食べている、わたしは屍骸を食べている、と頭のなかで呪文のように繰り返しながら、食べることの幸福に全身を浸していました。あの幸福感は忘れられません。これまでの人生で最高の食事だった。それでわたし、物語の結末での食事にはあの鰻の稚魚の料理しかないと思って、でもわたしは最近電車が苦手だからとてもあのお店までは行けないわと諦めながら歩いていたら、偶然中道《なかみち》通りにそのお店を見つけて、どこかの球場のそばだと思っていたのに本当はこんなに近くにあったのねと驚いて、なかに入ってみたらたしかにあのお店だったから、席についてメニューを見たらやっぱり鰻の稚魚の料理はありました。わたしは酸っぱいスペインのワインを飲みながらその料理を食べた。あなたと食べたときより塩味が薄くて稚魚の味がよくわかるような気がしました。でもそれは単に二度めだったからそう感じただけかもしれません。あと、稚魚がちょっとだけ小さかったような気もする。それでもあの感覚はやって来ました。平鍋はすぐに空っぽになってしまって、お代わりを頼んだら、縞栗《しまり》鼠《す》みたいな綺麗な顔をした二十歳くらいのウェイトレスが微笑を泛べながらパンをオイルに浸して食べるよう勧めてくれたんだけど、わたしは鰻以外のなにも食べる気がしなかったから、いいから早く持ってきてといって怒ってしまった。彼女、悲しい気分になっちゃったかしら。心配だわ。お代わりが出来るまでの時間、わたしはまるで麻薬の禁断症状が出てきたみたいに苦しくて、ハンカチで冷汗を拭いながら軀のなかの蟇や亀をおとなしくさせるためにワインを何杯もお代わりして、そしたらその縞栗鼠のような女の子がデキャンタでご注文になりますかと訊ねてきたから頷いたんだけど、けっきょくそれは鰻のお代わりと一緒に運ばれてきたの。だったらワインを注文する必要なんかなかったのにと思って、同じような失敗を避けるためにすぐさま次の鰻を今度は二人前注文しました。その二人前の鍋が来たところでもう二人前注文したから、全部で六人前だわね。でも食べたのはその料理だけだったからたいした量でもなくて、もっともっと食べられると思ったんだけど、それ以上頼まなかったのは、お財布にそれ以上を払えるだけのお金が入っている自信がなかったからで、事実、会計したあとのお財布の中には十円玉と五円玉と一円玉しか残っていなくて、それでもわたしはとてもいい気分でお店を出て、そのあとデパートを巡っていたら、近鉄デパートのアクセサリ売場で素敵なネックレスを見つけて、それは硝子玉を繋げただけの安物だったんですけど、わたしはどうしてもそれをつけて歩きたくなってしまって、仕方がないから万引しようと思って、ネックレスを眺めているあいだに入口の前での待ち合わせのことを思いだしたようなふりをして売場の端まで歩いていって、もしも床を売場ごとに違う色に塗り分けるとしたらアクセサリ売場とほかとの境界はここ、という線のなかに片足だけ残して、あの人見当らないわねえ、わたしの姿が見当らなかったからまだ来てないと思ってネクタイでも眺めているのかしら、というような顔をしながら片手でバッグをおなかの前に引き寄せて、ネックレスをつまんでいる指を開いたらぽとんとその中に落ちるように視界の下のほうで狙いをつけていたら、ネクタイ売場の鏡を覗いて自分のネクタイを直していた背広姿の男の人が、本当に待ち合わせの相手を見つけたみたいにまっすぐわたしのところに歩いてきて、ほほえみながら、やめたほうがいい、店員が監視してるよ、と囁いたの。わたしはその人のネクタイと口許しかよく見ていなかったんですけど、ネクタイは光沢があって銀色に見える灰色のシルクニットで、あれはなんていうのかしら、シャツの襟から襟にピンが渡してあって、それがネクタイの結び目の下をくぐっていました。歯並びが良くて清潔そうな口許でしたけど、髭の濃い人らしくて顎を被った黒いぽつぽつのひとつひとつがはっきりと目の中に飛び込んでくるような感じで、ぽつぽつのまわりの皮膚はなぜか緑色に見えました。男の人はわたしのほうをじっと見ていて、どこを見ているのかしらと思ってちょっと怖がっていたら、やがて、買ってあげるよ、と彼が云ったのでネックレスの値札を見てたんだとわかりました。わたしは頷きも首を横に振りもしなかった。というのもわたしは十代のときにも同じような経験をしていて、それは中学生のときで、もう両親は離婚をして父には新しい家庭があり、母のところにはわたしが、姉のほうは独身の叔母のところで暮らしていて、でも姉とわたしはよく入れ替わって家に帰っていたんです。母は離婚してからもずっと御殿山に住んでいて、叔母は東武線の、東武線の、東武線だというのは憶えてるんだけど東武線のどこかは忘れてしまった、だから学校はばらばらだったけどそう遠くはないわよね。日曜に渋渋渋谷あたりで会って遊んで、きょうはどっちに帰る、という感じで、最初の頃は母も叔母も呆れてましたけど、叱られはしなくて、そのうち驚かれもしなくなりました。そのまま数日、相手の制服を着て学校に通って、相手の教科書やノートで授業を受けるの。友達には教えてありました。先生たちは気づきません。わたしたちは双子にしてもよく似た双子でしたし、そもそもわたしたちが双子だということを先生たちは知らないんだから。そうして姉の制服を着たまま、ある放課後、わたしはひとりで池袋にたしか池袋に行きました。そう池袋だわ。池袋には池袋には池袋にはよく行ってました。姉にとってはどうという場所でもなかったみたいですけど、ごてんやまに住んでいたわたしにとっていけぶくろという街はなんとはなし、危険な魔力を秘めた場所のように感じられてたの。そっちでのわたしはいつも退屈してたから、それを凌ぐにはちょうどいい街だった。学校の友達といってもそっちにいるときの友達は本当は姉の友達ですから、初めは姉と同じ顔をした別人であるわたしを面白がっていつも取り囲んでましたけど、そのうちわたしの個性がはっきり見えてくるにつれ構おうとはしなくなってました。わたしの性格がとくべつ陰気だったとか姉がどうだったということではなく、けっきょくみんな、わたしの友達ではなくて姉の友達だったということです。そうすると姉の手前、わたしのほうと仲良くするのは気まずいらしいんです。女の子同士というのはそういうところがあるの。だからその頃はもうあちらでの話し相手といったら叔母くらいしかいなくて、だけれど叔母は、同じ顔をした双子でも、姉のほうばかりが可愛いようすで、姉のことを本当の娘のように自慢してばかりいました。わたしは美しい叔母に憧れてましたから、姉と入れ替わるときは叔母のところに行けるのが嬉しくて堪らないというのに、だから、行くと必ず後悔してしまうの。でもいけぶくろの街は近いわね。いけぶくろ駅のそばのビルであのふくろう像が睨んでいる先にあるのはなんていうのかしら、どれも似たような片仮名だからいつも混乱してしまう、とにかくその何階かに安いちまちまとした少女向けの小物ばかりを売るお店がありました。今もあるのかもしれません。そこがわたしにとっての聖地でした。シャーベット色の輝きに満ちた陰影も遠近感もないとても小さな世界です。初めてそこに足を踏み入れたときわたしは感激のあまり泣きだしそうになりました。ほんの上辺だけのことで構わないからそんな汚いものも素っ気ないものも見当らない涼しい日の寝入り端《ばな》に思い泛べる風景のような世界で過ごしたいと願っていたからです。同じような店はほかにいくらでもあったような気がするのになぜそのお店だけが特別に感じられてたのか今となってみるとふしぎです。もしかするとわたしが心酔していたのは商品の間に覗いている淡いオレンジ色の壁紙とか商品の値札が挟んである赤銅色の針金細工といったようなとてもささやかなものに対してだったのかもしれません。生理がきてはっと目が覚めたみたいにいろんなことに敏感になりはじめた瞬間に接したそれらに孵《かえ》りたての雛鳥が親の姿を発見したみたいに夢中になっていただけなのかもしれません。ところがその日お店のレジにいたのはいつもいるふわふわした髪型の華奢なおねえさんではなくて角張った厳しげな顔をしたおばさんでもしかしたらおばさんという歳の人ではなかったのかもしれないけど中学生のわたしにはそう見えました。直線的な顔立ちを逆に強調するような円《まる》っこい銀縁の眼鏡を掛けて髪は頭の上で引っ詰めにしてお店の雰囲気にまるでそぐわない感じの人でした。わたしはとてもがっかりしてなにか髪留めでも買おうと思ってたんだけど買うんではなくて万引することに決めました。その頃のわたしはもう立派な万引の常習犯でただそのお店では必ずお金を払って買いものをしてたの。父がいないことを埋め合わせるようにわたしは母から暮し向きからすれば不相応な額のお小遣いを貰ってましたからそのお店で売られてる程度のもので買えないものはあまりなかったしなによりそこは聖地だったからお金を払ったくらいでそこにあるものを分けてもらえるなんてありがたいとまで思っていてだけどその日はどう見てもわたしの聖地にそぐわないその女性への懲罰を与えるようなつもりで手近にあった髪留めをポケットに入れたんです。そのままなに食わぬ顔で階段の方向に進んで階段を駆け下りようと勢いこんだとき降りないでと後ろから声をかけられて吃驚して振り返ると店の女性がすぐ後ろにいました。追いかけてきてたの。下りると万引になるわと彼女はわたしにだけ聞えるように云いましたが脅迫めいたところはまったくなくてまるで懇願してるような調子でした。お金がないならわたしが買ってあげるからと彼女は云ってわたしは階段を下りるのをやめました。べつに彼女の言葉に惹かれたんじゃなくて自分が姉の制服を着て姉の鞄を提げていることを思いだしたからです。嘘じゃないからいいこだからお店に戻ってきてと彼女は云ってお店のほうに歩きだしわたしはそのあとについて行きました。お店のなかまで戻ると彼女が見せてどれといって手を差し出してきてわたしがポケットから髪留めの入った袋を出すと彼女は頷いてその袋にお店の紺色のテープを貼ってそのあと本当に自分のお財布からお金を出してレジに入れてわたしの前にかえってきてこれきりにして安月給なんだからといってわたしの肩をつかんで自分のほうにひきよせました。彼女はわたしよりだいぶ背がたかくて軀の横幅も男性なみにあって片方の胸の先がわたしの鎖骨のあたりにちょっと触れたらそれはとても堅い感触でそのことに驚いているととつぜん彼女の唇がわたしのくちびるに被さってきてまたすぐに離れて彼女はわたしを解放しわたしはけっきょく一言も発しないままお店をでて電車に乗って叔母のマンションに帰ってごはんを食べてお風呂に入って床につくまでのあいだにも言葉をはっすることはなく頭のなかは彼女の胸のかたい感触とキスのことでいっぱいであれはいったい現実だったのかしらと漫画や小説のせりふをまねた自問をくりかえしていたら本当に現実ではなかったような気がしてきて夜中になんども起きあがっては制服のポケットに髪留めが入っていることを確認していたんだけど翌朝になってみると実際にはわたしはあのお店で髪留めをただ買っただけであってほかはぜんぶ帰りの電車のなかでのわたしの空想であるような気がしていてわたしは学校の授業を二時間だけうけてそれから電車にのってあのお店に行ってレジの向こうに彼女がいることをたしかめてまたべつの髪留めをぬすんで階段のほうに歩いていきました。すると階段を降りようとしたところでおいといって後ろから呼び止められたんですけどわたしを呼び止めたのは彼女ではなくてネクタイをした初老の男の人でわたしはとてもがっかりした気分になってでもまだ階段を降りてないから万引ではないわとたかを括っていたらこっちにきなさいって腕を強くつかまれて事務所のようなところに連れていかれてすみのソファにすわるように命令されてその部屋にはほかにもいろんな人たちがいてわたしのことをじろじろと見ていてわたしを連れてきた男の人がむかいにすわってポケットに入れているものを出しなさいといってわたしが髪留めをテーブルに出したら学校はどうしたのそれはどこの制服なのとなだめるように質問をしてきてわたしは姉の名前がばれないようにと思って必死にかばんをかかえこんでいるうちにだんだんおしっこがしたくなってきてすみませんトイレにいっていいですかときいたら男のひとが学校となまえをきくのが規則なんだよおしえてくれたら警察にはれんらくしないしトイレにもいけるよというのでわたしはむきになって階段をおりてないからまんびきじゃないまんびきじゃないもんといったら男のひとはまわりの視線をきにしながらよくいうよおれがよびとめなかったらどうせ階段にふみだしてたくせにとたばこに火をつけていいたくないなら勝手にしなさいそのかわりいつまでたってもトイレにはいけないからなと脚をくみました。わたしはかばんをだきしめてうつむいて尿意がさるのをまってたんだけど時間がたつにつれてそれは強まるいっぽうでそのうちほんとうにせっぱつまってきてそろそろ名前をいうきになったかと男のひとがきいてきたので大きなこえでまんびきもしてない人間になんでこんないじわるをするんですかトイレにいかせてくださいおしっこがもれそうですとさけんだら男のひとはおこった顔をしてまんびきだろう階段をおりてようがおりてまいが店のしなものをもち逃げしたらそれはまんびきなんだよだからおれはおまえをここにつれてきたんだそういうこざかしいことをぬかして手間をとらせるんだったらむりやりかばんを開けて名前をしらべるからなしょうべんがもれそうだっていうんだったらもらしてみせろここでしょうべんしてみろよともっとおおきな声でどなりつけてきてわたしはびっくりしたのときが抜けたのとでとうとうソファのうえにおしっこをもらしてしまいました。おとこのひとがそれにきづいてうわあほんとうにもらしやがったといってせきをたってだれかが雑巾をなげつけてきてわたしがなきながらそれで脚のあいだをぬぐっているともうすこし若いやさしそうなおとこのひとがまえにやってきてそうも強情をはることないじゃないかはやくなまえをいってしまいなさいそしたらわたしがあたらしい下着を買ってあげるからトイレにいってスカートもきれいにふくといいそのままではかえりたくないだろうとほほえみながらいってくれたのでわたしは頷いて学校となまえをいいました。しらないおんなのひとがあたらしい下着を買ってきてわたしをトイレにつれていってくれてわたしはそれまではいていた下着とくつしたをあらってそれで脚やおしりや靴のなかをふいてまたあらってスカートのうちがわもふいてあたらしい白地にあおいはなもようの下着にはきかえてトイレをでてみるとわたしのかばんはあけられてなかみをぜんぶテーブルにならべられていてさっきはやさしそうだったおとこのひとがおそろしいぎょうそうで舌うちをしてうそをいいやがってといってわたしがいま姉といれかわってるんですわたしたちふたごなんですといってもそれは信じてくれなくてけっきょく警察につれていかれて叔母がよびだされて叔母はとてもおこっていてそれいらいわたしと姉とのあいだに姉はいいこでわたしはわるいこというはっきりとした差異ができてしまってとてもさみしかったからそういうことがもうおきないようにその銀色のネクタイのひとのこともただわたしにキスしてみたいだけの善意のひとなのかそれともじぶんがしょぞくしてる組織のためだったらへいきでうそをつけるひとなのかを見きわめるひつようがありました。わたしがだまってネクタイのかがやきをみつめているとかれはわたしの手からネックレスをうばって店員をよんでこれをプレゼントとしてつつんでくださいとほがらかにめいじてそれからわたしのところにもどってきてちょっとお茶でものみませんかといったからこのひとはわたしにキスをしたいだけなんだわとおもって安心してうなずきました。いやお酒のほうがいいかなあなたおさけをのんでますねとかれがネックレスのはいった箱をじぶんのポケットにいれながらわたしのうでのなかに手をすべりこませてきたのがなんとなくいいきぶんだったからわたしはかれとあしなみをそろえてデパートをでてとおりをすすんでかれがここにしようと指をさしたおもてにオランダのビールのロゴのはいったかんばんのあるおみせにいっしょにはいっていちばんおくのせきにむかいあってすわりかれはビールをわたしはキールをたのみました。かれはテーブルにネックレスのはこをだしていやああなたのようなうつくしいかたにプレゼントができるきかいにめぐまれてぼくはこううんなおとこだとしずかなちょうしでいいました。わたしはとてもうれしかったけどかれのかおをみてしまうとまほうがとけてしまうようなきがしたのでくちもとからうえにはけっして視線をむけないようにしていました。のみものがはこばれてきてわたしはキールのグラスにくちをつけましたがグラスのふちにくちべにのあとがのこらずそういえばうなぎをたべたからおちてしまったんだわとおもいだしてバッグをあけてみましたがわたしはくちべにをいれてくるのをわすれていてくちべにがおちていてさえうつくしいかたといってもらえたのだからもしきちんとぬっていたらどんなにかしょうさんされただろうにとおもうとざんねんでたまらずそのときかれがビールをのみながらしたにおろしたはんたいのうでをもぞもぞとうごかしているのにきづいてなにをやってるんだろうとおもってネックレスのはこをのぞきこむようなそぶりで身をのりだしてみたらポケットにてをいれてズボンのなかでせいきをこすっているのがわかりわたしははやくいえにかえってくちべにをぬらなくてはというきぶんになっていそいでキールをのみほすとどうもありがとうございましたといってせきをたっておみせをでました。おみせのなかからネックレスネックレスというこえがきこえたけれどわたしはもうネックレスのことなんかどうでもよくなっていてはやくいえにかえってくちべにをぬりたいいっしんでどうろのおうだんほどうのないところをわたってほそいみちからこうえんにおりていくといけをかこんだくさちにぶつかってしまいみぎにいくのがはやいかしらひだりがはやいかしらとおもっているとうしろからまたネックレスネックレスというこえがしてぼやぼやしていたらネックレスにおいつかれてしまうとおもってひだりにすすみましたがよくかんがえてみたらそれはまわりみちのほうではやく池のむこうにわたりたいあまりしんちょうほどもあるせいたかあわだちそうにおおわれたくさちにふみいったらまるでほうこうがわからずネックレスネックレスがおいついてきてまてよといってわたしのかたやおなかにうでをまわしてせなかにのしかかりわたしはくさのうえにおしたおされてスカートをまくられしたぎをおろされくちべにくちべにくちべにとさけんだけれどかれのおおきなせいきがはいってきたとたんにそれは犬のようなうめきごえにかわってしまいあめがふりだしてきてわたしのあたまをぬらしてきもちがよくてわたしはぜんごにおしりをうごかしながらおわってくださいはやくおわってくださいっておとうさんおとうさんきいてるの、おとうさん、きいてるの」

　女がようやく言葉を途切らせたので、それがわたしに対する問いかけであったことがわかった。耳からすこし離していた受話器をまた密着させて、「聞いてますよ」

「さっきなにをしていたの」

「さっき？」

「ついさっき。つくえにむかって、音楽もかけずに」

わたしは息をのんだ。

「ああいうあなた、ひさしぶりにみた。そこでべつじんのふりをはじめてからずっと、いつも死人のようにしていたのに」

「いまどこからかけてるんですか」

「へやよ。さっきなにをやってたの」

「べつに、ちょっとした。ただロッカーを」そう口を滑らせながら、滑らせている自分への嘲笑が耳朶《じだ》をくすぐるのを感じた。「開けようと思って」

「ひらいた？」

わたしは返事ができなかった。

「みつけたのね」女の声は歓喜の色を帯びていた。わたしの心臓は早鐘を打った。しばらくお互いに無言でいた。女の沈黙は、わたしに屍体の感想を求めているかのようだ。驚愕している、啞然としている、困惑している、感嘆している、答えようと思えばいくらでも答えられたが、女が求めている言葉が含まれているかどうかはわからなかった。いや、率直にそのように告げればいいのではないか。なぜわたしはこの女の機嫌を窺っているのだろう。この女が屍体をここに持ち込んだのだ。しかし、どうやって？　わたしは部屋のなかを見渡した。ロッカーのひとつが開いている。少年の屍体が転がっている。窓を雨が打っている。カウンターの向こうには何枚かの嵌め殺しの窓と硝子の入った大きなドア。硝子はいずれも網の入った強固なものだ。ドアの鍵は二重。掛けたあとは必ず把手を引き寄せ、ドアが動かないことを確認する習慣がわたしにはある。仮に掛け忘れても、翌朝、必ず気がつく。窓もこのところ閉めっぱなしだ。便所の窓も。だいいち便所のほうは、開いたところで下方にわずかな隙間ができるだけだ。ほかに出入口はないか？　吊棚の扉が開いてウィスキーの罎が覗いている。吊棚の奥は？　天井裏？　いやなにもない。外観を見ればわかる。小さな密閉された箱に過ぎないのだ、ここは。

　通話は沈黙のうちに切れた。上擦ったGの発振音が残った、陽気な、空空しい音程が。わたしに絶対音感はない。二十代のころ行きつけの酒場でよく見かけていた若い盲人にはあった。ピアノの調律師だと云っていた。冗談が上手いうえにどんな音でも音名やコードに云い換えてみせるので人気があって、いつも酔っぱらいに囲まれていた。だれかが並んだ酒罎を四つ五つ叩いてどうだと問えば、うーん、いちばん近いのはC$^{\#9}$だな、といった具合である。あるとき店の電話を使おうとしていた者が彼に受話器を向け、これは、これは、と叫んだ。彼は顔の方向も変えずに、上擦ったG、と叫び返した。彼に絶対音感があったのはまず間違いないのだが、蝙蝠《こうもり》ではあるまいし、あの騒音のなかで受話器から洩れる発振音が聴きとれたとは思えない。よく訊ねられることだから、質問の方角からまた電話のことだとわかったのだろう。そのときわたしは彼と背中合わせに坐っていた。凄いね、とわたしがつぶやくと彼は慌てたような調子で、Gはすぐわかります、と答えた。

どういう感じでわかるんですか。頭のなかに音叉があるような感じですか。

いいえ、と彼は笑って、音の色合いがはっきりしているんです。

色合いという言葉を彼が使ったものだから、わたしはどう話を続けるべきか戸惑った。彼と会話するのはそれが初めてだったが、彼が生まれたときから目が見えずにいることは他の酔客との会話から知っていた。

いわゆる音色というのとは違いますよね。

いえ、そのようなものです。ピッチが合っていると澄んだ感じがします。色でいえば純色です。それより低いとくすんだ感じがします。高いときらびやかで落ち着かない感じがします。

そういう音がずっと続いているというのは、厭なもんですか、電話で。

気分によります。ピッチが合っていてもシャープ系の曲とフラット系の曲では色合いが違いますから、極端な話、好みの問題でもあるんです。

このときわたしは彼の云うシャープ系、フラット系なる言葉の意味をつかみかねていたが、後年チャイコフスキーに関する本を読んでいて、要するに、譜面の最初にシャープ記号が付いているかフラット記号が付いているかの話であったことを知った。チャイコフスキーはこのふたつの筆致を対比させることを好んだ。《白鳥の湖》第一幕はロ短調で始まる。譜面上はシャープ二つだ。王子の成人式ではニ長調となりこれもシャープ二つ、ワルツはイ長調でシャープ三つ、といった具合に劇の展開に関わる部分は一貫してシャープ系で書かれている。舞踏の部分に入ると逆にフラット系の調子ばかりになる。対比は第二幕でも同様で、ところが第三幕になるとこれが逆転し、物語にはフラット系、舞踏にはシャープ系となる。チャイコフスキーがいったいどの程度の聴覚的効果を期待してこのような対比を仕組んだのか、それとも単に図式的な面白さを狙っただけだったのか、わたしにはわからない。絶対音感のある一握りの、そして権威ある聴衆を感心させたかっただけのようにも思え、それもまた職人気質に満ちた彼らしい。わたしなど、何調とわかって聴いていればもちろん、はあ、これが何調か、などと思いもするのだが、その憶えているつもりの調子名からしてしばしば間違っているのだからお話にならない。ただし酒場の盲人の暗示のお蔭かG音だけはわかる。正確には、わたしが絶対的に記憶しているのは電話の、上擦ったG音だけであって、そこから壁を撫でおろすようにして正しいG音を探りあてているのだと思う。ともあれト長調の曲は一聴しただけでわかるし、ホ短調も、さらに壁を撫でおろして確認する必要はあるけれど、まあわかる。受話器を電話に戻した。雨音と空調音の混ざりあった音は、上擦ったGよりもさらに高い。かなりA♭に近い。

もう一度受話器を上げた。上擦ったG。警察の番号を押そうとして、こういう場合は緊急連絡番号を押すのだろうか、それとも最寄りの署の代表番号にかけるのだろうかと迷った。考えてみるとわたしには警察に電話した経験というものがなかった。調べる手間をかけるくらいなら緊急の番号でよかろうと判断した。すると今度はその番号が出てこない。子供でも知っているあの番号だ。むろんわたしも知っている。じき思いだすだろうと思って、かけてからどう喋るかをさきに考えはじめた。公園の管理所の者ですが。いえ、分室のほうです。玉川上水沿いの。ええ、あるんです、小さな建物が。さっき屍体を見つけまして。いえ、人間のです。子供です。小学校の下半分のいずれかくらいの男の子です。まだ腐っていません。白い開襟シャツを着ています。なぜ死んでいるのかはわかりません。ロッカーの中にいました。だれも使っていないロッカーです。八年間、だれも使っていなかったロッカーを、針金で開いたら出てきたんです。

ふと、さっきの電話の女が公園に戻ってきてようすを覗いているのではないかという気がし、わたしはまた受話器を置いて窓のブラインドを凡て閉じた。そうしたところで玄関の硝子越しにだったら、カウンターより上のほとんどが見えてしまう。いっそと思い、玄関の常夜灯を残して部屋のあかりを落とした。くらがりのなかで警察の緊急連絡番号を思いだした。一一〇だ。CDプレイヤーの前に行って演奏ボタンを押した。中に入ったままだった《交響曲第五番》が、また第一楽章から鳴りはじめた。アンダンテ－アレグロ・コンテ・アニマ。ホ短調だ。シャープ一つ。吊棚の扉を開きっぱなしにしていたことを思いだしてその下へ行き、ウィスキーの罎を取り出してから、閉じた。罎の蓋を開けて中身をすこし口に含んだ。クラリネットの調べは、運命を意味する。そうチャイコフスキー自身が述べている。

アレグロ部。この第一主題は、不平、疑い、訴え、非難を意味する。わたしはウィスキーを飲む。第二の主題は、問いかけ。信仰の腕のなかに身を投じるべきか？ わたしはウィスキーを飲む。もうひとくち飲んで、罎の蓋を閉める。閉めた。罎を流し台の脇に置いた。わたしは少年の屍体に近づく。かたわらに跪いた。彼の頸の下に手を挿し入れた。持ちあげてみた。重たいが、石塊《いしくれ》ほどではない。兎ほど軽くもない。スラックスのポケットに鍵束が入っていることを確かめてから、もう片方の手で彼の膝を束ね、引き寄せた。わたしは彼を抱いた。彼は片腕をぐにゃりと、翼のように広げた。わたしはみずからの身で彼を包むように、立ちあがった。カウンター脇のドアの前に進んだ。手首だけでノブを廻して、足で押し開けた。玄関のサンダルを履いた。背中で硝子の扉を押した。外に出た。雨の前に立った。しばらく立っていた。雨に打ち震える雑木林の闇から、だれかの姿が泛びあがってきて、わたしを非難するのを待った。電話の女、父や祖父母、警察官、女編集者、だれでもいい。あと十秒待つ。

十秒待った。だれも現れなかった。わたしは雨のなかに踏み出した。木木や地面と同じく自分自身も雨粒に打たれはじめると、途端に上水の唸りが際立って聞えてきた。増水している。管理所と並ぶようにして、同じ水ぎわに、松本訓導殉難の碑を戴いた土盛りがある。大正八年十一月、松本虎雄訓導は遠足中上水に落ちて溺れた児童を救おうとして死んだ。享年三十三。たった三十三歳。

承応年間、人口急増する江戸の渇きを癒すことを主眼とし、多摩川の羽村堰から四谷大木戸まで全長約四十二・八キロに及ぶ通水工事が行われて、玉川上水は誕生した。現在の地域区分でいえば、羽村市、立川市、小平市、小金井市、武蔵野市、三鷹市、杉並区、世田谷区、渋谷区、そして新宿区の、六市四区を貫いていたことになる。本来の目的以外にも、武蔵野台地各地に分水されて、飲料用、灌漑用、および水車の動力として活用された。明治に入って水は汚濁し、明治二十六年から三十二年にかけ、上水から浄水工場を経て市内に水を送るという近代的システムを導入するための改良水道工事が行われる。以後玉川上水は、多摩川上流から、稼動を開始した淀橋浄水工場までの導水路となる。東京と名を変えた首都の渇きは以前に増して激しく、水路は豊富な水量を湛えることを宿命として、人喰い川の異名をとった。太宰治も松本虎雄もそういう玉川上水で死んだ。

現在、淀橋浄水場のあった場所には高層ビルが群れ聳えている。新宿駅の西口にあたる地域である。淀橋浄水場は昭和四十年、都の水道事業の抜本的な転換に伴い操業を停止した。首都人口の膨張と工業生産の増大に、既存の水道システムの能力ではもはや追いつきようがなかったのだ。上水の流れはわずかに羽村取出口から小平水衛所までとなり、残りは枯渇した。上水がふたたび水を湛えるようになったのは、昭和五十七年に都が発表した「マイタウン東京」構想のひとつ清流復活事業が実を結んで、計画的な放水が開始された昭和六十一年以降のことだ。流下しているのは、清流からも上水という言葉からも程遠い、昭島市にある下水処理場の処理水を濾過した水だ。ただ上水に流すことだけを目的とした水である。水は濾過後、管径七十センチの送水管を通じて小平水衛所まで八・七キロの距離を圧送され、分配槽で、玉川上水と、同じく「清流復活」した野火止用水とに分配される。玉川上水に放たれた処理水は、武蔵野市曙橋で千川上水に分岐し、こちらは善福寺池に流れ込んでいる。分岐せずにそのまま玉川上水を落ちていった水は、最終的に神田川に流れ込む。

鬱蒼とした樹木や雑草の葉陰を黒ずんだ泥を巻いてひっそりと下っていく処理水の流れは、強い臭気こそないものの、わたしが生まれた街をかつて縦横に流れていたどぶ川を思いださせる。緑色の半固形の泡の層を水面に保ちながら複雑に対流する暗褐色の澱みには、廃棄されて生き延びたのであろう緋鮒や緋鯉の背がだらしのない舌のように覗き、岸を成す積石の隙間からはぎょっとするほどの大きさの溝鼠《どぶねずみ》が姿を現して、長い尾の残像だけ置いてまた別の隙間へと逃げ込む。まれに景色とは不釣合な純白の鷺が、茫然として汚水に脚を浸けていることもあった。夏の夜は周囲に蛍が群れた。ああした光景は、今はもう見られない。蛍はある年からぱたりと居なくなった。しばらくすると魚影も見られなくなった。汚水の質が変わったのだろう。廃液を垂れ流すような工場が上流に建ったわけでもないから、おそらくは洗剤や便所の紙や食品といった一般家庭に流通しているもののうちのなにかの質が、ある時期からいっせいに変わったのである。しかし見た目のうえでの水はむしろ澄んできたような印象で、噎せかえるようだった臭気も年年、帰省のたびに薄れていた。前後して、川は順次コンクリートで蓋をされ、暗渠《あんきょ》となり、上は新しい歩道になった。そのぶん車道が幅を増した。汚水のない景色になんとはなしに違和感を覚えつつ街を歩いていて、静かな場所でふと足許から涌きあがってくる微かな水音に気づき、自分がまさに記憶のなかのどぶ川の、澱みがちな流れの上に立っていることをわたしは思いだすのだ。現在の玉川上水も、この公園を突っ切ったのち久我山から長い暗渠となる。処理水に蛍は群れないが、棄てられた鯉や亀が大きく育つくらいの水質は保たれているから、暗渠のなかは溝鼠どもの楽園に違いない。公園のあたりまで上がってくる鼠も少なくない。素早くていかにも健康そうな鼠たちだ。食慾も旺盛だろう。

川が屍体を浮かべて運び去るにはどのくらいの水量が必要なのだろう。雨で嵩を増して唸っている今の上水にそれは可能だろうか。管理所から程近いところに、園内でゆいいつ上水を跨いでいる、小さな橋がある。そういえば、ほたる橋という名前がついている。かつてはこの公園にも蛍が群れていたのかもしれない。群れていたに違いない。蛍というのは特定のなんらかの化学物質以外に対しては、あんがい強い生きものなのだ。そのなにかさえ排除されていれば、どんなに濁った川にでも棲息できるのだ。少年の頃のわたしは蛍に幻想美など感じなかった。光を放屁して無遠慮に闇をかき乱す、頭の朱い米搗虫《こめつきむし》の群れに過ぎなかった。川のほとりの灌木《かんぼく》を捕虫網で叩けば、蛍たちは慌てふためいて明滅しながら四方に飛び散り、しかし二匹や三匹は確実に網の中でもがいている。そうやって十匹あまりも捕まえたのを虫籠に入れ、一晩じゅう廊下に放っておくのである。夜中に便所に向かうと、蛍たちはリズムを揃えて輝いたり静まったりを繰り返して、廊下の壁を青緑色に笑わせている。便所に立つ時間が遅いと輝きはもはや乏しく、朝になればすっかり全滅している。わたしは縁側で虫籠を振り、庭に屍骸を撒く。

　見知らぬ少年の屍体を抱えて、わたしはほたる橋にいる。橋の向こうはプールとテニスコートと四百メートルの陸上競技トラックを擁した公園の西園である。管理は競技場を隔てたところにある西園管理所がおこなっている。わたしの管轄ではない。屍体をいったん欄干に乗せて、両岸から張り出した枝葉に半ば覆われた水面を覗き見たが、ただ闇の底に鉛色の蠢きが確認されるばかりで、水量も水勢もいくほどのものなのか見当がつかなかった。橋の左右を見た。見えるのは、雨と樹木、たったいま踏み越えてきた水溜りの数数と、その向こうには管理所の玄関の非常灯、反対側には西園の公衆便所のあかりと、彼方で申し訳程度のあかりを放っているふたつの常夜灯。わたしは屍体を欄干の外に押しだした。白い塊は呆気なくわたしの視界から消え、とぷ、という鈍い水音がして、それきりなにも起きなかった。わたしは水面を覗きこんだ。白いものはどこにも見えなかった。揺れる枝葉と鉛色の蠢きと、低い唸りだけがあった。他にはなにもなかった。

来た方向に戻る気になれず、橋を渡りきって西園に踏み入った。競技トラックとその内側の楕円形の叢《くさむら》を突っ切り、あかりを落とした西園管理所の前を通って、公園の外に出た。車が、通りを激しく往き交っていた。横断しようと思ったが、なかなか機会が訪れなかった。わたしは車道を渡るのをやめ、公園沿いの歩道をとぼとぼと北上した。行く宛はなかった。管理所に戻ってもよかったし、酒を飲みにいくという手もあった。尻のポケットには財布が入っていた。そしてサンダル履きだった。降りしきる雨に、乏しい前髪がべったりと額に貼りつき、シャツは飽和状態にまで水気を含んでやたらと重かった。叢を横切ったせいで靴下もぐしょぐしょに濡れていた。わたしはこれからどうするのだろうかと予想してみた。おそらくどこかでもっと酔っぱらうのだろう。靴下のことなどどうでもいいくらいにまで酔っぱらえたなら、そのまま電車に乗って帰宅する。そこまで酔えなければ、きっといったん管理室に戻ってロッカーか机の抽斗にあるであろう新しい靴下に履き替え、傘を差して帰るのだ。ひょっとするとどこかに新しいシャツも置いてあるかもしれない。その種の買いものはたいてい仕事の合間に済ませる。買ったままロッカーに入れっぱなしにしていることが多い。横断歩道がちょうど青になっていた。対岸に酒場の窓が黄色く輝いていた。わたしは車道を横断した。

店は空《す》いているようだ。奥のカウンターの周辺に若者の一群が見えるばかりである。入ったことのない店だったが、若い客ばかりだからきっと安かろうと踏んでドアを押した。冷房が効いていた。バーニー・ケッセルのギターが流れていた。上手いのか下手なのか、極度に洗練された音色なのか無神経さの産物なのか、何度聴いてもわからないギターだ。窓ぎわの座席に着いた。奥の集団から笑い声があがったのでそちらを向いたが、べつにわたしを嗤っているのではなさそうだった。黒いエプロンを掛けた女の店員が、おしぼりと細長いメニューをテーブルに運んできて、また離れていった。冷たいおしぼりで顔や髪の毛を拭った。乾いたタオルか、せめて温かいおしぼりであってほしかったが、まあ仕方がない。わたしはメニューを振った。店員がまた近づいてきた。

「ウィスキーの、いや、テキーラはありますか」

「オルメカでよろしいですか」

わたしは頷いた。「それをロックで」

店員はメニューを受け取った。

「あ、ちょっと。それは何色のほう？」

「ゴールドでよろしいですか」

わたしは頷いた。「ダブルで」

「オルメカ、ゴールド、ダブル、ロックで」

わたしはもう一度頷き、窓の外に視線を向けた。公園に沿って立ちならんだマンションに遮られて、雑木林の黒い姿はどこにも見えなかった。ひとくち啜ってみて、自分が期待していた酒とは別物であると感じた。オルメカといってもいろいろあるのかもしれないし、オルメカという名前に心当りがあると思ったのが勘違いだったのかもしれないし、単に今は舌の感覚が狂っているのかもしれない。どの可能性もあった。ふたくちめでどうでもよくなった。しばらくすると不可解なほど軀の表面が熱くなってきた。冷房のために凍りかけているシャツが心地よいほどだった。奥の若者たちから見たら、わたしのまわりは水蒸気で煙っているに違いなかった。いい気分で官舎に帰れそうな気がしてきた。わたしは店員に手を振って、もう一杯、オルメカの、ゴールドの、ダブルの、ロックを注文した。

また、わたしは女編集者を思いだしていた。わたしたちは大抵いつも対い合わせでいたから、こうして独りでテーブルに着いていると否応なく彼女が思いだされる。まるできのうのことのように思いだせるのは、それが星座の日日だからだ。過去というよりもそれを再構成した物語だからだ。十七年前である。わたしはまだ、いくらか若かった。顔に髭はなく、髪の毛は黒黒として、今よりだいぶ長かった。腹の周囲に余分な脂肪はなく、それどころか買ったスラックスの胴囲を詰めてもらう必要があった。すでにアルコール依存の兆しがあったが、現在のように長く素面《しらふ》の状態でいることに恐怖を覚えるということはなかった。チャイコフスキーは当時から好きだった。今ほどではないが大好きだった。わたしは三十三歳から三十四歳になりかけていた。チャイコフスキーでいえば《鍛冶屋のヴァクーラ》を完成させ、かの《ピアノ協奏曲第一番》を書きはじめていた頃だ。彼はこの協奏曲を、当時高名だったニコライ・ルービンシテインというピアニストのために書いた。翌年、チャイコフスキーは完成した曲をルービンシテインの前で弾いた。ルービンシテインの感想はこうだった。

　パッセージが切れ切れで流れがない。こう悲惨では手直しもできない。構成からしてひどい。貧相なうえ下品だ。一頁か二頁だけ残して他を書き直すほかない。あるいは全部を書き直すかだ。

チャイコフスキーは書き直さなかった。

当時のわたしもわたしにとっての《ピアノ協奏曲第一番》に手を染めていた。五線紙上にではなく原稿用紙の上に、それを体現しつつあった。一生を公僕として過ごすつもりはなかった。まだ間に合う、とわたしは信じていた。職場では『東京のまちづくり』の編集を任されたばかりだった。『東京のまちづくり』などすこしも愛していなかったが、自己の能力に対する職場なりの評価として、処遇には満足していた。しかししょせん職場での一切を、わたしは人生の余技と看做《みな》していた。毎夜、暗い崖をよじ登るように小説を書いていた。一晩に数行、いや大抵は数語ずつの前進だった。後退する晩も多かった。わたしは完璧な小説を書こうとしていた。実際、仕上がっている部分の出来は完璧に近かった。不鮮明な表現も、わずらわしい枝葉もなく、あらゆる文が斬新な動きに満ちていて、美しかった。無名の新人の筆による長篇小説の序章として、それ以上のものは望むべくもなく思われた。作業には時間がかかった。わずか三十枚の序章を書き終えるのに半年を要した。

原稿用紙を改め、第一章、と最初の行に記したところで、ぱったりと筆が止まった。推敲に推敲を重ねて、もはや句点読点のひとつとして動かす余地のなくなった序章を受けての、次の一言がわたしは見つけられなかった。全体の構想は明確にある。次に描くべき場面はわかっていた。しかしその高みにまでわたし自身が這い上がるための、手掛かりとなる突起や窪みが、仕上がった序章には内在しなかった。わたしは完璧さを目指すあまり、球体のように閉じきった序章を書いてしまったのである。閉じた序章は、かといってそれのみを短篇として独立させるのも難しかった。そこに描かれている筋書は、あくまで長篇の断片としてのみ機能するたぐいのものであって、全体から切り離された途端に意義の大半を失ってしまうのだ。それでいて文章上は完結している。始まりの予感に満ちていながら、エッシャーの絵のように内部で収束してしまっている。いわば卵の化石であった。数週間、第一章、という三文字ばかりを見つめ続けて思案に尽きたわたしは、ある午後、衝動的に、原稿を投稿するつもりでいた文芸誌の編集部に電話をかけた。女が出てきた。

原稿を見ていただきたいのですが、とわたしは云った。

小説ですか、と女は訊いてきた。

小説です。

失礼ですけど、プロの方？

アマチュアです。

では、本誌では新人賞を設定しておりますので、そちらの係宛にご応募いただけますか。

要項は毎号三百頁めくらいに載ってますから。

じつは新人賞のことは、想定していないんです。枚数の上限が、その。

二百枚です。もっと長いの？

千枚くらいになるかと思うんですが。

長いわね。新人でいきなり千枚というのはうちでは難しいわね。いちおう書籍部宛にお送りになりますか。よほどいい原稿だとしても、出版される保証はありませんけど。

はあ。あの、読んでいただいて、ご感想をいただきたいのですが。

女はすこしのあいだ沈黙した。まあ、わたしでよろしければ。でも雑誌にも載りませんよ。

お送りしてよろしいですか。

じゃあ、わたし個人宛に送ってください。すぐにはお返事はできないと思います。その点はご了承ください。

女はわたしに名前を告げた。本多恵子、といった。わたしは序章の複写を彼女に送った。三日後、職場に電話がかかってきた。

ご連絡先がこちらになっていたので、こちらにかけてしまいましたけど。

こんにちは。はあ、それでいいんです。

建設局にお勤めなのね。お仕事中でしょう。

外には出ませんから。昼間はずっとここにいますから。

先日もそちらからおかけだったの？

そうです。なるべくその、電話は職場で済ませるんです、みんな。

ふうん。じゃあ用件ですけど、原稿、いただきました。でも序章しか入っていなかったわ。

それだけなんです。

千枚あるんでしょう？

それは完成すればの話で、このあいだ、誤解を与えてしまったかもしれないと思って、ちょっと気にしていたんですが。

いま何枚くらいあるんですか。

それだけです。お送りした三十枚だけです。

ち、とライターを点す音がした。この章は、これで終わり？

次は第一章になります。

それはまだ、一行も書いてないの？

次の言葉が見つからないんです。

簡単には、見つからないでしょうね。難しいわ、これ。

読みにくいですか。

いえ、ぜんぜん。それにわたしは、とても面白いと思いました。完成したら、また拝見したいわね。普通、書きかけの原稿を送ってくる人というのはいませんよ。

すみません。

なぜ千枚も必要なの？　きちんとした構想があるのかしら。

大学ノートに四十頁ぶんあります。半分は資料の引き写しですが。

本当に千枚必要？

そういう計算になります。

　本多恵子は沈黙した。わたしは机上のメモ台を手許に引き寄せ、ボールペンを握った。詩神の囁きのごとき貴重な示唆が得られるのを期待したのだった。編集者が沈黙のあとに発する一言というのは小説家の卵にとってそういうものであるはずだった。

しかし本多恵子はただ、そのノートを拝見したいわ、と云った。

喜ぶべきなのか落胆すべきかわたしは判断に苦しみながら、構いませんが、と答えた。

明日……いえ、きょうでは？　ノートはそこにお持ち？

ええ。六時半以降なら間違いなく伺えます。

では七時、いえ、できたら八時に。

八時で。

そちら有楽町ですよね、と云って彼女は地下鉄の神楽坂駅に程近い喫茶店を指定してきた。わたしは示唆の代わりにその店名と電話番号とを書き留めて受話器を置いた。とまれわたしの完璧な序章は、もしくはわたし自身が、強く彼女の興味を惹いたようだった。それから終業までの三時間をわたしは居眠りがちに、まだ見ぬ彼女との対話を妄想しながら過ごした。妄想のなかの彼女は、赤い、犬の垂れ耳のような襟の付いたスーツを着て、椅子の上で脚を組んでいた。質問の傾向によって、細枠の繊細なサングラスを掛けたり外したりしていた。

編集者（満足げにわたしのノートを閉じて）　序章同様、完璧ね。もうすこし気の利いた表現をしたいけど……完璧としか云いようがないわ。

わたし　時間をかけましたから。

編集者　テーマは凡庸というか、ちょっと愛国主義的に偏っている気もするけど、文章で救われてるわね。

わたし　ぼくはべつに愛国者じゃありませんよ。

編集者　なぜ日露戦争を舞台に？

わたし　負け戦より勝ち戦のほうがいいかと。露西亜への敵意はありません。ソ連にはすこしあるかな。

編集者　今後の展開次第では、戦争讃美と捉えられる危険性はあるわね。

わたし　負け戦を悼む小説より勝ち戦を称える小説のほうが、気分のうえで入っていきやすかっただけです。もしそこまで注文されて書くとしたら、どちらがすんなりと作業に入り込めるかを考えたんです。どちらにしても面白くできるとは思ってましたから。

編集者　当然わかっているとは思うけど、食べていくにはあるていど速度をつけて書くことも必要よ。

わたし　申し上げるまでもないことですが、これがぼくの凡てというんじゃないんです。今回はたまたまこういう方法をとっている、というだけのことです。

編集者　他の方法を試したことは？

わたし　もちろん。二週間で三百枚とかね。

編集者　素晴しいわ。内容が伴っていればだけど。

わたし　反省点は多多ありますよ。過去の自作に酔い痴れてばかりいたら、そのほうが大きな問題でしょう。しかし今は方法の話では？

編集者　今は完成度を他に優先させているというわけね。

わたし　しょせん誤解は防ぎようがないですからね、軽業師と思われるよりは鈍重な完全主義者のほうがまだぼくの実像に近い。もっとも、粗忽な小説家にはいつも惹かれているんですよ。

編集者　たとえば？

わたし　ヴィアン。

編集者　粗忽というより無自覚。

わたし　ひとつの規範は成してますよ。カフカ。

編集者　粗忽？

わたし　粗忽ですよ。ディック。

編集者　粗忽ね。

わたし　マーカス・ヴァン・ヘラー。

編集者　知らないわ。他に。

わたし　そう即座に何人も出てきませんよ、厳密に粗忽な作家なんて。

編集者　じゃあ質問を変えましょう。そもそも、なぜ小説を書こうと？

わたし　書けると踏んだからです。それにピアノは弾けないし、絵は……絵はまあまあかな。酔うとかきますよ、コースターの裏側なんかに。

編集者　子供の頃からわかっていた？

わたし　絵のこと？　小説のこと？　それともピアノを弾けないということ？

編集者　小説よ。それともコースターの絵を売りこみたいの？

わたし　小説ね。小説、小説……いつか、きっと書くんだろうとは思ってました。家業を継ぐような感じでね。父が文筆業であったといった意味ではなく、そういう感覚で、書くまでの時間を引き延ばしていたわけ。

編集者　消極的な選択だったと。

わたし　逆らうようですが、では人生で積極的な選択の結果というのがいったいどのくらいあるものですか？　後悔できるものなら、男性として生まれたことにさえぼくは後悔したい。

編集者　なるほど。男性を愛したことは？

わたし　質問を反転させていいですか。いまお訊ねになったような意味で、あなたが女性を愛したことは？

編集者　ありますよ。

わたし　じゃあぼくにもきっとある。

編集者　次の質問。あなたにとって小説とは？

わたし　苦行。
編集者　読者としても？
わたし　似たようなもんでしょう。
編集者　どういう書き手になりたい？　あえて理想を云えば。
わたし　ウィリアム・バロウズ。
編集者　真剣に訊ねてるのよ。
わたし　真剣じゃないのはあなたのほうかも。作家としての理想像なんて、ほくろの位置をどう寄せたいかを語るようなものでね。あなたも編集者なら、せめて書きたいタイプの文章を訊ねてほしかったな。
編集者　（ウェイターの動きを目で追いながら）　そうね、そのほうがずっと重要ですものね。そちらをお訊ねするわ。
わたし　明確にありますよ。たとえば三島のような……
編集者　（苦笑）
わたし　可笑しいですか。
編集者　いえ、ちっとも。（近づいてきたウェイターに向かって）　ブレンドをもうふたつ。お飲みになりますね？
わたし　いただきます。谷崎といえば満足でした？　あるいは中上健次とか。

編集者　怒らないで。ただ、海外の作家にインタビューしているようだと思って。

わたし（軟らかい背もたれに軀を沈めて）弱点を突かれたな。ぼくはこの三十年間、ひたすら翻訳文化に気触《かぶ》れっぱなしなんです。

編集者　輸入文化ではなく、翻訳文化なのね。

わたし　ぼくの感覚ではね。つまり、変換は芸術を研ぎ澄ませるんです。たとえ誤訳混じりでもね。チャイコフスキー自身の振った《交響曲第六番》はきっと、単に凄絶だった。ジェットコースターに乗ってるようなもんですよ。チャイコフスキー自身、あの曲の叙情性にはかなりの部分で無自覚だったんじゃないかな。

編集者　あなたは、あるいはわたしはそれに気づいている？　叙情性に。

わたし　蛍光色でね。

編集者　あなたの頭のなかは変換と転化のことでいっぱいなのかしら。卑俗な妄想のために眠れなくなったりはしないの？

わたし　こう見えても一通りは経験してきたんですよ。だけどぼくの存在はフィルターのようなものだから。

編集者　経験を濾過して……

わたし　今は小説に。

編集者　目詰まりしそうになったことは？

わたし（爆笑して）今がそうだ。手を握ってほしいな。

編集者　次の質問。性的な夢はよく見るほう？

わたし　翔ぶ夢のこと？　見ないな。十二のときからこっち、一度も見てない。

編集者　それはつまり……？

わたし　自慰を覚えて以来。

編集者　なるほど。休日はなにを？

わたし　書いてますよ。早くから酒を飲んで、すこし眠って、また書いて、自慰にも時間をかける。それに洗濯。あなたは自慰に器具を使うほう？

編集者　なぜ男性というのは、必ずそのことを訊ねるのかしら。

わたし　単純な好奇心ですよ。でももう答えなくて結構。今の反応でわかりましたから。

編集者　じゃあ次の質問。林のなかを駆けていく女について。

わたし　よく憶えてますよ。目鼻だちのはっきりとした、でも美人ではなかったな、ぼってりと肉厚な感じで……それでも下着姿だったからつい目を奪われて、遠ざかるまで見つめてましたけど。足に付いている血も黒っぽくてね、手負いの獣のようだった。

編集者　小学校の教師では？

わたし　疑いましたよ。でも確信は得られなかった。今でも可能性を検討することはあります。

編集者　お祖父さんとお祖母さんについて。
わたし　ぼくが生まれたときにはもう結婚していました。
編集者　お願いだから真面目に。
わたし　ちゃんと聞いて。みんな驚くんだけど、うちにいたぼくの祖父母は、祖父のほうが父方で、祖母のほうは母方だったんですよ。ぼくの両親の結婚後、その親同士も結婚しちゃったんです。祖母のほうは後家だったはずだけど、祖父のほうは祖母と結婚するために、もうひとりのぼくの祖母、父の母ですね、そちらと離婚したみたいです。嘘みたいでしょう。
編集者　信じがたいわ。
わたし　本当なんです。ぼくも父が死んだあとで知ったんですけどね。それまでは両親のどちらの親かなんて考えたこともなかったし、もうひとりの祖母には会ったことなかったし。
編集者　いまだに？
わたし　屍体には会いました。大学に入った年、母から連絡があって、そっちで葬式があるから代わりに行ってくれないかって。離婚後はずっと東京に住んでたみたいですね。
編集者（机上の小型録音機に指を辷らせながら）ありがとうございました。いい記事になりそうだわ。最後の質問の答は、できれば自分で憶えていきたいんだけど。

わたし　お好きなように。
編集者　あなたの、いちばん古い記憶を。
わたし　再構成したもので構わない？
編集者　ええ。ええ、もちろんよ。どんなに確かな記憶でも、人に語っていくうちに再構成されていくものですし。
わたし　まだだれにも話したことはありませんよ。でも再構成した瞬間を憶えてるんだ。ぼくはたしか三歳で、自分のさまざまな記憶が夢想ではなく記憶であることを、みずから検証していたんですよ。深刻な、その、認識についての不安に襲われてね。
編集者　それがいちばん古い記憶であるという確信は、そのとき得たわけね。
わたし　ええ。ぼくがたぶん一歳のときの記憶です。祖母がぼくを軽軽と抱いていたし、彼女の衣服の柄の視界に対する比率からいってもそのくらいでしょう。祖母と母とぼくとで、バスに乗ってるんです。それを降りるために、祖母が抱いていたぼくをかたわらの母に受け渡す。三人一緒に降りるんですよ。祖母はバッグでも開けようとしたんでしょう。だけどぼくは急に不安にかられて、泣きだしてしまう。
編集者　お祖母さんから引き離されたから？
わたし　いえ、バスから降ろされることを予感したからです。バスの中というのは、あのにおいは子供の頃のぼくには不快そのものだったけど、それでも動いているかぎりはそこはどこでもない場所ですよね。ところがいったん降りてしまうと、そこは必ずどこかなんです。不安にかられて当然でしょう？　降り立った地点がいかなる場所であれ、おまえはここにいる、と景色や地面の色合いによって思い知らされてしまうんですよ。無残だと思いませんか。

4

女はわたしが思っていたような女ではなかった。スーツばかりはわたしが予想したとおりに赤かったが、襟のない、ひどく肩の張った代物で、素材が凹凸に満ちているせいでかなり暗い色に見えた。てかてかした光沢のある黒いバッグを大切そうに膝の上に載せていた。顔は面長で平べったく、中途半端な長さの髪を左右に流して耳たぶを出していた。サングラスはなかった。どうにも安上がりな感じの女に思えたのだが、他に本多恵子に該当しそうな人物が見当らなかったので一礼してみた。女は腰をあげ、テーブルの間をよろめき出てきて、わたしに名刺を差し出した。わたしも名刺を返した。

どうぞ。奥に。

わたしは女の手許を観察しながらテーブルの間を横歩きした。女の片手は椅子の背をつかんでいた。手首から甲にかけて細かい皺が幾重にもかさなっており、のっぺりした顔立ちはちょっと年齢を判じにくい感じだったけれど、その皺のようすから見てわたしより若いということはあるまいと思われた。わたしは腰をおろした。目の前には女が飲もうとしていたコーヒーの器があった。表面に細かい泡の浮いた、最近ではべつに珍しくもない圧搾蒸気で抽出したコーヒーだったが、その晩のわたしにはまるでインスタントにしか見えなかった。本多恵子はカップと受け皿を手許に引き寄せながら、

コーヒーで？とわたしに訊ね、わたしが頷くとウェイターを呼びつけてそう伝えた。

わたしはテーブルの端にノートを置いた。彼女はそれを手にした。

読みにくいと思いますが。

女は最初の頁を開いて、頭を振った。コーヒーが来た。表面に細かい泡がびっしりと浮かんで、あたかも汚水のようである。店内にはステファン・グラッペリの飄飄としたヴァイオリンが流れていた。喫茶店はビルの地下二階にあった。じつのところそこは喫茶店を模した秘密の防空壕であって、ここにいる従業員を含めた十五人ほどだけが地上の空爆に気づかずにいるか、もしくは気づかないふりをしているのではないかという気がした。わたしはまた彼女の手を観察した。左の手には指輪の輝きもマニキュアの色彩も見られなかった。右の薬指にだけ、琥珀かその擬《まが》いの玉の入った大ぶりな指輪をはめていた。本物の琥珀だろうか、だとしたら虫は入っているだろうか、と思いつくなり、彼女の右手をつか

んで顔の前に引き寄せたい衝動にかられた。その石に虫は入っていますか、と直截に訊ねたのでは、いいえ、とただ反対の手でそれを被われてしまうような気がした。すると本当にそれ以降、たしかに琥珀に封じ込められていたはずの虫がどの角度から眺めてもまるで見当らなくなってしまうような気がした。琥珀の中の虫というのは大抵が、それほど小さいのだ。樹液に引き寄せられてきて謬《あやま》って身動きがとれなくなり、身が風化する以前に、あとから流れてくる樹液に全体を呑み込まれねばならないのだから。郷里には大昔から丸善の支店があり、その二階の一角に好事家向けの珍妙な品品ばかりを並べた硝子のケースが置いてあって、そこでわたしは初めて太古の蠅や蚊を含んだ琥珀というものを目にしたのである。ケースの前に連れていってくれたのは父だ。彼はわたしにそれが鉱物ではなく樹脂であることを説明して、だから内部になにが見つかろうと不可思議なことなどなにもないのだといった。いかなる奇跡であれ、成立ちさえわかってしまえば。本多恵子がノートを閉じて、心理の流れに飛躍が多いとか、結末が性急過ぎはしないかなどといった凡庸な感想をいくつか述べた。詩神の囁きからはずいぶんとかけ離れた示唆だったが、予測の範囲内の反応ではあった。なにか彼女の姿を見た瞬間から、罵声であれ溜息であれ、ノートに対する彼女の私的な感情が垣間見られればもうそれでいいという、やや投げやりな気分にわたしは陥っていた。

夜のほうはもう済まされました？　と彼女が云ったのでぎくりとした。自慰のことを訊ねているのだと思った。しかしそうではなかった。彼女は続けた。わざわざこちらにおいでになったんだし、どこかでなにか召しあがりますか。それともお酒でも?

わたしは頷いた。

食事?　お酒?　両方とれるところにしましょうか。

ああ、酒だけで、と答えた。食事はいりません。きっと食べられません。

当時のわたしがまともにとっていた食事といえば、昼休みの地下食堂の日替わり定食くらいで、それも半分は残していた。晩はたまに居酒屋でつきだしの小鉢をつつくのがせいぜい、他の日は部屋で適当な酒を呷りながら原稿に向かっているうちに正気を失い、眠る。朝はウィスキーを垂らしたコーヒー。常に空腹といえば空腹だったのだが、すると酒の味が冴えて旨いし、どうせ内臓の消化機能が弱っているから、うっかり連れの誘いに乗って屋台の支那そばでも食おうものならたちまち駅の便所でもどしてしまう。

本多恵子はわたしをカウンターにテーブルがふたつきりの、落ち着いた風情のバーに連れていった。赤チョッキを着たバーテンダーとその妻らしい女がふたりでやっていて、メニューはなく、記憶している銘柄を口にすればそれが魔法のように出てくるという店だった。アイラ島のモルトを、と頼んでも、どれとどれがございますが、という返事ではないのだ。アイラのなにですか、と問われる。そこで意地悪くアードベッグのようなちょっとなさそうなものを頼んでみるのだが、畏まりましたと云ってちゃんと冷水と一緒に出てくる。わたしたちは出入口に近いほうのテーブル席に対い合わせに坐っていた。本多恵子はどうやら空腹であったらしく、ベルギービールに付いて出てきたピスタチオを、しきりに殻を剝いては口に運んでいた。食事を辞したことを申し訳なく感じたが、なに、店を出るなり足許に嘔吐されるよりは彼女にとってもましだろう。彼女は文壇と文壇を取り巻いている業界の動向を、わたしがそういう話を聞きたがっていると信じきっているふうな口調であれこれと語った。小説とはまるきり無関係な話に思われたうえに、話に登場する人人の作品をわたしはあまり読んだことがなかった。そうですか、いやそれは大変だ、といった気の抜けた相槌を返しながら、次に頼むモルトの銘柄のことばかり考えていた。当時映画化されて話題になっていた文壇重鎮の作品名を彼女が挙げて、わたしがそこから受けているはずの影響を語りはじめるに至っては、もはや自分は酒にさえ集中していればいいのだという気分になってきた。わたしはその小説の題名を知っていたが読んではいなかった。しかし考えようによっては、わたしの書物に対する勘が非常に鋭くてじつはその小説の内容というのはわたしが題名から類推しているとおりのものであり、類推が、わたしの無意識に対し影響を与えてきた可能性も皆無ではない。なるほど、おれが気づきたかったのはこういうことにだったのかもしれないと思い、椅子を下りた。わたしが財布を取り出すと、本多恵子は顔を殴られでもしたように目を見開いて、

いえ、とかぶりを振った。わたしは礼を云って店を出た。

わたしは方角を見失っていたが、ともかく坂を下へ下へとくだっているうちに飯田橋の駅が見えてきた。国鉄の券売機の前でふと、われながらうんざりとするような大失態を自覚した。ノートを、本多恵子の手許に置いてきてしまったのである。このままわたしが取りに戻らなかった場合のノートの命運を考えてみた。彼女が職場に送付してくれる、どこかで破棄される、再三のわたしからの連絡にもかかわらず彼女の机の中で忘れ去られる、いずれもじゅうぶん起こりうることだった。わたしは路を引き返した。

約三十分の空白を置いてふたたび同じ店内に舞い戻ったわけだが、本多恵子は同じ席にいて、たばこを燻《くゆ》らせながらカウンター越しにバーテンダーと話しこんでいた。わたしを振り返ると、

もうすこし飲んでいけば、と云い、またバーテンダーとの会話に戻っていった。わたしはまた彼女の対いに腰をおろした。

ブナハーブン、とわたしが声をあげ、バーテンダーが背後の棚を探りはじめても、彼女は話をやめようとしなかった。だいぶ酔ってしまっているようだった。客はわたしたちしかいなかったのだが、彼女が喋りやまず、バーテンダーやその妻も調子を合わせた返事をよこすものだから、店内はいつまでも騒然としていた。

ブナハーブン十五年！

すると彼女が対抗するように、

シメイの青をもうひとつ、と喋りのなかに注文を挟む。話題はいずれも他の常連の噂話である。おそらくは文壇に属する人人の。

ラフロイグ十八年！

ラフロイグ十八年ダブル！

たしか硝子の杯をなみなみと満たしていたはずの美しい液体が、またもやわたしの指のなかで、底にへばりついているばかりになる。本多恵子が急に思いたったように、帰りましょう、とバッグからわたしのノートを出してテーブルに置き、席を立った。バーテンダーの夫妻が頭をさげる。彼女は金を払わぬまま戸口へと進んだ。請求は編集部宛にまとめられるのだろう。わたしはノートを抱えてその後を追った。

どこに住んでるの、と、店を出たわたしに彼女は訊ねてきた。

西荻窪です。官舎が。

じゃあ送るわ。わたしは方南町だから。きょう車なの。会社まで歩いていい？

方南町なのに西荻じゃあ遠回りですよ。

近所近所。心配しないで。飲んでても運転は大丈夫なの。

千鳥足というほどではなかったが本多恵子の足取りは覚束なくて、ときどきすとんと腰が落ちそうになる。出版社までの道程は短く、追従しようか逃げようかと迷っているうちに建物の前に着いてしまった。彼女は守衛に挨拶をして、地下駐車場への勾配を転げそうになりながら下っていった。わたしも守衛に頭をさげてそれに続いた。

車は黒いBMWだった。二座席しかなく、天井が幌になっていて開くことができるというやつだ。それが暗い駐車場の奥にうずくまっていた。彼女が運転席に辷り込んで待ち構えているのを見て取り、わたしは腹を括って助手席に乗った。

すこし、と彼女は云って窓を開け、座席に身を沈めて腕組みをした。エンジンをかけようとしない。きっとなにかを待っているのだと思って、わたしも一緒にそれを待っていた。なにかは、なかなか訪れなかった。わたしのほうも軀を座席に深く沈ませた。角度の狂ったルームミラーのなかに、彼女の顔が眺められた。目を閉じ、やや唇を開いていた。眠っていた。表情は、苦悶しているようでも、憤っているようでもあった。メデューサかなにかのレリーフを眼前にしているような心持ちで、わたしは神妙に、目を閉じた彼女と差向かいでいた。実際その平坦な顔は、ましてや鏡越しに眺めていると、背景ともども一枚の石板から彫り起こされた素朴な美術品のように見えた。彼女の顔は向かって左半面にのみ、いくつかほくろがあった。それが逆転して右側に見えているのが鬱陶しい感じだった。いつまで経ってもわたしたちを乗せた車が出てこないことを守衛はどう感じているのだろうと思うとなんとなく気が気でなかったが、そのうちわたしもうつらうつらと居眠りに入り、十分ほどで目を覚まし、ルームミラーのなかに彼女の顔を確かめてまた浅い眠りに落ち、そういうことを繰り返しているうちに守衛のことも明日の仕事のことも、もうなにもかもどうでもいいような気になってしまった。懸念といえば先刻から骨盤の上をちりちりと這いまわって陰茎を内側から押し上げんとしている尿意くらいで、しかしそれもまだじゅうぶん我慢できる範囲だった。

車内での時間が二時間、そして三時間に達さんとする頃になって本多恵子はようやく目を覚まし、

ああ大変、と突拍子もない大声をあげながら身を前に乗り出して、車のエンジンをかけた。そうしているあいだにも、眠っちゃった、寝てしまったわ、と譫言《うわごと》のようにつぶやいているので、

まだ夜は明けてないですよ、とわたしは笑い交じりに云ったが、ろくに耳に届いていないようすだった。車は勢いこんで駐車場を飛び出した。公道に出てからもどんどん速度が上がっていくのを、わたしは彼女がまだ酔っているか、あるいは寝惚けているのではないかと訝《いぶか》しんだ。それでも運転できる人間というのはできるものらしい。たとえばわたしの叔父はわたしなど比較にならぬ酒豪でありながら無類の運転好きで、車でなければたばこを買いにいくのも厭という人であり泥酔しながら愛車を駆ることも少なく、しかし彼が生涯で起こした交通事故はけっきょくただの一度きりだった。酒酔い運転の是非は自明のこととして、ともかく三十年もそういった真似を続けていてたった一度というのは、確率からいえばずいぶん低いような気がする。ただしその生涯一度の交通事故において、彼

は三人の人間を殺傷した。ひとりは路上を横断しかけていた幼女。辛うじて一命は取り留めたものの、片方の脚を根元から失った。もうひとりは助手席にいた叔父の友人。動転した叔父が滅茶苦茶にハンドルを切ったため車は中央分離帯を越えて対向車線に飛び出し、走ってきた遠距離トラックの腹の下に突っ込んでしまった。助手席は友人の下半身をくわえこんだまま平たく潰れて、以後彼は車椅子の生活を余儀なくされた。もうひとりの犠牲者は叔父自身である。運転席は潰れたというよりも完全に消失していた。叔父の軀は、朱い体液にまみれた車の残骸のなかに搾り滓が入り雑じっているばかりという有様だったというが、葬儀の棺桶の中にはちゃんと彼の頭部が固定されていて、しかも顔面は無傷に近かった。頭は後部座席に転がっていたそうだ。棺桶の残りの空間は花で満たされていた。

車を運転しないわたしには自分たちがどこをどう走っているのか皆目わからなかったが、そのうち彼女がルームミラーのなかで、

間違えちゃった、と溜息交じりに云ってハンドルを切り車を屋外駐車場へと進めたので、ははあ、まっすぐ方南町に来てしまったのだなとわかった。

ちょっと寄ってからでいい？　と云って彼女はエンジンを切った。わたしの尿意もそろそろ我慢の限界に達しつつあったから、渡りに船といえなくもない。車外の空気は夜明けを間近にして誘蛾灯色に発光しつつあった。マンションは駐車場から通りを一本隔てたところにあった。高級そうだが古ぼけた感じの建物だった。無言の彼女に無言で追従して乗

り込んだエレベーターの壁面を被う汚れた緑色の絨緞が血の気を失った平たい顔を陰惨に彩り、また彼女はしきりに生唾を飲み込んで嘔吐を我慢してもいた。九階で扉が開くと、彼女はわたしを振りきらんばかりの勢いで廊下を進んでいくつめかのドアの向こうに飛び込んでいった。わたしもなかに入ったが彼女の姿はすでに見当らず、バッグばかりが上がり口に転がっていた。嘔吐に伴う呻き声が聞えてきた。わたしは沓脱ぎに立ったまま室内を眺めまわした。まず小さな食堂。板張りの床の上にバーカウンターのような細長いテーブルと二脚のスツールが置いてある。左手に流し台が見えるが、調理用具も食器も調味料の小罎も見当らない。すくなくとも表には出されていない。右手に磨硝子を嵌め込んだドアがある。黒ずんだ黄色に輝いている。本多恵子はその向こうにいるようだ。奥は二部屋の振分けになっている。双方とも引戸が半開きで、電灯は点いていないものの食堂からのあかりでなかのようすも観察できた。右側の部屋は空間の下半分が書物で埋まっていた。函入りの全集から新書、文庫本、グラフ雑誌、漫画雑誌と、ゴミ棄て場のように雑多である。左の部屋はだいぶ片づいている感じで、わたしの位置からは鏡台とベッドの一部が覗けた。便器に水を流す音がし、貯水タンクに水が貯まっていく低い音が残り、それに手を洗う音が重なったかと思うと、ややして今度は放尿の音が聞えてきた。そしてまた便器を洗滌する音がした。わたしの男根は中途半端な厭な感じに勃起していた。下着とスラックスに対してひどく抵抗を感じる角度である。ポケットに片手を入れて押し下げようとしたら、刺激でかえって角度を増してしまった。かといって下腹に貼りつくほど熱《いき》り立ちもしない。尿意の疼痛が男根の半ばまで達して血の巡りを妨害している。仕方がないのでポケット越しに握りこんで片側に寝かせていた。そうしているとすこしは楽だった。ようやく磨硝子の向こうから出てきた本多恵子は、すでに上着とスカートを脱ぎ捨てて、スリップの上に銀色のブラウスを羽織っただけの姿でいた。わたしのほうを見もせずにベッドのある部屋に直行しようとするので、

あの、トイレお借りしていいですか、と声をあげた。彼女は、ちょっと、すぐに、と得体の知れぬことを云いながらくらがりのなかに倒れこんでいった。わたしは靴を脱ぎ、磨硝子を押した。浅葱色のタイルに被われた部屋に、丸っこい洗面台、ステンレスの浴槽、男女共用の洋式便器、男性の小便用便器がぽつぽつと配された、使用者の審美眼に挑むかのような空間がそこにあった。わたしの人生のなかで確実に五指に入る、印象深い便所だ。彼女の赤いスーツは、ストッキングと一緒に空の浴槽に投げ入れられていた。心地よい罪悪感を撫でまわしつつきっと特別なときにしか使用されないのであろう男性用の便器で用を足したが、いつまで経っても小便が出きらないような奇妙な感じがして、まさか夢をみながら寝小便をしているのではあるまいかと思い軽く頬を張ってみると、ちゃんと現実的な反動が視界を揺らした。放尿しきっても勃起は一向に収まらなかった。むしろ充実した。廃虚めいた浴室はあたかも本多恵子の寒寒しい胎内であり、わたしはすでにそこにある。

浴槽の中の衣服を眺めながら自慰をしようと思いつき、硬い陽物を握ったまま浴槽の縁に腰をおろす。彼女のストッキングをつかみあげて手のなかで丸め、それで鼻と口を被った。粉っぽく、脂っぽく、埃っぽい、軟らかな刺激臭に陶然となったが、視界の端にスーツの赤を置いて鈴口の縁を擦りはじめるなり、そうしていても永久に射精には至らないという見極めがついてしまった。ここは乾き過ぎている。まるで冬の日の唇の皮だ。

わたしは手にストッキングを握り陽物を露出させたまま浴室を出て、本多恵子が眠っているはずの部屋に入っていった。カーテンの隙間が蒼く輝いていた。彼女はベッドの上に大の字に近い姿勢で横たわっている。肉体からの蒸散で室内は湿気に満ちている。かたわらに立ってストッキングの悪臭を嗅ぎながら陽物を摩擦していたが、やがて睾丸から込みあげる粘液をおれはとろとろとどこへ散布するのか、彼女の顔にか、脚の間の布団にか、カーテンの上にか、それともこのストッキングのなかにか、と考えてみると、いずれもが終わりきらないような感じで、やはり夜は、この聳峙《しょうじ》を彼女に埋没させねば鮮やかには完了しないのだと思いたつや、それはたちまち義務感に転じてわたしを焦燥させた。十代の頃から幾度となくそう、夜にけじめをつけようとして、いまだ果たせずにいる。熟睡している女に挑んだこともあるが、陰唇は起きていた。ぬめりを帯びた頑なな蠢きを鈴口で感じると同時にわたしの充血は解けた。phallusからpenisへ。

ストッキングで陽物をくるみ慎重に勃起を保ちながら室内を見回す。鏡台の隣に小さな書きもの台があり、上には雑然と書類や文房具があって、その中心から楕球形をした硝子のペーパーウェイトがこちらを見つめ返している。近づいてつまみあげる。ひしと重量がある。青や赤の小さな造花が封じ込められている。球体を掌中に収めて本多恵子のかたわらに戻って跪き、人差指を伸ばして彼女の大腿部の内側の、冷たい、ぶよぶよとした弾力を辿るが、まだ彼女は目覚めない。目覚めても構わない。

スリップ内に進攻し、しっとり張りつめた布地へと下り、縁のレエスの盛り上がりとざらついた陰毛をかいくぐって、暗室の最も高湿な座標に、転がり、温《ぬる》む、造花入りの水晶体。それを介してわたしを包む朱鷺色の闇。反射光。わたしが指先をすぼめると、球体は呆気ないなめらかさで彼女に没して、すっかり見失われた。さらに人差指で追い込んだ。女が呻いて脚を閉じ、わたしの手を挟んだが、驚いたことにたるんだ皮膚はまだ眠っている。嘔吐の苦みを残した吐息を嗅ぎ、不定形な銀色の拡散を脳裡いっぱいに照射しながら、わたしはすこし射精してストッキングに浸透した。目まぐるしいが、硬度に変化はない。わたしは硬く澄んだ殻を帯びてじっと女編集者のなかにいる。

女は眠っている。サテン人形。

四杯めの樹液と伝票。濡れそぼってオルメカ漬けのわたし。あのペーパーウェイトはどこにやられたのだろう。その後、見かけた覚えがない。まさかあのまま彼女のなかでもあるまいに。ポケット越しに陰茎を弄ぶつもりで、鍵束の沈黙に触れる。わたしはオルメカを啜ると女店員に手を振った。近づいてきた。

「会計を」

伝票をつかんでテーブルを離れていく彼女の規律正しい腰の動きを眺めながらグラスの残りを干して財布を取り出す。なんたることか、わたしの人生の貴重なわたしの夜がようやく始まったというのにわたしには行動を選択する余地がない。わたしは管理所の玄関の鍵を締め忘れてきていた。ここ数年間で初めてのことである。初めてであると断言できる。締め忘れは翌朝必ず発見されるのだから。店員がつまんできた紙きれにある数字ちょうどの札と小銭をテーブルに置いた。また熱い雨のなかに飛び込んだ。しぶきに噎せて咳きこむ。畜生、溺れそうだ。畜生畜生。目に滲みる。酸性雨め。

目を瞬《しばたた》かせながら横断歩道を渡っていたら信号が変わるのを待ちきれずに鼻先を突き出してきた軽自動車のバンパーに膝をぶつけてしまった。いったいどんな輩がと思い運転席を見つめているとクラクションを鳴らしてきた。畜生め。スラックスの前を開いて陰茎を引き出しライトめがけて放尿してやった。いかれじじいの恐怖を知れ。車はクラクションを垂れ流しながらじりじりとわたしの膝に迫ってきた。なんとこれまた上擦ったGである。車との距離を巧みに保ちながらわたしは放尿を続けた。われながら惚れ惚れとするような放尿だった。このような素晴しい才能が他ならぬわたしのなかに潜んでいようとは。小説家など目指さずに小便家を目指すのだった。轟轟と、すでに他の車線は流れている。

わたしの便器と化した哀れな軽乗用車だけがとり残されている。背後につかえていた車もみな車線を移していく。わたしの小便が出尽くすとほぼ同時に運転者が車を停めドアを開く。

「糞じじい、ぶっ殺したる」廻転数を間違ったような篦《の》太《ぶと》い低音だった。姿を現したのは半袖のシャツにネクタイをさげた営業部員風の男で、また滅多にお目にかかれないような巨漢でもあった。身長二メートル、体重百八十キロといったところだ。最近の車は収納性に優れ過ぎている。昔は軽自動車から降りてくるといえば小男か女と相場が決まっていた。

「殺してみろ」と陰茎をスラックスにしまい込みながら答えたが、たぶん本気ではないなと自分で感じていた。では生き延びることを望んでいるかといえば、それも本音ではないような気がした。あえていえば、乾いた衣服に着替えてもうすこし酒を飲みたかった。膀胱が空になった今、他に明確な欲求はなかった。わたしは歩道に避難した。大男は車を路上に放ったまま追ってきた。わたしは五月躑躅《さつきつつじ》の植込みを越えて公園の雑木林に逃げ込んだ。男はまだ追ってきた。わたしは手近な柵を跨いで桜の下の繁みに佇んだ。

　雨を透過して散乱する外灯光を背景に、男の大きな影は影絵芝居のように、木立の間を走りまわった。わたしのいる繁みに近づいては、速度を緩めぬまま遠ざかっていく。何度も接近してきながら一向にわたしの姿を見つけられずにいる。園内のどの闇にまで男の目が届き、どの闇が死角か、手に取るようにわかる自分が頼もしかった。男が置き去りにした車の方角からさかんにクラクションが響いてくる。男は立ち止まっては振り返りながら道路に戻っていった。わたしは悠悠と繋みを出て泥濘を践《ふ》んだ。次から次に新しい泥が、濡れた爪先とサンダルとの間に入り込んでくる。気は滅入らなかった。幾許《いくばく》もなくわたしは乾いた場所に達する……達する。管理所のドアは動いた。案の定である。手で顔の滴を払い、前髪を後ろに掻きあげながら電灯のスイッチを探り、

「そのままで」という石を擦り合わせたような塩辛い声に驚いて、振り向く。静かにうずくまっていたので気づかなかった。玄関の壁に寄せて、赤茶色のヴィニル張りの長椅子が置いてある。その上に崩れかけたふたつの人影がある。仄暗いくせに鋭く眼を射ってくる天井ぎわの小さな常夜灯が大仰な陰影を与えている。

「電気は点けなさんな。今で充分でしょう。目が痛い」

「そうですね」とわたしは畏まって云った。

「昼は明るく、夜は闇のなかでという当り前の生活を送ってますとね、人工光がなんとなく恐ろしい。放射能に晒されてるような気がして」

わたしは頷いた。「似たようなもんでしょうね」

「点け過ぎないほうがいいです。夜目が利くようになりますよ。公園は夜も明るいです。おれなんぞどこででも本を読みます」

喋っている男をわたしは知っている。西園のプール脇の藤棚の下に住みついているホー

ムレスだ。年齢はよくわからない。目尻や口のまわりにはくっきりと皺が刻みこまれているのだが、肌は妙に白くて艶やかで、姿勢や動作にも老人めいたところはない。年齢が不詳なばかりではなく、いつもチェックのネルシャツなどを着て、汚れた縮れ毛をレインハットで被い、そのうえ割れも折れもないセル縁の眼鏡を掛けているので、ホームレスだということも一見わからない。破損していない眼鏡を掛けた人間がホームレスに見えにくいというのは、この男によってわたしが得た発見である。ひどい声をしている。よほど声を酷使する仕事で声帯を潰してしまったか、喧嘩か事故で一度咽に大怪我を負ったかだ。普通に発声してもただ息が抜けるだけらしく、痰を切るように力んで胸骨に響かせて喋っている。

　管理所の不文律のひとつにホームレスに対する寛容がある。寛容というより黙殺、いや、見殺しというのが的確か。われわれが積極的にホームレス排除に乗り出すことはない。迂闊に手出しをして人権擁護団体や住民運動といった巨獣を覚醒させないためでもあるが、公園のホームレスはその数が少なく人目につきにくく地域住民や警察から問題視されにくいというのが、表面上のおもな理由だ。実際、わたし自身が受けたホームレスに関する通報はこの八年間に二件だけであり、一件はこの管理所に程近いベンチで凍死しかけていた女に関するもの、もう一件は売店の自動販売機の裏側ですでに凍死していた男についての警察からの照会だった。公園というのは地下道や商店街に較べ、住環境として圧倒的に過酷なのだ。冬の寒さはもちろんだが、食料も園内で手に入れられるものは皆無に近い。兎や鴉の食い残しで人は生きられない。ゴミ箱の取り出し扉は施錠されている。ここにわれわれが寛容でいられるからくりがある。個別には不問とするかにふるまいながら、系統としての公園はきわめて彼らに冷淡だ。園内の出入り自由な場所は可能なかぎり屋根と壁を排してある。野外劇場に楽屋はなく、公衆便所の個室でさえ内部を風が吹き抜けるよう設計されている。そんな公園に暮らそうというのはどう考えてみても自殺志願者か、ホームレス社会の末端からも弾き出された圧倒的弱者か、さもなくば住処を失いたての新米ホームレスである。ここに赴任してきた翌日、わたしに園内を案内していた当時の所長が、池のほとりの阿舎《あずまや》の前で不意に立ち止まり、なかでたばこを燻らせている男を鼻先で示して、新しいホームレスだ、と低い声で云った。頭髪が薄く恰幅のいい五十絡みの男で、アルマーニ風のダブルの背広を着ていたが、足許には女子学生がスキー旅行に提げていくような赤いナイロンのバッグがあった。

なに、そのうちいなくなるよ、遅くとも冬までには。そう云って所長は歩きだした。初めはホームレスの溜まる場所を嫌うのさ。自分は連中とは違うと思ってな。わずかにでも所持金があれば尚更だ。ふん、ゴミ箱を漁るようになれば自覚が涌いてくる。といってもここのゴミ箱は漁りようがないがな。

　所長の予言どおり、男はひと月ほどで姿を消した。もっとも所長はそれに先んじてこの公園から姿を消していた。所長というのはじつによく入れ替わるのである。それも突発的に。どこかでだれかが気紛れを起こしているのだろうが、それがだれなのかわたしは知らない。歴代の所長たちも知らないに違いない。

　この眼鏡のホームレスは、死神の到来を待ちわびているくちだろう。藤棚の下に住みついてもう五六年になろうか。軀が丈夫らしくなかなか死なない。厳寒の日はさすがに姿を見ないが、真冬でもちょっと日和がいいと朝から雪の上をほっつき歩いていたりするから、そう離れたところに避難するのでもないらしい。

「つねひごろ人工光に頼られているから、ねえ、気づかなかったでしょう、さっきおれが、すぐ近くから見ていたことにも」

「どこから」

「橋のすぐそばにいましたよ、傘差して。つっかけ履きでらしたからすぐに戻られると思って表で待っていたんですが、なかなかだったんで、まあ開いているんだし置くものだけ置いて、いまもう帰ろうとしてたとこです」

　眼鏡の男はそう云ってかたわらに坐った少年の膝を撫でた。屍体である。わたしが上水に投げ込んだ少年の屍体だ。ずぶ濡れの軀を、なにかを待ちながら眠りこんでしまったような、椅子から滑り落ちる寸前の姿勢に保っている。低い背もたれに頭を載せ、薄く開いた唇をホームレスの二の腕あたりに向けている。

「流されなかったのか」

ホームレスは長椅子を立って戸口の前へと移動した。空気が攪拌《かくはん》されて彼の纏った悪臭がわたしの鼻を突いた。「これしきの雨で流されるものか。昔の上水じゃないですよ。あなたが投げ込んだその位置で、仰向けに泥水に浸かっていました。一メートルも下流に動いちゃいなかった」

状況認識がわたしのなかで結晶して無機の枝葉を伸ばし、感情の薄い羊膜を突き破る。未形成な恐怖がどろりと流れ出てきて、わたしの黄ばんだ横隔膜を断続的に収縮させた。言葉を発しようとするごとに収縮は間隔を狭め、発語をますます困難にする。しかし夕方からこっちの飲酒の蓄積は、わたしという存在をわずかに夢境へと押し上げてもいた。眼鏡のホームレスと対峙しながら、少年の屍体をかたわらに見おろしながら、わたしは微かに眠っていたのである。間違いない。さもなくばきっとわたしは泣いたか、叫んだか、いや、わからない、同じような態度だったかもしれない。

「ロッカーから、出てきた」

わたしがようよう云うと、男はかぶりを振って、

「知ったことか。おれは知りません。なにも知らないから、だれにもなにも云いません。だから棄てるな。おれの公園に子供の屍体なんか棄てるな、頼むから」

「おまえの……きみの公園ではない」

「おれのだ。おれはここで生きてる」

「わたしの公園だ。それがわからないのか。きみなんかだれも認めてない。きみは存在しないんだ。なのに余計なことを」

「うるさい、うるさい、存在しないのはあんただ。おれにはここでの生活がある。だから困るんだ。まえのバラバラ事件みたいなことになったら、なにもしてないのに追いまわされて、つらいんだよ」

　あの事件から五年が経つ。屍体は細かく分割され、東京都推奨の半透明のポリエチレン製ゴミ袋に入れられて、園内各所のゴミ箱とゴミ集積所に棄てられていたのである。けっきょく二十三の袋が発見され、どう考えてもそれで全部ではなかったが、だれの遺体であるかは警察が突き止めた。近所に住んでいた建築設計士だった。享年三十五。たった三十五歳。公園への屍体遺棄事件は、わたしが赴任してくる数年前にも一度起きている。そちらは嬰児だった。バスタオルにくるまれて、この分室と本室の間にある便所の脇のゴミ箱に棄ててあったそうだ。

「あとさき考えずに死なせさんな。傍迷惑だし、ちっとは不憫《ふびん》じゃないか」気がつくと男は肩で息をしていた。立て続けに喋ると軀に負担がかかるらしい。「あんたの子供ですか」

「違う。それはありえない」

「ひどいことする餓鬼だったから、正直云って早く死ねとは思ってたけど、死なせたうえに泥水んなかに棄てるこたあないでしょう。あんたの家に連れてってくださいよ」

わたしははたと顔を上げ、男に詰め寄った。「この子を知ってるのか」

男は後ずさり、「よく夜中に兎を虐めてたよ。器用に呼び寄せて殺してました。おれも寝てるとこ、棒で殴られたことがあります。ほら」

男は帽子を脱ぎ、その指で穢い前髪を掻き分けた。一筋、擦り取られたように毛のない部分があった。男は帽子を被って、

「とにかく、おれはなにも見てませんから。平和にやってるんだから」と傘立てからヴィニルの外れかけた透明な傘を抜き取り、ドアに手をかけて表に身を辷り出させた。

「ちょっと待ってくれ」わたしもドアを押して外に出た。

男はすでに雨の向こうにいた。

消えた。

ドアの硝子越しに玄関を見返した。少年がわたしを待っていた。待ちわびて、今にも泣きだしそうだった。泥水と雨に萎れて砂粒が模様になった開襟シャツが哀れで、せめてなんとかしてやらねばと思うのだが、手を触れてこれ以上屍体に自分の痕跡をつけてしまうのが怖かった。雨足がすこし弱まって雑木林のざわめきがふっと消えいり、わたしは自分が口で息する音色を聞いた。喧嘩に負けた獣のように荒荒しく愚鈍な吐息だった。落下す

る雨粒に流れる硝子越しの、少年のいる玄関の景色はまるで、遠い廃墟の入口のように見えた。大昔、わたしが杜で探し求めていた景色は、じつのところこうした異界の突端の眺めだったのではないか。そういう気がした。少年が無言で頭の傾きを深め、やがてぐらりと肩も傾け、上半身を椅子の座面に崩した。それでいて筋肉が弛緩しきっているからか、下半身はほとんど動いていない。生者にはまずもって不可能な、まる剝ぎにして頭と四肢の先に詰めものをした毛皮の敷物にしかできそうもないような珍妙な姿勢だ。わたしは慌てて玄関に飛び込み、後ろ手に鍵を締めた。橋から落としたわけだし泥水に浸かっていたのだから損傷は覚悟せねばと腹を括って、検分のために長椅子の前に跪いた。

　ホームレスと話しているあいだは気づかなかったが、やはり惨憺とした状態である。衣服や髪が汚れているのはともかく、鼻孔や口腔には泥がたっぷりと入り込んでいるし、ちょうど石の上に落ちたらしく後ろ頭には裂傷を伴った大きな凹みが出来ている。そのあたりの血は流れきってしまったのか、もはや出血はない。髪の毛の間にただ肉の断面が白く覗いているばかりだ。軀を椅子の手前に引きずり出して背中を覗いてみると、肩胛骨の下に、硝子罎の大きな破片がシャツを貫き食い込んでいた。顔をしかめながら引き抜いたら、傷口から赤黒い血液がとろとろと流れ出してきた。うわ、うわ、とわたしは叫んで管理室に駆け上がってあかりを点け、流し台の上の吊棚から救急箱を取り出しかけた。そこで救急医療品のなにひとつとして彼には役立たないことに気がついた。治癒しないのだ。

ただ塞ぐほかないのだ。
濡らしたタオルと、机の抽斗から出した梱包用の粘着テープを手に、玄関に戻った。少年の右手首が奇妙な角度に曲がっているのを見て取った。骨折している。落ち方が悪かったのだ。わたしはとうとう泣きだしてしまった。顔を歪めて洟を啜りあげた。遠吠えのような泣き声をあげながら、わたしは少年のシャツの裾を捲りあげ、傷の周囲をタオルで拭ってそこにガムテープを貼った。血に勢いはなかった。心臓が止まっているからだ。血液からは咳きこみそうな腐臭がした。もはや時間はない。はっとなってまた管理室にあがり、壁に貼りつけられたエアコンの操作盤の設定温度を最低に、風量を強にする。設定温度は十八度まで下げることができた。吹き出してきた冷風にたちまち凍える。わたし自身、まだずぶ濡れのままでいたのである。夜が更けかけている。大きな店ではもう人がいない。住居を兼ねている個人商店でなくては駄目だ。少年の屍体は机の陰に引き込んで床に寝かせた。ロッカーや抽斗を開いて替えの衣類を探した。買ったまま忘れていたワイシャツや下着類が出てきた。その上に作業服の上下を着こんだ。

　書棚から電話帳を引っぱり出して、近隣の電器店に片端から電話をかけた。名前のあとにどこそこ店とある大型チェーン店や株式会社の印は避けた。留守番録音に応答されることが少なくなかったが、それでも三分の一ほどは生身のたれがしかが応答してきた。するといささか迷惑げにではあるが注文の内容も聞いてくれる。ただ在庫がない。売らないではないが取寄せには何日かかる、といった返事ばかりである。そうこうと百店くらいにかけまくり、慣れない作業に目の奥が疼き、耳が痛んで受話器をつけているのがつらくなってきた頃、ある店の女がわたしに助言してくれた。このあたりにいくらかけていても無駄だから合羽橋の店にかけてみなさい、と。わたしは台東区が載った電話帳を引き出してきた。こういう職場のいいところのひとつは、あれば年に一度くらいは便利だろうがとても努力して入手する気にはなれない代物が最初からいろいろと備わっているところだ。こういう、暮らしたこともない地区の電話帳のような。

合羽橋となると途端に留守番録音の比率が高まった。数十店に電話してようやく、「ああ、ええ、ございますよ」という色好い返事を聞くことができた。男の声だった。たぶん店主だろう。「かなり大きなやつですけどね」

「大きいのがいいんです。大きいほど望ましい」

「いま置いてあるのが、ナショナルの、品番でいうとＦＣ18ＦＦというのと、ＦＣ36ＦＦというやつでして、ええと、そちらにカタログはお持ちですか」

「いえ生憎と。どちらが大きいんですか」

「数字の大きいほうです。ＦＣ36ＦＦ。三百六十二リットル」

「寸法で」

「外形？　内形？」

「内側の」

「大きいですよ。たっぷりと入ります。横置きで、上が蓋になってます。内形の、幅が百十五・七、奥行きが五十で、深さが六十八・八あります。ただし端の、ええと、二十センチぶんくらいはすこし底が高くなってますね。急凍機能。鍵付き。前面コントロール。附属がバスケット二箇付き。これは中に嵌め込んで使うやつですな」

「家庭用なんですね」

「そうですね、いちおう。あるいは小規模なご商売か。お仕事で？」

「ええまあ。おいくらですか」

「標準価格というのがついてまして、そちらはまあ税別で十七万五千円なんですが、税込みで十六万で結構です。メーカーさんがね、いちおう置いてみてくれっていうんで置いてるんだけど、大きくってね」

「張りますね。予想はしていたが」

「小さいほうになさいます？」

「いえ」

「性能は抜群です。JIS規格でいうとフォースターというやつで、四つ星ですね、確実にマイナス十八度以下で保存できます」

「素晴しいね」

「これ以上のものというともう、二百ボルト電源の業務専用機です。取り寄せられますが、コンセントの形が違います」

「在庫品をいただきます。ＦＣ……」

「36ＦＦ。明日のお昼のお届けでよろしいですか。二十三区外だと配達料は別途になりますけど、お客さん、お住まいどちらでしょう」

「その配達なんですが、なんとか、今すぐということでお願いできないですか」

「今すぐ」男は絶句した。「明日の午前じゃあ駄目ですか」

「その代わり値引きしなくてもいい。手付けとして」わたしは財布の中身を確認した。

「手付けとして四万。残りは明日、一括で振り込みます。ここは井ノ頭公園の管理所です。その分室です。わたしは管理人です」

「井ノ頭」距離の遠さがまた店主を絶句させた。

「ちょっと遠いが、他にお願いできる店がない。仕事上の、ちょっとした手違いがあって、今夜じゅうに冷凍庫がここに届かないと困ってしまうんです。絶体絶命です。今夜は夜勤でここにいますから、どうか一刻も早く届けてください」

公園の管理所で冷凍庫をなにに使うんだというので、皇室関係の行事でちょっと、と云ってごまかした。店主はそれ以上のことを訊かなかった。来るといった。通話を切って、この管理所の位置に目印をつけた公園の地図をファクスした。

ＦＣ36ＦＦの到着を待っているあいだに、少年の衣服を脱がせて肌を拭いた。手足のみならず軀のいたるところ、彼が疵痕だらけであることをわたしは知り、非常に無念な気持ちになった。手足に見てきた傷と同様、いずれも生前からのものであることが明白なのは、せめてもの慰めだった。わたしがつけた傷ではない。生前、よほど肉体を損なうようなスポーツにでも興じていたのでなければ、だれかから始終虐待を受けていたと見るべきだろう。ところでわたしは愚かにも、最初、湯を沸かしてそれにタオルを浸してしまったのである。幸いにして屍体を拭きはじめる前に、行動の愚かしさに気づくことができた。屍体を温め腐敗を早めてどうする。バケツの中身を冷水に替え、冷蔵庫の製氷室の氷もそこに加えた。髪は、本当は水のなかに浸して洗いたかったが、洗面器がないので、緩く絞ったタオルを毛の流れに沿わせるに留めた。鼻孔や耳孔の泥は濡らした綿棒で掻き出した。口腔内の泥はそうもいかないので後ろから抱きかかえてコップの水を含ませ、前傾させて水と一緒に吐き出させた。それを幾度か繰り返した。だいぶ体内に流し込んでしまったような気もする。口がぽっかりと開いた状態になってしまった。少年の舌は黒ずみ、においたち、腐敗の兆候を示していた。触れると破れて内容物がとろけ出しそうに思えた。眼の中にも泥が入っているのではないかと思ったが、眼球を覗くのだけはどうしても恐ろしく、瞼の間を丁寧に拭うほどに留めた。背中の粘着テープが剝がれかけていたので交換しようと残りを剝がしてみたら、傷口に溜まった血液がすでにいくらか凝固しており、これにはまったく驚愕させられた。機能している。腐りかけてはいても血液の本質は変わらないのだ。

少年の手の爪の下に入り込んだ泥を洗ってやっているときにも、発見があった。どの爪も男の子にしては長い。爪の形状は指の肉に陥没気味であるにもかかわらず、先端は指の肉よりだいぶさきまで突き出している。ギターの絃《いと》でも弾《はじ》くかという長さである。足の指を見てみると、そちらも同じほど長かった。なのに、入り込んでいるゴミは泥の細かな粒ばかりである。入っている位置も浅い。すなわち生前の汚れが見当らないのだ。子供で、これだけ爪が長いというのに、微塵の垢さえそこに入り込んでいないとなれば、つまりこの爪は死後成長したに違いない。そう思いながら眺めていると、他の解釈の入る余地のない清潔な無意識が、白んだ爪には感じられた。死んでからも髪や爪や、あるいは髭が伸びてくるという話はよく聞く。一切が死後の、せいぜい数十時間の成行きとすれば、彼の爪はちょっと長過ぎるような気がするのだけど、本当にそういう速度で伸びたのだとわたしは信じることにした。きっと髪の毛もそうとう伸びたのだ。だって突発的な存在の停止に際し、彼の体内に蟠《わだかま》った活力が他のどこにも行き場を持たないではないか。

突発的、といまわたしは彼の死を断定した。痩せこけてはいるけれど、交通事故や長患いによって生じそうな変形が肉体に認められないことから、心不全のようなものを漠然と想像してだが、しかし考えてみれば長患いの果てであろうと事故に身を苛まれたあとであろうと、死というのは突発的な現象に違いない。不意の完成、とでもわたしはいいたかったのかもしれない。屍体としての少年しか知らないわたしにとり、生きて兎を殺していた頃の彼というのは、生成の過程でしかない。あるいはホームレスを棒で殴りつけたりと不道徳な少年であったようだが、それらが失われた貴重ななにかだという気が、わたしにはまるでしない。魅惑的な挿話ではあるが、どちらもこの完成形の彼にとっては無数の潜在性のひとつに過ぎず、重視に値しないような気がするのである。素晴しいと感じているスナップ写真のなかの人物が、実際に接してみて話術まで魅力的であるに越したことはないが、わたしが愛着を抱いて大切にするのは、やはり写真のほうなのだ。

　少年の下腹を拭っていて、その臍から性器にまでまっすぐに下ろした細い一線上の産毛が、他の部位では銀白色であるのに対して、はっきりとした黒ずみを見せていることにわたしは注目し、自分がこの年頃のときはどうだっただろうと考えてみたのだが、どうも思いだせなかった。真剣に眺めたこともなかったような気がする。足の先まで拭いおわると、乾いたタオルでまた全身を隈なく拭いなおした。

　注文から二時間近くを経て、念願の冷凍庫ＦＣ36ＦＦが、公園のほとりまで運ばれてきた。そう電話連絡を受けた。わたしは車の位置を確認し、

「すこし手前に戻ると、園内を横切る細い道路が見つかります。そこを進んでください。右手に売店がありますから、その手前から公園のなかに入ってください」と指示した。

「入ってって大丈夫ですかね」

「だれにも咎められはしませんが、徐行してください。すぐにここのあかりが見えてくるはずです」

「わかりました」

受話器を置くと、わたしは少年の屍体を抱えあげてまたロッカーの中へ戻し、手製の鍵で扉を閉じた。床の水気を拭きとり、バケツを流し台の前に運ぶ。自動車のヘッドライトが玄関のタイルを照らした。わたしは玄関に出て電灯を点け、鍵を開け、振り返ると長椅子の上に屍体の背からこぼれ落ちた血の痕を見つけて、一瞬どうするべきか迷ったけれど、やはり流し台の前からタオルを取ってきてそれを拭った。さいわい車は方向転換に手間をかけていたから、そうしているさまは、たぶん見られなかった。まさか床のタイルにも血痕がありはしないかと見渡していると、ドアが開いた。血痕は見当らなかった。わたしはタオルを手のなかでまるめて、入ってきた男に会釈した。健康そうに日に灼けているくせにまるでしょぼくれて見える、頭の禿げた小男だった。男はなかを見回しながら腰を曲げて、「どうも。奥まで運びますか」

「お願いします。向こう側の壁に寄せて」

男はまたお辞儀をし、ドアを全開で固定して外に出た。踏み石ぎりぎりにまで寄せられたワゴン車の、上に撥ねあげた荷台のドアの前で、ジーンズ穿きの若者が待機していた。

こちらも小柄である。息子のようだ。

ふたりがかりで運びこまれてきた冷凍庫は、褐色の段ボールに包まれ、わたしが漠然と想像していたよりもだいぶ細長い印象で、ちょうど火葬場に運びこまれる棺桶を見ているようだった。事実、それは棺桶なのだが。

「箱、いりませんよね」奥の壁に寄せて冷凍庫を下ろして、店主が問う。

「持って帰ってください。すぐに……明日にはもう使いますから」

ふたりは巧みに段ボールを裂いて、見る見る小さく折り畳んでしまった。電源コードを包んでいたヴィニルや、冷凍庫の上面を熨《の》斗《し》紙《がみ》のように被っていたクッションシートも取り払われた。息子のほうがそれらを車に運んでいったあいだに、店主は振込み先を手帳に記して頁を裂いた。

「こちらに」と紙片をわたしに突き出す。

わたしは財布から出した四万と引替えにそれを受け取り、「明日必ず。あと十三万五千円ですね。いや、それに消費税と配送料だ」

金を手にして男は初めて笑顔を見せた。手帳に附属した薄型の電卓を叩いて、「消費税が、ええ、八千七百五十円。まあ、それもこれもで十七万五千円でいいですよ。だからそうだね、あと十三万五千円。いちおう名刺いただけますか」

わたしは頷き、名刺を差し出した。今度は引替えに小さな真新しい鍵を手渡された。

「これ。まあ使われないと思いますが。説明書は、中にバスケットと一緒に入ってますから」

　また鍵が増えた。

「えらく冷やしてらっしゃいますね」男がエアコンを見あげる。

　わたしは操作盤に近づきスイッチを切った。微笑をつくって、「作業を、掃除をしていたものだから、暑くなってしまって」

　息子のほうが戻ってくる気配はない。店主も玄関で靴を履いた。「なにを入れるんですか。あれ冗談でしょう？　皇室の行事っていうの」

　その質問には首を傾げておいた。会釈して、「とにかく助かりました。首が危ないところじゃあ済まないところだった」

　店主は肩を竦めた。

「助かりましたよ、本当に」

　彼は頭をさげてわたしに言葉を打ち切らせた。「お振り込みのほう、お願いします」

　車の排気音が遠ざかるのを聞き届けて、戸締まりした。壁の中央に据えられた白い冷凍庫は、玄関から眺めても堂堂として威圧感があった。ふた昔くらい前の裕福な家庭の応接間にあった、洋酒の罎が飾られたキャビネットほどの大きさである。近づいてみると高さがわたしの腰近くまであった。あんまり目立つのでコンセントの方向にすこし移動させた。

大変な重量だったが強引に押し動かした。ロッカーの扉を開いた。

蓋を開け、中に入っていた余計な物を除いて、電源を入れた。少年を抱きとめた。抱えなおして冷凍庫まで運び、箱の中に仰向けに下ろした。外見《そとみ》に較べ中はぐっと狭いような印象で、また店主も云っていたことだが、端の二十センチほどは下になんらかの装置が入っているらしくて底が浅い。しかし遺体を下ろしてみれば、ちょうどそこが少年の枕になった。すると口もやや閉じた。夢みて眠っているような顔つきになった。肩の両側にはまだ余裕があったが、長さのほうは彼の身長に足りず、膝を立たせてやる必要があった。両の足先をやや開き気味に置いてやると、膝同士が寄って内股加減に安定した。手は胸の上で組ませた。髪の毛を整えて後ろ頭の傷を隠し、立ちあがって十秒ほど眺めてから、静かに蓋を下ろした。操作盤の温度設定ノブを強の位置に寄せ、急速冷凍というボタンがあったのでそれも押した。棺桶が低く唸りだした。わたしは蓋に鍵を掛けた。

ウィスキーを飲んだ。すぐに罎が空になった。もう買い置きの酒はなかったが、買いに出る気力はなかった。椅子に軀を沈めて目を閉じていた。不意に唸りが小さくなった。わたしは冷凍庫を見た。巨大で、眩しく、なにか布でも掛けて被ってしまわないことには、同じ部屋にいるのが耐えがたく思われた。明日、布を手に入れてこよう。ふと思いついて腰をあげ、対いの机上に放ってあった人形のパッケージを引き寄せた。台紙を破って中身を取り出す。緑色の怪物だ。脚が根元から動くように出来ていたので、前に投げ出させて冷凍庫の蓋の上に坐らせた。息をつき、ふたたび椅子に深く軀を沈めた。含み笑いをした。すると今度は日報の黒い表紙が目についた。まだつけていなかった。姿勢は変えずに右手だけを伸ばして頁を開き、挿《はさ》めてあったボールペンのキャップを手のなかで外し、ろくに筆先を見ないまま簡明に記した。異状なし、と。

5

昔、階段の夢をよくみた。階段の途中に坐りこんで寛いでいたり、だれかと話しこんでいたり、あるいは懸命にそこを掃除していたりする。木の階段、リノリウム張りで金属の滑り止めの付いた階段、ちくちくする赤い絨緞が敷き詰められた階段、いずれにせよ段を上っていくと、傾斜は次第に急になり、最後には頭上を塞がれている。

その先に明るい屋上があることをわたしは知っている。しかし階段からそこに行きつけたためしがない。

*

人はなぜ芸術を志すのか。

1 物質文明の不毛から脱却するため。
2 寝入り端の数十秒を楽に迎えるため。
3 いざというときの赦免のため。

*

人生の真剣な局面においてpenisもしくはphallusが重要な役割を果たしているとき、それはいかなる和名で当事者たちの意識にのぼるのが最も美的か。

1 陰茎
2 陽物
3 男根
4 魔羅
5 ちんこ

*

チャイコフスキーは同性愛の噂が立つことを非常に懼れていた。しかし噂はその後百年以上にわたって世界的に立ちっぱなしである。わたしはそんな噂を懼れはしないが、同性愛者でもない。

*

頻繁に神経発作に襲われていた三十七歳のチャイコフスキーは、一念発起、色情狂の女と結婚している。二十日後に彼は発狂を予感し、翌翌月には自殺を試みた。三箇月に満たない結婚生活のあいだに彼の風貌は変わり果てたが、それから十六年間、生き延びた。女は半世紀近くのちに精神病院で死んだ。

＊

自分が殺してしまったのではないか、という不安にわたしを陥れる人たちが幾人かある。ひとりは父だ。なぜそうも罪の意識を感じてしまうのかわからない。たぶん彼が父親だからだろう。

Nという人物に対しても、しばしば同じような感情を抱く。彼とはさほど深い付き合いがあったわけではないから、単に些細な非礼を気に病んでいるだけだと自己分析できる。すくなくとも死の間際の彼の脳裡に、わたしに対する怒りなど過りはしなかったろう。わたしはそれほど大きな存在ではない。自覚している。

＊

二十歳代のごく短期間、わたしはある小説同人に参加していた。毎月一回、会合があった。日課として小説を書いている者もいれば、滅多なことでは書きはじめない者もいるようだった。わたしは書かないほうだったので、けっきょく彼らの眼前に作品を曝すことはなかった。定例の会合以外の、だれかの部屋に押しかけ夜を徹しての酒盛りのほうを楽しみにしていた。わたしが加わる以前は耽美的な短篇を精力的に発表していたNもまた、このところはなにも書いていなさそうなひとりだった。みながそう思っていた。そう思われていたのは、彼がいつも極端に忙しそうだったからだ。いつ会っても睡眠不足の土気色の顔をし、眼の下には黒黒とした隈があった。酒を飲むとすぐに居眠りを始めた。ところが他のわれわれが眠気を感じはじめる時分には、彼はもう座にいないのである。腕時計のアラームに追いたてられ、夜勤の仕事に出てしまっている。多忙は、皮肉なことに、小説の執筆にじっくりと時間を割きたいという彼自身の願望に端を発していた。働きに働き、まとまった金が出来たなら、静かなところに籠って長篇を仕上げるのだと云っていた。そのために、彼はいつでも辞められる仕事にしか就いていなかった。わたしより五つ六つ年上だったが、主としてなにで口を糊しているというのでもなく、短期雇いのアルバイトばかりで予定表を隙間なく埋めていた。そういう、勤勉だけど取留めのない生活ぶりだった。短期的な予定を消化するのは楽でも、現実を長期的な目標に沿わせるというのは難しい。せかせかと小金を稼ぐ生活というのはなにかと空費が多いし、そばに女がいればまた空費する。焦燥して空き時間にまたアルバイトを入れるのだが、けっきょく潤っているのか損をしているのかわからない、とこれは彼自身が述懐していた。

　ある晩、酒盛りに誘われて同人のひとりのアパートに出掛けてみると、そこにはNもいて、彼は分厚い新作の束を持参していた。驚いた。Nの穏やかでユーモラスな人当りに好意を抱いていたわたしは彼の快挙を称え、奪い取るようにして原稿を読みはじめた。場のおもだった顔ぶれはすでに読了しているようだった。皆の口振りからして評判は芳しくないようだとも感じられたが、わたしはまったく気にしなかった。わたしの意見はたいがい彼らと食い違っていたし、それでもわたしの批評眼は連中から一目置かれていたからだ。その一目置かれていた批評の詳細を思いだすたび、わたしは恥じ入って寝込んでしまいそうになる。教養などなにもない一方でマスコミの吹聴には変に毒されていて、まあ一言でいえば、汚れきっていた。より無様な汚れかたをしている者がいたから、さらには汚れるほどの感受性さえ持ち合わせぬ者もいたから、相対的にわたしが救われていただけのことだった。わたしは壁に身を寄せ、Ｎの原稿を通読した。風変わりな境遇に生まれた双子の姉妹の前半生を（双子の姉妹？）出来事を追って書き連ねただけのような作品だった。読んでいてなんら不快になるような話ではなかったし、文章もすっきりとして平易で好感が持てたのだが、Ｎの生活同様、どうにも取留めがない感じで、けっきょくわたしにもまるで面白くなかった。彼がある種の実験精神をもってその作品をものしたことは理解できた。どこまで続いて果てるとも知れない、逆にいえばどこで途切れても構わない、冗長な架空の記録だった。そして実際、作品はカフカの未完成作のように不意に終わっていた。

「おしまい？」わたしはＮに訊ねた。

「ん……と彼は自信なげに首を傾げたが、やがてきっぱりと、「で、いいかと思う。そこでおしまいだよ」

作品は、原稿用紙という凹面鏡に映しこまれた、空転し続けるN自身の鏡像に違いなかった。美辞麗句で升目を埋めつくすようなかつての作風を放棄し、自己の現実を、方法に率直に反映したNの意欲には感心した。単に以前のようには書く気がしなくなったというだけかもしれないが、ともかく感心した。しかし小説としてはちっとも面白くなかった。あるていど型に嵌って書くことも大切なのではないか、といったようなつまらぬ感想をわたしはNに述べた。型が明示されていなければ、読者の目には逸脱も逸脱として映らないのではないかと。まあそれはそれで間違っていないのだが。

「逸脱、という意識はなかったな」Nは静かに云った。「要するに書くべきものを書いただけというか、これだったら書けたというか」

「その姿勢が逸脱です。逸脱している自分を無条件に認めてほしいと、読者に甘えて見せている」

「作品を認めてほしいとは思っているけど、逸脱をわかってほしいというふうには思ってないよ。だいいちぼくは、べつに逸脱してるとは思ってないわけだから」

逸脱か逸脱ではないかを巡ってひとしきり論議しあううち、わたしは自分の主張の根幹を成しているのは市場原理だと思いあたった。すると自身が田舎の肥溜めから拝金思想を汲んできては花壇の花花の上に振りかけている愚か者であるような気がしはじめ、含羞はわたしを亢奮状態へと追いつめた。わたしは彼の作品の、だれが読んでも面白くないであろう箇所を論《あげつら》っては、こういうことを書くこと自体が重大な誤りであるとして攻撃した。Nは積極的には反論しなかったが、内心激怒しているのは明白だった。

それでもその後、わたしはとても長いあいだ、あのときの自分はひとつの立脚点からの正論を述べたのだと信じていた。たぶんN以上に強く、わたしはNと小説とが相互に功利的であることを意識していた。ときどきわたしという人間は、とことん他人に親切になってしまうのだ。苦笑を返され、迷惑がって叱られ、最後には煙たがられ会話も避けられてしまうまでに。しかし今にして考えると、商品としての小説であれ、べつにそれが面白いものである必要というのはどこにもない。面白さというのは時代時代の通念に過ぎず、移ろいやすい。時流にそぐわない小説は出版されないとはいいきれないし、予想外に売れてしまわないとも限らない。これは面白くないではないかと声高に文句をいう読者も現れるだろうが、押し売りしたわけではないのだから責任をとる必要はない。確実に読者を楽しませたい人はそういう小説を書けばいいし、そうでもない人はそうでもない小説を書けばいい。それだけのことだ。娯楽性についてはさておき、すくなくとも世に問う意義のある小説でなければ、といったふうなことがその同人でも当然のように叫ばれていたけれど、これも考えてみたら根拠のない話であって、面白くもなければ意義もないものというのは世のなかにいくらでも流通している。極みのひとつを挙げれば、子供の頃から丸暗記が得意だった人達が大学教授や評論家にまで伸し上がり、よくテレビに出てきては何十年も前に読んだ本の内容を暗誦しているではないか。べつだん面白くはないし、中途半端に時代遅れだから歴史資料的な価値もない。しかし彼らの言葉は、立派に商品として流通している。言葉が、なのだと思う。まさか見目かたちではあるまい。

わたしの攻撃のさなかにNの時計のアラームが鳴って、彼はまた夜勤に出ていった。その晩を境にわたしは誘われた酒盛りにも定例会にも顔を出さなくなり、おっつけ正式に同人を離れた。飽きてしまった、と自分のなかで決着をつけていた。それも事実だったと思う。口論の勝敗はともあれ、せいぜいあそこまでの場だという諦観がわたしのなかに生じていた。今以てわたしはあの作品を面白かったとは思わない。露ほども思わないのに、しかしなぜだろう、最近とみにあの続きが読みたくて堪らないのである。物語に対するわたしの嗜好が変化してきたのか、それとも社会通念が変わりつつあるのか。Nがすでに亡くなっている以上、土台それは無理な話だし、たとえ彼が生きていてもわたしは続きを読めなかっただろう。だってあの小説はあそこでおしまいだと、彼自身云っていたではないか。続きは生まれなかったのではない。存在しないのだ。Nが亡くなったのはわたしが同人を離れた翌翌年のことだ。死因は、過労による急性心不全とのことだった。真っ当な言葉に直すと、疲れていたから急に心臓が停まった、となる。理由になってない。

*

合葬の夢。遺体に被せてあった絵を、こっそり齧るのが芸術家のあいだで流行しているというので、わたしも真似して、目を惹いた素朴画を屍体から剥がし、仔細に眺める素振りで折り曲げて、気に入っていた部分に齧りついてみる。塩辛く、いがらっぽくて、とても食えた味ではなかった。それもそのはず。絵は、昔の同じような合葬を描いたものだった。わたしが齧りついたのは、いにしえの死者にあたる部分であった。

*

いうまでもないことだが、ここにあるこれは小説である。作者はわたしだ。今後とも留意されたし。

*

ここにあるこれをまた、偽りきれぬ偽書と呼ぶことも可能だ。遅くとも本を閉じたとき、それまで作者が神経質に育んできた語りの位相の曖昧さが、外的要因により突然死の瞬間を迎えることを除けば、模倣、引用、剽窃《ひょうせつ》、スタイルの混在、もってまわった言い回しに飾られた軽佻浮薄さといった、偽書の特徴を偶然ながら備えている。

*

模倣はものごとを伝えやすい。とりわけ自分自身に対して。遺伝子がそう知っているから、われわれはいつだって大っぴらに模倣する。模倣の発育不全の弟に、皮肉がいる。

*

チャイコフスキーは皮肉屋だった。矛先はしばしば彼自身にも向いた。

*

チャイコフスキーは生来鬱病がちで、また対人恐怖症を自称していた。

*

チャイコフスキーの最初の職場は法務省だった。

*

チャイコフスキーは浪費家だった。早くからたばこを嗜み、流行りの衣服を身に纏い、舞踏会や晩餐会にも出入りしていたので、若い頃はまったく楽譜を買えなかった。

*

この記号がわたしは好きだ。アステリスクという。星の輝きを表す。

*

ディキシーについて。

わたしの唯一の渡航経験は、三十代の暮れの短い米国旅行だ。統計的にいえば唯一の渡航先が米国というのはありふれた話に違いないが、自分が露西亜でも伊太利でもなく、せめてもスコッチウィスキーの故郷ですらなく、よりによって大嫌いな玉蜀黍蒸留酒の原産国に出掛けてきたというのが、わたし自身にも、いまだ奇態なことのように思える。同世代の他の人人と較べたら、わたしが米国の文化や生活に対して抱いてきた憧憬は皆無に近い。ロサンゼルス行きの飛行機の中にあってさえ、おれはなぜ米国なんぞに行くのだろう、とひとり首を傾げていたものだ。むろん、まったく理由が見つからないではない。わたしはただ休暇を日本語の聞えない場所で過ごしたかっただけなのだが、かといって看板ひとつ読めない土地にぽつねんとひとりでは、きっと途方に暮れてしまう。選択範囲が英語圏に狭まる。ろくに話せやしないけれど、英語なら看板くらいは読める。当時、合衆国内にはふたりの友人が暮らしていた。たぶん今も暮らしている。だったらついでに彼らに挨拶をしてこようと思ったのである。それで渡航先は米国と相成った。暮らしているといってもたまには日本に里帰りしていたし、すると機会をつくって顔を合わせていたからたいして懐かしくはなかったのだが、異国の風景、異国の空気のなかで旧知の人とあいまみえるというのはいったいどういう感覚であろうかと、興味をそそられた。

友人のひとりは、サンフランシスコの工房で映画の背景画をかいていた。ユニークな仕事だ。当時はまだ映画に手がきの背景が使われることが多かった。背景画といってもその前で役者が演技するのではなく、あとで合成して遠景を差し替えるのだ。巧みな合成だから、ここが継ぎ目、と画面を見ていてはっきりとわかることはまずない。しかし画面の端のほうばかり見るようにしていると、壮大な荒野の果ての空に、どう見ても筆で描いたとしか思えない雲が浮かんでいることがある。空や雲というのは難しいようだ。遠景ばかりではなく、手前にぼけて写りこんだ煉瓦塀がそうだったり、主人公が乗り込んでいく宇宙船全体がじつは平面であったりする。映画の景色に絵を使うなどというとなんだか大昔のことみたいだが、じつは撮影技術を駆使したＳＦ映画やパニック映画にほど、彼のような職人の出番は多かった。ただし十年後には、特殊合成一切がコンピュータ内の作業に切り替えられ、職人たちはみなコンピュータの前に坐らされることになるのだが。もうひとりの友人はユタ州にいて教会関係の仕事に従事していた。こちらは折悪しくカナダに出張しており、対面は断念せざるをえなかった。

サンフランシスコの友人の家に一泊したあと、日本から用意してきた航空券でニューオーリンズに飛んだ。ホテルも日本から予約してあった。準備万端であったわりにこの移動の動機も曖昧模糊としたところがあって、日本語の聞えない場所を目指して大洋を渡っておいて友人の家に長居はしたくないし、かといってサンフランシスコでホテルをとれば水臭いといわれてしまう。ロサンゼルスという都市の風評には興味を惹かれず、大陸を横断するほどではない範囲でいくらかでも名前に親しみを感じる都市といえばニューオーリンズであった、ということになるのだろうが、旅行代理店の社員とやりとりするうち、いつの間にかわたしはニューオーリンズに行きたがっていることにされてしまった、というのが実感である。

「いちばん音楽が盛んなのはどこでしょうね」とわたしが訊ねたからだろう。

彼は答えた。「ナシュヴィルかニューオーリンズじゃないですか。とりあえずナシュヴィルだとカントリーが、ニューオーリンズだとディキシーランドが空港でさっそく流れてますよね」

「ほう、ディキシーランドが」

「本場ですから」

　実際に空港でディキシーランド・ジャズが流れていたという記憶はない。なにせ広い空港だから、社員の思い違いではないにせよ局地的な話だろう。ホテルまでのタクシーの中で運転手が聴いていたのはありきたりのポップスだったし、ホテルのロビーにも音楽はなかった。ホテルは、パリの旧い街並みを模したフレンチクォーター地区の外れにあった。ミシシッピ川のほぼ終点に面した、ニューオーリンズの一大観光拠点である。とりわけ玉蜀黍蒸留酒通りとその周辺は観光客で騒騒しく、いかにも猥雑なのだが、同時に絵葉書的な空空しさも蔓延している。どちらを向いても適度に鄙《ひな》びた図になっているのが、どうも胡散くさい。ドアや窓格子のペンキはわざと剥がれるにまかせ、看板の汚れもあえて放ってあるのではないかと勘ぐりたくなる。どう見ても計算のない、本当に薄汚い雑貨店でも見つけるとほっとする。かといってそういう店に入ってみてもわたしが買うべきものなどまずないから、店主の視線に緊張するばかりである。やはり観光客は観光客らしく、観光客相手のポルノ店でも冷やかしているのが気安い。なるほど盛り場にはディキシーランドが満ちていた。酒場が客寄せに、ドアを開け放ってバンドの演奏を通りに洩らすのだ。しかし観光客たちも然《さ》る者で、入口の前に人垣をつくってただ聴きしている。バンドの演奏は二流だがやがて耳が狎れ、その二流さ加減こそディキシーランドの味わいであるかに思えてくる。そういった喧噪を縫って頸から日本製のカメラを提げた田舎者の白人たちの谷間を歩きまわったり、居酒屋のテラスに勝手に腰をおろして長髪を後ろで束ねたボーイが気づいてくれるのを待っていたりすると、まるで子供時分に逆戻りしたように体感時間が長い。周囲のテーブルでいかに大声の会話が交わされていても、意味をもって響いてこない以上それは蟬の声に等しい。頭の芯は冴《さ》え冴《ざ》えとして、集中力が増している。

　さてディキシーである。ダンサーというとわれわれはつい、フラメンコを踊るカルメンや髪を耳の上でカールさせたレビューガールを想像してしまうけれど、サマンサのダンスというのはスタンドバーのような場所で、裸になって軀をくねらせ足許の客にチップをねだるという類のものだった。ストリップティーズのようにきちんと振付けがあるわけでもなく、しょせん裸だけが売りの中途半端な踊りで、しかし合衆国でダンサーといえばまずそういう人を意味するようだ。

「こんにちは、日本人」と彼女のほうから声をかけて近づいてきた。わたしは居酒屋のテラスで雑踏を眺めていた。ニューオーリンズ三日めの午後である。「ここに坐ってもいい？」

　むろん英語だった。だがおかしなことに、彼女の声や口調は明確に思いだせるというのに、科白のほとんどが日本語でしか思いだせない。頭のなかで翻訳したほうを記憶してしまっているのだ。英語のまま思いだせる彼女の言葉は、本当にわずかしかない。

どうぞ、という語がとっさに出てこなかったので、わたしは手で対いの椅子を示した。

「ありがとう」と彼女は椅子を引くと、肩にあった小さなリュックサックを背もたれにかけ、自分も腰をおろしてテーブルに身を乗り出した。「ビール頼んでもいい？」

わたしは頷いた。彼女はボーイを呼んでビールを注文した。

「日本人は大好き。みんな優しいから」疲れてるような甘えてるような、耳障りな鼻声だった。二十代の半ばほどに見えた。醜くはないが、すくなくとも目の覚めるような美人ではない。フェリーニの妻のような感じだ。黒い髪をレモン色に染めかえていた。数えきれないくらいの首飾りを頸からさげていた。両の手首にもぎっしりと多種多様な腕輪を嵌めていたが、いずれもが玩具や安っぽい民芸品のようだった。ぽっかりと黒い目をせわしなく動かし、周囲のようすを窺いながらたばこに火を点け、鼻から煙を吐いた。ちょっと頭のおかしい女なのだと思った。その印象は最後まで変わらなかった。「日本人でしょう？」

「はい」

「東京から？」

「はい」

彼女は早口でなにか云うと、頸にかけた紐の一本を手繰った。プラスチック・コーティングされた写真がテーブルの下から釣れた。別の紐を手繰ったら鼠の屍骸が上がってくるのではないかと思った。

「見て」彼女は写真を突き出した。日本人の青年が彼女の肩を抱いて写っていた。彼女の髪は水色だった。「ケンジ」

わたしは頷いて写真を返した。

「知ってる？　東京に住んでるんだけど」

わたしはかぶりを振った。

「あなたも東京から来たんでしょう？」

どうも彼女は、東京というのをフレンチクォーターくらいの場所だと思ってるようだった。

「東京は広い。そこには、人がたくさんいる」とわたしは云った。

「そうなの」彼女は驚いたようだった。「残念だわ。伝言を頼もうと思ったのに」

「もしわたしが彼に会ったら、そうする」

「お願い、もし会ったらこう伝えて。Call to Samantha」

わたしは首を傾げた。どこかに電話をかけろと云っているらしい。彼女は、スマァンツァ、スマァンツァ、と繰り返した。やがてそれが、サマンサという人名であることに気づいた。サマンサか、とわたしは日本語でつぶやいて、「サマンサはだれ？」

「わたし」

わたしは頷いた。「彼に伝える」

「ニューオーリンズに泊まってる？」

「はい」

「じゃあビッグママに来て」

缶ビールとグラスが運ばれてきた。彼女は缶を握って席を立ち、わたしに手を振って通りに降りていった。Big Mamaという文字をどこかで見たと思っていたら、なんのことはない、ホテルからその居酒屋までの道程で繰り返し目にしていた巨大な看板だった。そのわりに入口は黒い小さなドア一枚で、これはどういった店だろうと疑問に感じていたのだ。ソウルが大音量で流れていた。入ったところで、ご当地ならではの非常識なまでの巨漢に八ドルを要求された。払うと紙コップに入ったビールを手渡された。カウンターの上で女が踊っていた。周囲に人が集《たか》っていた。わたしはビールを啜りながら彼らの背後を進んだ。空気の抜けかけたダッチワイフのように椅子の上でうなだれているサマンサを見つけた。上着もアクセサリもない、ただ白いTシャツにジーンズだけの姿だった。わたしの姿を見つけて生き返った。珍しい動物に引き合わされた子供のようにはしゃいで、纏わりつきながら、わたしを店の奥へと先導した。「どいて！　友達が通るんだから。日本から来たのよ」

ドアがあった。彼女はわたしを振り返って、「あとでチップを十五ドル、わたしに渡してちょうだい」

わたしは頷いた。

「十五ドルでいいから」と彼女は繰り返した。

個室だった。ただ大きなテーブルだけがあった。部屋の外と同じ音楽が流れていた。彼女はTシャツとジーンズを脱いでテーブルに上がると、音楽に合わせて腰をくねらせはじめた。じつに莫迦莫迦しくて、まともには見ていられなかった。ビールを飲み干した。彼女はブラジャーを外してそれをくるくると振りまわしながら、乳房を左右に揺さぶった。肥満体の子供の胸部のような、なんともいえず侘しい気分にさせられる乳房だった。もういいからやめてくれと叫びたかったが、彼女は心底楽しそうに踊っていた。幸いにして十五ドルというのは一曲ぶんの料金だった。わたしは色をつけて二十ドルを渡した。彼女は飛び跳ねんばかりに喜んだ。「お店が終わるころまた来て。前で待ってるから」

「わかった」とわたしは云った。ともかく服を着てくれたのでほっとしていた。

終業は九時だと云われたのだが、ホテルに戻ったわたしはぐっすりと眠りこんでしまい、目を覚ましたらすでに九時半をまわっていた。ともかくまた盛り場へ出掛けた。他にすることがない。サマンサがビッグママの前に坐りこんで、通りかかった顔見知りらしい男に話しかけていた。「I've wasted the night」

「サマンサ」わたしは彼女を呼んだ。

彼女は立ちあがり、男に向かって誇らしげに、「見て。わたしの友達はちゃんと約束を守るの」

男は肩を竦めて歩き去った。

一杯か二杯、カクテルを飲むとすぐ、次の店に行こうと云いはじめる。それが彼女流の夜の過ごし方のようだった。三軒めぐらいで完全に酔っぱらって、延延と独り言を列《つら》ねはじめた。死にたい、とか、日本に行きたい、といって涙を流していた。かと思えば急に陽気な口調になって、

「秘密を見せてあげる」とリュックサックから写真の束を取り出した。凡て彼女のヌード写真だった。ゆえにわたしは、彼女が本来日本人のような黒髪であると断言できるのだ。その陰毛の色彩から。

「わたしの髪、いつも嘘の色。本当はサマンサでもないのよ」と云う。

「本当は、名前、なに？」

「ディキシー」と彼女ははにかんで云い、Dixieと指でカウンターに書いた。

「本当に？」

彼女は頷いた。そういう女性名があるのだと、わたしは初めて知った。Dixieというのはもともと米国南部の異称である。

午前三時くらいに最後の店を放り出され、わたしたちは路上で夜明けを待った。さすがに疲れきっていてホテルに帰りたかったが、彼女がついてきてしまいそうだったので、一緒にバスの始発を待つことを約束したのだ。わたしのほうも、あと数時間後には空港に向かわねばならなかった。毎夜こうしてだれかと路上で夜明けを待つのか、と訊いてみたかったが、頭のなかで英訳するのが面倒なので黙っていた。彼女は外灯のあかりの下で、英語版の創価学会の経典を読んでいた。欧米で仏教徒といえば大抵はそうだと、かつて聞いたことがあった。わたしは彼女の父親のような気分でいた。

夜明けとともに大通りのバス停に移動した。朝焼けのなかからバスが現れた。

「Hug me」と彼女が云って抱きついてきた。

*

覚醒間際の夢。砂浜に、裸足で立ち、海には背を向け、コンクリートの低い堤防の上に綴じの外れた本を開いて、中途の白い頁に置くべき詩の、次の一行を考えあぐねている。背後から覗きこんでいた著者が、それは徒労とわたしに告げる。やりとりを、鷹のような眼をした若者が見おろしている、堤防に腰掛けて。

若者は彼でもNでもない。

6

机の縁の水平線とわたしの両腿がほぼ正三角形を形づくっている。三角形のなかには、茶色いなめらかな合成素材でできたスリッパを履いたわたし自身の両足の踵、青みがかった灰色の地に白と黒のとろけ模様が入ったリノリウムの床材、それらの上を複雑に横切る淡い陰翳。写真機のピントを合わせるようにわたしはよろよろと覚醒を意識し、次いで自分が管理室の事務椅子の上にいることを悟り、正三角形の額縁の内部に朝の色彩を見て取り、また数時間前から管理室の一角に座を占めているはずのなにかの存在を予感した。その色や形や名称がなかなか脳裡に像を結ばずにもどかしがっていると、やがてＦＣ36ＦＦが頭の右方向で微かな唸りをあげ、長いあいだ唸り続け、みずからの正体とそれにまつわる一連の記憶をわたしの内部に再結晶させて、また黙った。すると代わって屋根の上の鴉たちがひとしきり騒いで、これもまた黙った。わたしは頭を起こし、部屋の明るさに一瞬酩酊した。わたしは天井灯を点したままで熟睡していたのである。ブラインドの隙間のあかりは室内光により窓硝子の表層まで押し戻されて、早朝は、物蔭にのみあった。冷凍庫を見た。昨晩その扉の上に坐らせておいた緑色の人形が、モーターの振動のためか床に落っこちていた。頭を左右に倒して頸の骨を鳴らしながら椅子を後方に辷らせ、腰をあげた。中腰のまま人形に近づきかけたわたしは、ふと恐怖の閃きに捕われた。スラックスの左のポケットをまさぐった。触れ狎れた鍵束とは別の、小さな鍵の感触を得てそれをつまみ出す。冷凍庫の前に跪き、扉を解錠して引き上げた。白い冷気が舞いあがり、舞いおりて床すれすれに流れる。少年は全身にうっすらと霜を帯びて、しかし昨夜わたしがつけたポーズを微動だに変えてはいなかった。仔細に観察したが、指一本、睫一本として不変であった。彼が動いたのではなかった。棺桶の蓋を押し上げようとしたのではなかった。わたしが密やかに期待していたほど、凍りついた屍体は美しくも、神神しくもなかった。変哲なき肉体が薄霜にコーティングされ、ちょうど白いパウダーを浴びたクリスマスのディスプレイのように本来の質感から乖離している。奇異だった。虐殺の記録写真が十二月のデパートのウィンドウに飾られているような感じだ。スーパーマーケットの冷凍食品売場でミックスベジタブルや中華点心の袋の狭間に、縛られたオマール蝦を眺めているような感じだ。きれいに雑巾がけされて、もしくは電子レンジで温められて、本来の重みを恢復することを夢みて眠る、死の卵の姿だった。

卵の化石　↕　死の卵

しばらく冷凍庫のスイッチを切っておいて解凍の過程を眺めてみたい欲求にかられたが、欲求ごと嗤いとばして扉を閉めた。鍵を掛けた。硬直した屍体にわたしは触れもしなかった。その必要はなかった。屍体は手許にある、存在している、この確信だけで充分に満たされていた。壁の時計を読むと午前五時のすこし手前だった。部屋のあかりを落とし、靴を履いて外に出た。大気の白濁した底辺と脚を濡らした鴉たちがわたしを出迎える。雨はやんでいた。慎重にドアに施錠して管理所から離れた。管理室でひとり酔い潰れ、机の前で夜明かしするのはべつにこのたびが初めてではない。そういうときというのは必ず早朝までに一度は目が覚める。かといってついでに頭を起こし、椅子から立ちあがったところで、流し台の水で咽を潤してから、また椅子に戻り、机に肘を突いて、うとうとと、玄関の黒タイルの目映さに我慢ならなくなるのを待つのがせいぜいであって、靴を履いて外に出てみたいという気を起こしたのも、それを実行に移したことも、この八年間、ふしぎと一度もなかった。今朝が初めてだ。水溜りを躱しながら重量感に満ちた飽和蒸気を呼吸しているうち、次第に泳いでいるみたいな、愉快な気分になってきて、闇に姿をくらましたホームレスをいまさら追跡するような気分で、木立のなかへ、なかへと進んだうえ、ふと目についた手頃な楡《にれ》の木をパートナーに見立てて、軽い足取りで周囲を巡った。内心ポルカを踊っているつもりだった。樹皮の凹凸ぶりにだれか知人の顔を見出そうとしながら調子よく後ずさっていたら、別の木に背中をぶつけてしまい、木は大きく揺らいで枝葉に蓄えていた雨を、威勢よく落とした。その、天井のミラーボールが突然破裂して一気に落ちてきたようなけたたましさに驚いて腰を落とし、間もなく自分がまるきり無傷であることに気づくと笑いが込みあげた。背筋を伸ばして腰に軽い痛みを覚え、軀を捻り筋の位置を直そうとしていて、ほたる橋の方向に、宙にぶらさがった白い生首を見つける。ぎょっと目を見張ってみて、じつは雨合羽に身を包んだ女がそこに立っているのだと気づく。濡れてぎらついた周囲の繁みとそっくり同じ緑色の雨合羽を着こみ、フードまで被って佇んでいるのである。電話の女だと直感して姿を見つめたのち、おほい、と先程までの笑いを引きずった震え声をあげながら勢いこんで、わたしは泥濘を践み、足を滑らせ、バランスを崩して前のめりに転びかけた。体勢を立てなおして女のほうを見やったが、すでにいない。

　ほたる橋の前に立つと正面に、木立に遮られがちに西園の陸上競技トラックが覗ける。眼球の内側に繁殖した黴《かび》か霜みたいにしつこい朝靄《あさもや》越しに、わたしは、緑色の女とはまるで無関係であろう異様な人人の姿を眺め、同時に異様な音楽を耳にしていた。空耳ではなく確乎たる現実音として、朝靄の彼方から《グレゴリオ聖歌》を裏返したような男声合唱が響いている。Gを基音とした、ト長調、いやホ短調……判別できない。背後に打楽器の音も混じっているようだが、どういう楽器ともつかない。その曲をあたかも送葬の伴奏に、軽装の老人たちがトラック上を後ろ向きに通過していく。次から次へと、葬列は引っ切りがない。男もいるし女もいる。わたしと大差ない年輩に見える男もあれば、わたしの祖母ほどにさえ見える腰の曲がった女もある。そしてそのいずれもが、フィルムを逆廻転させたように、後ろへ、後ろへと進んでいるのである。かくのごとく、死者というのは後ずさって進むものなのだろうか。あるいはわたしのほうが死者であるがゆえ、生者の時間を遡るよう運命づけられているのだろうか。橋を渡りきったあたりで音楽が、トラックの手前に建った公衆便所から発せられていることに気づいた。それが反転した聖歌のように聞えていたのはコンクリート造りの小屋独特の残響効果のせいであって、実際にはカセットテープかなにかの録音を伴奏にした男ひとりの陽気な歌声に過ぎないこともわかった。わたしは便所に近づいた。女子用、男子用の入口が左右に振分けられているほか、建物の中央部分は車椅子に乗ったまま入れる障碍者用の個室になっている。障碍者以外の利用に対して制限が設けられているわけではなく、大きな引き戸の脇には、車椅子に乗った人物の図案、赤ん坊を台に乗せておしめを替えている母親の図案、そして幼女、妊婦、杖をついた老人が並んでいる図案が印刷された正方形のプレートが縦並びに貼りつけてある。下二枚は、図案だけではよく意味が伝わらぬと判断されたらしく、

オムツ替えシートが有ります

どなたでもご利用して下さい

と絵の下に説明が添えてある。言葉による表記を避けることが図案の目的なのだから、

そこに言葉での説明を書き加えられてしまった図案家はさぞかし傷ついたことだろうが、オムツ替えシートなどという一般性に乏しい物体の存在や、だれでも利用できる、というきわめて抽象度の高い概念を、新たな図案で示そうという試みがそもそも無謀である。だいいちそういう無数の無謀の歴史のなか、奇跡的に輝きを保った図案の蓄積が表意文字ではないのか。さて、このオムツ替えシートとはいったいどんな布であろうか、それとも紙であろうか、とかねがね疑問に思っていたわたしは、かつて管理室にいて便意を催し、管理室の便所を使わずにここまで出向いてきて用を足したことがある。べつに用を足すついでではなくとも、通りがかりにちょっと戸を開いて覗いてみれば確認できることであったと便器の上で気づいたけれど、わたしはそれまで何年ものあいだ、いつか用を足しにきて確認しようと思い続け、確認と排泄行為とが頭のなかですっかり対になっていたのだ。車椅子が自由に動きまわれるよう、個室は、倹《つつま》しい若夫婦なら立派にそのなかだけで日日の暮しを営めるのではないかというくらい、だだっ広かった。アンコール・ワットの有料便所の、白檀香の煙に満ちた個室なみに。きのう薔薇色の君に陰茎を吸われながら得たあの幻想は、少年時代、杜のなかで排泄した思い出と、本多恵子の寒寒しい浴室、それにこの障碍者用の個室が、心象の土台を成していたと思われる。いや、他にもあるぞ。どこだ？オムツ替えシートというのは、壁のひとつに取りつけられた折畳み式のベッドのことだった。オムツ交換ベッド、という札が貼りつけてあったから間違いあるまい。sheet ではなく seat だったのだ。テノール歌手はあきらかにその、障碍者用の個室のなかにいた。無料の練習場として利用しているのだろう。なにしろ公園では稀有な出入り自由な個室である。歌われているのはシャンソン風に饒舌《じょうぜつ》な、わたしの知らない唄だった。緑灰色に塗装された巨大な引き戸を見つめながら、わたしは歌詞を聴きとらんとした。……自由に……自由な……自由を……と、自由という言葉の頻出する詞で、また歌い手がそこに極端なアクセントをつけるものだから、自由、が新たに出てくるなり、それまで聴きとれていた詞が頭から吹きとんでしまう。自由。古い日本語には存在しなかった言葉だ。自由……自由律、自由意志、自由経済……自由の女神、自由民権運動……自由落下。しかしすくなくとも逆廻転の歌詞ではないことに気づいてトラックのほうを振り返ってみると、後ろ向きの葬列の手前を、褐色の腕と脚を剝きだしにした中年の女が駆けている。頭を上げ筋張った咽を風に曝し、折り曲げた腕を勇ましく振りながら、視線の向きに、前向きに、駆け抜けていった。わたしは自分が死者ではなく、いまだ彼女の、生者の時間の流れとともにあることを悟った。通過していったのは生命の躍動に他ならず、その動きはわたしの目に逆転と映らなかった。老人らの亡者めいた後ろ歩きが、わたしに錯覚を与えただけのことだった。きっとテレビによって流布した新手の健康法なのだろう。大勢を一度にこうも奇抜な行為に駆りたてうる動機といえば、色か金か生への執着以外にあるまい。そうした執着はむろん悪徳ではない。とりわけ生に対するそれは、美徳中の美徳といってよかろう。しかしそのための努力ぶりが亡者が徘徊する姿としか映らないのは皮肉なことである。眺めていると、後ろ歩きではなく真っ当に進行方向に顔や胸を向けている者はさきほどの女ばかりではなく、やがて若い男が複数通過していったし、のちには高校生ほどの少女も姿を現し、また消えていった。いずれもが走っていた。駆りたてられていた。より速く。より遠くへ。この美しい躍動は肉体に大きな負荷をかけ、長命に対してしばしば不利に活《はたら》くという。しかしそうしているあいだの体感時間が、等距離をだらだらと歩くより遥かに長いのは確かだ。永遠の寸前といってもいい。かつてはわたしもよく走った。今も、時折だが走る。走ってみる。自分が走れることを確かめるために。正常に生きていることを確認するために。

歌が終わり、伴奏の音が消え、カセットレコーダーのボタンを操作する音が聞えた。わたしは引き戸をノックした。早朝、公衆便所の障碍者用の個室にテノール歌手が閉じ籠り自由への賛歌を歌っていることが公園規約になんら触れるとは思われないが、かといってしぜんな公園の情景のひとつとも捉えがたく、西園の担当ではないけれどいちおう尋問して事情を把握しておくべきであろうと感じたのだ。意識のすくなくとも表層は、そういった職業的責任感に支配されていた。わたしは世のなかに対して従順である。従順であることが好きだ。屈服はしない。しかし不必要に逆らいもしない。逆らうふりもしない。わたしは英雄ではないが、愚者でもない。ノックははじめ黙殺されたかに思えた。テノールは返事をかえさず、気づいていないかの物音もなく、彼がじっと身を固くしているのが感じられた。もう一度ノックした。ややあって、錠を廻す音がした。戸が十五センチほど動いた。円い眼鏡を乗せた丸顔がわたしの視線とちょうど同じ高さに覗いた。背後に自転車が置いてあるのが見えた。前後にがっちりとした籠を取り付けた、新聞配達に使われていそうな実用車だった。なるほど自転車置場も兼ねられるのか、とわたしは個室の広さに改めて感嘆した。

なにか、とテノールが小声で訊ねる。歯並びに特徴のある、草食の巨獣を思わせる容貌だけれど、わたしと視線の高さが同じくらいだから実寸はさして大柄ではない。

お取込み中、失礼。わたしは慇懃《いんぎん》な調子で云い、軽く頭をさげた。

はあ、とテノールは凹レンズの奥の瞼を弛ませたが、まだ警戒心を解除してはいない。

公園の管理人です。

テノールが唇を横一文字に結ぶのを見て、わたしはノックを悔いた。放っておけばよかった。西園はわたしの管轄ではないのだ。こうして睨み返されるのは本来、西園の管理人の役目なのだ。

いえね、いやその、いいお声で、と、思いましてその、とわたしは幇間《ほうかん》にでもなったつもりで機嫌をとろうとしたのだが、そうしているあいだにもテノールの顔色や眼の形はくるくると変化して、けっきょく先刻よりいくぶん硬さを増したところに落ち着いた。幼児のように表情豊かな男だった。広がった額を隠す気はないらしく細い髪の毛を短く刈り、つるりとした丸い顎にも鼻の下にも青い翳りはなく、服装は飾り気のない白シャツに黒いジーンズ。シャツの襟元から胸毛が何本か覗いていた。わたしは男の眼を見つめた。虹彩が灰色がかっていた。

いま出ていきますから、とテノールはその眼を伏せて独り言のように云い、丸い頭を上下に動かした。

いや、いいんです。だれが迷惑がってるわけでもない。それにわたしはここの担当者じゃない。橋の向こう側がわたしの管轄です。

しかしテノールはかぶりを振って、つい熱が……どうせ今の一曲で最後にしようと思ってたところですから。

わたしの肩越しにトラックの方向に視線を送っている。とつぜん湧きあがってきた激情に、わたしはみずから驚き、怯えた。卵のような頭をしたこの気弱げな男に対し、強烈な所有欲のようなものを感じている自分を発見したのである。わたしは、彼を立ち去らせたくなかった。あえて、これから自転車の籠にカセットレコーダーを押し込み、ハンドルとサドルを支えて個室から後ずさっていく彼の姿を想像してみた。途端に頭から血の気が退いて、意識がやや朦朧《もうろう》とした。では自分はいったいこの男にどうあってほしいのかと考えた。前歯が引っ込んでいるためやけに平面的に見える歯並びを上下から挟んだ素っ気ない唇に、くちづける自分を想像してみたが、さしたる意義は感じられなかった。その酸っぱい唾液を吸って嚥下する自分を想像したが、それでも満たされそうな気はしない。男が自分から、必要以上の威圧感を受けていることは確信できた。わたしがいかなる行為に出ようとも彼が自分に服従するであろうことが予測できた。さらに想像を押し進めた。男のシャツをつかんで左右に引き裂き、柔らかな胸毛に彩られた肌に唇を寄せる。乳首をひとつずつ噛みちぎる。自分のスラックスのファスナーを引き下ろして勃起しない陰茎を曝し、跪いて吸え、服従しろ、と彼の灰色の眼に訴える。あるいは逆に跪いて懇願する。睾丸をくわえさせてください、ふたつまとめて。不快な刺激への反射で熱り立ったあなたの突端を下から舐めあげさせてください。べたべたした精水でわたしの咽をつまらせ、咳きこませてください。どうか。

もう一曲、とわたしはテノールに命じた。彼は首を傾げた。わたしは引き戸に手をかけ、個室に押し入った。テノールは後ずさって自転車の籠に背中をぶつけた。自転車は左右に揺れた。しかし倒れなかった。わたしは引き戸を閉じて錠を掛けた。本多恵子の浴室のにおいを湿らせ、小便臭を強めたようなにおいに満ちていた。しかし二三度呼吸するうちにたいした違いは感じられなくなり、ふと、胸を刺すような懐かしさを覚えすらした。

歌うんですか、とテノール。

きみが歌う。わたしは聴くんだ。

聴きたいんですか、とテノールは訊ねなおした。

そうだよ。わたしは思いきってテノールの横を通過し銀色の手摺に囲まれた便器に近づき、蓋の上に腰をおろした。テノールが決して逃亡しないことを確信していた。自転車はまだ微かに左右に揺らいでいる。

なにを、とわたしのほうを向いて腕を左右に広げるテノール。

人生の最期になにを歌うね。

男の表情がまた目まぐるしく変化した。わたしの質問が冗談であれなんであれ、彼がそれと真剣に向き合っているのがわかった。ふとした思いつきの質問で彼を金縛りに陥れたことにわたしは至極満足し、全能感に酔った。

長い沈黙のあと、彼は、わかりません、とつぶやいた。

わたしは眉をひそめた。きみは歌手だろう。プロかい。

銀座の店で歌っています。

キャバレーかい。

違いますけど、まあ、そのようなものです。

どう違うんだね。

もっとその、音楽を中心に楽しんでいただくような店で、テーブルに付く女性もいません。

上品なわけだ。

テノールはうなだれた。

お上品なわけだ。

はい、と彼はうなだれたまま答えた。

わたしなんかとても敷居を跨げないほど。

いえ、まさか、そんな。

じゃあ、もしもわたしが行ったら歓待してもらえるのかね。

もちろんです。週末はぼくのソロですから、なんでしたら招待状をお送りします。管理所宛でいいんでしょうか。

いや結構。もしもの話をしただけだよ。銀座は遠い。

そうですね。

歌う曲は決まったかね。店での十八番《おはこ》でいいじゃないか。

十八番というと……いま歌っていた曲になりますが。いつもあれをステージの最後に。

それでいいじゃないか。

テノールはまた視線を伏せ、考えこんだ。しばらくして顔を上げる、首を傾げた。あれは、あまり。

どこが悪い。いい曲じゃないか。伴奏のテープもある。

あまり好きではないんです、本当は。もちろん嫌いではないんですが、人生の最期に歌うほど好きというわけでは。

じゃあ多少下手でも好きな曲でいいよ。

彼はまた首を傾げ、それからかぶりを振って、わかりません、といった。決められません。決めてください。

それはなんでも歌える人間の言葉だよ。きみはなんでも歌えるのか。

いえ。あの、あなたは死神なんですか。

莫迦な。云ったとおりさ、この公園の管理人だよ。

本当に？

ただし、この西園の担当者ではない。わたしもきみのことを訊ねたい。きみは同性愛者かね。

……はい。

わたしに欲望を感じる？

いいえ。

正直に答えなさい。わたしに欲望を感じているだろう？

はい、すこし。

わたしの軀を舐めてみたいと思うか。指や、頬や、胸や、膝を。

……舐めてみたいような気もします。正直に云えば。

愛情ゆえに？　無償の愛ゆえに？

テノールがわたしを見つめる。彼の卵のような顔から初めて、あらゆる表情が消え失せている。不意にその口許に、弓をしならせたような笑みが泛んだ。

はい、と彼は緊張した声で答えた。

わたしは満足して頷き、最後の歌を決めたよ、と告げた。

テノールの顔から笑みが消し飛ぶ。

《グレゴリオ聖歌》は歌えるかね。

いえ。

旋律の感じはわかるだろう。

でも歌詞が。

あーでも、うーでもいい。憶えている旋律の繰り返しでいい。ただし、逆さまに歌ってほしい。

顔色を失って立ちすくんでいるテノールから、冷たい壁に畳み込まれたオムツ替えシートもしくはオムツ交換ベッドの銀色の底面に視線を移して、ああ、ここにも棺桶のようなものがある、と思った。子供を持った経験がないからか赤ん坊というものにどこか、深淵から這い上がりたての亡者に近い像を抱きがちである。常世の国の静寂に耐えがたく、光に向かい血塗れで這いのぼってきて、自分の勝利を日日声を限りに叫び続けているみたいだ。テノールが動いたので離叛かと息を凝らした。このまま帰ってしまうのかと。テノールの手は荷台の籠に入った黒い合皮の鞄に伸びていた。中からこれまた黒い合皮の表紙の付いた聖書判の手帳とペンを取り出し、なにかを書き留めはじめた。ときおり微かな裏声を発していることから、音符か音名を記しているのだと見当がついた。《グレゴリオ聖歌》の。彼がそれを頭のなかで反転しおえるのを待った。時間を要したが、わたしが待ちあぐむまでには、彼の赤らんだ唇が、よぇ……と最初の音を発した。わたしのなかの絶対Gに限りなく近い音程だった。世界じゅうの、いやすくなくともこの公園内の音は、総じてGを基準としているらしい。

　彼が二音めを発しかけたところで強く、違う、と云って押しとどめた。ちゃんと逆転させるんだ。無音からクレシェンドして、アクセントと同時に切るんだ。

　彼は頬を赤らめ、咳払いし、そしてそのように歌いなおした。声は壁のタイルに反射して指向性を失い、みずからの残響と混じり合って甲高い倍音を発した。本当にそれが裏返った《グレゴリオ聖歌》といえるのか否かを判定できるほどの、音楽的能力をわたしは持たない。湿った空間を縦横に飛び交う異様な声に、ただ至福を感じていた。肉体は刻刻と老いているけれど、きっとどこかの時点でわたしの心は死んで、裏返ったのである。

　もう怖いものはない。なにひとつ。

　途中、間の手のように入った小さな咳払いから判ずるに、同じ旋律を最初からもう一度繰り返して、男は独唱を終えた。わたしは立ちあがり、彼に近づき、これ以上近づけないというくらいにまで近づき、柔らかいふたつの手を握った。彼の腰は砕けかけ、今しもしゃがみこんでしまいそうであり、突き出した膝はがくがくと左右に震えていた。目を畏怖に潤ませていた。無性の乳房のようなふたつの頬に接吻し、個室を出た。老人たちはトラックの内側の芝地に縞馬よろしく寄り集まって、いじけた体操を見せつけあっていた。手前を汗だくの青年たちが横切って消えた。わたしは橋を戻った。

　久しぶりに空腹らしい空腹を感じていた。管理所の前を素通りし、林を抜け、大池の周囲を巡り横断して、駅へと延びる小路に上がる。きのう緑色の怪物を買いもとめた小路だ。園内を素通りして駅に向かう通勤者の姿はまだ乏しく、商店のほとんどが到底開いている時刻ではなかったが、わたしの目的は例外たるコンビニエンスストアで、どんな時間帯にも酒を買えることからわたしはその味気ないガラス張りの店の常客なのである。ただし買うのはビールか安ワインだけで、なぜならウィスキーもラムもウオッカもろくな品物が置かれていない。不味いビールや不味いワインは飲みくだすことをゲームとして楽しめるが、一罎の不味いウィスキーというのは拷問でしかない。酒が慾しくてたまらないような状態でもなんでもなかったが、管理室の冷蔵庫を満たしておくために安くて不味い国産ワインを一本と旨くも不味くもない国産ビールの缶を数本、オレンジ色の籠の底に並べた。そのあとサンドイッチやおにぎりの並んだ棚の前に立ったが、ハムサンドから覗いた鮮やかな花弁のようなハムを見ているうちなにも食べる気がしなくなり、ソフトドリンクの棚の前に移動した。紙パック入りの牛乳を籠に入れた。一〇〇〇cc。一週間がかりで飲んでも腹をくだすに違いないが、なに、構うものか。牛乳は旨い。兇暴な偶蹄目を千年がかりで手懐けて搾取しただけの価値がある。

　少女は、管理所のドアの前に立っていた。前髪を額の半ばで切り揃えた、華奢な、可愛らしいけれど強い顔立ちの少女である。きっと毎朝このあたりでだれかと待ち合わせて学校に行くのだろうと思い、視線を合わせないように踏み石に近づいたものの、どうもわたしのほうばかり見つめているように感じられる。顔を向けてみると少女は手ぶらで、着ている衣服も質素な趣だが、どう見ても制服からは程遠い、丈長な褐色のワンピースだった。だいいち学校はいま夏休みではないのか。

「こんにちは。管理人さん」

「ああ、こんにちは」と愛想よく挨拶を返したのはむろん彼女の親しみの籠った態度への素直な反応でもあったのだが、じつのところそれは強烈な既視感を得ながらの会話であって、すでに記憶のなかにある流れに対してわたしは逆らえなかったのだ。

「あたしのこと憶えてますか」少女は近接した蛾眉の下の、磨きあげた種子のような眼を、ぱちくりぱちくりと瞬かせた。わたしの姿をまだ遠いうちから見つめ過ぎて、すっかり眼が疲れてしまったとでも云わんかのように。

中学の二三年生だろう。いかにも今時の子供らしく、頭は小さく、胸は薄く、剥きだしの両腕はすらりと細長い。わたしは首を傾げた。「はて」

彼女はがっかりしたように微笑して、「いいんです」

「以前、この管理所に？」

「いいえ。管理人さんとお話するのも、きょうが初めて」

ワインの罎とビールの缶と牛乳のパックが行儀よく詰め込まれたポリ袋を踏み石の上に置き、ポケットから出した鍵束でドアのふたつの錠を開いた。少女を振り返る。「とにかく、まあなかへ」

少女は玄関に入ってきた。袋を提げて室内に上がりかけたわたしの視覚を、壁ぎわの真新しい直方体が目映く統べた。スリッパへの履き替えをためらった。するとその躊躇の間に少女はぱたぱたとサンダルを脱ぎ捨て、わたしを追い越して管理室のなかに入ってしまったのである。

「きみ」

「……はい？」少女は裸足のまま、片方の脚を軽く引きずりながら窓ぎわのオーディオセットの前まで進んで、そこからわたしを振り返った。悪怯《わるび》れたところのない幼い表情は、わたしから抗議の気力を奪い取ってしまった。

「いやべつに」わたしはスリッパを履き、ドアを静かに閉めた。「そっちの机の椅子に坐るかね」

　少女が気のないようすで二度頷くのを横目に、流し台の前に行って腰を屈める。買ってきたビールと牛乳を冷蔵庫の中に移しながら、

「名前は」

　と子供を相手するときの常套句のつもりで訊ねると、

「ウッチェロ」

　という答が返ってきた。頭を上げ、冷蔵庫のドア越しに声がしたほうを見た。少女はいつの間にか大きく場所を移動し、よりによってＦＣ36ＦＦの蓋の上に腰をおろし片膝を抱え、同じく蓋の上に坐った緑色の人形に指で触れていた。

「ウッチェロ？」内心の焦りを圧し殺し、努めて陽気な調子でそう訊ね返した。日本人の少女にしては風変りな返答だったが、それをわたしの耳が正確に聴き取れたのには理由がある。パオロ・ウッチェロという画家がいるのだ。《サン・ロマーノの戦い》などを描いた伊太利ルネサンスの画家だが、このウッチェロという名は当時からの彼の通称であって本名ではない。鳥を意味する。言語も時代も違えどチャーリー・パーカーと同じ通称であって、なるほど鳥というのはいかにも芸術家の綽名《あだな》に相応しい。ともあれこの画家の存在のお蔭で、ウッチェロという言葉は世界的に最もポピュラーな伊語のひとつとなっている。

「うん、ウッチェロ」と彼女はそっぽを向いたままで云い、わたしは微笑して立ちあがっ

た。少女がそう名告《なの》ったというのは、単に奇異であるという以上にユーモラスでもあった。イタリア語のことはほとんどわからないけれど、それは男性名詞ではないのか。パオロ・ウッチェロにしたって歴とした男性である。しかし、だとすると雌の鳥はなんというのだろう。ウッチェラ？　雌雄が不明の場合は？

「だれが付けてくれたの。それとも自分で付けたのかい」

「そう聞えたんです」

「なにが」

少女は答えない。

「牛乳を飲むかい、ウッチェロ」

「ううん、飲みません」

「なにか」

「じゃあお水を」

「水といったら水道水しかないよ。氷は？」

ウッチェロはかぶりを振った。わたしはグラスに水を汲んで彼女のところに運んだ。

「ありがとう」と彼女は脚を下ろしてそれを両手で受け取り、顔に近づけながら自分のほうに傾けた。痩せた咽が上下に動くさまが、それもまた公園の人工自然の、計画された営みのひとつのように感じられ、わたしは管理者として愉悦した。ウッチェロは、顔立ちの

なかでゆいいつ少年性から疎遠な、まるっこくて肉厚な唇をグラスから離すと、きょろりとわたしの顔を見あげて、

「お話があるんです」といった。下唇の内側が海のようにぬめり輝いている。

「そうなんだろうね」

「これまでも何度か来たんですけど、管理人さんが気づいてくれなくて」

わたしは首を傾げた。ウッチェロはグラスを覗きこんでいる。

「そうかね」と云って事務机の前に引きさがり、椅子を廻して彼女と対坐した。「で、話というのは」

彼女は視線を上げて、「懲らしめてほしい人がいます。公園であたしを見つけると、いつもひどいことをするんです」

「……わたしに？　わたしが？」

「だって管理人さんでしょう。この公園でいちばん偉い人でしょう？」

「それは誤解だよ。まあしかし、たしかに園内の治安を維持するのも大切な仕事だし、それに今はもう――」怖いものなどない。「詳しく聞かせてもらえるかね。きみみたいな女の子にひどい真似を繰り返しているというのは、いったいどんな」

「男の子。八九歳の男の子です。でもとてもひどいの。あたしを見つけると必ず暴力をふるってきて」

　わたしは眉をひそめた。「どんな男の子？　特徴をもうすこし」

「特徴といっても、出合うのはいつも夜だし……見た目は、とても普通の子だと思います。どこの学校にもいて、友達と元気にふざけてそうな」

「顔の感じは。よく見たことがない？」

「はっきりと見えたのは、一度だけ。追いまわされて、うっかり公園の外のバス通りに飛び出しかけたことがあったの。自動車のライトに吃驚して慌てて歩道に戻ったら、その子、そうなるのがわかってたみたいに電柱にもたれてあたしを待ち構えてて、そのとき真上の歩行者用の信号が赤くなって彼を照らして、あたし、初めて彼の顔をまともに見ました。眼も眉も吊り上がってて、それが真赤に染まって、まるきり小鬼みたいだった。笑ってた。あたしはまた彼に捕まり、けっきょくその晩も、彼がすっかり飽きてしまうまでひどい仕打ちを重ねられたんです。あの晩がいちばん恐ろしかった。あたし、本当に死を覚悟しました」

　確信を得た。ウッチェロはいままさに、仇敵たる兇暴な少年の寝床の上に腰掛けているのだ。腹筋が震えた。浮き上がりそうになる口角を懸命に引き下げた。少女への皮肉な思いがあったのでもなく、屍体を嘲る気持ちもなく、米国産のテレビ漫画を眺めているように、ただ絵柄としてそれが可笑しかった。可笑しくて堪らなかった。「暴力を？」

　ウッチェロは物悲しげに頷いて、「石をぶつけられたり、刃物のようなもので傷つけられたり、脚をつかんで振りまわされたり、他にもいろいろ」

わたしはとうとう息を吹いてしまった。

少女は愕然としたような目つきで、わたしとの間の空の一点を凝視し、「可笑しいですか？　あたしが虐められたという話は、吹き出してしまうほど可笑しいですか」

「いや失敬。しかし、脚を持って振りまわされたというのは、いくらなんでも大袈裟じゃないかね。だってきみはどう見ても中学には上がっている年頃で、そのきみが八歳九歳の少年に振りまわされたというのは、いささか奇異に耳に響くよ」

ウッチェロはグラスを冷凍庫の上に置くと、スカートの裾をつかんで片膝が覗く寸前まで捲りあげた。臑《すね》が、半ばから内側に向かって歪曲していた。歩くとき引きずっていた右脚の臑である。グロテスクに感じられるほどの歪曲ではないが、まっすぐな左脚と並んでいると、損傷ぶりがはっきりとわかる。「そのとき折れました」

直視に耐えかねて、わたしは床に目を落とした。視界の上端でウッチェロが立ち上がった。

「見て」

ためらいののち顔を上げると、いつの間にか少女はわたしに背中を向け、後ろ髪を両手で掻きあげている。疵痕が、うなじを下弦状に横切っていた。瘡蓋がはがれてから間がないのだろう、薄い出来たての皮が髪に引っぱられて、表面に細かな縦皺を生じさせている。

今しも上下に裂けてしまいそうに思え、見ているだけで息が詰まった。

「本当に殺されかけたの。他の痕も見たいですか」

「いいよ。もう証拠はいい。きみの言葉を信じよう」

少女はふたたび白い棺桶に腰をおろして、「あたし、正直過ぎるんです。最初から、信じてもらいやすい話だけ選んで話してればよかった」

「そんな知恵をつける必要はないよ。ただ、ちょっと質問をさせてほしい。それほどの目に遭ってきたにもかかわらず、なぜきみが今以て公園を避けようとしないのかふしぎでならない。しかも夜だろう？　なぜ夜近づく」

ウッチェロは唇を閉じた。答えない。目はわたしのほうを向いている。

「答えたくないなら質問を変えよう。このことを、親御さんにはちゃんと相談しているの」

小さな頭が左右に揺れた。「いないんです」

「家族のだれかにでも」

「いません。あたし、公園に棄てられたの」

少女期に特有の、身上の悲劇めかしに違いなく思われた。脚色過剰を越えて虚言の域に踏み込んでいる。ウッチェロなどと名告ったところからして、すでにその素因を感じさせる。ただし虐待と、それを与えたという悪徳少年の存在において、彼女の話はたしかに現実の世界と接しているのである。じじつ彼女は傷ついているのだし、少年も実在である。冷凍庫の中の。

「本当はその男の子のこと、きみはよく知ってるんじゃないのかね」

「知りません。あたしが知ってるのは、彼があたしをどう虐めるかってことだけです。ただ、あたしを虐めたり、嫌らしいことをするというだけの子なんです。それだけの子なんです」

「嫌らしい、というと」

ウッチェロはかたわらのグラスを手にした。水道水の残りをありがたげに飲み干し、息をついて、「いちばん苦しいのは、お尻の孔に指や棒を突っ込まれること。これ以上無理というところまで突っ込まれて、引っ掻きまわされるから、あたしのお尻の孔はもうずたずたなんです」

唖然となり、言葉が返せなかったが、徐徐に、目前のあどけない少女に対する加虐的な妄想が脳裡に広がり、心底卑俗たることの愉悦にわたしは共感し、同時にそこへと容易に至った自分自身を、強烈に嫌悪した。テノールの頬にくちづけたとき胸中を支配していた清冽な抵抗感とは対極の、着衣のままで香料入りのぬるま湯に身を沈めているような感覚だった。ウッチェロへの同調を拒絶し、ただ対象としてのみ捉えたがっているわたしがそこにあり、窃視の、剝奪の、所有の、利用の、対象としてのウッチェロがその目前にあった。不意に絶望的な気分に襲われたわたしは、顔面の温度を確かめるように両手で顔を被った。すると、お、と咽の奥から声がひとりでに洩れた。連動して、眼球の底が湿った。

「すまなかったね」顔を被ったままわたしは洩らした。わたしは少年の屍体の所有者ではあるが、べつにその生前の行状に責任を負うこともない。わたしはきっとだれかに謝罪したくて、それを聞いてくれる相手の出現を待っていたのだろう。数秒で、理性の雨が激情を濡らしはじめた。公園利用者の面前で取り乱している自身をわたしは恥じて、わたしは管理人だ、管理者だ、頭を上げろ、胸を張れ、裏返れ、と懸命に叱咤した。眼鏡のテノールが歌ってくれた裏返しの《グレゴリオ聖歌》を思い起こし、それが頭のなかで鳴り終わると、今度は自力で《弦楽セレナーデ》を裏返そうとして努めてみた。……倒れた紅い円椅子、揃えられた黒靴、父、それをぶらさげた松の幹、ふたたび父と、そのヴィエラのシャツ、後ずさる、溝の底を後ずさるわたし、烏瓜の実、赤茶けた路、植込みの切れ目、八重咲の山茶花《さざんか》、縁側の凹み……母との対話。そう、わたしはあの日、杜に出掛ける寸前、母と談笑していた。わたしは母を憎んではいなかった。「お母さん」

　顔を上げると、冷凍庫の上にはただ緑色の人形だけがある。立ちあがって室内を見回したが少女の姿はどこにもない。ウッチェロ、ウッチェロ、と彼女を呼び、耳を澄ませたが返事は聞えない。流し台のあたりを覗きこみ、その奥にある便所のドアを開け、ふと閃いて少年が入っていたロッカーの中まで見てみたけれど、どこにもいない。靴を履き、管理所の外に出た。

ウッチェロ。

ウッチェロ！

雑木林のなかを、バス通りを越えて動物園へと繋がる歩道橋のあたりまで進み、思いなおして上水の方向に引き返していくと、上水に沿った遊歩道の上に褐色に煌めく小振りな雌鶏がいて、小さな頭をこちらに向けていた。

ウッチェロ……。警戒されないよう、跫音を忍ばせ慎重に接近しているつもりだったが、間隔があるていど詰まってからというものは、こちらがすこしでも進めば進んだだけ鶏も遠ざかってしまうのだ。とっこん、とっこんと音がしそうなおかしな歩き方で。そうして巧妙に距離を保たれたまま、じりじりと泥濘んだ遊歩道をほたる橋のほうに進んでいるうち、また雨が落ちはじめて、林がざわついた。橋のたもとに達するまでに、すっかり本降りに戻っていた。足許にぽっと小さな朱いあかりを見つけて立ちどまり、泥の上から拾いあげてみると、いったいどこのだれが落としていったものか、米国の一セント銅貨である。映画によく登場するリンカーン記念堂の建物とリンカーンの横顔が、表裏にそれぞれ浮彫りになっている。日本の硬貨と違い、記念堂の図と横顔の図が上下逆さまの状態で背中合わせにくっつきあっていることにわたしは気づいた。もしくは再認識した。言葉の表記法、つまり縦書きか横書きかに起因する差異であろうという気がするけれど、しかし思い起こしてみれば日本の硬貨にある文字というのはべつに縦書きではない。わたしが記憶しているかぎり、凡て横書きである。とすればこの差異はもっと根本的な、日本人と米国人の感覚上の差異から生じたものということになる。たかが生まれた国が違うだけで、正しい方向というものを九十度違えて認識してしまうのである、われわれは。

　銅貨を握りこみ拇で汚れを拭いながら前方を見やると、視界の端には必ず置いておくようにしていた雌鶏の姿が、いつしか消えている。雨が、わたしの広がった額を打ちつけ、流れて、しょぼくれた眼を攻めたてる。きっとまた出合う日があろうと思い、ふたたび銅貨を見つめると、リンカーンの頭上に小さく、IN GOD WE TRUST とあった。天に誓いて、われら信じ合う。雑木林が狂騒的にG音を連打するなか、かつての人喰い川は押し黙ってただ暗渠へと至る。どこかで鴉が羽ばたく。

　橋の向こうに犬がいる。小説家の黒犬が雨に濯われ、刻刻と身を細めながら濡れた大地と繋がっている。奇妙な予感に誘われて橋の上へと進む。犬も欄杆の支柱に近づいてにおいを嗅ぎ、後肢を上げてそれに小便をかけたあと、わたしのかたわらを素通りして林のざわめきのなかに紛れていった。その犬の姿を見たのはそれが最後だ。橋を渡っているあいだ、公衆便所に遮られていたトラック内のさまが次から次へと、しかも予感に沿ったかたちで眼前に展開していくものだから、わたしの心はまたもある種の全能感に満ちた。トラック上に自転車を支えながら雨を浴びているテノールの姿があり、芝地のなかには老人たちとランナーたちが立枯れたように散在しており、彼らの視線の中心には小説家が佇んでいるのだが、周囲のずいぶん広い範囲にわたって刈りとられたように人影がない。空間に身が吸い寄せられた。トラックを踏み越え、濡れひずった芝のなかに足を踏みいれていくと、不意に小説家がこちらを向いて、

やっちゃったよ、と晴れやかな声をあげた。彼の足許には大きな臙脂《えんじ》色《いろ》の塊が横たわり、芝の輝きに埋もれきらずにいた。トラックを後ろ歩きで巡っていたひとりであり、わたしが自分と同年輩であるかのような印象を抱いた男であった。その色だった。小説家の右手には、少年用の短い金属バットが握られていた。撲殺された男の、子供か孫が本来の持ち主であろうと思われたが、男が後ろ歩きの最中にそれを携えていたかどうかの記憶は、わたしにはない。後ろ歩きをしている人間がなにを抱えこんでいるかになど、だれも気を払いはしない。一見予定外の方向に予定外の用を果たした金属バットは、猛獣の陰茎のような角度で、ゆらゆらと、無心を愉しんでいるかにも、次の標的を物色しているかにも見えた。

B

7

わたしに関して本多恵子が犯した本質的な失策は、わたしの《ピアノ協奏曲第一番》、いまだ世に現出できずにいた壮麗かつ無欠《むけつ》な長篇小説の、ほんの前触れに過ぎなかった三十枚、云うなれば楽団員たちの咳払いや、ピアニストの椅子の軋み、緊張した指揮者の放屁、より過大に譬《たと》えたところでせいぜい彼らが見つめている譜面の音部記号にしか過ぎない代物《しろもの》が、単独で雑誌掲載されるよう彼女の上司に働きかけてしまったことのみであり、彼女が嬉嬉とした口調で首尾を報告してきた瞬間、ふたりの関係は無痛の壊死組織を抱えてしまったのであり、その後、わたしの内面を理由なく蝕んだかに思えていた彼女に対する苛立ち、不信、失望と嫌悪、他、もろもろの否定的熱情は、微かな腐敗臭に澄んだ羽を震わせ無意識の藪から舞いあがってきた金銀の蠅の群れに過ぎなかったのだという、とうに色褪せた綜括が、公衆浴場の番台の後ろの14型テレビの音声によってかの殺人者が贋小説家であったことを知らされたわたしの思考がおこなった、最初の飛躍の到達点だった。潜在意識の軽業と称すべきこの捻りを含んだ跳躍によってわたしは、自分と彼がちょうど針孔写真機を介した実像と虚像のように互いに上下左右反転した存在であったことを思い知らされた。どちらが実像で虚像であるかといえば、きっとどちらにとっても自分が虚像であるという気がする。

「あなた、もう、小説家、ひとりの」

「もっと膝、立ててよ、赤いところが、よく」

「赤いとこ、好きなの？　内臓が好きなの？」

「小説家じゃない。まだすこしも」

「作品があるもの。発表してるもの。その、影たる存在としての、小説家は、ある」

「作品？　あれが」

「でも、嬉しかったでしょう」

「ベッド降りるよ。跪《ひざまず》いて足の指、舐めさせて」

「近づいたら蹴るから。行く前に触ったら、蹴るから。そういうんだったら、早く続きを。あ……まだ？」

「まだだ。もっとだ。我慢。指を丸めて、足の」

「早く、続き、早く」

「書いた。見せた」

「あれ駄目。あれは違う」

「百枚書いた」

「もっといい原稿、あなたなら。載せるから」

「剝奪される、みたいな気が」

「掲載、反対しなかった。喜んでた」

「わからなかった」

「市場、原理において」

「まだしも、卵の」

「対価を」

「退化？」

「あ……まだ」

　本多恵子は自分は冷感症であるとして肉体的接触を極端に嫌ったから、わたしたちの交情といえばいつも、互いの自慰を見あうこと、見せつけあうことに終始した。ベッドの両端に坐して対《むか》い合わせでおこなうことも、鏡越しに対い合わせのこともあった。わたしにとっては稀有な、女性に対し腐心なくして忠実に果たせる性的役割だったわけだが、そういうわたしの素質を彼女がどの時点でどのようにして見抜いてわたしをホテルへと誘ったのか、見抜いてなどいなかったけれど服従させうると踏んでいたのかは、謎である。出合いの晩のあくる朝、わたしの気配がすっかり失われた自室で、はたと起きあがった彼女の下着のなかにつるりと自重で滑り出してきた硝子球がその事実を示唆したのかもしれないし、わたしの原稿から無意識特有の論理的厳密さをもって排除されている要素を見切っての、推測だったかもしれない。

　最初のホテルは、街路も並木も走る車までもが凍てついて仮漆《ニス》を引いたようにぎらついた二月の夜に蒼然と溶け入った東池袋近くの安宿で、神楽坂の例のバーを起点に、お誂《あつら》え向きの場所を求めて、そうも遠方にまでわたしたちは歩ききってしまったのである。利用客の視覚を攪乱《かくらん》し、ロビーや廊下の冷静に目測すれば異様なほどの狭さからくる圧迫感を多少でもやわらげんとしているのであろう派手な赤茶色一色の床と壁も、セントラルヒーティングによって粉っぽいまでに乾された空気も、凍結しかけていた思考にはそれなりに望ましく感じられて、わたしの気分はそれなりに浮きたった。彼女が慾しているのはありきたりな行為では絶対になく、いわば関係性の文学的保証のようなものであるという密やかな確信があった。室内も概ね赤茶に統一され、べったりと遠近感に乏しく、本多恵子がコートのままヒーターに覆い被さって暖をとっているあいだに、わたしは洗面所の壁に並んだスイッチそれぞれの役割を確かめ、浴室のみを明るくして、シャワーを浴びはじめた。打合せと称し、そのじつ確乎たる目的もなく幾度も酌み交わしてきた結果、わたしたちのあいだには物静かな友情に似た感覚が生じていたので、まるで手慣れた分業のような調子だった。わたしが腰にバスタオルを巻いて薄暗くしたままの部屋に戻っていくと、すでに下着姿に変じていた本多恵子が部屋を譲り渡すようにまず便所へ、それから下着を脱ぎ落としながら浴室へと移動した。わたしは冷蔵庫からビールの小罎を取り出した。浴室との間は、大きな一枚の磨硝子状のアクリル板によって隔てられていた。浴室のなまずけないあかりがその上で、ブラウン管のように執拗に、オリーヴ色の肌を蠢《うごめ》かせて止まない。二本めのビールを半ば飲み干したところでようやく出てきた。自分でも驚くまでにわたしはあっさりと、入院着のような略式の浴衣を羽織って髪の裾をタオルで拭っている彼女を見あげ、インポテンツを告白した。

「ちょうどよかったわ」と彼女は頭を傾けたままで云った。

「そう。じゃあ、ちょうどよかった」とわたしが不明を不明のまま温存して返し、契約が成立した、赤茶色の闇のなかで。わたしの忌まわしき「処女作」が雑誌掲載される、約半年前のことである。

本多恵子の失策の端緒は、彼女が序章というものを、語感から序曲に近い存在と看做《みな》してしまったことにあったのではなかろうか。なるほどあれがもし、完璧な序章ではなく完璧な序曲であったとしたら、なんの問題も生じなかったのだ。《ロメオとジュリエット》や《テンペスト》は幻想序曲、《一八一二年》は大序曲だが、続いてオラトリオが始まるわけではない。終熄し、消失したあと、次に起きる出来事に対して人を身構えさせる効能を有してはいるけれど、作品上はなにも起きない。終わっているのだ。演奏会においてであれCDであれ、いささかの間をおいて次のプログラムが演じられるだけだ。あるいは彼女は、指揮者の放屁のみ単独で披露することが聴衆の期待感を煽り、わたしのなかの楽団の意気を昂揚させるとでも誤算したのかもしれず、掲載後の、第一章に対する粘り強い催促ぶりがそれを裏付けているかにも感じられるが、だとしたらあまりに愚かに過ぎ、なるべくそうは思いたくない。すでに収集してある資料をわたしに無駄にさせたくないという、簡明な親切心からであったと思いたい。ひっそりとした掲載だった。冷ややかな誌面に、本多恵子が用意してわたしに選ばせた三つの題名のうちの一つ、本名の末尾のみ変えた筆名、通り一遍の煽り文句に、味気ないペン画まで添えられ、活字として組まれたわたしの序章は、エッシャーの騙し絵どころか、卵の化石どころか、その矮小さ、無気力さたるや、服地の見本帳に貼りつけられた端切れかなにかにしか見えなかった。信じられぬような思いで頁を睨み続けたが、かつての息吹の残像が滲み出して活字面に揺らぎを生じさせる瞬間はついぞ訪れず、ただそこにある文章が、もはやだれのものでもないのだと悟らされたのみだった。

　さて、湿った二枚のタオルと石鹸箱を詰め込んだ銀色のポリ袋を提げ浴場の玄関を出たわたしは、贋小説家であった小説家のことをふたたび思いながら、黄昏の門前町を、あかりに満ちた方角に遠回りしはじめた。人恋しさもあったし、朝から、いやひょっとすると昨日の朝くらいから、固形物をまったく口にしていないことを思いだし、公園内に戻る前に定食屋なりレストランなりに立ち寄るのが賢明であろうと判断したのだ、たとえ食前のビールだけで満腹し、店を出てしまうことになろうとも。わたしがＦＣ36ＦＦの振動音とともに目覚めた、公衆便所のテノールが裏返しの《グレゴリオ聖歌》を歌った、少年用の金属バットが自分を持ち歩いていた男の願いを聞きいれて彼を可能性の悪夢から解放したあの朝から、すでに六十時間ばかりが経過しているけれど、わたしはまだ一度も公園から遠ざかっていない。いつも園内か、周辺の通りにいる。ＦＣ36ＦＦを遠く離れて過ごす気になれないのだ。不自由な生活ではない。デパートの寝具売場で二枚の綿毛布を買った。夜は玄関の長椅子を室内に引き込んで眠っているが、まだ毛布にくるまったことはない。一枚は丸めて枕にしている。もう一枚は箱に入ったままロッカーの棚板の上にある。綿毛布と一緒に、ＦＣ36ＦＦに掛けておくためのシーツも購入した。忍冬文《にんどうもん》に埋めつくされた緑色の布だ。怪物の人形と同じ色だ。ふたつ折りになってＦＣ36ＦＦを被い、色彩に人形を溶け込ませている。

　一度、管理所に警察官たちがやって来た。わたしがＦＣ36ＦＦに掛けたシーツの見栄えに惚れ惚れしている最中のことで、わたしはわざとカウンターの端に寄って立ち、緑色の祭壇を彼らにもじっくりと拝ませてやった。あれはなにかと訊ねた警官はいなかった。もし訊ねられれば、正直に答えただろうに。ナショナルＦＣ36ＦＦという十七万五千円もする冷凍庫です。ＪＩＳ規格でいうところのフォースター、マイナス十八度以下でなかの物を保存できます。わたしは子供の屍体を保存しています。小説家の殺人について目撃証言を取られるのだと思っていたら、単に彼らは現場検証の事後承諾を得るために訪れたのだった。そういえばわたしが園内にいるはずのない時間帯の出来事である。彼らはただことを事件としか呼ばず、具体的になにが起きたともわたしに伝えようとしなかったから、わたしのほうからなにかを喋る必要もなかった。ただ、その場所は西園管理所の管轄であると教え、道案内のために常備してある地図のコピーに目印をつけて渡しただけであった。彼らは礼を云って外に出ていった。

「自己実存の証明として小説を書くやつは全員莫迦だ」と小説家がわたしに云ったことがある。風化し胸の底に散って久しい執着を、素手で易易と掻き集められ、突きつけられたような気がして、視線を床のタイルに落としたものだ。「莫迦だから、小説のなかでそれを書いてる自分を賛美する。自分が自分の小説によって価値を保証されてる存在だと信じるに至る。関係あるかい。ついにはさ、自分に好都合なバイブルを書きはじめるんだ。そういう小説はすぐわかる。一義的にしか解釈されないよう、しつこく同じことを繰り返してあるからな。ゲラ刷りを抱きしめて死ぬがいいさ。たかが小説に過ぎないって事実から目を背け続けるがいい。おれは違う。小説を書き、金に換えたらそれで終わりだ。その金で暮らしながら、また新しい小説を書く。なんの幻想もないよ。自分で書いたってのが信じられないほど上等な原稿が上がるときもあるが、だからってそれがなんだ？　たかが小説じゃないか」

現実には一度として小説家であったことのない彼だけれど、本多恵子の持論に従えばいまだ小説家としての一面を引きずっていることになるわたしなんかより、遥かに高級な作家哲学の持ち主だったのだ、痛快にも。

近隣の住人に対して、自分は小説家であると称していたこの男が、その、深い、心の闇に潜ませてきたのは、世のなかに対する、いったいどのような思いであったのか、それをわれわれが窺い知ることは、まだできない……という重重しさを懸命に装った男声ナレーションで、彼に関するテレビ報道は締め括られていた。肝心なことはいっさい手つかずのまま放りだされてしまったような感覚があったが、それはわたしが小説家を曲《まが》り形《なり》にも知っているからかもしれない。もうおしまいか、とわたしが番台の上のテレビを見あげたと同時に、映っていた顔写真が急速に縮小し、画面の中央に失せた。彼は黒眼鏡を掛けていなかった。一瞬の印象だが、まるきり少年のような、幼げな顔立ちに思えた。

資産家のひとり息子で、父親亡きあとは仕事を辞め、ただパーキンソン病の母親の面倒を見ながら暮らしていたとのことだった。この母親が驚いたことに、ドアフォン越しではあるがインタビューに応じていたのである。そのさま、すなわち彼の家の入口に設置されたドアフォンの端末、そこに寄せられたマイクと、マイクを握っている女性記者の手が、報道中、わたしがじっくりと眺めた唯一の映像だった。

記者　テレビ朝日ですが。

母親　（正体不明の雑音のあと）　はい？

記者　テレビ局です。息子さんのことで、二三、お伺いしたいんですが。

母親　はい。どうぞ。

記者　普段はどのような、お母さんに対してはどういう息子さんですか。

母親　優しい子です。

記者　というと、暴力的な態度をとったりは。

母親　いいえ、優しい子です。

記者　子供の頃から一貫してそうでしたか。

母親　ずっとそうです。

記者　最近、家庭でのようすが変だったというようなことは。

母親　いつもと変わりありませんでした。

記者　言動に、なにかこう、普段とは違う……

母親　なにもありません。

記者　（通話を遮断されたと思ったらしく、しばらく間をおいて）　あの。

母親（溜息を吹きつけたような雑音）
記者　息子さんですが、ご近所の皆さんに対してですね、自分は小説家だというふうに仰《おつしや》ってたみたいなんですけど。
母親　仕事はしていません。その必要はないから。
記者　趣味で小説を書いていた、といったようなことは。
母親　書いていません。
記者　以前、たとえば少年時代、小説家に憧れていたとか。
母親　そういう時期はありません。ずっとピアノを弾いていました。
記者　ピアノですか。それはいつ頃まで？
母親　今でも弾きます。とても上手に弾きます。ご近所は、きっとレコードだと思われてるんでしょうけれど、あの子が自分で弾いてるんです。
記者（咳払いをして）　ご病気でいらっしゃると伺ってるんですけど。
母親　だれがですか。
記者　お母さま、です。
母親（無言）
記者　息子さんがいないと、いろいろご不自由じゃありませんか。
母親　いえべつに。

西洋骨董店の、磨り模様入りの窓の前で足が止まった。いずれも褐色に塗装された重厚な木製家具がフロア狭しと詰めこまれ、その棚という棚に、銀の写真立てやテーブルランプやティースプーンのセットが飾られている。物珍しさに店内に入ってみたことがあるけれど、個個の家具の大きさ、高価さに、たちまち現実的な興味を失った。わたしの足を止めさせたのは家具の群れのうちのどれでも、壁の絵画でも、窓ぎわに置かれた一輪挿しや木彫りのスコティッシュテリアでもなく、またこちらに背中を向けて鏡を磨いている店員の姿でもなくて、それらの残りの空間を満たしているいくつものあかりだった。天井から吊りさげられた、あるいは壁から突き出した、大小さまざまの古い照明である。輝きを数えあげれば二十やそこらありそうなのだが、ちっとも饒舌《じょうぜつ》な明るさではない。

小説家は真鍮製《しんちゅうせい》の四角いオイルライターを愛用していた。対話のさなか彼が手のなかに橙色の焰《ほのお》をつくりだすたび、わたしは啞然としてその昏い輝きを見つめたものだ。焰の下部は蒼く、冷たげに透きとおっている。そして現に小説家の拇《おやゆび》は、熱をまったく感じないかのように、輝きと紙一重の空間を平然と通過していくのである。骨董店のなかを満たした大小のあかりは、みな彼の焰と等しく静謐だった。鈍い橙色から青ざめた透明への、急速なグラデーションだ。窓硝子上の図が、じつは抽象じみたところのまったくない、尾羽根を畳んだ横向きの孔雀を描いたものであることをふと認識した。孔雀の背後には南国風の屋敷の一部、そして海。遠くに帆船が浮かんでいる。凡て輝いている。全部がだ。輝きをみずからも身に纏《まと》いたくなって、わたしは窓を背にした。通りを往き交う人人を眺めた。いい気分だった。小説家が小説家を演じていた理由をわたしは知っている。わたしなりにわかっている。彼がピアニストではなく小説家を演じていたことや、彼が金属バットの意思に同調したことに着目すれば、司法にさえ同じ推察は可能だろう。可能性の悪夢を、彼は手玉に取りたかった。支配して生きたかったのだ。小説家としての堅固な外殻を保ち、中核に空虚を置いておくことによって、それはきっと成し遂げられるはずだった。彼の眼を、けっきょくわたしは一度も見たことがなかったけれど、ことによるとそれは、秋空のような薄色だったのではなかろうか。内なる空虚そのままに。

いつしか彼を過去形のヴェール越しに見ている自分に気がついた。わたしは失笑した。なにを。彼は生きている！　生きているのに。

声をあげての独り笑いがよほど奇態に感じられたのか、白いミニスカート姿の若い女が、ぎょっと目を見張りながらわたしの眼前を通過していった。わたしが纏った輝きに、黄色く照らしだされた顔。以前どこかで、写真のなかに見つけたことがあると感じた。日灼けした古いカラー写真……いや違う、ポラロイドだ。薔薇色の君じゃないか。メグだよ。

窓から離れ、後ろ姿を目で追った。まだ網膜上で揺らいでいる巾着型の残像と形状の一致するバッグが、通行者を数人隔てた先に見えた。わたしは通りを進みはじめた、彼女の歩みに即した、比較的ゆったりとした歩調で。メグの背は無機的に上下していた。わたしは自分の視界の上下を合わせるよう努めた。駅が近づくにつれ、通行人はたちまち数を増してしきりにわたしたちを隔てたが、わたしには彼女を見失えなかった。歩行者信号の点滅に対して彼女は従順に歩みを休めた。わたしとの間に長髪の少年の集団が入り込んできたと思うと、するりと通りの反対の見通しのいい側に抜け出してきた。わざと尾行させているのではなかろうかという疑念すら涌いた。が、振り返って後方を確認するような素振りも発見できない。

　彼女が勤務先であるあの店の入ったビルの前を素通りするに至って、わたしの古ぼけた心臓は烈しく高鳴った。われわれはこれから再会を果たすのだという確信が、わたしの身にふたたび、輝きの衣を纏わせた。かの、蒼く涼しい、澄んだ焔とともにわたしはあった。出勤時刻までの時間潰しを思いつけずにいるのだろうか、駅の入口を通過したあたりで、歩みが急に漫然と、煮えきらない調子になった。商店のウィンドウに向け、繰り返し繰り返し視線を投げかけている。とうとう立ち止まった。わたしは通りの反対の端に移動した。彼女が見つめているのは鞄屋のウィンドウだった。店に入っていった。わたしは近くの電柱に身を寄せ、そこで人でも待っているようなポーズをつくった。まさしく人を、彼女を、その姿が店から通りに出てくるのを待っていたのであるが。

　ウィンドウの端に、てらっとした光沢の、大ぶりな黒いバッグが飾ってある。本多恵子がよく提げていたようなバッグだ。あれから流行が一巡したのか、それとも流行りとは無関係にいつでも売られている代物なのか、わたしにはわからない。本多恵子のバッグであれ靴であれ、スーツであれ下着であれ、わたしにとりフェティッシュとしての崇拝の対象にはなりえたけれど、プラクティカルな意味での趣味の良さを感じた経験は一度もなかった。わりあい金はかかっているものの、どう贔屓目《ひいきめ》に見ても野暮ったい部類の、かといって無二の個性としての昇華のベクトルも到底持ちえない、つまりはどうにもならない身なりばかりをする、したがる女であったと思う。発する言葉についても同様の感じがあって、なんの気なく、半ば本能的に言葉を交わしているあいだは、奇妙にこちらの期待を裏切ってくれるところがあり面白いのだが、いざ前頭葉を駆使して語り合おうという段になると、途端にその科白という科白が鈍刀《なまくらがたな》になる。彼女であればこの程度だろうかと予期していた返答の、さらに進化の数段階前にあたるような意見を、これぞ究極の結論と云わんばかりの口調で返してきては、いつもわたしを落胆させていた。にもかかわらずわたしは《ピアノ協奏曲第一番》第一章の執筆において、彼女の言葉への全面服従を心がけ、全霊をかけて奉仕するよう努めたのである。見本帳の端切れと化した序章の続きを無理やり書こうという時点で、それは立派に地獄の責め苦であり、決死の盲従であるというのに、にもまして、だ。

服従は快楽を生んだか？——たぶんイエス。明白に、わたしは彼女に愛情を感じていたけれど、それ以上に、欠陥だらけの絶対者に対してどこまで献身できるものか、自己の限界値を知りたがっていた。酒の力を借りて意識に部分麻酔をかけながらの執筆だったが、それでも分量にして約百枚にまで達した第一章を、わたしは彼女の指示により、なお数度にわたって全面改稿したのである。

　初めてノートを読んだときに期待させられた水準に達していない、こんなものではないはずだ、というのが彼女の意見のうち珍しく一貫していた部分であり、他はそのときそのときで面白いほどに変化した。退屈であると指摘されたものの改善法がわからず、ただ改行の位置のみ変えて再録しただけの箇所を、スリリングだと高評したり、この人物が女性に設定されているのはなぜかというので男性に変えてみたら、今度は男性に変わってしまっているのはいったいなぜかと訊ねてきたり、といった調子である。わたしは耐えた。苛立ちに、不信に、失望に、嫌悪に、耐えることを愉しんだ。耐えられる自分に恋をしていた。狎《な》れによって苦痛が磨耗してきたと感じるや、感じたぶんだけ彼女への忠誠度を高めて自分を追いこんだ。ふしぎといくらでも追いこむことができた。もともと長いほうではなかった睡眠時間を削りに削り、妙に冴え冴えとなる一方の脳天にアルコールを浴びせながら、夜ごと無駄を承知の原稿を書き続けた。自暴のポテンシャルは、自分でもまったく計り知れなかった。

　五度めか六度めの改稿が完了した朝、わたしは本多恵子に短い電話をかけた。

「出来た？」訊ね飽きたような口調で彼女が云った。

「もうじきだよ」わたしは答えた。電話を切り、原稿の束をクリップでまとめて机の抽斗《ひきだし》にしまい込んだ。彼女がいささか支配に倦《う》みはじめていたのと同様、わたしのほうもまた服従に倦みはじめていた。服従の苦痛にではなく、その無限に対して。

その日の晩から新しい作業に入った。まず、ノートにある第一章の筋書を、その文字数によって単純に十分割する。主語の半ばで途切れたり、助詞から始まったり、とつぜん指示代名詞が出てきたりの、日本語としては不完全な十の断片が現出する。それぞれを、独立した真っ当な文章に書き改める。それらをまた文字数で十分割し、ひとつひとつについて意味が通じるよう書き直す。第一章で語られるべき内容が、これで百の情報に分割されたことになる。冷静に読み返すとまるきり内容の感じられないものや、他とほぼ重複した情報、逆にどうしようもなく矛盾した情報がいくらも混じっているけれど、一切に目を瞑って、それぞれの情報を原稿用紙一枚ぶんとして割り当てる。

各情報を小説的文章に変換する段でも、同じような方式を採用した。情報はすくなくも二分割して、原稿用紙の左右に振り分けた。変換作業にすこしでも行き詰まったら、即座に各行に分割。分割、分割、分割。計算尺の代わりに演算を繰り返しているような味気ない作業の繰り返しだったが、小説の執筆に特有の、生皮を剝がれるような痛みはない。単調な作業が引き起こすトランスが心地よく、久しぶりに酒量が減じた。一日十枚、十日で百枚、を進行の目安としていたら、本当に十日で変換が終わってしまった。推敲したものを本多恵子に読ませた。まさにこういう原稿を読みたかったのだと彼女はそれを絶賛した。

「もうちょっと推敲してから渡すよ」わたしは彼女から原稿を取り返した。晩、原稿はわたしの机の抽斗にしまい込まれた。ゲーム終了。

見つめていた鞄に白いスカートの影が被さり、はたと視点を上げると、メグはウィンドウの前にいる。こちらに顔を向けている。わたしは立ち竦み、再会の瞬間は今であるべきか否かを慌てて自問した。進みでて言葉をかけるか、次の機を待つか。わたしが結論を得る前に、彼女は駅の方向に後戻りを始めた。きっと電柱の貼紙と貼紙の跡が偶然に描きだした図像《イコン》でも見つめていたのだ。わたしも歩きはじめた、彼女と同じ速度で。

これまでになく軽快な足取りで、彼女は駅ビルの入口へと向かう。厚い硝子のドアを押して、あかりのなかへと身を投じる。硝子がわたしの姿を捉えて撥ね飛ばす。わたしもドアを押す。硝子がわたしの腕に翳る。

エスカレーターに乗っている。わたしも乗った。二階の天井がメグにわたしに迫ってくる。

二階に出た。露店じみたちまちまとした商店の前の、人込みを躱して進んでいく、白いスカート、厚底のサンダル……デニムのブラウス、肩に提げた巾着型のバッグ。茶色がかった長い髪の毛。薔薇色のメグ。スポーツ用品店の前で、ようやく立ち止まる。ワゴンに積まれた白い運動靴に手を伸ばす。つかみあげると、もう一方の足のぶんが繋がっている。靴の山に戻す。隣のワゴンを覗きこむ。今度は手を出さない。ただ見つめて、離れる。

カメラ屋に入る。陳列台にAPS方式の新製品が並んでいる。最も小さい一台をつかんで、たぶん彼女は重量を確かめている。カメラは細い鎖で台と繋がっている。カメラを台に戻して店を出る。書店に近づく。通路に面した雑誌棚を、立ち読みをする人人の肩越しに覗きこみながら、進んでいく。立ち止まる。女性誌の棚の前だ。人と人との間に腕を挿し入れ、なかの一冊を抜き出した。胸の前に構えて頁を捲る。また捲る。閉じる。雑誌の端を脇に挟んでその場を離れた。

レジ前の行列に並ぶ。彼女の前には三人の先客がいる。三人めが他の探しものでも思いだしたか列を抜けた。彼女は間を詰めた。

彼女の番になった。彼女は金を払い、釣銭を受けとった。

黄色い紙袋に入れられた雑誌を胸に、書店を出ていく。通路を引き返していく。階段へと折れる。降りた。降りている。しばらく待ってからわたしも階段の上に出る。踊り場からこちらに彼女の姿はない。手摺に身を寄せて下方を覗きこむが、そこにもない。待ち過ぎた。莫迦げた失敗に地団駄を踏み、一階まで駆け下りて周囲を見回す。白いスカートは見当らない。メグの姿を追い、食品売場の人込みのなかに踏み込みかけ、思いなおして出口の方向に引き返す。ビルの外に出ていく。夜のなかに。闇に咲き乱れる人工光の、その烈しい対比の狭間に躍り出し、眩惑され、一瞬絶望するが、気を取りなおして街に目を凝らす。白いスカート。車道に進み出て、四方を見渡す。両端の歩道、電話ボックス、横断歩道を渡る人人、徐行する車のぎらつき。

バスのクラクションに追いたてられて歩道に戻る。途方に暮れ、哀れっぽく歩道上のベンチに腰をおろして口で息しながら、波立ってしまった感情の鎮めようをわたしは懸命に透察していたというのに、そのじつメグはすぐ目の前にいたのである。歩道と硝子一枚のみ隔てた位置に坐っていたのだ、わたしの姿を眺めながら。気づいて、喜ぶというより命運に戦慄した。人影が彼女を遮るたび、次の瞬間には姿が失せているのではないかと懸念を抱いたが、彼女は消えない。まだそこにいる。

コーヒー店に入った。通りに面して据えられたカウンター式のテーブル席に、空きはひとつしかなく、そこがまさしくメグの隣席に当たった。わたしの席だ。コーヒーを買い、カップを載せた皿を捧げて、近づく。テーブルにコーヒーを置く。彼女の横に腰掛ける。

彼女がこちらを見ず、ただ無言を保っているので、わたしもしばらく黙っていることにした。コーヒーを啜りながら、ただ横顔を窃《ぬす》み視《み》ていた。まさしくメグの横顔だった。先刻購入した雑誌の黄色い袋が、彼女の割当てといえるテーブル面積の半分を占拠している。カップにはコーヒーがもう半分、灰皿には吸殻が一本入っている。彼女の水色の爪が袋のセロハンテープを剝がしはじめた。雑誌を読みはじめるのか。黙殺？　そう決めこんでいるのか。腹立たしい反面、ほほえましさが感じられ、するとわたしのなかに軽い悪心が生じた。わざと彼女に混乱を与えてやろうと思った。

メグ、メグミ、と小声で彼女に呼びかけた、腹に力を入れて笑いを堪えながら。わたしだ。イワミだよ。

彼女は指の動きを止めた。が、すぐまた動作を再開して、とうとう雑誌を袋から取り出してしまった。

電話をくれたね。きみだと気づかぬふりをしてすまなかった。

ついにわたしのほうを向いた。眉根を寄せ、ぽかんと距離の開いたふたつの目を上下左右に揺らして、わたしの風体を観察している。大丈夫、大丈夫、とわたしは自分にいい聞かせた。不潔ではない。入浴したてだ。髪を洗い、髯《ひげ》も整えた。ワイシャツはきのうと同じだが、きのうの午前までロッカーで眠っていた新品だ。新品だ。砂色の作業ズボンとサンダルについては、残念ながら洒落ているとも清潔至極ともいいかねた。しかし厭なにおいを発するというほどではあるまいと思う。それよりも膝に乗せてあるタオルと石鹸の入ったポリ袋のほうが、一種異様な印象を与えてしまって問題かもしれなかった。ちょっとした手提げ袋さえ買えずにいる、哀れな立場の老人のように誤解されてしまう可能性がある。下手をするとホームレスにさえ見られかねない。わたしはポリ袋をテーブルの下の棚に放った。まったくどうでもいい品物なのだが、そこいらに廃棄するわけにもいかず、つい店内まで提げてきてしまったんだ、といったニュアンスを込め、努めて無造作に。彼女の視線を痛いまでに意識しながら、テーブルの上で両手を組み合わせた。ばれていないだろうか、どうかばれませんように、と、気づいてみれば頭のなかで祈りの文句を重ねている。ばれる？ なにが？ わたしはホームレスではない。公務員じゃないか。恩賜公園の管理人だ。管理所に寝泊まりしているのは、他に居られる場所がないからではない。みずから選んで、好んでそうしているだけだ。いつだって官舎に帰るのは可能なのだ、しかも定期券で。部屋に帰ればなんでもある。タオルを入れる手提げだってなんだって。いや、それ以前に風呂場がある。外に出掛けて風呂を使う必要なんかない。

人違いですよ、とメグが云った。懐かしき鼻詰まり声。ナスカの地上絵。

　わたしは笑った。いやいや、きみはメグだ。

　彼女は小さくかぶりを振って、雑誌に視線を落とした。表紙を開き、頁を繰りはじめる。不安が、素早く胸中にたちこめた。横顔は、メグだ。薔薇色の君だ。デニムのブラウスの向こうには、あの偉大な乳暈《にゅううん》が隠れているはずだ。

　電話をくれたよね。

　彼女は顔を上げない。

　きみには双子の姉がいる。そうだろう？

　いません、と頁を捲りながら返事をよこした。

じゃあきみは、姉のほうか。わたしを知ってる？

黙って視線を落としたまま、小さくかぶりを振る。

イワミ……いや待て、わたしはイワミじゃない。それは冗談なんだ。きみを混乱させようと思ってね。わたしは、わたしはそう……マエストロだ。憶えてるかな。マエストロだよ。彼女は雑誌を閉じて丸めると、スツールから滑り下りた。テーブルの下から巾着型のバッグを取り出し、肩にかける。コーヒーカップに灰皿を重ねる。わたしも席を立った。

しかしきみはメグだ。そうだろう？

彼女はテーブルを離れた。食器の返却棚にカップと灰皿を乱暴に置くと、わたしには一瞥もくれぬまま、そそくさと店の外に出ていった。わたしは追った。追いついてその横に並んだ。

メグ。メグミだろう？

彼女は立ち止まった。わたしも立ち止まった。

お店の名前で呼ばれても困ります。わたし本当は、そんな名前じゃありませんから。低く抑えられていたが、彼女にしては非常にはっきりとした声だった。わたしは愕然と、その血色のわるい頬を見おろした。

違うのか。

お店のなかでだけそう呼んで。他でのわたしはメグでもメグミでもありません。

わたしに電話したことは?

きっと、泣きだしそうな表情にでもなっていたのだろう。彼女の広い眉間に、わたしへの憐憫を示す縦皺が泛んだ。彼女はかぶりを振った。

そうか……そうだ。そういえば声が違う。話し方もまるで違う。

彼女はお辞儀をして、わたしに背を向け、わたしから離れていった。尾行によってすっかり見慣れてしまった後ろ姿を目で追ううち、自分はただ短時間の疑似恋愛を買っただけなのだという悄然とした認識がようやく胸に涌き、冷ややかに実感された。だから薔薇色の君は、余所のどこにもいないのだ。本多恵子もいない。小説家ももう公園を訪れない。代わりにテノールがいて、ウッチェロがいて……変わったのだ。またも変わったのだ。いつだって世間は変わり続ける。不変でいられるのは死者たちだけだ。一歩、また一歩、歩道に敷きつめられた、黄土色の、舗道煉瓦の、自分の身幅の範囲にあるひとつひとつを、墓石に見立てて、それぞれに死んでしまった血族や、友人知人の名前を充てながらとぼとぼ進んでいると、突然反対側の歩道で怒声があがって、わたしの両脚を竦ませた。顔を向けてみれば、なんのことはない、八百屋の客寄せである。閉店前の安売りを始めるようだ。濁声《だみごえ》だが、よく響く声だ。

だいやっさいやっさいやっさいやいすいかあせんえんすいかあせんえん、だいやっしいやっしいやっしい……というひとり勝手な捲したてでありながら、どうやら西瓜を千円で売りたいらしいというのは、まあ聞き分けられる。いったいそれは安いのだろうか、千円の西瓜。まるの西瓜を買った経験など、子供時分の使いでしかないから、見当がつかない。

車道越しに、八百屋の輝きを見ていた。間をバスが通過した。

ふたたび八百屋と、客寄せの男が視界に現れた。わずかなあいだに、男を取り囲んでいるかに見えていた客たちは四散してしまっていた。男は黒いTシャツを着、黒い前掛けをさげ、西武ライオンズかどこかの色の野球帽を被っていた。男は正面を、つまりわたしのほうをまっすぐに見て、変わらず濁声を張りあげている。

だいやっしいやっしいやっしい、やっしいやいすいかあせんえんすいかあせんえんすいかあせんえんあいそこんおにいさん、すいかあせんえんすいかあせんえんだいやっしいやっしい……明明白白、男はわたしに対して叫んでいた。ひどくおかしな感じだけれど、観察したところ間違いなく、車道を隔てて佇んでいるわたしを呼んでいるのである。こっちがじっと見ていたからだろうか。わたしのこの風体が、いかにも西瓜を求めていそうだとでもいうのか。男は呼んでいる。短い息継ぎ以外には休みなく、低い濁声を吐き、連ねている、わたしだけに向かって。乗用車が通過した。続けてまたバスが通過した。八百屋が現れた。白熱灯に照らされた、野菜や果実、それらを盛った籠が、青く、紅く、白く、ネオンサインのようにぎらぎらとこちらに迫ってくる。しかし男の姿は消えていた。あの野球帽が見当らない。にもかかわらず濁声は続いている。響いてくる。わたしは急いで車道を渡った。自動車の妨害はなかったが、渡りきる直前、目の前を自転車が横切った。サスペンション付きのいかにも高級そうな、銀色の自転車だった。黒ずくめの、髪の長い女が乗っていた。刹那、女は穢《けが》らわしげな視線でわたしを射た。わたしは身を竦めた。単に迷惑に思ったのかもしれないし、女の内面が、わたしのような背格好の、あるいは服装の、あるいは年齢の、あるいは性別の人間への嫌悪感に満ち満ちているのかもしれない。ごめんなさい。すみません。だけどわたしはあなたを知らない。自転車が消え去ると、八百屋の店先にはふたたび空色の野球帽が出現していた。驚きと安堵と落胆。わたしは歩道に上がった。男はちょっとしゃがんでいただけか、あるいは帽子を取って被りなおしていたので、そのあいだだけ通行人に姿が紛れて気づかなかったのだ。そう考えた。わたしは帽子に着目し過ぎていた。きっと羨ましかったのさ、その空色の帽子が。

　近くで見ると意外に背丈のある、それに意外と若い男である。小説家とそう変わりない年輩に見える。男は、その特異な発声にのみ全神経を集中しているかに見えた。両手をだらりと下ろして胸を張り、眼病でも患っているのかやけに潤んだ感じの眼でわたしの顔を見おろし、

　あいそこんおにいさんおにいさんおにいさんすいかあせんえんすいかあせんえんすいかあせんえんだいやっしいやっしいやっしいやっしいやっしいやっしいやっしいやっしいや

っしいやっしい……あの、とわたしが唇を動かすと、声はぴたりと止まった。

あの、西瓜……

はい毎度あり、と男が頭をさげた。そうして普通に喋るぶんには、あんがい普通の声だった。帽子の庇《ひさし》の根元に汗染みができていた。やはり西武ライオンズの帽子だ。《ジャングル大帝》のパンジャのエンブレムだ。いやいやいやレオだ。主人公のレオものちにパンジャそっくりに成長するのだ。キリマンジャロかどこかの山中でヒゲオヤジに肉体を供するのだ。わたしは二十代で読んだ。ずいぶん遅れて読んだものだ。それまでは暇がなかった。音楽に夢中だった。キリマンジャロ山はどこにある？　たしか知っているぞ。コーヒー豆の缶に書いてあった、緑色の綺麗な缶に。

タンザニア。

ケニアではないのか。そうか《ジャングル大帝》の舞台は、もしくはそのモデルとなった国は、ケニアではないのか。なぜケニアだと思い込んでいた？　《少年ケニヤ》のせいだ。きっとそうだ。でも読んだことがない。パンジャと成長したレオとのあいだに外見上の違いは？　パンジャの耳も先は黒かったか？　ひと玉が千円ですか？

はいもうここにあるだけ、と男がやや面倒くさげに帽子を横に向けると、男の背後には

十ばかりの西瓜が積みあげられている。わたしが軒を延長した青いテントの下に進み入って、

小さいね。

というと、

いや小さくはない、と西瓜の山に寄って、頂上のひとつに手を伸ばして、それを無造作に叩く。ぺんぺんぺん。

千円というのは安いんですか。

他の店に行ってごらんなさい。

小さいような気がする。

特大じゃないよ。でも詰まってる。

なにが。

液体。

わたしは男の顔を見あげた。白熱灯の放射が目鼻を翳らせ、代わりにパンジャばかりを目立たせているが、唇の両端が上がっているのは、見て取れた。果汁という言葉が咄嗟に出てこなかったのだ。

持ってごらん、と男が、教師が出来のいい生徒に命じるような口調で云って頂上にあった西瓜をつかみ、突き出す。

はい、と両手を差し上げた。

現実感に乏しいまでに、意外な質量を、何本かの指が感じたと思うや、右手に引っ掛けていた、石鹸とタオル入りの銀色のポリ袋の、皺じみた持ち手が、果菜の、艶やかな表皮をひとりでに撫であげた感じがし、わたしは咄嗟に左手を西瓜の下方に添えたけれど、支えることができたのは暗緑色の残像だけだった、というのはあくまで修辞であって、本当はその瞬間、わたしはただ、自分の掌を見ていたのだ。西瓜の残像などなかった。店のあかりがわたしの手相をくっきり、泛びあがらせていた。人という字をふたつずらして重ねたような手相だ。その意味するところをわたしは知らない。知っている知っている。チャイコフスキーを溺愛する手相だ。少年の屍体を所有する相だ。公衆便所の障碍者用個室でテノール歌手の頬にくちづける相だ。管理所の長椅子で眠る相だ。若い雌鶏と対話する相だ。財布の小銭入れに一セント銅貨を隠し持つ相だ。性風俗店の女を尾行する相だ。西瓜を歩道に取り落とす相だ。足許で水音がした。ばしゃりという、まるきりの水音に聞えた。西瓜は黄土色の歩道の上で、大きなふたつの塊と、ひとつの細い塊と、破裂の勢いで外界に弾き出された無数の明るい破片とに分解していた。淡い体液が路面の広範囲に飛び散っていた。わたしのサンダルも、男の運動靴の爪先も、濡れて黒ずんだ輝きを帯びている。

わたしは顔を上げた。これを買います、と云った。

男は目を翳らせたまま、いいよ、と場を離れ、白いポリ袋を握って戻ってきた。大きな断片ふたつが煉瓦の上で合わさり、上から袋が被さり、ひょいとそれをひっくり返しながら男が腰をあげると、ポリエチレンの皮膜越しに西瓜はあたかも本来の姿を取り戻し、男の逞しい腕の下で、ゆらり、ゆらり。しかし袋の底では淡紅色の汁が刻刻とその嵩を増している。

五百円でいいよ。おれも悪かった。

わたしは財布の小銭入れから五百円玉を出そうとした。入っているはずだった。ところが小銭入れのなかを指で探れど探れど、あの大きな硬貨の感触が得られない。極端に小さな硬貨の感触ばかりだ。それらがちゃこちゃこと音をたてるばかりだ。吃驚《びっくり》して掌にぶちまけたら、赤褐色の一セント玉がぎらぎらぎらぎら、あとからあとから溢れ出してきて、そのうち歩道いっぱいに広がった。

*** *** *** ***

東京都建設局公園緑地部東京都西部公園緑地事務所井ノ頭恩賜公園管理所玉川上水前分室すなわちわたしの管理所の前では本多恵子が、玄関の常夜灯を背に佇んで、わたしを待っていた。即座に亡霊と気づいたので驚きはしなかった。そうか、死んだか、と軽く溜息をついたのみだ。

「お久しぶり」とわたしが近づくのを待って会釈《えしやく》してきた。わたしが知っている時代そのままの姿を彼女はしていた。赤いスーツを着、あの黒い光沢のあるバッグさえ肩から提げていた。

「しばらく」わたしは立ち止まり、微笑した。「よくわかったね、ここが」

「そのくらいは小説から予見できますって。編集者ですから」

「十七年前の？　あの頃からわかっていたの」と苦笑した。口調につい昔の感じが混じってしまう。

彼女は微かに頷いた。

わたしは左右に提げたポリ袋を片方ずつ持ちあげて、「ちょっと風呂屋に行ってたんだ。西瓜を買ったよ。割れてしまったけど」

彼女は頷いた。

「とにかく、なかへ」わたしは荷物を左手に集めて、管理所の扉を解錠した。さきに入ってあかりを点けた。あらがわれる可能性を考えてもいたのだが、彼女は素直にわたしのあとに付いてきた。わたしが管理室に上がると、彼女もハイヒールをスリッパに履き替えて上がってきた。

「どうぞ。掛けて。そっちの机の椅子に」

「だれの椅子？」

という彼女の訊ねに、わたしはＷＢＳ-５ＥＸのセットを背にした自分ではほとんど腰をおろしたことのない事務椅子の灰色の背もたれに視線を送った。また彼女のほうを向いてかぶりを振った。「だれの椅子だったこともないよ」

「そう」彼女はＷＢＳ-５ＥＸの前へと進んだ。机の端に鞄を放りながら椅子に腰掛けた。躯をわたしのほうに廻転させて、「高いわ」

「調整できるよ。右下にレバーがある。机の足許にウーファーが入ってるから気をつけて。西瓜、食べるかい」

「あとで」

「ビールは」

「いただくわ。ねえ、袋から液が洩れてる」

床を見た。ぽつぽつと、たいした量が落ちているわけでもなかったが、提げて歩いているあいだに作業ズボンの裾をだいぶ濡らしてしまっていた。気がつかなかった。まあ仕方がない。「乾くよ。すこし染みになるかな」

豪華な冷凍庫を備えた管理室だが、冷蔵庫のほうはきわめて貧相。西瓜の大きなかけらをふたつも冷やしておく余地などとてもない。ポリ袋に入れたままで流し台のなかに置いた。タオルと石鹸の入った袋も一緒に置いた。

「床は？」

「乾くよ」

冷蔵庫から出した二本のアルミニウム缶を手に、わたしも自分の指定席へ。本多恵子はわたしの机から日報を勝手に引き寄せ、頁をぱらぱらと落としながら中身を覗いている。

「このままでいい？」と彼女の側に缶のひとつを押し出す。

彼女は視線を細かく揺らしながら、「ええ」

「ご感想は」

「異状なし、異状なし、異状なし、異状なし、異状なし、異状なし、異状なし、異状なし、異状なし、異状なし、異状なし、異状なし、異状なし、異状なし、異状なし、異状なし、異状なし、異状なし……見事ね。あなたらしい」

わたしは左の手首から腕時計を外して机の抽斗にしまった。室内で時計を付けているのを好まないのである。帽子を被りっぱなしにしているようで、なにか気持ちが悪い。時刻なら、壁に掛かった大きな電池時計が報《しら》せてくれる。

わたしが缶の飲口を開けると、その音に急かされたかのように彼女は日報を閉じた。黒い表紙に手を置いて、「完璧な日報。あなたというのは本当、完璧なものを書ける人」

「ありがとう」と云ってわたしはビールを飲んだ。「あなたも完璧な編集者だったと、今は思うよ、ある意味で」

「ありがとう」と云って彼女も缶の口を開け、ビールを飲んだ。

「あの浴室はどうなったかな」と云ってわたしはビールを飲んだ。

「どの」と云って彼女はビールを飲んだ。

「方南町の部屋の」と答えてわたしはビールを飲んだ。

「ああ。さあ」と首を傾げて彼女はビールを飲んだ。

「知らないか。建物はまだ残っているかな」と云ってわたしはビールを飲んだ。

「さあ。なぜ？」と云って彼女はビールを飲んだ。

「気に入ってた。浴室が」と云ってわたしはビールを飲んだ。

「そう。あなたと逢わなくなってから、そのあと四年くらい住んでたけど」と云って彼女はビールを飲んだ。

「独りで？」と云ってわたしはビールを飲んだ。

彼女は頭を横に振った。

わたしは肩を竦め、それからビールを飲んだ。

「そのうち、ある人がここを訪ねてくるわ」と云って彼女はビールを飲んだ。

「ぼくの知ってる人物かな」と質問してわたしはビールを飲んだ。

彼女は頭を横に振った。

「男？　女？」

彼女はずっと頭を振っている。

わたしはビールを飲んだ。

彼女はまだ頭を振っている。

「音楽、聴く？」

彼女は頭を振っている。

「対い合わせで自慰を見せあう？　昔みたいに」

頭の動きは止まらない。

「女だな。訪ねてくるのはきっと女だ。少年を……たぶん自分の子供を殺した」

彼女は頭を振っている。

「違うか。だれだろう。そういえばあなた、緑色の雨合羽を持っていた？」

彼女は頭を振っている。

「ねえ、ひょっとして最近、ぼくに電話……いや、あれはあなたではない。あなたなら声でわかる」本多恵子の恵の字がまさしくメグミであることに思いあたって、訊ねかけたのだ。しかし続けて自答したとおり、声が違う。なにを云っているのだ、わたしは。まったく。電話の主が本多恵子で自分がそうと気づかないわけがないじゃないか。おのずと最初から排除されていた可能性だ。そういう当然のことが、よくわからなくなってしまっている。本多恵子は首振りを継続している。継続しているというより、ただ同一映像の機械的な反復を見せられているように感じる。わたしはビールを飲み干した。缶を握り潰して、

「どうする。西瓜を食べる？」

やっと、彼女の動作が停止した。

「食べようか」

「いただくわ」

腰をあげた。流し台の前に立ち、ポリ袋から西瓜の残骸を引きずり出した。表皮は擦りむけ、多少砂粒が食いこんだりもしている。ただし紅い果肉の部分は清潔そのものに見えた。スプーン……と思って上の戸棚を開きかけたが、そういえばここにスプーンなどないのだ、サイズの大小を問わず。わたしは飲みものに砂糖を使わないしインスタントコーヒーも飲まない。コーヒーメイカーの濾紙《ろし》には目分量で缶から直接粉を移している。ここで食事をとることも稀で、とるにしても割箸が付いてくる出来合弁当のようなものばかりだ。余分に付いてきた箸を勿体なく思い取っておいたのがどこかにあるかもしれないが、割箸ではあまり西瓜食いの手助けになるまい。適当な大きさに切り分けようにも包丁がない。火は使えるものの、料理などここでしたことがない。

「そのままでいいじゃないの。指で掻き出して食べましょうよ」といつしか背後に来ていた本多恵子が云って、わたしを押し退け、大きなほうの塊をつかんで机へと持ち去っていった。

ふたつの机越しに対坐し、ちらちらと互いを見あげては、互いのようすを笑い合いながら、わたしたちは素手で西瓜と格闘した。軟らかく毟《むし》りやすい中心部分を食べつくしてしまうと、あとは果肉を爪で掻き取って貪り食うほかなかったが、掻き取る以前に潰れて、果肉というより汁ばかりになってしまう。皮の縁に口をつけて啜り込むほかない。映画のなかの水気に飢えた西瓜泥棒のように、力尽くで摧《くだ》いては齧りつけば楽だったろうに、本多恵子がそのようにして食べている以上、それがその場のマナーだった。柔軟なる者は暴君たりえない。

「人の脳味噌を食べているよう」と彼女が、べっとり汚れた口許に、得意げな笑みを泛べる。気の利いた譬えだと思っているのだ。かつては、そういう科白を耳にするのが、いちいち苦痛でならなかった。今はそうでもない。ほほえましくさえある。

「子供の屍体に興味ある？」

彼女は首を後方に傾げて、「興味あるけど、見たくはないわ」

「あなたに見せたい」

彼女はすこし間をおいて、頷いた。わたしはすっかりと内側が白んだ自分の西瓜を流しに運んで、手と口髭を洗った。わたしの行動を、彼女は西瓜のボウルに右手を挿し入れたまま、あまり興味なさそうな虚ろな視線で追っていたけれど、緑色の人形、緑色のシーツが取り払われ、FC36FFが輝かしく登場すると、はあ、とさすがに感嘆の息を吐いて、椅子を立ち、近づいてきた。「この中に？」

「この中だよ」

錠を開いた。蓋をゆっくりと撥ね上げる。冷気が舞いあがる。少年は元気そうだった。まえ蓋を閉じたときと寸分違わぬ状態であることが確認できると、元気、と彼のことが感じられるから面白い。人形を愛《め》で、語りかける少女の心理も、そんなようなものだろう。目覚めたとき前夜と同じ姿勢でテーブルの上に坐していれば、微笑して、おはよう、と挨拶をし、倒れて床に落ちていれば、あらあらどうしたの、といって抱きあげ、その頭を撫でる。もっとも厳密にいえば、少年の屍体は刻一刻と見目を変えているのだ。髪に、全身の肌に、霜がもう、ずいぶん増した。蓋を開いたとき湿った空気が侵入するのが悪いのだろうと思い、日に幾たびも開くようなことはせず、開いている時間も抑えるようにしている。霜を、可能ならば払ってやりたいが、それで肌の色彩が不均一になってしまったら見ていて堪らない気分になろうし、うっかり睫でも折ってしまったらますます堪らない。いったん解凍すれば一時的には除去できるけれど、屍体が変形してしまうのではないかと思うと怖い。わたしはもう、少年には触れられない。

いずれ霜は厚みを増して、屍体を真白く包み込んでしまうことだろう。そのこと自体への悲しみは、たぶん薄い。だって彼の所有者がわたしであるという本質的事実は不変なのだ。ただし、文字どおり表層的な変化とはいえ、彼の姿が次第に薄れて、遠ざかっていく過程を見るのは切ない。行動上は変化が遅れるように遅れるように努めている反面、どこか、さっさと純白になってわたしを安穏とさせてくれないものかという思いもまた抱いている。本多恵子がＦＣ36ＦＦの前に跪く、顔をよく見たいのだろう、わたしよりも少年の脚の側に。西瓜の果汁に濡れた手で、鼻と口を被って、

「どこでこれ、手に入れたの？」と訊ねてきた。みずからも亡霊のくせをして、屍体と接していた冷気は身に毒とでも思っているのだろうか。殺したの？　でも、どこで拾ってきたの？　でもなく、どこで手に入れたのかと訊ねてきたのが可笑しい。編集者だ。小説を書いている人間には、なるほど格好の執筆資料だろう。きっと小説家に限らず、あらゆる芸術家がこの少年を慾しがる。しかし彼らには手に入らない。せいぜい夢想するがいい。この屍体はわたしが見つけた、わたしのものだ。

「ここで」とわたしは彼女に答えた。「どういうわけかこの管理室のなかにあった、涌いて出たみたいに。そこのロッカーから転がり出てきたんだよ、左側」

「裸で？」

かぶりを振り、「普通の白いシャツと、半ズボンをつけていた。靴下も履いていた。きれいに洗って、ぼくのロッカーにしまってあるよ」

「どういうことなのかしら。だれかが運びこんだのかしら」

「置いてったんだね。それともこの子が自力で侵入して……いや、それにしては鍵を持ってなかったな。あのロッカーだって、この八年間、鍵が掛かったきりだったのに。とにか

く、そのまま置いておいても腐っちゃうだろ。だからこの冷凍庫を買って、ここに運びこませた。十七万五千円もしたよ。しかし名案だろう」

彼女は微笑した。「あなたにしてはたいした行動力だったわね。腐ってしまったら勿体ないものね」

「どう？」

彼女は視線をまた庫内に落とした。しばらくのあいだ見つめて、「可愛い少年ね。でももし目を開いたら、ずいぶんと悪魔的な顔つきに見えるでしょうね。眼が吊り上がっているものね」

「そうかもしれない。でも開かないよ。屍体なんだ」

「そうね、開かない。開かないからこれでいいんだわ。手に入れられて嬉しい？」

「嬉しいよ」

「いつからこうして？　いつ見つけたの」

「四日前」わたしは立ちあがり、冷凍庫の蓋を、余計な振動を立てぬように、静かに閉じた。「あまり長く開いていると、霜が増えるから」

机の上で電話機が鳴った。

「お化粧、直してるわ」本多恵子も立ちあがった。

わたしは自分の机に戻って、受話器を上げた。

はい。

もしもし。

背筋が凍った。あの女の声だ。

はい、と声を潜めた。

水音。本多恵子の亡霊が流しで手を洗いはじめたのだ。

あの、そちらに、子供……いえ。

メグミ？

いいえ。メグミ、ご存知なんですか。あの、失礼ですけどそちらは？

メグミ……さんじゃない？　そうか、双子の。わたしは管理人です。こちらは井ノ頭公園の管理所です。小さな、南側のほうです。

はい、わかっています。そちらを調べてもらったんです。メグミとお話になったことが？

一度、お電話をいただいて。

どんな電話でしたか。

わたしのことを、イワミさんと呼ばれまして……といっている最中に本多恵子が対いの机に戻ってきた。鞄を立てて、なかを探りはじめた。

違いますよね、と電話の女。

鞄から、化粧品が入っているらしい黒いポウチが出てきた。「鏡、ない？」

違います、とわたしは受話器に向かって答え、それから送話口を押さえて、「トイレにだけ。流しの向こう」

お声でわかります。あなたはイワミさんじゃないわ。

本多恵子が机を離れる。その姿が流し台の奥に消える。便所のドアはこの位置からは見えない。電灯のスイッチを入れながらドアを開く音。

あなたは、双子の……ドアが閉じる音。

姉のほうです。皆川ミノリと申します。あのぅ、本当は今すぐ伺いたいのですが、ちょっとその……

なにをしにですか、とわたしは警戒心を露わにしていった。ミノリと名告《なの》ってはいるものの、じつはメグミと同一人物である可能性を、内心、検討していたのだ。

いま病院にいまして、まだ外に出られずにいまして。

いったいどのようなご用でこちらに？

あの、おかしなことを伺うようですけど、そちらの、ロッカーの中に男の子がおりませんでしょうか。

メグミだ、同じ女だ、と思いながら、わたしは反射的に左側のロッカーを見ていた。べつのやり方でふたたびわたしにアプローチしてきたのだ。被いを外されて剝きだしになった、ＦＣ36ＦＦの白いボディに視線を移す。まだ蓋に鍵を掛けていない。

子供なんて、とわたしは咽の底で笑いながら云いかけ、しかしこの女がメグミだとすればべつにすっ惚ける必要などないのだと気づいて、そのまま沈黙した。

女のほうもしばらく沈黙していた。複数の人間の跫音がその背後に聞えた。軽い咳払いがあった。

ええ、あの、とわたし。もしもし？

はい。

お名前を、もう一度。

皆川です。下はミノリです。美しいに、刀という字に似た乃という字に、草冠に利益の利を書く莉の字です。美乃莉、です。

念のため、お電話番号を。

女は番号を云った。わたしはそれを書き留めた。局番はここと同じだった。次の二桁がどのようにして決められるのかわたしは知らないが、ごく近所の番号のように感じられた。

でも、今は病院にいるんです。病院の公衆電話からなんです。

お子さんをお捜しなんですね？

はい。あの、静かな子なので気づかれないのかも。いちおうロッカーを開いて、確かめてみていただけませんか。

なぜロッカーなんかにいると思われるんですか。

女は答えなかった。

少少お待ちを、といって受話器を机に置いた。わざと椅子を軋ませながら立ちあがり、ロッカーのところに行って、ひとつずつその扉を開いては、大きな音を立てて閉じた。便所のドアが開いて、本多恵子が出てきた。ちらりとわたしのほうを見て、ほほえんだ。唇が赤赤と塗りなおされていた。わたしのほうも微笑し、頷いて返した。机に戻った。受話器を耳にあてた。もしもし。見当りませんね。

そうですか。

……メグミさん？

いえ。声はそっくりでしょうけど、それは双子の妹のほうです。

彼女は今、そちらに？

病院にですか？　いえ、おりません。

メグミさんのほうはどういう字を書くんですか。普通の？

いいえ。草木の芽に、久しいに、美しい、です。

女の返答に考慮の気配はなかった。ふたつの名前を、わたしは電話番号の下に書き並べた。

美乃莉
芽久美

失礼いたします、と云って女は自分から電話を切った。わたしは受話器を置きながら、本多恵子が、ある人がここを訪ねてくる、といったのは、今の電話のことなのだろうかと考えた。それとも皆川美乃莉は、早晩ここに姿を現すのだろうか。立ちあがり、床から人形を拾い、緑色のシーツを掻き集める。ＦＣ36ＦＦの前にもう一度跪いて蓋を上げ、少年の凍りついた睫を眺めた。蓋を下ろした。鍵を掛け、シーツで被い、人形を乗せた。緑色の怪物を。生前は、少年にも名前はあったろう。しかしその怪物が彼の位牌である現在、怪物のその緑色の姿こそ、彼の戒名である。

本多恵子のことを思いだした。さっき立ちあがったとき視界のどこにも見当らなかったような気がしたのだ。しかし振り返ると彼女はちゃんと椅子にいて、机の上に肘を載せ、俯いて髪を掻きあげていた。わたしの視線を感じたようにこちらに顔を向け、赤い唇をぽかりと開いたかと思うと、やがて、

「そろそろお暇《いとま》するわ」と椅子を動かした。

「そう。また来るといいよ」

「お元気で」安っぽい光沢に満ちた、いまだわたしがあまり好きになれないバッグを肩に

掛け、こちらに向かって一礼をして、玄関との間のドアを引いた。ハイヒールに踵を入れた。

「見送ろう」と、外に向かって扉を押そうとする彼女に声をかけた。よく聞えなかったのか、彼女はそのまま出ていってしまった。わたしは急いで受付台に身を寄せ、前後に揺れている扉の、硝子の向こうを覗いたが、外の闇に気圧され、追いつけまい、と諦めてしまった。むずむずと、そのとき急に尿意が下腹を押し上げたためでもあった。便所に入って、放尿した。貯水タンクの蓋の上に花模様のハンカチがあり、口紅の黒い筒と、黒く短い柄を持つ紅筆がその上に載っていた。本多恵子が忘れていったのだ。陰茎をズボンのなかに収め、水を流し、口紅を手にした。Cの字がふたつ組み合わさった有名なロゴタイプ入りのキャップを外すと、いまだ網膜に鮮やかな彼女の唇とまるで同じ色彩が、恥じ入るようにわたしを見つめ返した。顔を横に向け、鏡を見た。ひどい顔だ。死んでしまった少年よりずっと強烈な腐臭を漂わせていて然るべき肌だ。眼は黄色く濁り、その下には青黒い隈、弾力を失って垂れさがった頬を、骨張った鼻が辛うじて引っぱり上げている。本来いくらかでも老醜を被い隠してくれるはずの髯が、この便所のあかりの下では穢《きたな》げな蘚苔《せんたい》のようでただ哀れっぽい。生き延びていこうという意志を感じさせるのは唯一、口髭の下にぽかりと横長の闇を湛えた唇のみだったが、それもごく内側の明るい皮膚に限ってのことであり、周辺に行くに従って、もはや直感的に目測できる範囲内か、もしくはそのほんの先にまで近づいている死に向かってくっきりと黄昏れている。わたしは衝動的に、あるいは自律的に、紅の先端を露出させ、鏡にそれを擦りつけた。口腔の闇と、その周囲を塗り潰した。鏡に附着した口紅の赤は、いかなる奇跡も起こさなかった。ただわたしの顔色を鈍く遠ざけたのみだった。耐えきれず、わたしは紅筆に手を伸ばし、その先端に紅を取り、直接自分の唇に塗りはじめた。塗り方はよく知っている。幼い頃、母のその行為をわたしは鏡越しに、いつも一心に見つめていた。当時からすでに母には情夫があった。たぶん、いた。幼い記憶の、数数の断片の、中核を埋めるべき事象として、今以てわたしは他を思いつけずにいる。まず輪郭を縁取るのだ。唇を横に広げ、紅の粘度と筆の腰にうまく折合いをつけながら……塗る。彩る。本多恵子の唇。そういえばわたしたちは、一度でもくちづけを交わしただろうか。思いだせない。しかし、たぶん、ない。

……さあい。

わたしは筆の動きを止めた。

ご御免くださあい。

玄関だ。来客だ。こんな時間にまったく。

口紅と紅筆をポケットに収めて便所を出ていくと、カウンターの向こうに、鳥打帽を頭に載せた、痩せこけた男が俯いていた。

失礼、ちょっとトイレに。

ああああの、と男は顔を上げた。その顔の、声や風体に似合わぬ若さにまず驚かされた。小説家より若い。二十代の後半だろう。次いで、彼の左方の腕が、中途から欠損しているのにも気がついた。洒落た格子柄のシャツの、袖《そで》の片方が肘のあたりで結ばれている。あああの。

本来、今はもう時間外なんですが、と架空の腕時計に視線を落として云う。云いながら、口紅のことを思いだした。慌てて唇を袖で拭った。袖を見た。なにもついていない。もう一度拭ったが、やはりつかない。振り返り、使っていないほうの机の上を見た。なにもない。ビールの缶も西瓜もない。ポケットを手探った。口紅の感触はない。鍵束だけだ。

か、帰りま、しょうか？

いえ。いえどうぞ、ご用件を、とわたしはカウンターに寄った。

青年は大きく息を吸い、吐いた。初めてこちらを見た。いや厳密には、眼球の黒目をわたしの方に向けたというだけのことであって、その焦点はあきらかに三十センチほど先の中空にあった。いったんそう固定されると、眼球はそれきりまったく動かなくなった。取材、あの取材に、ご協力願えないかと思いまして。

わたしが黙っていると、青年は頭ごと視線を下ろして、

さ、殺人がありましたよね、この公園で。

はい。

ぼくはあの、じつは小説を書いているんですが……。

はい。そのための取材ですか。しかし、ノンフィクションというわけではなくて、ただ、あの人物が、職業を、小説家と詐称していたことに興味を。

どちらでお書きになるんですか。

あの、まだどちらとも。あまり、あの、決して成功している小説家ではないので。本は……本はちゃんと出てるんです。持ってくればよかった。今度、ちゃんと。

いいですよ、お気遣いなく。あの人物のなにをお訊ねになりたいんですか。

青年は顔を上げた。眼球を大きく見開いている。直接、ご存知で……え？

ええまあ。よくここに見えてました。

どんな、人でしたか。

いい人でしたよ。いつも犬を連れていた。そして兎を憎んでましたね。

なぜでしょう。

いや憎んではいなかったな。憐れんでいた。飼い兎の歴史はね、しょせん肉と毛皮の歴史ですから。

どういうことですか。

飼い兎が凡て穴兎だというのはご存知ですか。

青年は首を傾げた。

ウサギ目は現在、二科十二属五十九種に分類されています。二科というのは、ウサギ科とナキウサギ科のふたつですね。前者がわれわれが思うところのいわゆる兎で、これが十一属あります。五十音順にいえばアカウサギ属アナウサギ属アマミノクロウサギ属アラゲウサギ属ウガンダクサウサギ属スマトラウサギ属ノウサギ属メキシコウサギ属ピグミーウサギ属ブッシュマンウサギ属ワタオウサギ属です。飼い兎というのは凡てそのうちのアナウサギ属穴兎から作出されたものです。

あ、あ、と声をあげながら青年は、震える手で、肩に掛けていたリュックサックから小型のカセットレコーダーを取り出した。ろ、録音していいですか。

どうぞ。二科十二属五十九種。二科というのはウサギ科とナキウサギ科。前者がわれわれのよく知っているいわゆる兎であってそれが十一属。アカウサギ属アナウサギ属アマミノクロウサギ属アラゲウサギ属ウガンダクサウサギ属スマトラウサギ属ノウサギ属メキシコウサギ属ピグミーウサギ属ブッシュマンウサギ属ワタオウサギ属です。飼い兎は凡てアナウサギ属穴兎から作出されたものです。われわれの知っている兎のほとんどが穴兎です。この公園に棲んでいる老人たちはもちろんのこと、昔よく学校で飼われていた白いやつも贈答用の皿に描かれているピーターラビットもワーナー・ブラザーズのバックス・バニーも福音館のうさこちゃんもみな穴兎です。違うのは因幡《いなば》の素兎《しろうさぎ》だけです。十一世紀から十二世紀のあいだにうさこちゃんの飼育は欧州の修道院に普及しました。というのもうさこちゃんは彼らのあいだでは肉類に分類されていなかったのです。うさこちゃんは生後半年以内に性成熟に達して一年中繁殖活動をおこないます。妊娠期間は最長三十四日、一度の出産頭数は平均六七羽、産後三日以内にまた交尾が可能になるため多情なうさこちゃんには年間十一回の出産が可能です。うさこちゃんの毛皮は薄くて弱いので毛皮としては決して高級品ではありませんが子供たちには人気です。いい中折帽はみなボルサリーノです。でもあなたのほうがきっと似合う。ドイツのダックスフントをご存知ですか。

い……いえ。

騒ぎながら獲物に近づきます。日本人がそれを殺すとどういう罪に問われるかご存知ですか。

いえ。

器物破損。信じられますか自転車を借りて毀《こわ》してしまったというのと同じなんです。何万円か払って新しい犬を買ってきなさいと云えばそれで弁償になってしまうんです。十年寝食を共にした犬でもそうなんです。わたしだったら復讐します。相手の家族を金属バットで殺します。蒼い炎を背負って可能性の悪夢を手玉に取ります。IN GOD WE TRUST.

そうだ、音楽を。音楽はお好きですか。

青年が頷くのを見て、わたしはＷＢＳ－５ＥＸに駆け寄った。スイッチを入れ、《ピアノ協奏曲第一番》の入ったCDを選んでターンテーブルに置いた。壮麗ぶった半拍抜きのイントロ。音量を上げる。愚直な分散和音。弦による第一主題。わたしは青年を振り返り、大声で、どうです。パッセージが切れ切れで流れがない。こう悲惨じゃあ手直しもできません。しかしこの部分はまだいい……ほら、この貧相な構成。最初の一頁か二頁だけを残して、あとは書き直すほかありません。あるいは全部書き直すかだ。……ほらほら、この下品な構成。

青年はいつしか録音機をカウンターに置き、帽子を取って胸に当てている。わたしはそれを司祭への敬意と解釈し、笑みを泛べて彼を指差した。あなたは、きっといい小説家になる。きっとね。ただし用心なさい、決して完璧な小説を書こうとはしないことだ。

8

アーチ形の幹からぶらさがっていた彼が、ずるり、地面に着地したかと思うとわたしに一瞥を残して杜《もり》の奥へと進んでいく。運動靴に絡まる夏草をにおいごと蹴散らして追いかけていると、公衆便所の黄色い土壁の前に彼の影が見つかった。壁に向かい、腰のあたりからベルトを細長い蛇のように垂らして、自慰に勤《いそ》しんでいるようである。その右手の細やかな動きを、やがて彼の全身を貫いた痙攣を、少年のわたしは赤松の木の翳でその怪魚の鱗のような樹皮の隙間の繊維をくじりながら眼の底に焼き付けている。彼がズボンを引き上げて、黒蛇がするっとその腰に収まる。土壁の表面を湿らせて滴り落ちる粘液の、銀色の輝きがわたしにははっきりと遠隔視できたが、彼が便所を離れると迷わずそちらのあとを追いかけた。粘液の正体はしばらく前に見切ってしまっているので、彼自身に対してほどの興味がない。

杜を突き進んでいく彼の前後を嘴太鴉《はしぶとがらす》がさかんに飛び交っている。なかの一羽がわたしに接近してきてひょいと飛翔の方向を変え、間近な丸木を模したコンクリートの柵の上にとまって、わたしなど見ていないような素振りで、“Nevermore”と囁く。黙殺して彼のあとを追い続けた。今しも彼が振り返ったり、あるいは裸足の女が視界に飛び込んできて、凡てが台無しになってしまいそうなのだが……なにも起きない。軒といい屋根といい、とまれる場所という場所にびっしりと鴉が集《たか》った、鴉の館のようなものが忽然と現れたが、彼はちっとも動じる気配がない。着ていた半袖のシャツをすっぽり脱いだかと思うと、それを果敢に頭上で振り廻しながら建物に近づいていった。真っ白い高速の廻転物に、出来損ないの猛禽たちは吃驚したようすで、Nevermore, Nevermore と騒ぎながら八方に飛び去っていった。彼が黒い半ズボン——このとき初めて気づいた。半ズボンである——を脱ぎ落とし硬くなめらかな臀部をこちらに突き出してそれを拾い、しぶとく軒に留まっている最後の一羽に向かって投げ上げると、さすがの親玉も仰天して掻き消えた。投げ上げられた黒ズボンは親玉鴉が置き忘れた影のように軒に留まっていたが、それも彼がふたたび白シャツを廻転させはじめると怯えて落ちてきた。

なんのことはない、管理所である。立派な建物に見えていたのは鴉で膨れあがり、遠ざかって見えていたからだった。その玄関先にいつしか彼の姿が見当らなくなっているのを思い知ったわたしが、急ぎ、もたもたと、泥濘《ぬか》りがちな地面を踏んで扉に近づいていくと、幸運にも白い水垢が縦横に乾いた硝子越しに、裏返しの《弦楽セレナーデ》と、ふたたび衣服を纏い、目を閉じて後ろ歩きをする彼の姿とが確認できた。

三十八年間三十八年間とわたしは頭のなかで繰り返していた。三十八年間の孤立。三十八年間の風化。三十八年間はいかにも長い。しかし彼にとっては一足飛びの距離である。彼の姿を追いかけて扉の前から窓の前に移動したわたしに、

「卑怯者」

と後ろから呼びかけてきたのはウッチェロである。どうせ鴉のことだからと思い放っていたら、

「卑怯者、卑怯者、卑怯者」

としつこい。そのあいだに彼は後ろ歩きのまま管理室のなかを進み、ロッカーへと入り込んでしまった。扉を閉じてしまった。背後の少女に対してわたしは自棄腹《やけばら》になり、

「なにが卑怯なものか。ちゃんとロッカーに収まるまで見届けた」

「卑怯者、卑怯者、卑怯者」と繰り返しているウッチェロの顔をよく観察してみると、その面影はどこかしら若き日の本多恵子である。十代の頃の彼女など知らないが、どう見てもそういう目鼻だちをしている。

わたしは訊ねた。「わたしがだれだか知ったうえで、そうもわたしを罵るのかね」

彼女は答えた。「わたしを硝子球で犯す人。硝子球でわたしを孕ませる人」

わたしは眉を顰めて、「仕方がないじゃないか。だってきみは……きみはかねがねぼくを呑み込みたがっていた。だからああしてわたしは、わたしの血走った眼球を胎内に捧げたのだ。そうするほかなかった」

「卑怯者、卑怯者、卑怯者」

「云うな。わたしだってきみから生まれたかったんだ」

「産みますからね。Nevermore」

「畜生、鴉か」

その広大な視野から逃れようと、わたしは管理所の玄関に飛び込んだ。サンダルを脱ぎ、茶色いスリッパに履きかえて、彼が入っていった左側のロッカーに駆け寄った。扉の把手に指を掛けて引いたり押したりしてみたが、内側から施錠されているうえ強く押し返されてもいてびくとも動かない。わたしは自分が非力な十二の少年であることを思いだし、次いで不器用な八歳の子供であることを思いだした。この指でうまくラジオペンチを操って鍵を作れるだろうかと赤らんだ小さな手を見おろしていて、きり……と右後方に、FC36FFの錠がおのずから廻転する音を聞いた。蓋のパッキンに隙間が生じて冷却で気の薄まった庫内に風が滑り込む音を聞いた。蓋の上の人形が壁との間に転がり落ちる音を聞いた。忍冬文のシーツが庫内に引き込まれる音を聞いた。わたしは冷凍庫を振り返った。暗緑色の布を纏った彼が棺の縁に肘を置き、霜を帯びた顔をこちらに向けて虚ろな眼でわたしを見返しながら、

「見るな」と云った。

　ぼおっと、覚醒し、机の天板に敷かれた黄ばみがちなヴィニルシートから顔を上げてから、長らくのあいだ、倒れたシングルトンの空罎越しにロッカーの鈍色《にびいろ》を見つめていた。不要、の観念にわたしは夢想のなかで憑りつかれ、懸命にそれと対峙していたのだ。室内にはあきらかに不要と感じられるものがふたつあった。ひとつはすでに少年の屍を産み落として神秘の形骸と化した左側のロッカーであり、もうひとつはといえばこのわたしだった。産み落とされた屍体は無用ではあるが不要ではない。わたしにとって掛替えなく重要な存在である。ただ彼を必要としているこのわたしが、あきらかに、だれにとっても不必要なのだ。

　もうひとつあった。割れた西瓜の、流し台にある残り半分だ。昨夜のように紅い果肉を

指で掻き出しては口腔に押し込むほどの気力を、今宵ふたたび奮いたたせるのは難しかろうし、昨夜にせよ本多恵子の亡霊の先導があったからこそそんな真似ができた。亡霊は、二度と現れまいという気がしていた。Shall be lifted—nevermore! まあよろしい。西瓜を廃棄するのは容易《たやす》い。

電話帳を持ちだし、近傍のリサイクル業者を求めてその黄色い頁を繰る。古美術、骨董、貴金属、時計、バッグといった単語を含んだ広告からは視線を避けた。いくら「何でも買います」「車にて参上」などとあれ、鍵のない事務用ロッカーひとつのために身軽に動いてくれる業者ではなかろう。親しみを覚えうる広告がいくつかあった。

　高く買います！
◎業務用厨房設備
　製氷器・コールドテーブル・シンク・
　冷凍冷蔵庫・調理台・エアコン　他
◎オフィス家具
　机・書庫・ロッカー・ファックス・コピー他
◎テレビ・ビデオ・パソコン・冷蔵庫・
　洗濯機・和洋家具・美術品・雑貨品

［商品は激安価格にて販売］

何でも相談

見積無料　…………

電話1本即参上!!

どんなものでもご相談下さい！　高価即金買取り

●一般家電・家具一式

●事務用品・スチール一式　年中無休

●事務用厨房一式　出張買取専門

●引越時の不要品その他何でも…………

販　売　リサイクル品　オフィス家具

・とにかく良質安い！

買　取〈出張無料〉…………

即金で買入　都内23区もOK

不要になった品物買取ります！

◎厨房品一式、事務用スチール家具
◎家電関係（冷蔵庫、クーラー、洗濯機、ビデオ、オーディオ等）
◎家具関係（タンス、机、イス、小物等）
◎贈答品、楽器、骨董品、ブランド品
◎粗大ゴミ処理（有料）………

ここから遠そうな番号であるのが気になったが、「粗大ゴミ処理（有料）」とあるのがいかにも正直げだったので、最後に目についたその広告中の番号を押した。受話器からすこし耳を離して呼出し音を数えていると、むかし自分が悪さを施したホームレス女性の肉体のにおいがふと鼻腔に甦ってきて驚いた。「粗大ゴミ処理（有料）」という一節からの単純連想といえばそうなのだが、そこに込められた真摯なまでの生臭さに居眠りがちなわたしの肉体感覚の一端がどのようにか刺激されたようだ。

行き倒れていた。出勤してきたわたしに、登校途中の、黄色い帽子の小学生たちが待ち構えていて、それを伝えた。小学生は三人いた。顔つきや服装はどれも似たようなものだったが、ランドセルの色を見てみれば、ふたりが男児で、ひとりが女児。

「カンリニンサン、ハシノトコロニ、オバアサンガヒトリ、タオレテイマスヨ」

「サムサデ、シニカケテオイデデス」

「チカクニヨルト、クサイデス」

「ユキヲカブッテ、ヌレテオイデデス」

「カタカタカタ、フルエテオイデデス」

「モウスグシニマス」

「キットシニマス」

「シンダラ、オバアサン、ドウナリマスカ」

「オバアサン、シンダラ、ドコニステマスカ」

「カネンゴミノバケツニ、ハイリマスカ」

「ソダイゴミノシールハッテ、エイセイキョクニ、トリニキテモライマスカ」

「チガウヨ、シンダラ、オソウシキデスヨネ」

「ネエネエ、オソウシキ、コノコウエンデ、ヤリマスカ」

「キカラキヘ、シロクロノマク、ハリマスカ」

寒気にすっかり顔色を失い、口口に、白んだ甘酸っぱい息を吐きちらす子供らに纏わりつかれながら、枯落葉に薄く積もったまま凍りかけた雪を踏み毀してほたる橋に出向いてみれば、たしかに西園側のたもとの植込みの蔭に薄紫色の塊がうずくまっている。小学生たちは初めて近接した人の死の気配に亢奮して、祈《き》禱《とう》めいた無駄を囀《さえず》り続けている。そろそろ登校の刻限のはずだった。三人が三人とも救急車を呼ぶ知恵すら持たぬとは思えず、ただ遅刻したいがためにわたしの登場を待っていたら、そのあいだに死の心象に各各自家中毒を起こしてしまったらしい。

　女が倒れているのは西園側だから管轄外だななどとどうでもいいことを気にしながら橋を渡り、革手袋をつけた手で植込みを掻き分けてしゃがみ、女の垢じみた、小さな、ひっつめ頭を転がして顔を覗いてみれば、すっかり目尻の弛んだ、わたしの母親の年輩にさえ思える女だったが、頬には赤みがある。唇は青ざめて震えている。額に瘤があり、その中心が十字に裂けて血がこびりついている。飢えや寒さに倒れたというのではなくて、足を滑らせた拍子にどこかに頭をぶつけて脳震盪でも起こしたものらしい。推定年齢五十五歳。見た目よりはいくぶん若かろう。まだ五十五歳だ。

「この人はまだ死なない。葬式はないよ」しばらく女を見つめたあとで顔を上げて告げると、子供たちは白けたように囀りをやめ、ひとり、またひとり、離れていく……。

　はい、と若い女が電話に出てきて、店の名を云った。若い女が出てくるとは想像していなかったので、わたしは単純に驚き、しばらく声を出せずにいた。

　もしもし。もしもし？

　あ、あの、電話帳の広告を見まして。

　ご不要品はなんになりますか。

　ロッカーです、事務用の。

事務用？　更衣ロッカーですか。
そうです。
幅は？
さあ、測ったことが。
三十センチ幅？　四十五センチ幅？　だいたいそのどちらかなんですけど。
じゃあ四十五センチでしょう。決してその、細いほうじゃない。
何台？
一台です。
更衣ロッカーが一台。状態はどうでしょう。何年くらいお使いですか。
八年。いや、八年ここに置いてあっただけで、使われてきたものじゃないんです。
八年間、なにも入れずに？
ええ（子供の屍体以外は）。
上に物を置いたりも？
していません。
何色ですか。
灰色。
表面の状態は？　錆とか出てないですか。

ありません。綺麗なものです。

備品は揃っていますか、鍵や、棚板。

電話でそこまで問われるとは思っていなかったので返答に窮したが、少年の体重によって生じていた棚板の撓《たわ》みには気づかれまい、鍵についてもその場で見当らぬふりでもすれば切り抜けられようと踏んで、はい、ええたしか揃っています、ちゃんと。

他には？

他には、といいますと。

お引き取りする品物です。

ありません。そのロッカーだけです。

……だと、ちょっと難しいですね。

他になにかつければ、来てもらえるんでしょうか。

ええまあ。そちらはどういう……なにかの事務所ですか。

そうです。

改装なさるんですね。

そのような感じです。大掛りにやるんじゃないけれど。

では、たとえばエアコンとか、机や椅子や、厨房器機はございますか。五年以内のものじゃないと難しいですけど。

わたしは八年前に設置された壁のエアコンを見あげ、次いで八年間眺め続けたロッカーをふたたび見つめた、八年間視界の端に置き続けてきた対いの机越しに。現所長がこの分室を覗きにくる頻度は平均して月に一度といったところであり、これまでのわたしの観察からいえばあと視察数回で次の所長に交代してしまうはずであり、それまでに彼はきっとロッカーの不足には気づくまい。なにかと迂《う》闊《かつ》な男のように見える。ＦＣ36ＦＦを彼はまだ目撃していない。目にしたところでまるきり関心を払うまいという確信がわたしにはある。すくなくともＷＢＳ‐５ＥＸの存在が彼に、彼の赴任当初から、ここがあるていどわたしによって私有化された空間であるむね強く主張してきたはずだったし、そういったことを気にしてわたしに警告を洩らした所長はまだひとりとしていない。気にするものかね、だれが。

使用年数に関して店に無理を云ってまでエアコンを売り払うのは考えものだった。いかに迂闊な男とはいえ、暑さがまだ厳しいあいだにここを訪れればその消失にはまず気づく。机の消失にも気づかぬわけがない。不利な交渉だった。時間の無駄だった。

ありませんよ、とわたしは女に云った。他にお売りできる物はない。

残念ながら、ロッカーひとつでお引き取りにはちょっと。

余所を当たります、と云って通話を切った。「粗大ゴミ処理（有料）」の枠内でなら処分してもらえたのだろうが、だいいち金が目当ての処分ではないのだからそれで文句のない待遇だったのだが、わたしも少少意地になっていた。その店の広告以前に目をつけていた広告の番号に電話した。さっきの店以上になかなか出てこない。二十回の呼出し音を超えて留守番録音さえ出てこないので、いったん切ってもう一度かけなおした。呼出し音。その反復。女が纏っていた臭気。管理所に運び込むべく、わたしはその身を抱えあげたのである。女は軽かった。近くに買物カートの赤黒い影が転がっていたが、あとで取りにくることにして見捨てた。薄紫色のキルティングの上着が女の身の大半を被っている。あまりの多色使いに何色にも見えぬプリント柄の、丈長なスカートの下に、黒い化繊のズボンを穿きこんでいる。いずれも不潔きわまりない。それぞれがそれぞれなりに不潔である。上着は雨や埃のため斑《まだら》に染まり、肌に擦れる箇所がみな縁取ったように黒かった。スカートは裾のほうに行くほど色がくすんでいた。上着に隠れているあたりは相当に派手やかなのではないかと想像された。ズボンは膝から下がごわごわと、固く変質している。放射状に寄った皺の内側に本来は淡い桃色であった片鱗の窺えるランニングシューズ。サイズが大き過ぎるがための皺だ。現状では——現状といっても、ここに赴任してきて最初の冬の話だ。八年前だ。わたしは満四十二歳だった——何色であるとも形容しがたい。桃色でもあるし、鼠色でもあるし、緑味を帯びた青にしか見えない部分や、ふしぎと純白の箇所もある。雪に濡れ、どの色彩も透明感に満ちている。ふたつの靴がわたしの歩みに合わせてぶらぶらと大きく揺れはじめる。ぐ、と女が咽を鳴らして唇を開いた。下の前歯が黄色く覗いた。歯の数が揃っているのが意外な感じがした。

悪臭といっても大気が冷えきっているお蔭で噎《む》せかえって堪らぬほどの攻撃性はない。女を抱えて歩きながらも、晴れかけて鳶色《とびいろ》がかってきた低い雲を見あげれば、新しい酸素の煌《きら》めきを息継ぎできる。女の髪、上着、肌、息、それぞれが違うにおいを放っている。顔を正面に向けて進んでいるぶんには、それらがみな入り混じって、ひとつの、彼女のにおいとして感じられる。饐《す》えたような、と彼らのにおいがよく表現されるが、そういう生き生きとしたにおいではない。悪臭には違いないものの、もっと平穏なにおいだ。海のにおいに近い。遠く、海を嗅いでいるのに近い。いったいどのくらいの年月を惨めな状態で過ごせばこのようなにおいが形成されるのか、そもそもこの女はなぜこう堕落したのか……と彼女の人生の背景に思いを馳せかけ、その想念を一所懸命に追い払う。わたしにとって彼女は単なる色彩と臭気の饗宴、せいぜいそれが幾分の重量を有しているというだけの存在であるべきだった。そうして彼女を管理所に移送している時点でわたしは、すでに彼女に対して明瞭に欲情していたのだ、途中いったん立ち止まって女の脚を抱えた右手でスラックスの前をつかみあげ、下着の突《つ》っ支《か》えから陰茎を解放する必要があったほどに。この風雨に曝された水彩画のように為体《ていたらく》を失いかけた生きものならば自分にも犯せるかもしれないと、ゴミ棄て場にあった破れた手風琴を嬉嬉として家に持ち帰った小学生の日の夕刻よろしく、心は、昂揚していた。

あ、はいはい、と急に人が出てきた。また女だった。さっきの女よりはだいぶ年嵩のようで落ちついた声色である。

あの……と口籠りながらズボンのポケットに入れていた左手で充血しはじめていた陰茎をまさぐった。たちまち弓形《ゆみなり》に勃起した。

女が店名を名告った。見事な勃起ぶりにわたしがみずから感嘆して押し黙っていると、なにかお売りになりたいんでしょうか、と続けて訊ねてきた。

四十五センチ幅、八年ものの更衣ロッカーをひとつ、色は灰色です、と答えながら、わたしはポケットから手を抜き、作業ズボンのファスナーを下ろした。トランクスのスリットから鈴口を引き出し、室内の空気に晒した。

八年間ご使用の更衣ロッカー、四十五センチ幅、灰色、と女は復唱した。いっそ陽物の包皮をつまんで上下させてみた。状態はいかがですか？

良好です。

良好というのは、その？

八年といっても、ただ、ここに置いてあったただけなので。

備品はお揃いですか。

はい、と嘘を吐いてまた上下させる。上下させる。上下させる。海のにおい。濡れた色彩。女の上体を左脚で支えて鍵束を出し、扉のふたつの錠を開ける。女をわたしはまず玄関の長椅子に寝かせ、管理室に入ってエアコンを点けた。玄関に戻って女を見おろすと、落ち窪んだその両眼が開いていた。ぎょっとして身を竦めた。女はただ天井を見つめていた。程なくしてまた閉じた。

品物は以上でしょうか。

以上です、といってまた上下させる。

そちらのご住所は、お近くですか？

近くです。井ノ頭公園です。

少少お待ちください。

「目が覚めましたか」とわたしは色彩の塊に問いかけた。

返事はなかった。上着の胸部が規則正しく上下していた。上下していた。わたしはふたたび外に出、ほたる橋のたもとから女の買物カートを運んで戻った。カートは妙に重たく、蓋の上からさらにロープが何重にも巻きつけてあった。中身に興味は抱けなかった。女の暮しを覗き見るのが厭だった。玄関には海のにおいがだいぶ籠りはじめていた。女はまだ眠っていた。

「傷は痛みますか」とわたしは近づいて訊ねた。

反応しなかった。細い鼻孔からただ蒸れた息を吹き上げている。無数に横皺の寄った喉元に手を伸ばし、上着のファスナーを引き下ろして、外した。緑色のナイロン地にキルティングが施された、似たような上着がまた出てきた。外側の上着ほどには汚れて見えないが、海のにおいは強まった。そのファスナーも下ろした。黒サテンの夏服が出てきた。開いた襟の上に、鉛筆のように細い鎖骨がくっきりと泛んでいる。それを包んだ薄く張りのない肌が硝子越しの外光を乱反射する。光沢のある布地越しに、貧相な乳房の自重で左右に拡散しているさまや、探すと、微かな乳首の盛り上がりも確認できた。

お待たせしました。

心臓の鼓動を確かめるふりをして、わたしは女の左の乳房に掌を置いた。なんら抵抗なく乳房はすっかり潰れて、肋骨と乳首の感触のみがあった。

あれ？　もしもし。

はい。

明日の午後、伺えますが。

そう……ですか、といいながら右手の速度を増した。顔を無意識に壁の時計に向けていた。すでに正午をまわっていることを目覚めてから初めて意識した。二十四時間以内に不要品のひとつと離別できる。いまひとつは幾許もなく可燃ゴミと化す。ただしもうひとつとは終生の付き合いとなる。

ご住所を。

わたしは住所を云った。

管理所の分室といいますと、公園内でしょうか。

そうなんですよ、と答えながらもっと速度を増した。眠り続ける女をわたしは二枚の上着ごと抱えあげ、暖まりはじめた管理室に運び入れて受付台の陰に寝かせた。玄関に出て扉に施錠した。室内に戻ってドアを閉めた。跪き、夏服の釦《ぼたん》を慎重に外していった。女は目覚めない。しかし呼吸は規則正しい。萎びた乳房が全貌を現す。乳首は淡褐色で、触れた感触よりもずっと小さく見えた。女の鼻孔を見あげながら片方を唇に含んでみた。苦い味がした。女の呼吸は乱れない。しかし口中の乳首はわずかに大きさを増した。しばらく吸っていた。唇を離すと、吸っていたほうの乳首だけ苺色に変色していた。位置を移動してスカートを捲りあげた。ぷんと腐臭が鼻を突いた。まさに海の、湊の、鳶の群れの下に漂っていたあのにおいだ。本当に眠っているのだろうかと訝《いぶか》しんでいたが、こうして衣服を脱がせ続けていればいずれあきらかになろうと考えた。もしも起きて騒いだら、不潔だったから脱がせたのだと弁明すればいい。わたしは女のスカートのなかに両手を挿し入れ、ズボンの、ゴムの入った腰部をつかんだ。指を掛けるとその内側に下穿きの感触があった。一緒に無理やり太腿にまで引き下ろしたが、女はなんら抵抗しない。ただ眠っている。臭気が倍加したが、そろそろ鼻が利かなくなりはじめており、ズボンと下穿きを膝下に下ろすまでには、脱がせる前ほどにさえ感じなくなった。下腹部に帝王切開の痕跡があった。陰毛は薄く、髪の毛よりも霜を帯びていた。下穿きの内側がすっかり黄変しているのが見えた。靴を履かせたまま、ズボンごと取り払った。性器を覗きこんだ。紫色に輝いていた。スラックスから男根を露出させ、片手で包皮を擦りながら、反対の手をまず女の陰毛に伸ばした。掻き分けて陰核を探した。やがて小さな尖った粒が指先に触れたが、これといった感興はなく、むしろ陽物の充血が解けてきた。名前も、なんの背景も持たない女だが、やはり生身の女には違いなかった。指を滑りおろしてぬるぬるとした粘液の感触を確かめた。指を鼻先に近づけると、これまで嗅いできたいずれとも違う異臭がした。しかし紛れもなく人間の、人間らしいにおいだった。その指をわたしは口にくわえ、しゃぶった。舌に発泡酒を含んだに似た刺激を感じたものの、味らしい味はなかった。充血は解けきっていた。

ではよろしくお願いいたします、と云って電話を切った。萎んだ陰茎を意味なく弄んだ。シングルトンの罐が机上に倒れたままであるのを意識して、起こした。……罐だった。罐を入れたのだ、あのあと。女は灰色の陰毛の下で性器を濡らしながら眠り続けていて、撓《しな》垂《だ》れた陰茎をぶらさげて遣る方ないわたしは、流し台の上の吊棚からラムかなにかの罐を持ち出したのだ。女の脚を開き間に跪いて、その先端を膣口に挿入した。女は呻いて、あっさりとそれを呑み込んでいった。それでも目覚めなかった。首の部分の根元まで簡単に入ってしまったので、わたしは、底の側でも入ってしまうのではないかと考えた。いったん罐を抜き、方向転換させて女陰に押しつけてみた。初めは不可能にも思えたが、ぐりぐりと揉みほぐすように動かしているうち女がまた呻いた。同時に鑷がその内部にすこし沈んだ。どんどん沈んでいった。すっかり入り込んで、先端がＯの字に窄《すぼ》まった透明な突起が、未熟なまま育ち過ぎた男性器かあるいは特殊な拡大鏡のように萎びた女の脚の間に突き出しているという、世にも珍奇な光景が現出した。女は目覚めない。それでも目覚めない。顔の前に這い寄ってみたが、呼吸は井然《せいぜん》としている。ホームレスに特有の、腑抜けたまま硬化したような顔つきをしている。元来、つまりより若く、浮浪生活など思いも及ばなかった時代には、それなりに美しく見られていたかもしれない。実際、頬や眼の周囲が窪んでいること、肌に細かな皺が多く、その谷間が不潔に黒ずんでいること以外には、これという欠点の見当らない顔立ちである。にもかかわらず、いずこからか、威圧的なまでの醜悪さを発散している、と感じるなりまた陰茎が充血した。たちまち聳えた。無意識にそこに添えた手を軽く動かしながら——あの瞬間のわたしも、そうだ異界の突端を求めていた、杜のなかをさ迷うがごとく——わたしは女にくちづけた。唇の干涸びた皮を湿らせ、その隙間に舌を押し込んで歯を舐め、歯垢の渋みを味わった。規則正しい鼻息が頬をくすぐる。わたしはさらに昂揚した。舌に力を込めて女の歯をこじ開けようとした。なかなか開かないので、ついに遊んでいるほうの手で女の顎を押さえた。隙間が出来た。女の苦い舌に触れた瞬間、悦びのあまりわたしは射精しかけたが、手の動きを止め、強く握りこんで凌いだ。粘ついた苦い唾液を、夢中になって啜った。ふたたび股間の異景を眺めたくなり、女の口中を舐めまわしながら下半身のほうに視線を転じたが、捲れあがったスカートが障壁となっていて見えない。やむなく唇を離して顔を上げると、鑷の先端よりさきに、脱がせたまま女の脚のそばに放り出してあった黒いズボンと、それに裏返しの状態で張りついた変色した下穿きが目についた。期待感に包皮を動かす速度を早めながら、膝歩きで近づく。垢で縁が色付いた下穿きの、股間部分に指先で触れつつ観察してみると、尿や軟便が繰り返し沁みこんでいるうえに白い分泌物が堆積して硬化し、雪景色を描いたあとのパレットかなにかを思わせた。ズボンごとつかみあげてその部分に鼻をうずめると、強烈な異臭が視界を極彩色に染めあげた。万華鏡めいた前景の、狭間に、灰色の陰毛に縁取られた紫色の器官から突き出した、硬質の、透明な突起を見つめながらわたしは、自分の手のなかに体液を吐き出した。……三度、四度、睾丸が上昇し、収縮して、温かく重い液体を排出するのを掌中に感じた。下穿きを放り出し、女の片脚を跨いで、鑷を一息に引き抜いてみれば、案の定そこには、ぽかんとした紅い空洞が残った。鑷を抜くとき女はまた呻いていたけれど、起きあがってくる気配はない。打ち所が悪くて目覚めていながら起きあがれないのかもしれないと、このまま死んでしまうのかもしれないと、想像しないではなかったが、そう見当がついたら、またほたる橋のたもとに運んでいくまでだと思っていた。だれかが救急車を呼ぶだろう。精液にまみれた右手を、細め、紅い空洞に挿し入れてみると、すんなりと指の根元まで入り込む。軽く左右に捻っていたら、ついに手首近くまで呑み込まれてしまった。抵抗感はほとんどなく、虚空を手探っているようにさえ感じられた。なかで指を擦りあわせ、女の内壁に精液を擦りつけながらわたしは、鈴口の内部に穏やかな最後の精通を感じていた。陰茎を見おろしてみるとその突端から、炸裂の残滓が滴っている。それは長く糸を引いて、ゆっくりと、女の黒ずんだ膝小僧へと達した。

入口の扉が動く音がした。椅子を半廻転させ、左手でいちばん上の抽斗を開いた。駅前で配られたポケットティッシュはみな、そこに溜めこんでいるのだ。右手には、陰茎の先端と、たった今洩らした精液が握り込まれている。回想中の炸裂に比したらまさしく、洩れた、程度の侘しい生理現象に過ぎなかったが、かといってどこかに擦りつければ済むという量の廃油でもない。

こんにちは、と呼びかけてきた。聞いたような声である。紙で掌を拭いながら頭を向けると、受付窓から、白い帽子を被った女がこちらを覗きこんでいる。失礼をいたします。昨夜、お電話をさしあげた者です。

咄嗟、さっと頭から血の気が退き、なにも考えられなかった。来た。訪れた。

皆川です、と女は名告った。皆川美乃莉です。

来るべき時が来た。母親だ。少年の所有者だ。所有権の主張者だ。わたしから彼を奪いにきた。

……ああ、はい、とわたしは女に頷いて見せながら、机下で陰茎をズボンに収めた。立ちあがって、ちらりとＦＣ36ＦＦを振り返った。忍冬文の祭壇。緑色の位牌。異状なし。髪の毛を後方に整えながら、のろのろと受付台のほうに進んだ。

　失礼いたします、と俯きがちに近づいたわたしに、女は挨拶しなおした。顔を上げた。わたしも視線をあげた。帽子のように見えていたのは包帯だった。額をすっぽりと被いつくすように、それに顔の輪郭を取巻く方向にも、真っ白な包帯を巻いている。耳はうまく避けてあるが、髪の毛は前髪以外みな後方に流してある。包帯上の各所に、銀色の小さな、ゴム紐付きの留金が輝いている。病院にいる、とそういえば電話で云っていた。大柄な女だ。しかし端整な、また見事なまでに左右対称の顔をした女だった。

　わたし自身もそうだが、人の顔というのはまずもって左右対称ではありえない。眉ひとつとっても大概は高さが違う。眼も左右で形が違うものだし、そもそも右半面左半面の大きさが同じであることが珍しい。子供の頃そのことに気づいて以来、人の顔を見るとき無意識に左右の差異を数えあげる癖がついてしまった。そうして見出した差異を、その人物の特徴としてまず記憶してしまうのだ。本多恵子のほくろは左半面。小説家はいつも黒眼鏡でいたけれど、わたしにとっては彼の口角がいつも左に上がることのほうが、ずっと重要な特徴だった。昨夜ここを訪れた、どうやら本物の小説家らしい青年の顔を、わたしはろくすっぽ見てはいなかったが、それでも彼の、左に較べて右の耳のほうがより正面を向いていたことは憶えている。かのホームレスの女についてさえわたしは、その右の眉が左より短かったことを、八年を経た今でもはっきりと思いだせるのだ。……いや、左右が反対だ。いずれの人物についても、それはわたしから見ての左右である。

連想のついでにホームレスの女とのその後を、さきに語っておく。膣内にわたしの精液を塗りたくられてから約二時間後、彼女は玄関の長椅子の上で目覚めた。衣類を元通りにし、額の傷を消毒し救急絆創膏を貼って、そこにまた運んでおいたのだ。管理所の玄関にいることを驚いていたが、気分は良さそうだった。動作もあんがい機敏で、眠っているときよりだいぶ若返ったような印象だった。

「コーヒーでも飲まれますか」

とわたしがカウンター越しに訊ねると、

「はあ」

と曖昧《あいまい》に頷きながら近づいてきた。

「ああ、まあ酒もありますけれど」

「はあ、お酒を」

「掛けててください。じゃあウィスキーのお湯割りでも。暖まるから」

「はあ」

火にかけた薬缶を番している合間に、なんとなく受付の前に戻って玄関を覗くと、女は長椅子に俯いて掛け、眼を閉じ、しきりに貧乏揺すりをしていた。片方の上着の袖口に、手が見当らなかった。上着のなかで、きっと股間に宛がわれているのだろうと察して、そっとガス台の前に戻った。悪事が露見することに対する、恐怖のようなものはまったく感じなかった。薄暖かい感情が胸に満ちていた。きっとわたしは彼女に、その色彩に、においに、恋をしていたのだと思う。あるいは乳首の苦みに。あるいは歯垢の渋さに。あるいはその鼻息の、くすぐったさに。至極真っ当な、たぶんわたしの人生のなかで最も真っ当な、恋愛感情だったのではないだろうか。なのにわたしは、彼女の名前も知らない。

　膣内の精液に、むろん彼女は気づいていたのだろう。マグカップに入れたホットウィスキーを手渡しに玄関に出ていったわたしに対し、

「ありがとうございます」と、素朴な少女のように頬を紅潮させ、微笑した。刹那、わたしは彼女の顔をそこそこ美しく感じた。わたしは管理室に戻り、机について仕事をするふりを始めた。そのうちその演技に夢中になった。有能な管理人である自分が思考するであろうことを、さまざまに思考していた。公園の平穏、優美、そのための規律と不断の献身……。

　女が部屋に入ってきた。「ありがとうございました」

「いえ」と髪を掻きあげ、素っ気なく、「その辺に、適当に」

「はい」女は近づいてきてカップを机に置いた。海のにおい。

「気をつけて。寒いし」

「ねえキス」と突然、まるで二十代の女の口調でいう。眼には怯えの色がある。

わたしは失笑した。椅子から腰をあげ、垢じみた頭を手で支えて、唇を吸い、歯を舐め、唾液を啜った。アルコールが彼女の味をネクタルに変えていた。しばらくして唇を離すと、女は逃げるように管理所を出ていった。以来一度も見かけていない。きっと不意に死んだのだろう。むしろそう思うようにしている。

さて。電話での拘泥ぶりが予告したとおり、皆川美乃莉の視線は一心にロッカーのみを突き刺して、わたしの顔つきや態度などまるでどうでもいい気配である。

右側、とわたしは右の拇で肩越しに背後を差した……にわたしの荷物が入っています。左側は長いあいだ空っぽでしてね、処分してしまうつもりでさっき業者に連絡をしたところです。ご覧になりますか。

ええ、ええ、と美乃莉は頷いた。踵を返してその弾力に満ちていそうな顔の輪郭を視界から外そうとした際、ふとわたしはなにかに気づいたのだが、なにに気づいたのかはまだ判然としなかった。ＷＢＳ‐５ＥＸの電源が入りっぱなしだった。液晶パネルにはPAUSE状態を示す縦二本線の記号が泛んで、近づくと微かにＣＤが空転し続けている音が聞えた。わたしの記憶によれば空転しているのはマルタ・アルゲリッチ奏でる《十八の小品》であるはずで、じっさい出窓を覗きこんでみると積みあがったＣＤの塔のひとつが、その閉じきっていないプラスチックのケースを戴いていた。昨深夜、高級品ではないが良質なスコッチに浸っていたわたしは、そのうち軽軽《かろがろ》とした気分になってこのピアノ曲集をランダムに鳴らしていたのである。いつリモコンを操作してそれを中断したかの記憶はない。記憶力の善し悪しでいえばわたしという人間はあきらかにその後者の部類であって、たとえ数時間前の出来事であっても意識からすっぽりと欠損していることが非常に多いのだ。そのぶん残存している記憶に執着し、決して忘れない。秒あたりの齣《こま》数が少ない映画のなかを生きているようなものだ。社会科の分厚い教科書の頁の端に書いたぱらぱら漫画のような人生だ。一見流麗に連続しているかのようでいて、そのじつ頁と頁の間は想像力もしくは錯覚によって埋められているに過ぎない、なだらかな、悠久に等しい虚無があり、そのことを感知するたび実存する一齣一齣へのわたしの執着は強まる。回想によって磨耗し、そのぶん彫りなおされては、また角が摩滅して……結果、すっかり奥行きを失いカメオのような見せかけ上のみの立体物と化すまで、繰り返し繰り返し繰り返しわたしは記憶を舐めあげる。舐めていられるし、舐めていずにはいられない。天与の才だ。わたしは追憶の天才なのだ。この才が、みずからを青春のほんの黎明においてインポテンツの淵に蹴落としたのだと確信している。糊で波打った切抜き帳のような過去たちが、いつも眼前を彷徨している。とりわけて生身の異性に、最も身近な異生物の生生しい魂に無防備に接するというと、必ずや開いてしまう開き癖のついた頁がいくつかあり、その一枚にスクラップされているのは、彎曲《わんきょく》して生えた松の木、赤土の地面に揃えて置かれた黒革靴、転倒した、紅い、ヴィニル張りの円椅子など。および宙にだらりと垂れさがったわたしの父親。父の屍骸。母はみずからの目で、ああなった父を見たのだろうか。訊ねたことがなかった。見たのだとしたら頻繁な自瀆《じとく》のさなか、彼女の脳裡に泛んでいたのは、生前の父か、それとも松の木からぶらさがった父か。

　母の自瀆は、行為の意味を悟るより以前から、わたしにとって物珍しいものではなかった。中学に上がるまで、わたしの蒲団は、母と同じ六畳間に敷かれていた。寝つきのわるい子供だった。驚くから、と、母はわたしの寝返りを嫌った。蒲団のなかでは、おとなしく一心に瞼の内を見つめて、眠りの訪れを待つものだというのである。瞼の血流が織りなすちらつきには酔いがちだったわたしは、すると否応なく、耳を澄ませて、母の呼吸や表の路地を抜けていくタクシーのエンジンや、犬の遠吠えや窓を引っ掻く風などと一緒に、一体に、足の遅い睡魔を待つこととなる。わたしには厳しいことをいっておきながら、寝入り端《ばな》の母は無意識に、何度も寝返った。また別の夜には、蒲団のなかで、軽く咽を鳴らしながら自慰に勤しんだ。夜の、あらゆる音にわたしは慣れて、母の特権的なふるまいを理不尽に感じることはなかった。母は家のなかの特権者だった。わたしを無言で服従させたり、祖父母を神経質に叱りつけて怯えさせる権利を有していた。生前の父も、大抵の場面において母に服従的だったように記憶している。特権的に生きることを母に任じたのは、若い頃の母自身であったろう。この種の強固な呪いが、他者の手により成されることはない。若い時代から、母の魂を翻弄できる者は母ひとりであったはずだ。確認として、自瀆はたゆみなくおこなわれていたはずだとも察する。一度、蒲団のなかを覗いた。母の忘我せるを瞼のなかで確信し、あまりに長く続くので、もうわたしのかたわらに戻ってこないのではないかと心配になって、枕を鳴らさぬように頭を動かすと、天井に残してある豆球のあかりを浴びながら、母はまだ自失として、眼を閉じ、唇をむすんで、顔を小さく揺らしている。儀式の中心が、立て膝によって隆起した蒲団の内部であることには、かねてから気がついていた。身を起こしてじっくりと観察してみたい欲求はあったが、彼女を驚かせれば、また手厳しく叱咤されかねない。蒲団のなかで身を返して反対側から頭を出せば、悟られずに観察できるのではないかと思いついた。掛け蒲団を持ちあげて空間をつくり、軀を縮めて頭まで潜り込ませて、しばらく耳を澄ませてみたが、母の咽声は途切れない。そこで身を横にしてまるめ、少しずつ向きを変え、ここいらが正反対だろうとあたりをつけて頭をすこし外に出してみると、じつはまだ距離があった。わたしは掛け蒲団の脇から顔を覗かせていた。母の掛け蒲団には、下方にだいぶ隙間が開いていた。隙間のなかの闇に、はんぶん寝巻を被った白い腿と、その向こうのなんらかの蠢きとが認識できた。見つめ続けて、蠢いているのが下着の布地であることを見切った。就寝時の自分の手が、ふしぎと股間に伸びがちであるように、母の手にもまた、同じ悪癖があることをわたしは知った。蠢きは、小動物の呼吸を連想させた。とある級友の——人は、女性の股間から生ずるものであるとの——弁が思いだされて、では自分は元来、ああいうふうに母に寄生し蠢いている小動物だったのかしらと想像し、おおいに気分をわるくした。このうえなく気の滅入る想像だった。

世間は原爆の悪夢を忘れかけ、眼前の鍋底景気に喘ぎ、フルシチョフが起こしかねない気紛れに怯えていた。わたしは一時的なプレスリー熱に浮かされていて、風呂あがりに手櫛で前髪を起こしては、なんとか翌朝まで型を保てないものかと腐心していた。たとえば彼の前髪は、これといった手間をかけているとも見受けられないのに、じつに気持ちのいい具合に毛先が前方に跳ねあがっており、風に向かうと、全体が見事に上向くのである。同じような前髪の持ち主は小学校に数人いた。しかしわたしは違っていた。エルヴィス・プレスリーのレコードや雑誌からの切抜きは、並びの三軒隔てた家に住んでいた同級生の少女の、吹出物だらけの顔をした姉が取り揃えていた。姉の名は訊ねたこともなかったが妹のほうは名を、張本すなおといった。女のくせに男の名前が付いていると思っていたから、たとえ交流が浅くともわたしはその名を忘れずにきただろう。色黒なうえ、あまり大きくない黒め勝ちな眼をして、その上下には長い睫がびっしりと密生していたため、まるで画家から細部の描写を省略されたように見え、きわめて表情の読み取りにくい少女だった。学校に風疹が流行ったとき、休んでいたわたしにコッペパンを届けにきて母に預けたのは、彼女だ。他の小学校のことは知らないがわたしが通っていた学校には、欠席者に対して住居の近い生徒が給食のパンを届ける習慣があった。わたしの家の玄関の空気を嗅いだがため、数日後には彼女も発病した。

「今度はおまえが張本に届ける番だな」と担任教諭がどこか満足そうにいって机の端にパンを置いていくさまを見つめながら、わたしは、自分と彼女とが対の存在として彼らに認識されていることを悟り、錘《おもり》でも呑まされたような不快な気分を味わった。この押しつけがましい規定に耐えられるものなら耐えてみろと、挑発されているような気がした。わたしはすなおとその家を常に回避するようになり、プレスリー熱も醒めた。ところが三年後、わたしはすでに顔を見ることもなくなった教諭のかつての挑発に、真正面から応じてしまうのである。わたしが初めてくちづけを交わして唾液を啜りあった相手は、張本すなおだ。

そうなるに至った経緯を語るためには、まず横井昭という名前の植物的低能少年について語らねばならない。今ごろどうしているだろう。わたしのように衰えつつもそれなりに生き存《ながら》えているのだろうか。それとも死んでしまっただろうか。小学校の頃はきょろっと愛嬌のある眼をした丸顔の少年であり、母親の代わりに、十いくつか年上の肥満体の姉を持ち……彼女のにおいが、今もときたまわたしの鼻先を掠める。脂じみた腋臭と安香水のにおいが絡みあった、珍奇な洋菓子が漂わせていそうな刺激臭だった。食欲と性欲を同時にそそられる摩訶不思議な香りだった。彼女が襖を薄く開いて、わたしたちが広告紙の裏に落書きなどして遊んでいるのを覗き見ているというと、まずは漂ってくるにおいでわたしにはそれが察知できた。昭は気づかないようだった。きっと長く彼女と暮らしているものだから鼻腔の一部が莫迦になっていたのだ。姉の名は和代といった。だれに教えられたのでもない。昭の家の門口に表札はなく、代わりに白いプラスチック板にマジックインキで住所と家族の名前とを書き並べたものが木製の郵便受けに針金で括りつけられていた。父親の姓名と和代の名の間に、母親の名を塗り潰した跡があった。余白に別の筆跡で、昭、の一文字。多彩な情報を含んだその貧相な表示板が、当時のわたしには羨ましく感じられたものだ。わたしの父はすでに亡くなっていたのに、わたしの家の表札は彼の存命中のまま残されていた。あの家も、もうない。表札はどうなっただろう。母が手許に残しているというのはありえることだろうか。

　昭の言葉が猥語を含まないのは授業中だけだった。教師でさえ憑かれて一晩じゅう血を滾《たぎ》らせそうな妄想をあけすけに口にするので、最初は学級内で囃《はや》されていたのだがやがて急速に飽きられた。もともと存在に華のある子供ではなかったから、凋落していく人気の恢復を図って猥言を重ねれば重ねるほど、単に皆から煙たがられるようになった。和代の窃視を当時のわたしは、学校では不人気の昭が自宅に友達を呼び込んでいることを単純に悦び、情景にほほえんでいるのだと思っていた。同時に、あまりに猥言を連発してわたしの顰蹙《ひんしゅく》まで買ってしまわぬよう保護者として監視しているのだとも。考えてみればどちらも非悟性的な解釈であって、まず彼女が昭の学内での不人気ぶりを実感する由などなかったわけだし、また彼の猥言癖はほかならぬ和代の庇護下で形成されたのである。たぶん和代の影響によって。まさか弟のようにわたしの目前で猥語を連発するようなことはなかったけれど、体型のみならず言動もきわめてだらしない印象の女で、目つきにも口許にもぬめぬめした淫蕩さを漂わせていた。思う。きっと和代にはみずからが纏っている強烈なにおいの効力が、あらかた客観視できていたのだ。鼻の利かない昭以外の子供に嗅がせてみて、その効果のほどを、欲情の験《しるし》を、確認したがっていたのだ、意識のいずれかの階層において。彼女は確認できただろうか。そう、いつだってわたしは欲情していた、あの気管を抉るような甘い臭気に。幼い陽物を、包皮が張り裂けんまでに充血させてはズボンの膨らみを昭に悟られぬよう体勢をいろいろと工夫していたものだ。いったいあの姉弟に対してなにを遠慮する必要があったというのか、まったく。

昭の植物的低能ぶりをわたしが決定的に確信したのは、程なく十三にならんとする夏、人恋しさに足を向けた花火大会の河原でであった。交流途絶えて久しかった彼（爆裂音の余韻と上昇の風切る音……爆爆爆裂音）から不意に呼び止められ、一目で（曇った夜空に、折り重なって拡散する反転した幾何学図像）昭であることはわかったものの、近づいてきたのは上半身ばかりやたら大きな、類人猿じみた体格（鼓膜が半ば麻痺している）の人物だった。そんな具合に昭は成長していた。その開口一番の科白というのが、みっともない流行語（爆爆爆）を交えての、もう童貞は捨てたかという質問（裂音……その余韻）であり、わたしが慎重にかぶりを振ると、彼はそういう反応を予期していたに違いない迅速さで嘲笑の奇声（上昇音）をあげ、それからわたしに顔を近づけ咽を絞って、「ずっと前からおれは、和代」

続けて嚙み砕くように（昭の顔の背後で図像が飛び散る）こう云いなおした。「ねえちゃんとなら、簡単だった」

わたしを唖然とさせたのは姉弟相姦の告白そのものより、そのあと彼が得得として同質の行為をわたしに推奨してきたことだった。手近だから、というのがその理由だった。姉も妹もいないとわたしがいうと、母親がいるじゃないかと笑う。いる、と思った。しかし黙っていた。昭の言葉がまったく正しかったからでもあるし、もはや彼に、対話する相手としての価値を認めにくくなっていたからでもあった。かつてのわたしが辛抱強く昭と接し続けたのは、彼の連発する猥言の向こうに性愛に対する求道的姿勢を見出しては、畏怖していたからだ。それが良心的な錯覚に過ぎなかったことをわたしは見切った。現実の昭はといえば、出口を求めて暗室の萌やしよろしく、にょろにょろと盲目的にくねっているだけの存在に過ぎなかった。気がつくと、姉がいたという。独創的な発見であるかのように、そう誇らしげにいう。早くわたしに訊ねてくれればよかったのだ。教えてやったのに、唇も膣も絡みつく指も、臭気も、とろりとした唾液も汗も、脂肪に満ちた腹も、腿も、じくじくした肛門も、一切が襖の向こうに待ち構えていることを。わたしにはわかっていた。

ゆえに一所懸命、追憶回路を遮断し続けていた。繋がれば、そのときのなにかを、わたしはまた証明しそこなう。そして眼前には見慣れた頁だけが残るのだ。アーチ形の松と、黒い革靴と、紅い円椅子と……

「じゃあ張本は」と昭。直截なその提案にわたしは眩惑された。すなおとは中学でふたたび同じ学級に編まれていたものの、彼女の姿を教室内で直視したことは、たぶんなかった。小学校で為された規定への反発がいまだに尾を引いていた。家の近くで顔を合わせることがあってもすっかり他人行儀な空気で、わたしの内で彼女は、名前ばかりの存在に変じつつあった。手近だという。きっと可能だと昭がいう。どこまでが、と問おうとしたが、口腔まで息が昇ったところで臆して、ただ細く吐いた。女の肌に触れた経験はなかったが、わたしは己の実際的な場面における不能を予感していた。インポテンツとの穏やかな戦闘はとうに始まっていた。たとえば和代の体臭下において。たとえば母にまつわる妄想下において。開くな。頁、開くな。今夜呼び出せと昭が云って、わたしはそれを了承した。了承したはずである。気分が花火狎れして空のあかりや轟音への違和感が薄れていくと、ふしぎと昭とのやりとりは急速に齣数を減じて、今となってはいくつかの紙芝居的映像が甦るのみである。ふたりでどうにかしてすなおの家の電話を調べて、わたしが彼女を河原まで呼びつけたはずなのだが、その段に至っては公衆電話の受話器に仕込まれた芳香剤のにおいしか思いだせない。そのあとわたしと昭は

（虚無　もしくは磨耗による消失）

音量をいくぶん下げてからPLAYボタンを押すと《対話》が中途から流れはじめた。わたしはふたつのロッカーの扉を立て続けに開いて美乃莉のほうを向いた。ほら空っぽでしょう。で、こちらがわたしの荷物。

ふくよかな対称形の顔が小刻みに上下した。でも、隠れていたはずなんです。姿をご覧になりませんでしたか。たぶん白いシャツを着て、半ズボンを穿いて、靴は履いていなかったかも。平気で裸足で出ていく子です。

わたしは大袈裟に肩を上げた。なぜ、こんなところに隠れていると？

美乃莉は長く息を吐いた。習慣です。わたしがいないときはよく、そこで、そのロッカーの中で過ごしていると聞いています。

だれからですか。

本人が、そう。

ここに入ってこられれば、わたしにわかります。基本的に一日じゅういるんだから。

だから、あの子も一日じゅう。

《対話》が終わり、SHUFFLEのための空白を経て《子守歌》が始まった。美乃莉に近づきながら問い返した。一日じゅう？　朝から晩まで？

朝、あなたがここに来られる前にロッカーの中に入り込んで、夜、あなたが帰ってしまうまで。じっと辛抱していられる子供です。

朝から晩まで？　ずっと……とわたしは空虚なロッカーを見返し……ずっとあの中で、息を潜めて？

そうです、と彼女が首を傾げがちに頷いたとき、わたしの脳髄を電流が走りぬけた。この仕種。そうだ、この顔にも、わたしは会ったことがある。この女はここを訪れたことがある。

あなた、とわたしは皆川美乃莉を指差した。そのとき玄関の扉が動いて、男がなかに入ってきた。小説のために取材しているという、昨日の隻腕の青年である。

あ、あ、あのたびたび失礼を。あ、あの、憶えていらっしゃいますか。

わたしは彼に掌を向けた。少少。いま接客中で。ぼ、帽子を、ここに忘れたかと。

帽子ですか。いえ、見当りませんでしたが、少少。あ、ちょっと。

カウンターから後ずさっていく美乃莉に呼びかけると、彼女は包帯からはみだした前髪を左右に揺らして、人のいるところでできるようなお話じゃ……また参りますので。

おい待て、と扉に近づいていく彼女に手を挙げて命じる。彼女は扉を押した。わたしは声を高くした。おまえいったい、一人何役なんだ！

9

張本すなおの登場以降、また記憶が鮮明になる。大会の最後を飾った仕掛け花火の櫓《やぐら》が対岸でほぼ燃え落ち、河原の人影がすっかりまばらになった頃、彼女は待ち合わせた橋の下に現れた。風邪をひいて熱があるとかで夏だというのにセーターを着こんでいた。私服姿を改めて正面から眺めると、それはわたしのまったく知らない、三人めの張本すなおだった。堤防上の街灯のあかりに照らされた顔を見るかぎり、かつての肌の黒さはだいぶん褪めて、またかなり面長にも変貌しているようだった。言葉らしい言葉もなく三人で挨拶を交わし、だれからともなく芝を踏んで水ぎわの方向に歩きはじめた。

「おれにさきにやらせてみろ」と昭が耳打ちしてきて、そのとき初めてわたしは彼がすなおを輪姦する肚であることを悟った。

わたしはかぶりを振った。

昭はべつだん落胆の色もなく、「じゃあ後でいい」

すなおが振り返って、鼻にかかった掠れ声で、とくべつ用件があって呼び出したのかと訊ねてきた。

「べつに」とわたしが答えた。

　機嫌を損ねたような気配はなかった。彼女なり、これから起きるであろうなにかへの期待感はあったに違いない。水ぎわのコンクリートの斜面にまで達すると、今度は下流に向かって芝地との境を歩いた。河原といっても人工河川の、厳密には放水路のそれである。進めど進めど景色に変化はなく、時間感覚が、ぼやけてくる……

お、追いかけますか、と青年がいう。

　わたしは頷き、玄関へのドアを開いてサンダルを履いた。右足からだ。左は爪先の感触だけで引っ掛け、それを引きずりながら顔を上げてみれば、青年は早くも硝子の扉の片側を押し開いて白や藍や朱赤の乱雑な輝きのなかでわたしを待ち構えている。白く感じられたのは外界の一切、藍色はそれと青年や扉の枠の影との境界線、赤はたぶん視界の外枠を形成した薄い皮膚のなかを流れる血液が視認されたものだろうが、ともかくも瞬時のこと。まばたくと色相は、恐るべき快晴の景色に拡散した。緊迫感により生じた時間感覚の延長をわたしは意識の一端で楽しんでいる。わたしの公園はいつにも増して色濃く、どこか高いところで鳴いている蝉が、静安さをいっそう際立たせていた。皆川美乃莉が浅葱色のニットに押し込んだ恰幅のいい肉体を上下に揺さぶりながら背後のわれわれを見返している。速度を上げて雑木林の明暗のなかへ逃げ込んでいく。

だれなんですか。だ、だれなんですか。

駆け出しかけては、わたしを待って制動し、を繰り返しながらそう訊ねてきた青年に、辛うじて肩を並べ、

わかりません。

なにしたんですか。

自分の子供……とつい教えかけたが、管理室に置いた屍体への言及を避けるため、やめた。唇を結んで美乃莉のまるっこい背中を正視する。懸命の走りっぷりだが、女の脚であり、肩には帆布のバッグを掛けている。本多恵子愛用のバッグほど大きな代物ではないが形状は近く、底が膨れあがっていて軽そうではない。青年はあきらかに速力の倹約に腐心している。美乃莉が困憊《こんぱい》したのを見計らって一息に追いつき取り押さえようという算段が見て取れる。

可燃ゴミ用と罎・缶用、ふたつ並んだ大きなゴミ箱。色は卵色と若草色の塗り分け。たばこと缶ジュースと限られた種類のスナック菓子だけ置いた、趣味半分のような売店。間に、園内を縦貫する車道の舗装路面が明るく横たわり、横断歩道が敷いてある。逃げ込んでいく浅葱色。ブレーキの轢《きし》り。わたしと青年は思わず脚の動きを緩めたが美乃莉は緩めなかった。停止を余儀なくされた橙色の派手なタクシーがしばらくのあいだ、彼女を隠した。腹立たしげにエンジンを一吹かししてタクシーが去ると、今度は反対側から別の色を

したタクシーが来て通り過ぎ、また別の色が来て、通り過ぎた。わたしと青年は横断歩道の手前で足留めを食らっていた。見失ったかと落胆したが、青年は確信に満ちた足運びで軽快に車道を渡っていく。追いかけていると、木木の狭間に、弁天池の方向に下っていく美乃莉の、包帯を巻いた頭がちらついた。少年の屍体が手許に転がり込んできた翌朝わたしが見かけた緑色の雨合羽の女は、はたして現実の存在だったんだろうか、確かめる間もなく消えてしまったが。もし現実だったとすればその正体もまた美乃莉であろうと思う。以前管理所を訪れて長長と喋っていった女と、美乃莉とが同一人物であることは、もはや疑いない。聞かされたのは、兎の糞をドッグフードと間違って食らい病気になったという彼女の飼い犬の話だった。よく憶えている。兎とそれを愛でている人間たちとをなんとかしろという苦情かと思いそのように訊ねると、そんなことは一言も云っていないのになぜ決めつけるのかと訊ね返してきた。わざわざ管理所にやってきて病気になった犬の話をしているんだからそういうことなんでしょうとわたしが云うと、公園利用者のどんな声もそうやってあらかじめ想定しておいた苦情のうちのひとつとして分類してしまうんですね、きっと分類したらそれで終わりなんですねと云って怒りはじめた。

「苦情を云いに来られたんではないんですか」

「質問を重ねる前にまず答えてください。なんであなたはわたしが苦情を云っていると決めつけてきたんですか」

「決めつけたわけじゃない。苦情ですかと質問しただけです」

「あはははは笑わせないで。兎に対する苦情というふうにあなたははっきりと分類までしたじゃありませんか。最初から苦情だと決めつけていた証拠です。明白です」

「あのう、いったいここにはなにをしに来られたんでしょう」

「ああなるほど、読めました。都合が悪くなったらそうやって愚直な質問だけを重ねていろと応対マニュアルにあるんでしょう。そうなのね」

「応対マニュアルなんかありませんよ、マクドナルドじゃないんですから」

「マニュアルというものがマクドナルドにしか存在しないとでも？」

「そんなことは一度も云ってませんが」

「いえ仰いました。マクドナルドじゃないんだからマニュアルはないとはっきり仰いました。ということはマニュアルというものはマクドナルドにしかないってことじゃありませんか」

「そんな莫迦な主張をする人間がいるわけないでしょう」

「あなたです」

「そうですか、じゃあそういうことで結構。こちらにはこういう問答のためにみえたんでしょうか」

「こんな問答を望んでしたがる人間がいるとお思いですか」

「少ないでしょうね」

「わたしはただ犬の話をしていただけなのに、あなたがそれを苦情と決めつけるからこんなことになるの」

「すみませんでした。では苦情を云いに来られたんじゃないんですね」

「わたしがいつ苦情を云いに来たと云いましたか」

「結構です、もう結構。お話はしかと伺いましたから、ではそろそろお引き取り願えませんでしょうか」

「一方的に話を打ち切らないで。ちゃんとこちらの質問に答えてからにしてください」

「どの質問に」

「わたしがいつあなたに、苦情を云いに来たと云いましたか」

　延延、そういった調子だった。犬は連れられていなかった。まだ獣医のところにいるのだろうかと訝りながら俯きがちに応対していたが、今にして考えると本当は飼ってなどいまい。犬連れの散歩者同士の会話でも小耳にしてそれを訪問の口実に採用したのだろう。なんでもよかったのだ。まだうそ寒い春先のことであり、彼女の頭に包帯はなく、なにより、痩せていた。痩せぎすだったのだ。そのぶん大きく見えた目鼻だちのどの部位も、恐ろしく左右対称だった。喋りながら自分で相槌を打つみたいに首を傾げがちに頷く所作を繰り返すのが、みずからの対称性を恥じているかのようで、かえってその印象を深める結果を招いていた、すくなくともわたしにとっては。だからこそ異常な弁詰《べんきつ》ぶりのみならず見目のほうもよく記憶されたし、それゆえ惑わされもした。女の体重というのはよくわからないが、数値にして五キロ六キロの増量ではあるまい。

一人何役かとわたしは問い質そうとしたけれど、よく考えてみればただ二役である。雨合羽の女はだれと名告ったわけでもない。だから、美乃莉と芽久美だ。ひとりの女が双子の双方を演じているだけだ。子供を捜している美乃莉と、わたしをイワミなる人物と信じこんでいる芽久美——自分の子供を殺したか、死なせてしまい、屍体をわたしのところのロッカーに遺棄したもうひとつの人格。池のほとりに出る。出た。美乃莉は池を右に見ての方向を選んで、逃げ続ける。その姿を視界の上端に保って、アスファルトを駆け続ける。さすがに脚がだるく、息も切れてきた。公園も、この池の周囲というのは昼夜を問わず散歩者が多くて、自転車の姿もあり、林から下りてくるとわたしはいつも想念を乱されて茫然としてしまうのだが、こうして苦痛を堪えながら走っているぶんには意識はひたすら内面深くにのみ集中して、眼前のことが現実という感じがしない。

「おれは後でいい」という横井昭の声を聞いたような気がして横を向いたが、むろんあるのは調子よく腕を振っている青年の姿である。彼がなにか云ったらしい。聴き取れなかった。眩しく上下する視界の一切がじつはまぼろしで、三十八年の星霜もみなまぼろしで、本当は自分はまだ花火大会のあとの河原で昭と一緒に張本すなおを追いかけているのではないかという気がしてきた。苦痛というのは容易く時空を超えて共鳴し合うようだ。もっとも三十八年前のあの追跡は、この倍もの速度で行われたはずだった。そうでもなければ苦痛らしい苦痛は得られなかったはずだ。若さというのは、鈍利であることと、ある面、同義である。

……上流に逃げていくすなお。とつぜん踵を返して、歩いてきたのと反対方向に駆け出したのだ。わたしと昭の歯切れのわるい弁舌から、凶暴な腹積りを察知したのだろう。わたしたちはその遠ざかっていく姿を言葉もなく見つめ、そして、どちらからともなく追跡に入った。狩猟者の走りだった。漲《みなぎ》る情欲を皮膚の内側へ内側へと押し戻し、いずれ確実に訪れる瞬間のため圧縮し続けているかのような、無心の反復運動だった。ゆいいつ意思を顕現していたのは一連の生殖器官で、駆けながらわたしはしきりにズボンの前面をつかみあげては、下着の内に、腫れあがった陽物のための空間を確保しようとしていた。陰嚢と肛門の頼もしい収縮を自覚していた。しかしそのときのわたしが具象としてのすなおの肉体を想像できていたとは思われないから、追躡《ついじょう》という行為の苦痛と愉悦から化学的に生じた、それは、きわめて植物的勃起に過ぎなかったはずだ。土手を上ろうとすればその間に追いつかれると思うからだろう、すなおはひたすら芝地の端を、上流に向かって逃げていく。距離を保って、わたしたちはそれを追う。最初に待ち合せた橋の下へと達さんとしたところで、彼女は不意に地面のなにかに躓《つまず》いて転んだ。不器用に編集したフィルムみたいにとつぜん転んで、動かなくなったので、わたしと昭はすっかり彼女を畏怖してしまい、速度を落としてからほんの数歩で、それ以上は近づけなくなった。だらしなく開いた口腔から夜へと息を吐き散らかしながら、次になにかが起きるのを待った。すなおの、背中がよじれ、盛り上がる。

「行け」という昭の声に、わたしは訪れるべき瞬間の訪れを悟った。途端に軀が意識を追い越し、わたしは内心うろたえながらも夏の夜の底に泛んだ、……色のセーターに飛びかかっていった。セーターの色が思いだせない。赤っぽい鮮やかさが眼前をちらつくのだが、少少鮮やか過ぎる感がある。あとでわたしが記憶に塗り足した色彩である可能性が高い……

……

こちらの視界の上下も相俟って大きく飛び跳ねているかのような皆川美乃莉の背中に、夜のなかを逃げていくすなおの姿を二重写しにすれば、いかにもすぐさま転んで、この追いかけっこに終止符を打ってくれそうな気がした。転べ、とわたしは念じた。転べ、と舌に乗せた。転べ。もう一度、転べ。しぜんと合間に二呼吸、入る。転べ、す、は、す、は、す、転べ、す、は、す、というゆったりした三拍子になった。ひょっとして《ピアノ協奏曲第一番》の第一主題が上に乗りはしないかと思いつき頭のなかで再生してみると……合っているには合っているのだが、次第、転べ、の位置がずれているような気がしてくる。管理室でひとりこの曲を流していて指揮者の真似事をしないということはまずないから拍子の頭を間違うはずは決してなく、転べ、の語感が旋律に合わないのだ、無理やりラテン・パーカッションを加えたような効果が生じてしまうのだと、弦に代わってピアノがそれを奏ではじめたあたりで明白になった。別の曲を当たろうと決めて《ピアノ協奏曲第一番》を意識から排し、ふたたびリズムのみを数えはじめたら、その二小節めが始まらぬうちに本当に美乃莉は前向きに転んでしまい、あまりのタイミングの良さに現実の出来事とは感じられず、ともかくも立ち止まり、両手を膝に置いて軀じゅうで息をしながら現実の風景を求めて左右を見回した。かたわらでは青年が夢から醒めたような表情で目を瞬かせている。かつて、昔昔、ダブルの背広を着て赤い鞄を足許に置いたホームレスが休息していた阿舎《あずまや》の手前にわたしたちはいて、美乃莉はそれをすこし通過したあたりに無様に伏せている。バッグは水ぎわの積石近くまで跳ね飛んで、中身が、彼女との間に点点と列を成している。今更のように、いや、われわれとは端から無関係に、水鳥たちが騒いで羽ばたき合う。音に釣られて池に目をやったが鳥の姿は葦の群れに隠れてほとんど見えず、ただ脂ぎったような水面が午後の太陽を断続的にぎら、ぎらと弾《はじ》いている。美乃莉に視線を返すと、そのふくよかな腰が後方に突き出している。

「行け」という昭の声に、笑いがちな膝を前に進めたが、むろん昭がこの場にいるはずがなく、青年がなにか云ったのである。また聴き取れなかった。どうでもよろしい。わたしのなかの十二歳の華奢なわたしが機敏にわたしのなかを抜け出しては美乃莉の豊満な背中に飛びかかって吸い込まれ、また飛びかかっては吸い込まれてを繰り返している。肝心のわたしはいまだ激しく喘いで、のめりかけに咳きこんでいるという有様だ。畜生。肩に手をかけてきた青年を後ろ手に押し払い、三十八年ぶんの垢汚《こうお》を振り落としながら、わたしは懸命に美乃莉へと進みはじめた。一歩一歩、澄んでいく。軽くなる。一歩一歩、脚が伸び、腰が立ち、肩が反り、肺には熱い空気が満ち、陰嚢が収縮して、睾丸が陰茎に寄り添う。路上に散らばった美乃莉の荷物に視線を走らせると、認識できたのは、病院の薬袋、空色をした聖書判のシステム手帳、路上で配られるポケットティッシュ、円い飴の缶、布製の筆入れ、未開封のクッキーの箱、便箋帳が複数、封筒の束……ぎくりとさせられたのは、黄緑色をしたソフトヴィニルの怪獣の人形がひとつ、それらに混じって転がっていたことだが、わたしが少年の墓標と定めた人形と較べればずっと幼児向けの、単純な造形の代物で、そのうえ古びて、塗装がすっかり傷だらけだった。無言の散歩者たちが、ひと組、またひと組、いまひとり、と通り過ぎていくなか、立ちあがった美乃莉は、まるで自分はこの公園の一切と無関係であるかの表情で、包帯に包んだ頭を低め中腰に歩きながら路上の荷物を拾い集めはじめた。スカートの裾が裂け、ストッキングの片膝には大きな穴が空いている。膝小僧の肉が縦に幾筋か抉れているが、まだあからさまな出血は見られない。彼女がつかみあげた空色のシステム手帳に、わたしの心もまた吸い寄せられた。敏捷に近づいて、引っ手繰った。

なにするんですか、と云ってつかみ返してきたが、力尽くで引き抜いた。表紙の背が赤黒く汚れている。掌も派手に擦り剝いたようだ。果敢に接近してくる美乃莉の手から肩の上へと手帳を逃がし、振り返って青年に放る。追いかけようとするその肩をつかんで向きなおらせると、胸に抱えこまれていた荷物がみな地面にこぼれた。彼女はわたしの胸を突いて、

放してください。

芽久美もきみだな。本当はひとりだな。

違います。放して。

イワミというのはだれだ。

拳を握って胸や肩を力いっぱい殴りつけてくる。管理所ではいくぶん腫れぼったい印象であった眼をまったく別の女のようにくわと見開き憎悪に虹彩を歪めてわたしを睨《ね》めつけている。殴られ、突かれ、押されては、よろめいて彼女の肩や腕をつかみなおし、というのを繰り返しているうち、ふたり一緒になにかに足を取られてともに体勢を崩し、砕けて、わたしたちは葦の群れを折りながら池のなかへと転がり落ちた。世界が半廻転し、ふたり互いに激しくぶつかりあったのち、泥臭い水中にわたしたちは半身を浸していた。まるきり、三十八年前の再現だった。……というのも、あの晩すなおに飛びかかっていったわたしもやはり、彼女と揉みあいになってコンクリートの斜面を転がり落ち、共に水浸しにな

ったのである。浅い流れにすなおは怯えて、酸っぱい息を吐いて喚きながら、わたしにしがみついてきた。疑似的なそれとはいえ生まれて初めて味わう等身大の抱擁に恍惚となったわたしは濡れた毛糸を帯びた獲物を絞め殺さんばかりにかき抱き、薄い肩を、顎で挟んだ。水温に親しんでふたたび硬化した屹立を懸命に彼女に押しつけた。ふと腕の中身がぐなりと軟化したような気がして頭を起こすと、すなおは蒼い闇に白眼ばかりを爛爛と輝かせながら、わたしの頸にぶらさがってくる。なぜそのように無力かつ強靭に取り縋《すが》っていることができるのか、ふしぎだった。顔の下方を突き出してきた。吐息が、微妙に香りを変えた。焦点を定めてきたというべきか。今だから形容できる。甘めの白ワインを、すこし油臭くしたような香りだった。どちらからともなく唇を接して、互いに相手を啜りはじめたが、呼吸が合わないのか接吻の行為に期待するところが根本的に食い違っているのか、諍《いさか》うように歯をぶつけてかちかちと鳴らし、あるいは鼻を押し合うばかりである。いったいなにをどうしたいのか、自分でもよくわからずにいた。そうこうするうち唇の間にどろりとした熱い物が侵入してきて、驚き、目の焦点を間近に寄せると、彼女は閉じそこねた瞼の間に薄く白眼を覗かせ、瞼越しになにかを見つめている、淡い光か、完璧な闇か、あるいは遠い異国の風景、シリアの森のような。入り込んできたのは舌先だった。きっとシリアの明るい森が、彼女を包み込んでいる。ところが同じ緑でも、わたしの脳裡はすっかり暗緑色の懐かしくも奇怪な連続模様に埋めつくされ、もし模様のなかへなかへと入り込んでいけば、いずれその果てで、彎曲した松の木の下のヴィエラのシャツを着た父に遭遇するであろうことが予見できてしまった。申し述べておくが、そこに身を置いているのは一向につらいことではないのだ。ただ身を接している現実よりも、ずっと堅固にわたしを支配するというだけで……

屹立を解いて泥水に漂うわたしの生殖器たち。彼女の舌はわたしの口中を蠢き続け、そうしながら、I've missed you. I've missed you. とても聞えそうな鼻息を洩していたが、そのじつ日本語で、イワミさん、イワミさん、とわたしを呼んでいるのではなかろうかと思いあたった直後、美乃莉はわたしから顔を離し、薄目を開いたまま全身を硬直させた、あたかも大理石の、腸詰めにされ茹でられた豚の血は弾力に富んだソーセージに変貌するが、高熱以外のなんらかの原因で、それに類する化学変化が美乃莉の体内に生じたのだろうと、アラバスターだ、あの淡い大理石そっくりに冷たげな白眼を覗きこんで、わたしは想像していた。きっとこの女はこのまま死んでしまうのだと感じていた。わたしは音楽を考えていた。といっても、ＣＤの廻転やスピーカーの律動や舞台上の楽団の振るまいに思いを馳せるでも、むろん自分自身が楽器を奏でるさまを思うでもなくて、それどころか曲名も、具体的な曲調すらない、渾沌とした、音楽、そのものを思考して、これはしばしば夢において生じる現象でもある。音楽の夢、音楽だけの夢を、わたしはよく見る。目覚めて、べつだんどういった曲でもなかったことに気づく。旋律もない。和声もない。汚水のなか、硬直した女を抱えて、わたしは無名の音楽を夢みていた。音楽というのは距離の芸術だから、情報の断片同士のぶつかりあい、云うなればいだき合うふたつの骸骨に過ぎないわたしたちの、うつろな背景を満たすにはいかにも相応しかった。のみならず、あの遥かな夜の追跡ときょうのこの追跡劇とのあいだに横たわる三十八年の星霜を、絶対的な距離を、見かけ上それまで滾滾《こんこん》と満たしていたものもまた、みずからの細胞が生成し続ける無名で無形の音楽であることをわたしは直感していた、水のなかで。

　偉大な発見だった。音楽は、わたしに届くのではない。わたしが発しているのだ。もしチャイコフスキーの仕事を心に泛べていても、あるいはじっさい耳にしていたところで、それをチャイコフスキーの音楽であると規定するのは、わたしの内部から生じる、無名かつ無形なわたしの音楽であるに違いないのだ。わたしの音楽が、チャイコフスキーの音楽を規定する。わたしはつまり、チャイコフスキーの鋳型である。これはじつに、うっとりとさせられる着想だった。そしてじじつわたしの音楽は、毒毒しい緑色や赤紫色に揺らめきながら知覚神経の隙間を満たして、いくら頭にチャイコフスキーのペンによる音像を思い描こうとしても、それらはみな、揺らぎの向こうの薄べったい印画紙の上に、おとなしく佇んでいるかにしか感じられない。美乃莉の軀が柔らかくなったと思うと、毛細血管に被われたふたつの白い眼球が、ぎろり、反転し、そのあと瞼が、左右ともどもにくっきりと見開かれた。一時的に気を失っていただけのようである。眸《ひとみ》が小刻みに上下したあと、わたしの眼のあたりに向けて固定され、またすこし動いて、戻ってきた。声があがった。ああという咽声がクレシェンドして悲鳴になった。彼女は不定形にもがき、逞しい腕や膝をわたしの胸やら腹に強く打ちつけ、やがてわたしの腕から溢れ出ると、泥の底に両手をついて水から起きあがった。彼女が水面を鳴らし葦を掻き分けて岸に上がり、鞄をつかみ、地面の持ち物を拾い集めて、足速に場を去っていくさまに、わたしは水中から見蕩れていた。美的とはいいがたいが、てきぱきとして、なかなか気持ちのいい光景だったのだ。水ぎわに青年がやって来て、届きもしないのに、こちらへと手を突き出してきた。それを避けるようにして自力で泥を踏んで遊歩道に上がり、よろけがちに美乃莉の残していった水溜りを広げていると、

お……奥さんですか、と青年。困りはてたような複雑な表情をしている。

かつてはそうだったが今は違うのだと自分に云い聞かせているかに見えるよう、わざと重たくかぶりを振って、返事に代えた。作業ズボンがぺっとりと太腿にへばりついていて、気持ちが悪い。

ま、まだ追いつけますが、と青年。

疲れましたよ。

あ、あ、じゃあこれを。

青年がわたしに差し出したのは、空色のシステム手帳である。ワイシャツの肩で、濡れ

た両手を拭い、受け取った。背表紙の血痕は青年の手に擦られてだいぶ薄れてる。管理所に向かって歩きだしながら、わたしはそれを開いた。下方で、濡れた靴下がサンダルのなかで揉まれてくちゃくちゃと厭な音をたてた。

　使いこまれた手帳ではない。未使用の頁が大半だった。まるで強く眺めると消えいりそうに薄く、軽い筆圧で鉛筆書きされているのは、数字、略号、およびそれらを区分する、ぱっと見、雲や大地を表現しているかのような抽象線や、アンモナイト状の螺旋模様など。まともな日本語の文章はどこにも見当らない。単語ひとつ見られない。きっと大切なことは書き残さない性分なのだろう。もしくは、言葉にならないこれらの線こそが、彼女にとって大切なものであるかだ。家計簿めいた筆算の痕跡も、あちこちに見られる。それぞれの数字の意味するところは、まるきり判読しかねた。せいぜいが頭に、必、＊、レ、メ、などと書き添えてある程度である。まして、必の字と見える文字も本当はアステリスクのような記号のつもりかもしれず、レやメはチェック記号に過ぎないかもしれない。罫線のみの頁が続きはじめたのに倦んで、手帳を反対側から捲ってみると、まずは電話番号簿で、こちらも未使用かと思いきや、最初の一枚だけにはちゃんとその目的での記入があった。人名は、どれも苗字のみが記されている。冒頭は、石見。

　イワミ……と口走って立ち止まり、背後を見やると、隻腕の青年はすでに姿を消している。燦然《さんぜん》とした昼間の公園と、ふたつみっつの無名の人影のみがある。わたしはまた歩きはじめた。番号は、携帯電話のそれに違いなかった。彼自身の、彼固有の番号ということになる。わたしは手帳を閉じて手を下ろし、胸を反らせた。歩幅を広げた。午後の太陽がわたしを蒸らす。雑木林の日陰にゆったり逃げ込んでいく。面白いことに、そうして美乃莉の実像への近接が確信されたとなると、途端、さっきまで生生しく肌に纏わりついていた水中での重量感は遠のき、たっぷりと嚥下《えんげ》したはずの唾液の味も薄れて、みな池に置きざりにしてきたような感じになった。そうも急速に、皆川美乃莉は、それこそ張本すなおばりに、わたしのなかで風化してしまった、あるいは横井和代ばりに。リアルに思い返そうとすれば、永年その味やにおいの記憶を反芻してきた女性たちに対して常にちりちりと感じると同様の、胸焼けのような感覚がさきに立つ。つまりわたしの美乃莉に対する欲求は、一応のところ満たされてしまったのである。電話さえかければ、わたしはこの石見という凡俗な人物と対話することができる。まず凡俗な人物であろうことは想像がつく。非凡でいることは青春以前の専売特許だ。成熟してなお凡俗ではない人間を、わたしは知らない。見たことがない。彼が美乃莉に関してなにを語ろうと、それとも語るまいとて、わたしが今以上に彼女への知識を深めてしまうことに変わりはない。石見がなにひとつとして語らなくとも、彼は語らなかったという事実がわたしの新たな知識となり、またこの胸焼けを呼ぶことだろう。美乃莉の神秘はすでに解体した。水のなかでの重みと、唾液と、石見の電話番号によって。

実際にわたしが、石見に電話をかけるということはなかろうと思った。石見と対話すれば、そうして美乃莉に纏わる知識が増せば、否応なくわたしは、あの少年の生前を、すくなくとも憶測してしまう。少年は無名であるべきだし、神話的挿話以上の背景を背負っていてはならない。少年に対するわたしの思いが、一般的な意味における、信仰の領分にあるとは思わない。屍体は重要ではない。それを思い違えるほどわたしは愚かではない。重要なのは無義的な存在としての彼を手許に保つことだ。彼はわたしにどんな神託も与えはしない。ゆいいつ確乎としている事実は、わたしが彼の永遠を保証する存在であるということだ。この確乎たる事実を得るために、わたしは延延とこれまでの年月を、失い続けて生きてきた。あと十年、二十年、ひょっとすると三十年の余命がわたしにはあろう。いずれにせよたいした時間ではない。ＦＣ36ＦＦに不調が生じる頃には、より高性能な冷凍庫が発売されていることだろう。街はまだまだ電力に充ち、少年は凍ったままで、わたしのかたわらに停滞し続ける。不変だ。そうこうするうち、わたしも死ぬ。あとはどうでもいい。それまでのことだ。長い時間ではない。張本すなおまでの距離すらない。

……張本すなおという名前の響きは、今や本来の意味からだいぶ離れて、甘美で切ない小旋律と化しつつある。わたしは、わたしの人生は、あんがい幸運だったのかもしれない。あの夜、あの追跡と接吻のさなか、わたしは真剣にすなおを思慕していたが、さて水中での接吻に疲れて岸に上がったとなると、もはや怯えが生じて、真っ当に彼女に攻め入ることは叶わなかった。しょせん、わたしは幼過ぎた。そこで代償として実行に及んだ、のちにジミニー・クリケットと名付けることになる小幻想の導きに従った奇怪な行為の記憶は、逞しい蠅のように長年にわたって少年の心につき纏ったが、仮にあのとき彼女に攻め入って爽快な交合を果たしていたとして、なにを得られたものかと今は思う。幼い恋人同士が肉欲の命ずるままに互いを貪り続けたとして、無様な繁殖によって互いに失望するか、貪り飽きて遠ざかり、内心に苦い羞恥を残すかのどちらかだったろう。充足の幻影は夜毎の焦燥を生もう。同じことだ。

疲労と軀の冷えに耐えかね水中を逃げだしたわたしを追い、コンクリート・ブロックの斜面を這い上がってきて、茫然と、次の受難を待ち望んでいるすなおは、それまで目にしてきた彼女のうち、もっとも小さかった。つかみ合いの果てに転がり落ちた放水路のなかでの無我夢中の接吻は、三十八年後のわたしと皆川美乃莉とのそれ以上に、お互い、棘だらけの果実と格闘する頭のわるい小鳥のようで、わたしの下唇の内側は、歯並《はなみ》からはみ出した彼女の犬歯によってだいぶ裂かれていた。血の味がしていた。憂鬱を追い払うつもりでわたしは身を起こし、それからたぶん、なんらか彼女に声をかけたのだろう。色黒なすなおがわたしを見あげると、まるで闇が見返してきたようだった。顔じゅうに貼りついた髪の毛が鬱陶しかった。惚けたような表情の向こうに、憎悪と表裏一体の、執着の烈火が覗いた。わたしは彼女に怯えた。若い男根はまだ充実を保っていたが、それで彼女を貫くイメージは脳裡に焦点を結ばず、そもそも充血を根底で支えていたのは、尿意の疼きだった。ひどく咽が渇いていた。すなおの薄く開いた唇、小刻みな呼吸音は、彼女も同様の状態にあることの証明だった。濡れたズボンのファスナーを降ろしはじめた時点で、すでにわたしが奇怪な閃きの虜であったのは、間違いない。くっつき合った布地の下から陽物を掘り出し、指で包皮を根元に引いて、繊細な鈴口を、夜気と、すなおの視線とに晒して、彼女の反応を窺った。彼女はわたしの霊感に従順だった。わざと距離を保ったまま、唇を大きく開いたのだ。ぞくりと、寒気めいた感覚が背筋の下方を這った。そうしてわたしは嬉嬉となり、彼女の諦観なり期待なりに応じたわけであるが、放尿を開始するまでには少少苦心が必要だった。外面上は同じでも、放尿を目指しての勃起と、射精を求めてのそれとでは、本質が大きく異なる。しかし双方は頻繁に、同時に発し、優先権を巡り侘しい葛藤を繰り広げるのである。肉体の、射精への要求は狂おしいほどだったはずだが、わたしの理性の尾をつかんで振りまわしていた奇怪な詩情もまた、兇暴だった。酔い痴れた理性に従い、下腹で懸命に力んだ。力みは放屁を招いた。すなおは嗤いもせずに、我慢強く咽で息しながら、唇をＯの字に保っていた。淫蕩で危険な夢魔だった。幸いにして放屁は海綿体の緊張を弛め、迸《ほとばし》りの、第一陣がすなおの頭に達した。唇を狙ったつもりがそういう結果だった。小便はすなおの黒ずんだ顔に流れ落ち、彼女は苦しげに両眼を閉じたが、唇は開いたままだった。わたしが陽物の根元を操作して奔流を的中させるまでに、すなおの顔は濡れそぼった。的中すれば、したで、小さな口腔はたちまち容量いっぱいになった。彼女は慌てて唇を閉じると、それを飲みくだした。本当に飲んでしまった。放尿はまだまだ続いていた。わたしはいささか愕然と、小便の軌道を彼女の顔から逸らし、あとは、もし彼女が欲しければ口を近づけられるよう、喉元に達するようにと心掛けた。だいぶ空気も、彼女は呑んでしまったようで、まず大きなげっぷをし、それから顎の下の流れに唇を近づけてきたけれど、触れたか触れないかのうちに排泄は終了してしまった。用を果たして平常の柔らかさを回復した陰茎を、ズボンにしまい込もうとするわたしを、同窓生の姿をした魔性が、見おろせば、手招いている。みずからの小便を含んだ口に、くちづけろといっているのだ。そう理解した。導きに応じて膝を落とした。セーターの袖が両側から挟んできた。重たく肩にのしかかり、深淵へと、わたしを引き寄せる。わたしは彼女にくちづけた。意外と多量の尿を、彼女は口内に保っていた。一気にわたしへと送り込んできた。わたしは自分の小便を含み、飲みくだした。複雑怪奇な、わたし自身の味、とでも称すべき味がした。存外にして甘く、また口内の傷に沁みることもなかった。

辛抱強くわたしたちの交驩《こうかん》を眺めていた昭が、ついに割り入ってきてわたしを押し退けた。わたしの男根が穏やかさを取り戻すまでという、彼なりの予定表が設けてあったのかもしれない。昭は端から性交そのものに目標を定めて、てきぱきと行動した。スカートのなかから下着が抜き取られるのを、放心の体でただ見おろしているすなおに、わたしは落胆して、傍観の意地を固めた。彼らは手順を申し合わせていたように、すぐさま正しい性交を始めた。すなおは破瓜《はか》の苦痛に喘ぎながら、昭の接吻の求めにたびたび応じた。ふたりの動きは一箇の工作機械のように、単純ながら位相を変じていく。彼らの頭の側に落ち着きどころを決めて、わたしがしゃがむと、すなおが気づいて、逆さまにこちらを見た。ふたつの白い輝きが揺れている。輝きの残像は、彼が杜の便所の土壁に向けておこなっていた、放出を想起させ、するとしまい忘れていたわたしの男根は、ふたたび充実した。両膝を開いて、上下に擦った。間もなくわたしが放出した液体は、すなおの顔よりむしろ昭の髪に多量に散った。ふたりの性交はまだ続いていた……

　風が、強い腐臭を運んでくる。兎の餌だ。

……予想外なことに、あの夜の出来事から当分、昭少年の強い執着の対象であったのは、すなおの肉体よりむしろわたしの肉体であった。すなおへの執着心が皆無というわけでもなく、機会を拵えては、あるていど暴力的に服従させているという譫言《うわごと》のような自慢話を聞いた覚えがあるけれど、ずいぶん遠くの物語のように、耳に響き、わたしのなかでよく具体像を結ばなかった。わたしの肉体を貴重なものと捉え重きを置いていたがゆえだろう、昭のほうも、わたしの前では気も漫《そぞ》ろで、わたしを怒らせぬよう、いかにしてふたたび性的行為に移行するかにのみ思いを巡らせているのは切羽詰まったような目つきから明白だった。もっとも本質的には、昭は同性愛とは最も無縁な人種であったと思う。女性の肉体というものが、手に入れやすい安価な存在に成り下がっていただけのことだ。単純な話だ。

一度、ふたたび、わたしは昭を中心に据えた性的遊戯に参加している。もうひとりの参加者は和代であった。なにかしら、訪れているあいだに忘れてしまうような理由で、訪れていた昭の部屋で、彼がしどろもどろに、和代がかねてよりわたしと接吻したがっており、執り成すように懇願されて困っているのだといった。わたしは信じず、足りない知恵を絞った結果を、いま懸命に披露しているに過ぎないと見切ったが、もし和代が遊戯に参加してくる余地があるのなら、その欲求を昭が感じているのなら、しばらく彼の虚言に付き合ってみてもよかろうと判断した。昭の計算のうちだったのだろう、夕方早早、和代は職場から帰ってきた。昭は玄関からの音で聞き分けた。部屋を出ていき彼女を伴って戻ってきて、襖を閉めた。室内に和代のにおいが籠り、わたしの小さな男根は条件反射的に張りつめた。隠すために膝を抱えた。昭は姉をわたしの正面に坐らせた。なぜ呼び込まれたのかわからぬ風情の、巨体に対し、昭はすぐに背後から広い肩を重ね、姉弟のあいだでは通用するのであろう、符帳だらけの科白で甘えはじめた。わたしの手前、和代は煩がって怒った。昭は怒り返した。和代は萎縮の色を見せた。昭は彼女をからかうように猥語を列ねながら、その肩に被いかかり、着衣の状態でもさぞや重たかろうと見えていた、幅広な乳房の、片方を、乱暴につかみ潰した。事情を察したように和代は、身から次第に力を抜き、

「この子、知ってるの。知ってるの」と昭に小声で訊ねたが、答がどうであれ、慌てて居住まいを正しそうでは、もはやない。昭はさらに猥語を羅列する。ただの羅列でもなく、無意味なところを廃して翻訳すれば、わたしが彼女の性器を啜りたがっていて、しょうがないのだという内容だった。云った覚えはなかったが、事実から程遠いとも感じなかったから、わたしは黙っていた。こちらを横目にしながら和代は、肩越しに昭と接吻した。彼女は畳に腰を落として、膝を開こうとしたが、豊満な腿にスカートが纏わりついて開かなかった。やむなく彼女はみずからの手でそれを引き上げ、膝を開いて、わたしに内部を見せつけた。わたしの母は洋装のとき夏場でもストッキングを穿いたものだが、暑い季節でもないのに和代の脚は、太っているぶん暑がりなのだろう、剝きだしであった。足先に、短い、底の汚れた、綿の靴下を履いているばかりだった。内腿の肉の間に小さく覗いた下着は、本来の桜色が翳り、まったく生身の一部に見えた。わたしの視線を配慮した昭が、和代の肉体を背後に引きずる。両膝が立ち、やや尻が上向いて、和代の下着がはっきりと、肉を包んだ薄衣として認識できるようになった。性器が、二筋に、くっきりと膨らんでいる。まだ女体を見知らぬに等しいわたしにも、肥満体の和代は、性器すら見事に肥満しているのだという事実が直感できた。昭はまだ姉の口を吸っている。そうしながら円い眼をきょろきょろ動かして、わたしや和代の姿態に気を配っている。そのうち、片手で彼女の脇腹の肉をブラウスごとつかみ、乳房を揉んでいた手は下腹へと移動させて、姉の身から下着を取り払わんとしはじめたが、下着の縁が腹の肉に挟まっているので、なかなか要領を得ない。和代が、焦れたか、あるいは無理な姿勢が痛かったかで、顔を顰めてついに唇を離し、彼に体重を預けて腰を浮かせた。みずからの手で脱ぎはじめた。彼女の重みに、昭の姿勢は大きく崩れた。彼は笑い声をあげて、短い脚を姉の胴に絡めた。和代はその脚を叩きながら、下着を足先にまで滑らせ、同じ手で靴下も脱いだ。それらをまとめてわたしに放った。塊は、わたしの顔面に当たって散った。和代のにおいがわたしの鼻を痛めつけた。においの向こうの広大な肉の上、生じていた陰毛は、驚くほど淡く、ささやかだった。

「見るか。近く」と昭が両脚を姉の脚に絡めて無理やり広げさせると、紫色の陰唇が花開いた。下方には脱肛気味の肛門がうずくまっている。顔を突き出すにつれ強まったのは、和代本来の体臭を蒸留したような、酸性の、驚いたことに芳香だった。わたしは畳に手を突いた。いっそう近づこうとするのを、和代の足が顔に触れてきて妨げた。指先が頬を撫ぜ、唇の端へと達した。思わずつかんで何本かを口に頬張ると、和代は声をあげて歓んで、わたしの歯を撫でまわした。鉄のような、冷たい味がした。指の叉へと達した舌が垢の塊を感じた。こちらは、これといった味はしない。そうしているあいだもわたしの視線は、女陰に釘付けであった。

「近くに」昭がさらに命じる。わたしは和代の足先を吐いた。間近にすると、和代の性器は恐ろしく大きかった。上方に申し分け程度の陰毛が萌えて、陰唇の縁はまったく無毛であったのを憶えている。今しも瞼の内に、まざまざと泛べられる。陰唇の間は深紅で、下方に白濁した液体を湛えていた、わたしの口に、吸い取れとばかりに。従おうとして、裏切られた。和代のまるまるとした手足が素早く肩や頸に巻きついてきた。重みに、わたしは横転した。和代はわたしの両肩を畳に押しつけながら、軀の向きを変えて、顔に乗ってきた。念願の和代の肉にわたしは狂喜しつつ、同時に呼吸困難の危機に瀕した。視界には花の蕾のような肛門だけがあった。鼻は完全に膣口に埋没して、粘液が鼻孔に流れ込んできた。刺激に涙ぐみ、咳きこみながら、わたしは懸命に口を広げて気道を確保した。しかしそれさえ和代の肉厚な性器に塞がれがちである。足をじたばたさせたら、別の重みが抑えつけてきた。昭だ。姉弟の四本の手が、わたしのベルトを外し、衣服を捲る。性器を露出させられた。和代の熱い体液があとからあとから流れ込んできて咽の入口に溜まるので、頻りに飲みくだしておらねばならない。そのたびに、あるいは咳きこむたびに、窒息の恐怖に襲われる。姉弟どちらかの口がわたしの陰茎を嚙み、どちらかの口が睾丸を吸った。たぶん昭の指が、肛門に無理やり侵入してきた。わたしの悲鳴は和代の粘膜に塞がれた。目の前が暗くなって、わたしは気を失ってしまった……

　どうしてか、折詰の食い散らかしのように見えたのだが、近づいてみると片方の翼を広げた鳩の屍骸だった。となれば処分はわたしの職務である。鳩は突発的な死に見舞われたばかりのようで、見おろしているかぎり腐敗の気配は感じられなかった。軍手を取って戻ってくるのも面倒なので、赤い肢の片方を素手でつまんだ。途端に、無数の小さな虫たちが蒼い体表を動きまわって、また消えた。提灯のように身から離してぶらさげ、運んだ。鳥の死骸に見た目ほどの重みはない。そうして管理所に近づくうち、今度は柵向こうの雑草の繁みに、小さな椅子が逆さまに放り込まれているのを見つけてしまった。そちらの処分も職務だが、後回しだ。管理所のドアを、わたしは俯きがちに引いたので、持ち込むな、と鋭く命ぜられるまで、玄関の人影に気づかずにいた。驚いて顔を上げると、茶色い長椅子に所長が腰をおろしている。この春からの所長だが、三度めか四度めの来訪である。前回からひと月は経っている。死骸をなかに持ち込むな。さきに棄ててきたまえ。

　わたしは無言でドアを閉め、ポリバケツが並んでいる側へと壁の周囲を巡った。ゴミの収集係はゴミ袋の中身を確認する義務を負っている。もし真面目に義務を遂行している係がいたらば、いたずらに気味のわるい思いをさせては気の毒だと思い、動物の死骸は、中身の見えない白いポリ袋に入れて口を固く縛ったうえで、バケツに重ねたゴミ用のポリ袋に棄てることにしている。買いもののたびに集まる白いポリ袋は、軽く結んで、机のいちばん下の抽斗に集めてある。今は取りには入れない。あとで棄てなおすつもりで、鳩の死骸をわたしは、いったん直接、可燃ゴミのバケツに放り入れた。玄関に戻った。

どこに行っていた。所長は俯いて椅子から腰をあげながら、舌打ち交じりに云い、それから顔を上げてわたしの風体を睨め、
水泳か、と自分で続けた。

池に、犬が、とわたしは咄嗟の言い訳を捻りだした。

助けたのか。

はい。

なぜ溺れてるのがわかった。

は？

なぜ弁天池で犬が溺れているのが、ここにいるきみにわかった。きみの勤務場所はこの分室じゃないのか。

はい。

じゃあここにいたんだろう。なぜわかった。

飼い主が報せにきまして。

飼い主が、自分では助けずに、わざわざこの遠いほうの分室に？

女性で……気が動転してたんでしょう。

ふん、と彼は鼻を鳴らしてそっぽを向くと、開きっぱなしのドアの前に進んで、靴を脱ぎ落とした。わたしのスリッパを突っ掛けて、管理室に上がり込んでいく。わたしも上が

った。所長はわたしの椅子に坐った。短い両脚を伸ばして反《そ》っくり返り、太鼓腹をさらに膨らませる。年齢はわたしより五つ六つ上といったあたりだろうが、正確なところは知らない。人目に映る自分というものを顧みないのか、滑稽に見える格好ばかりを好んでしたがる人種がいるけれど、この男もその典型であって、上向いた貧相な鼻の下にカイゼル髭まがいの長い口髭を生やし、ぶよぶよに膨れた短軀をいつも色付きのシャツに押し込んで、派手なネクタイを締めている。きょうのシャツは薄赤色の半袖で、ネクタイは織柄入りの茶金色だ。

　マスコミは。

は？とわたしは首を傾げた。

こっちのほうに接触してきたマスコミはあったかい、例の事件のことで。

ああ、いえ。一度警察が来ただけです。

警察はいい。あれは仕方ない。しかしマスコミからの取材には、決して勝手にコメントしないよう。必ずわたしを窓口に。

ああ、はい、と通達を思いだし、頷いた。

忙しいんだが、そういうのもこちらの職務だから。

だいぶ来ましたか。

来たね。テレビは、キー局はぜんぶ来た。追い返すのが手間でね。このところようやく静まった。

ご苦労さまでした、と軽く頭をさげながらほくそ笑む。来訪の理由が察せられた。マスコミからの取材要請が途絶えたのである。小説家のあの事件について、公園管理所にはなんら管理責任はなく無関係であるとしてマスコミ取材の一切を拒否するようにというのが建設局からの通達で、わたしのところにもそう電話で伝わってきた。然るをこの所長、事件の翌夕、珍しくみずからわたしに電話をかけてきたかと思うと、取材の拒否を告げている映像がニュースで流されてしまった、困った困った、といって嬉嬉としていた。取材拒否がわたしのコメントとして新聞にも取り上げられてしまったが不可抗力だ、きみは読んだか、まだか、読みたまえ、いやそれよりもまたテレビが来たらどうしよう、ああ困った困った。

ところで、と所長が椅子を廻す。あれはなんだ。

は。

あれ、とたるんだ顎がＦＣ36ＦＦに向かう。その管理室内に占めている体積を思えばしごく妥当な問いかけでありこの瞬間の到来をわたしは常から夢想して、ところがそれらはよほど熾烈な詰問の情景ばかりだったから、現実の素早さに呆然となる一方で、その穏当さに拍子抜けしてもいた。これという対応策はまだ考えついていない。というよりも端から放り出して講じたことがなかった。知恵による解決を徹底的に拒んだいわば崇高な宿罪として、ＦＣ36ＦＦはわたしのなかに、もとへこの管理室に占居している。心強い絶対性だ。ＦＣ36ＦＦはたぶんわたしの自由を縛めているのだろう。しかし剝奪として、それが意識されたことは一度もない。人生に確乎とした縛めを、ようやく与えられたというふうにしか、どうしても感じえないのである、わたしには。

人形ですか、といちおう空惚けてみる。所長抱くところのわたし像は限りなく愚者へと近いはずだった。そう演じてきた。

人形ね、と所長はこちらに返しかけた顎を戻した。あの人形は？

ただのおもちゃですが。

きみのか。

はい。

買った。

はい。

所長は椅子をこちらに向けた。重たげな頭部をやや斜め後ろに倒してわたしを睨めつけた。その下は？

はあ。わたしは視線を机の上に泳がせた。四隅が色褪せた手書きの電話番号簿、年間予定表は黄色い紙、業者の名刺複数、見慣れ過ぎて一瞥しただけでは意味が思いだせないメモ書きの紙片……それらの上に経年変化でだいぶ色付いた本来は無色透明な厚手のヴィニルシートが敷いてある。ビール缶や酒罎やショットグラスに捺された無数の円がその上に、わたしの立ち位置からだとくっきりと観察ができる。

きみの私物かい。

は？

はじゃない。人形の下。

私物です。

布のことじゃないぞ。

中身。

あたりまえだ、中身の話だよ。いったい何を管理室に持ち込んでる。

はあ。

さていったいどのようにこの難局を乗りきったものかとようやく思考が洞察へと向かったが、すぐさま切れ味のいい弁明が湧きあがってくるわけもない。冷凍庫でございと教えればいったいなにを凍らせてあるのかと問われようし、正直に、屍体を横たえて保存してありますとでも云えば必ずや、わたしの手による殺害を疑われる。まるで偶然、奇跡のように得られた屍体なのだと正直に告白したとして、かくも繊細な真相がこの迷信ぶかい蛙の王様のちっぽけな現実感覚の抽斗に収まりきるとはとても思えない。屍体が屍体として入手しうることに平然と思い至るのは、本多恵子のような感性だ。編集者の感性である。

屍体を玉川上水から引きずり上げて運んできた眼鏡のホームレスにしてもわたしが少年を死なせたと頭から信じこんでいたようであるし、所長の思考回路もその同類と考えてまず間違いない。ましてや世捨て人ではなくその対極的人物である。自己顕示欲でぱんぱんに膨れあがっているぶんあのホームレスより遥かに悪質で始末が悪いといえる。もっとも秘密を共有しにくいタイプ、自身が注目を浴びるためと思えば、金を払ってでも告発の労に身を呈するタイプだ。

とつぜん現れた屍体であり、わたしがその傅《かしず》きに過ぎないことは、少年みずからが能弁に証明してくれるはずだった。死にたての美しい姿を保っている彼には、じゅうぶんその力がある。わたしが彼を締めも殴りも毒を与えもしていないことは監察医の目にあきらかなはずで、あらかじめ完成された死者として目の前に現れた少年を、結果的に遺棄せず、保管してきたこと、これは社会的にも賞賛に値するのではあるまいか。瑣末な法に触れる行為であったとして、重罪ではありえない。ただしわたしの、今の生活は失われる。わたしの帰るところ……上水の暗い蠢きやホームレスの悪臭、タイルに溢れた少年の血やその爪に詰まった泥やらといった記憶記憶の隙間に違和感を覚えていたら不意に水のように、音の記憶が意識の表層に湧きあがってきて一切を満たした。雨音である。上擦ったＧ音。ＧＧＧＧ。脳の一部がふと覚醒したようで、瞬くごとに視界が鮮やかになる。所長の姿も、長く風雨に晒されてきた看板がとつぜん化粧直しを施されたかのように、唾液に濡れた下唇も眼球も不必要に生生しく、よりいっそう滑稽さを増している。皮膚感覚が鋭敏になって尻と腿との境目あたりがやたらむず痒く、手帳を握っていない左手を後ろに廻し肉を握り込むように掻いたら、濡れて硬化したズボンが片脚ごと浮いて脚の内側にひたひた触れた。冷房風が染みこんだその冷たさに驚く。酒が慾しくなってきた。鉄板の匣から天使がまろび出てきたあの速度に満ちた夜の、まっすぐな延長線上を加速しながら走り続けている自分を実感して進路変更の無謀を悟った。自動車免許がなく公道の、標識すらろくろく読めないわたしが駆るに相応しいのは、遊園地のゴーカート、さもなくば光に挑んで直進するのみの怪物じみた改造車しかなかろう。ひたすら疾走あるのみの世界において、あんがいわたしは優れたレーサーたりうるのではあるまいか。ＧＧＧＧＧＧ。風景が飛び散る。鋒《きつさき》を逸らすな逸れれば横転する解体する。犬の嗅覚。鴉の視力。靭《しな》やかな溝鼠《どぶねずみ》たち。アンダンテ‐アレグロ・コンテ・アニマな残像。

なんだ、と所長が同じ言葉を繰り返す。ＦＣ36ＦＦについてふたたび訊ねてきたものか、それともわたしの顔つきを批判しているのか区別がつかない。骨格を感じさせないまるまるとした顎を被う午後の翳りのなか、ぽつりと桃色の吹出物がうずくまっているのを見つけた。その華を保っておく術をわたしは知っている。す、と鼻から息が抜けた。緑色の祭壇が二倍の高さになっているさまを妄想したのだ。所長の両眼がなにか動く虫でも見つけたようにぎょいと机の角に向いて固定された。虹彩の端にわたしを捕まえたまま、可笑しいかね、なにが可笑しい。

論すようにかぶりを振って応えたが、所長の視線は動かない。

これまでの所長から、私物の持込みについての注意は？

特にありません。

なにも云われたことがない。

云われませんね。

そうか。しかしわたしは云うよ、云いますよ。あの、と彼は脚の上に置いた右手の拇を起こして、ステレオにしたって本来そうだ。職場に持ち込んでも許されるという私物の大きさじゃない。あれじゃあ家具だ。家具だろう。

ええまあ。

もう一度拇が起きて、あ、の形に所長の唇が開く。しかし思いなおしたように閉じて、拇の力も抜ける。鼻から大きく息を吐く。続けて背後のＦＣ36ＦＦに言及しようとしたものの、適当な呼び名が見つからないのでやめにしたのだと察した。数秒置いて、

はっきりと云って、と視線を上げ、きみ、風評ね、はっきり云って芳しくない。一見まあ黙黙とこういう、ここで、ひとり真面目にやっているようではあるが、たしかに問題というほどの大きな問題は見当らないんだが、芳しくない。ちょっと、そう、よく得体が知れないというか、薄気味悪いといった声があってね。職員のあいだのみならず公園利用者

からもそういう声を聞くという。理由を、きみはどう思うか。

思いがけず自尊心を殴りつけられた。薄気味悪いという一言にである。血の気が頭に集まるのを感じた。みずからの倹《つま》しい自己愛が、かくも凡常な表現に踏みにじられるのだという事実が、動揺にまた輪をかけた。

わかりません、とすこし間をおいてから答えた。応じて所長が、ちゃ、と舌を鳴らしてなにか弁じようとするのをわざと遮り、

公園利用者のそういう声を、実際に聞かれたわけですか。

ちゃ、と所長はまた舌を鳴らした。んや、わたしが直接耳にしたわけじゃない。わたしが聞いたんじゃないよ。

じゃあどなたが聞かれたんですか。

抑え気味に訊ねたつもりだったが、昼行灯のようなわたしにしか接したことのない所長にはよほど烈しく聞えたようで、眉間の皮膚をさかんに動かしながら椅子に深く掛けなおすと、そう亢奮しなさんな。亢奮しちゃいかん。だれが云っていたのか……いや忘れた。ともかくそう見る目もあるということで、いろいろと、自重するべきところは自重するというのを忘れてほしくないというような話だ。ひとりで公園を管理しているわけではないんだからルールを遵守するところでは遵守する。管理室に次次と大きな私物を持ち込んだり、勤務時間内にここを離れていたり、かと思えば、このあいだはずいぶん夜遅くまでこ

こにいたようじゃないか。あかりが点いているのを見た人間がいるぞ。ここの仕事でいったいどういう、そこまでの残務があるというのか、まあ、そういう行動ひとつひとつの蓄積だよ。

今度はさすがに言葉を失った。人人がわたしを薄気味悪く感じているという伝聞ないし捏造は、その攻撃性を承知のうえで所長の口から発せられたに違いないからまだしも余裕をもって受け止められたが、彼にしてみればほんの付け足しのつもりであったろう夜間のあかりへの言及は、わたしの心胆を寒からしめた。それまで、夜のあいだばかりは少年の屍体とふたりきり、ここに孤立しているようなつもりでいたのだ。むろん闇の監視者たちはいる。眼鏡のホームレスひとりではない。真夜中に雑木林のなかを抜けていく散歩者や酔っぱらいもあれば、テノールのように未明を好んで公園を訪れる歌手もいる。彼らそのものは恐るるに足りない。わたしも夜の公園の一部と化して、毎夜無言で迎え入れていればいい。わたしを驚かせ、震えあがらせたのは、銀色をした夜の視線のワイヤーと、昼間社会のネットワークとの、繋がりの緊密さである。情報は、わずか数十時間のあいだに変圧され、わたしのところにフィードバックしてきた。情報発信源はあのホームレスではない。彼ならばわたしが遅くまでここにいるのではなくて完全に寝泊まりしていることを把握しているだろうし、そもそも昼間社会との積極的な交信をおこなっているとは思えない。障碍者用個室の占拠を後ろめたく感じているテノールも、また同様である。本室の職員四人のうちのだれかに見られたというのでもあるまい。彼らが深夜にこの分室のあかりを見かけたなら、近づいてきて窓から覗くなり扉を叩くなり、いったん離れていって電話してくるなりして、わたしとの接触を試みるはずだ。その手続きは飛ばしておいて所長に対する報告のみおこなったというのは考えられない。あかりが点いているのを見た人間、と所長はいった。わたしを見た人間とはいっていないのだ。遠目の話である。職員ではない。ではきっと、出入りの業者のひとりが深夜たまたま近くを通りかかったか、あるいはここにとっての小説家的な存在が本室のほうにもいて、入り浸っており、園内で見聞したことを仔細に職員に報告しているかといったところに違いない。ともかくも不安を煽るフィードバックだった。ここへの寝泊まりは遠からず所長の知るところとなろう。わたしは夜の、ひょっとすると昼間の行き場すら失ってしまう。いっそ少年の許を、この公園を、離れて夜を過ごすようにすればと考えかけて、打ち消した。危険な思考だ。妥協は瓦解を招く。

　わたしと所長の間に突然、下品な音色の《草競馬》が割り込んできた。吃驚して後ずさったが、所長は落ち着きはらった態度で、椅子から腰を浮かせてズボンのポケットをまさぐっている。携帯電話が出てきた。《草競馬》を歌ったのはその小さな機械だった。所長が音楽を止めて機械を顔に寄せ、はい、はい、うん、はい、はい、と見えない相手に相槌を打っているさまを、わたしは息を凝らして見つめた。昼間のネットワーク上を、またなんらかの情報が駆け巡っている。すぐさま眼前の男を殴り殺して、遮断したい欲求にかられた。あとの手順は雨の晩と同じである。また別の業者からＦＣ36ＦＦか同程度の冷凍庫を買い入れればいい。無理な姿勢を取らせればこの所長だってなんとか収まるだろう。はい、じゃあ今から、はい、と急に声量を増したかと思うや電話機と顔とが離れて、同時に椅子ごと少し後退、所長は咳払いをしながら立ちあがった。もう一度粘っこい咳払いをしてＦＣ36ＦＦを振り返り、で、結局、あの冷蔵庫にはいったいなにが入ってるんだ。

　わたしは愕然と彼を見つめた。

なにを吃驚してる。さっきからぶんぶん唸ってるじゃないか。エアコン付きの棺桶じゃなければ冷蔵庫だろう。釣り好きの、同僚の家に同じようなのがある。違うのか。

いえ……とつぶやき耳を澄ませてみたが脈動が鼓膜を塞いでしまっている。しかしたしかに、そうだ、ここに運びこませた翌朝は、重苦しい振動音が明瞭に聴き取れたのである。狎れてしまったのだ……はい。

　どっちだ。

冷蔵庫ではなくて、冷凍庫です。

そう、冷凍庫だ。どっちでもいい。なにを凍らせてる。兎や鴉の屍骸か。

　先刻の棺桶という言葉はＦＣ36ＦＦの形状からの、そして屍骸というのは棺桶からの、単純な連想に違いないのだが、そう察しながらも、頬を張り続けられたようで、もはやまるきり言葉を失っていた。沈黙はますます疑念を煽ってしまうと焦り、弁解の取っ掛りを見つけるつもりで視線を手前に引いたら、屍体か、と小声で追ってきた。見れば、両眼を剝き出している。わたしの蒼白な顔と頭の動きを、全面的な肯定と判じたのである。ふたたび《草競馬》が始まった。所長は鳴らしたままでドアに向かった。わたしの横を通り過ぎざま、さっさと処分したまえ。きみは頭がおかしい。

　即座には、その科白の意味するところはつかみかねた。《草競馬》がドアの向こうに遠ざかり、外の蟬の音と混淆《こんこう》し、ともどもに消え去ったあとでようやく、屍体というのが、人間の子供のそれを指しての言葉ではなく、兎や鴉を指していたことを悟った。所長はわたしを動物の屍骸の蒐集家だとでも思ったのである。わたしは長い息をつき、間もなくしてふと、皆川美乃莉のシステム手帳を聖書のように固く握りしめていたことに気づいて、机に放った。

10

「首を括ったのさ、この公園で」
「公園のどこですか」

「林のなか。木にロープ掛けて、と聞いたから、きっとこの近くだろ」

「若いのに」

「若いからさ」

「その頃から、もう精神を病んでたんでしょうか。それで自殺を？」

「詳しくは知らんね。なんでも父親を奪い合ったとか」

……こっ、と離れた場所でなにかが音をたてる。たぶん硝子にぶつかった音である。

父親を奪い合った？　それはいったい、親の愛情を奪い合ったという意味であろうか、それとも男としての彼をふたりの女として奪い合ったということなのか。判断しかね、いちおう質問しておこうか、いや訊ねたところで素っ気なく、わからんね、と突き返されるだけだろうかと迷っているあいだに、交わしている会話がそもそも夢のなかの出来事であることが自覚されてきた。わたしは、またも眠っているのだ。甘美な孤独の謳歌だ。

眠りを悟るや、夢は途絶えた。かりそめの肉体は消え失せ、話し相手の姿ももう眼前にはない。ただ白い闇のなかを覚醒しかけの意識が漂っているばかりだ。そういえばどこかの硝子が音をたてていたが、あれは現実側の音のようだ。玄関の扉の硝子ではなかろうか。もしそうだとすれば、眠っているあいだの聴覚というのはずいぶん鋭いものだ……といって論理的思考への道筋が見出されると、それまで不定形だった意識があとからあとからその水路に流れ込んでいき、まず満たされたのは正常な重力の感覚である。睡眠の浮力は失われた。これではまるで狸寝入りに過ぎない。

　胸の前で組み合わさった両腕、その下で浮き沈みしている肋骨、固く嚙み合わさった奥歯、左脚にのしかかった右脚の重み……肉体感覚がひとつひとつ現出して、一個の人間を形づくっていく。わたしがわたしへと帰還する。立脚している時制も定まってきた。所長が管理所から出ていったあと、わたしは玄関に降り、扉の鍵を締めた。また室内に戻り、湿った衣服を脱ぎ落とし、タオルを濡らして全身を拭い清めた。それから乾いた衣服を……わたしの紺色の靴下には、足首に小さなペンギンの縫取り。ああもう、そんなことまでもう思いだしてしまった。

　まだ玄関の鍵を締めたままだ。着替えるあいだだけのつもりだったのに。薄茶色のサマーウールのスラックス。糊の利いた開襟シャツ。急に疲労を感じて椅子に身を沈めたら、そのまま眠りに落ちてしまった。瞼の向こうはまだ明るい。まだ勤務時間内だろう。玄関の鍵を開けておかないと。ペンギンが一羽（右足首外側）、ペンギンが二羽（右足首内側）、ペンギンが三羽（左足首内側）、ペンギンが四羽（左足首外側）……四羽だ。大きく息を吸い込んで、吐き出し、薄目を開いた。欠伸《あくび》が込みあげた。その勢いに任せて、ほどいた両手を机につき、腰をあげる。立ちあがった。やれば出来る。欠伸を終えて、なお机に体重を置いたままで壁の時計に視線をやれば、所長が出ていってから一時間とまだ経過していない。片時の、ほんの居眠りだったのだ。しかしそのあいだにみた夢のなか、わたしは知人であるだれかと、とても重要な会話を交わしていた。

玄関に出る。開いたドアのノブをつかんで外履きに履き替えながら、会話の相手の風采を思いだそうと眉間のあたりに力を込めてみたが、どうもろくすっぽ顔を見ずに会話していたようで、遠くに声が甦るばかりである。わたしが発したほうの科白は記憶に亮然としていた。しかも思い返すたびに増幅されていくようだ。反比例して相手の声は、どんどん、どんどん遠ざかっていく。ここが、わたしの職場であることを踏まえている話しぶりだった。しかし緑地事務所の人間の口調ではなかった。公園や管理所を、彼らはあたかも自分の所有物のようにそれらを語る。夢のなかの人物のような、適切に自分との距離を保った喋り方はしない。となればこの管理所の常連だが、むろん小説家ではない。彼ならばすぐにわかる。きょう一緒にいた青年の話し方でもなかった。他にも、ちょくちょくと同じ顔を見せる人物が何人かいるけれど、該当する声や口調の持ち主は思いあたらない。

踏み石に蟬が一匹、腹を上に向けて転がっていた。それが硝子越しに見えた。どうやら睡眠中のわたしが聞いたのは、これが過ってぶつかってきた音らしい。そんな音がよく聞えたものだと我ながら感心させられるけれど、こうして即死しているくらいだから、蟬なりに猛然とぶつかってきたのだろう。鍵を廻し、屍骸を引っ掛けぬように扉を引いて開けた。軀半分を外に出して、サンダルの縁で、玄関の黒タイルの上に蹴り入れる。いっそ所長の思い込みどおり、この管理所を屍骸の倉庫にしてしまうがいいのかもしれない。扉を閉めてしゃがみ、仰向けの蟬に顔を近づけた。蟬の腹に興味があったというよりも、いい歳をして玄関にしゃがみこんで、蟬を観察するというのを演じてみたかったのである。すなわちわたしが観察しようとしていたのは、黒光りする肢やら腹が撥ね返してくる、自分自身の姿に他ならなかった。そうしてかれこれ四十年かぶりにまじまじと眺めてみれば蟬の造形というのはまことに複雑で、奇怪で、眺める者のうちにある欲望という欲望がみな投影できそうにすら思える。数日、享楽的に騒音を奏でるという以外ではまるで人畜無害な生きものだが、面構えといい棘だらけの肢といい攻撃的な気配に満ちて、しかし思えばその幼虫時代は忍耐の代名詞でもあるのだ。地上の営為のあらゆる要素が集約された、生きものとしての完全体のように感じられてきた。翅《はね》は、裏返しに見ているにもかかわらず、不透明な褐色地に黒や黄色を散らした、はっきりとした紋様がそこに確認できた。油蟬だ。故郷にもいないではなかったが、多くは熊蟬であり、そちらの翅はほとんど無色透明なのだ。油蟬の翅は、見慣れない。しかしじっくりと鑑賞するだけの価値を有した紋様のようだし、しばらく机の上に置いておき、ことによっては日誌に仔細なスケッチでも載せていっそ所長の肝を抜いてやろうと思いつき、指を伸ばしたら、触れた途端にびびびびと大きな声で鳴いてわたしの顔にぶつかってきた。わたしのほうも大声をあげて後ろざまにひっくり返った。蟬は方向を転換して窓に向かい、硝子にぶつかりながら上昇すると、けっきょく壁の、天井すれすれのところに足場を見つけて留まった。気絶しているだけだったのだ。頰に、蟬が追突してきた感触が残っている。無性に可笑しくなって、尻をタイルにつけたまま笑った。

立ちあがって尻をはたいているうち、夢のなかの対話の、途切れる間際が脳裡に顕赫《けんかく》となった。なにかの拍子に思いだすとよくいうけれど、本当にあるものだ。

「父親を奪い合ったとか」と彼は云ったのだ。とすればあれは、姉妹の物語だ。確実だ。

蟬は放っておくことにして管理室に戻ると、机に置いてあるシステム手帳の空色が、やけに、発光しているかのように明るい。皆川美乃莉の手帳である。いや本当は芽久美か。掌で腿を打って、手帳目指して歩んだ。つかんだ。本物の双子だったのだ、美乃莉と芽久美は。夢のなかで語られていたのは、彼女らの物語である。みずからの確信ぶりが奇怪でさえあったが、その思いつきを、いくら疑念の掌で撫であげてみても、引っ掛かるささくれがないのである。とある方向に夢を仮定した途端、いろいろな事象が、一連の景色のなかに収まってしまった。椅子に掛け、手帳の頁を捲りながら、反対の手で受話器を上げた。三桁、四桁、四桁。合計十一桁。一桁一桁いちいち手帳の文字を確認しながら電話機のダイヤルボタンを押した。慣れない桁数であるため、どうも尻切れか、あるいは逆に一桁二桁押し過ぎたようで、押し終えても達成感がない。宙ぶらりな気分のまま受話器に耳を重ねていると、不意に、単調なリズムが無音を遮った。受話器を戻した。本当に通話中なのか、行く宛を持たぬ信号がネットワークを迷走したあげくに放った悲鳴なのか、どうもそれすらも判然としない、携帯電話を相手にするというと。

携帯電話。ああ厭になる。人に時計やカセットプレイヤーのみならず電話機まで持ち歩かせようなどという発想を、どこのだれだか知らないが、よくぞ実行に移したものだ。次は便器か？　電子レンジか？　どうせなら冷凍庫にしてくれ。彼と旅行ができる。

もう一度かけた。三桁、四桁、そして四桁。

無音。

無

はい、と、不意に出てきた。これが石見の声。

音質は歪《ひず》んでいたが、また夢のなかの声も記憶に薄れかけていたが、同定できた。直感は正しかった。視線はまだ手帳の頁に向いていた。この角度から見るこの数字列すら、わたしはすでに夢で見知っている。だからもう間違いない。わたしはこれから石見と対面するのだ。

石見さんでいらっしゃいますか、

とわたしが云いきらないうちに、

はいそうです、と投げやりに答えてきた。

こちら……ええとこちらは、井ノ頭公園の管理所なんですが。

公園？

はい、その管理人です。

ぶううん、という雑音。

向こうの送話口に息がかかる音。わたし自身の息づかい。

あんたか。

視界から、遠近感が失せかけた。わたしは瞼に力を込めてそれを呼び戻した。この男もまた、わたしを知っている。

玄関の油蟬が鳴きはじめた。屋内で鳴かれると、ただびびびというひどい騒音である。ブリキ玩具の撥条《ばね》の螺子《ねじ》を巻く音をただ大きくしたようで、ちょっと蟬の音のようには聞えない。しかし発するべき言葉を見失っているわたしは、ただその騒音に聞き入っているほかない。

そっちちょっとうるさいな。ご用件は？

用件？　とわたしは自問した。口に出してしまったかもしれない。そうだった、わたしには用件があるはずなのだ。

蟬は鳴きやまない。空いたほうの耳に指を挿し入れた。受話器がまたぶううんと唸った。

だいた　んたなんでこの　　ってるの。

もしもし？　と反射的に強く呼びかけた。

なんでこ　号知ってるの。

聞えますか。

　えるよ。

向こうには聞えているようだ。

それはですね、あの、皆川美乃莉さんのシステム手帳に……と説明しはじめて、はたしてこれは彼に通用する説明なのだろうかと迷い、口籠った。いや通じる。わたしを石見だと信じているのは、その双子の妹の芽久美である。美乃莉も芽久美も実在するのだ。美乃莉のほうはたしか最初にかけてきた電話で、わたしと石見とは声が違うと云っていたじゃないか。美乃莉は石見を知っている。この二者は知合いだ。いいぞ、だいぶ整理されてきた。

　　美乃莉の手帳　　こに？　皆川　　莉？

はい、ここにございまして。

そっ　　くよ。

即座には欠落音を埋めかねた。通話は、そのまま一方的に遮断された。上擦ったGGGGG。直後に遮断されたことが、パズルを解くヒントになった。そっちに行くよ、である。石見がここに来るのだ。受話器を電話機に戻しながら、反対の耳にぶらさげていた手も下ろした。蟬は鳴きやんでいる。いつ鳴きやんだのだろう。わたしは椅子を立った。カウンターの前を通過するとき腰を屈めて玄関の窓の上方を仰いでみたが、蟬は居場所を変えたようで、それらしい姿は確認できなかった。冷蔵庫から買い置きの五百ミリリットル缶を出してプルトップを開けた。石見が来る。石見がここにやって来て、姉妹の物語をかたるのだ。謎が解き明かされる。胸から咽へと迫り上がってきた亢奮と緊張による閊《つか》えを、流し落とすつもりでビールをごくごくと呷《あお》ったが、急に体内を冷やしたためか心臓のあたりに、握り込まれたような痛みが生じ、顔を顰めた。老痛、とわたしが呼んでいるものの一種だ。若い頃は知る由もなかった痛みだ。

　少年の屍体を手に入れてからこちら、わたしの精神は日日若返って、世界は、といってもこの界隈から一歩も出てはいないけれど、煌めきを増していく一方だ。木の葉が落とす翳、湿った土の凹凸、アスファルトの照り返し、生きものの屍骸、その血の色、草いきれ、池の泥水のにおい、女の唾液、夜の静寂、そのなかの穏やかな喧噪、記録された音楽、裏返しの歌、金属バット、窓越しのあかり、逃げていく鶏、一セント硬貨、どれもこれもが、痛痛しいまでに麗しい。それでいてみな適度に余所余所しく、節度に満ちている。幼年期から少年期のわたしが接していた世界そのままだ。だというのに肉体は着実に老いて、死へと猛進しているのである。

　父を亡くして以来、死を懼《おそ》れたことは絶えてなかった。松の木にぶらさがった屍体を眺めたとき、死に寄り添った存在として凝固し、完成したのが自分であると信じてきた。そういうわたしが今、どうも解体しつつあるようだ。傲慢になったのだろうか。死そのものは理性的に受け容れられる。だが死に瀕した本能が、恐怖する瞬間を思うと、そこは怖い。恐怖が怖いのだ。澄みわたった感覚はわたしの官能を愛撫して生への意欲を煽り、一方では恐怖への畏怖心に磨きをかけ、そこに萎えて斑になった肉体を写しこむ。祭壇の上の人形を見つめた。生まれ直したいとわたしは初めて言葉のかたちで意識した。口に出したかもしれない。元どおり滑らかに液化しつつある自分の感性をあの少年の軀に流し込みたい。感性のみでいい。理性は緑色に渾沌としていれば充分で、いや、そうあってこそあの肉体には相応しい。やがて（といってもいつだ？）来訪する石見が、鬱蒼たる森に道を整備するがごとく少年の正体をわたしに伝えて渾沌を分割するのかと思うと、黒ずんだ怒りが胃の腑の底に溜っていくようだ。しかしそれは、接してしまったわたしの不運である。電話をかけたわたしのせいだ。宿命的出合いと思えば諦めもつく。すでに未来の夢をみてしまった時点で決定していた、わたし自身には逆らいようのない流れだ。

だれが決定したのだろう。夢をわたしに、だれがみせたのだろう。

小説とは？　女（男）にとって幸福とは？　といった本多恵子好みの永遠に青臭い問いかけを模してみたつもりだったが、いざ問うてみれば、考えてみるまでもなかった。冷凍庫の中の少年である。他の答がありうるか？　いまだどういう手段をとったのかわからずにいるが、死にたての彼をここに運んできてロッカーに押し込んだのは、皆川芽久美に違いない。少年の完全な所有者たらんとするわたしが、みずから彼女やその姉や石見の存在を手許へ手許へと手繰り寄せてしまうのは、やむを得ぬ必然なのである。真に手付かずの森というのは、まず存在しない。どんな奥地も、いざ踏み入ってみれば、そこらじゅう人による汚辱の痕跡だらけだ。純粋な屍体も、また同様である。しがらみを持たない屍体など、まずもって存在しないのだ。所有できているというだけで、わたしはわたしの運命に感謝すべきであろう。これは感謝に価する。

　けっきょく立ったまま、五百ミリリットルのビールを最後まで呷った。呷りきって缶を握り潰して流し台のなかに置き、冷蔵庫からもう一缶を取り出して、今度は流し台にもたれ、いくらか時間をかけて飲み干した。これで一リットル。椅子に坐ってゆっくりと飲むつもりの三缶めのプルトップを開けたとき、玄関の扉の向こうに人影がちらついた。扉が動いて、光った。

　派手なシャツ姿の男が入ってきた。黒地に赤や緑の大柄の入ったアロハシャツである。石見だという直感はあったが、それにしてはずいぶん早い到着だ。まだ十五分と経っていないのではあるまいか。

　いい、ごめんなさいよ、と無頼漢めいた調子でいってカウンター越しの覗きこんできた顔を見て、わたしは愕然となった。薔薇色の君がいた店の、店長だった。店の地下でわたしをさんざん畏縮させ、げんなりさせたあの男だ。髪の毛を後ろでひとつに束ねた、眼の下に疵痕のある、あの男である。

ハンカチで顔を一拭いして、管理室のなかを見回した。わたしの姿を見つけると、唇を野卑な感じに撓ませ、

なるほどね。ほんと暇そうな職場だなこりゃ。

あの。

おれだとわかってて電話した……んじゃないな。

あなた、石見さん？

彼は顎を上げて、まだある？

わたしは首を傾げた。

缶をつかむ素振り。音楽は？

あ、これが最後で、と近づいていった。どうぞ、まだ口はつけてませんから。音楽は、クラシックしかありませんが。

わたしがカウンターに置いたビールを、石見は片手で軽く拝んで、引き寄せ、クラシック、いいねえ。クラシック。ああ、いいオーディオ置いてるんだ。ボーズ？

ええ、はい。

いい？

と思っていますけど。なにか、お好きな。

《春の祭典》。

ありますよ。ええ、じゃあかけましょう。

あまり気が進まなかったが、出窓に積み重なったＣＤ群から、ボストンフィルによる《春の祭典》を選びだし、音量を絞って再生を始めた。カウンターの前に戻った。

これ《春の祭典》？　こういうんだっけ。

ええ、第一楽章はこうです。

彼はビールを飲んだ。

わたしは机を振り返って、あの、皆川美乃莉さんの手帳に、あなたの電話番号が。

石見は空いているほうの掌をカウンターの上に置いた。わたしは空色の手帳を取って戻って、その手に載せた。彼は手帳の表紙と裏表紙を見較べながら、ちょっと訊いていい？

はい。

なんで本人じゃなくておれに電話したの。

ご本人のことはなにも書かれてなかったので。

名前だけ？　まるで子供だな。

いえ、名前もなにも。

じゃあなんで名前、あんた知ってるの。

ご本人が名告られまして。

ああ。落ちてたのを拾ったんじゃないんだ。

落としていかれたんです。

ここに来た。美乃莉が。

ええ。

石見は手帳を置き、シャツの胸ポケットからたばこの箱を取り出した。で？　とわたしに先を促しておいて、たばこをくわえる。

いえね、ちょっと人違いなさったようで。わたしとあなたと。

込み入った説明の手間を回避しようとしてそう話すと、彼は、は、と蔑《さげす》むような表情で蒼い煙をこちらに放った。

そんなはずあるかい。

いえ。いえ、そうじゃなくて、間違われたのは芽久美さんでした。妹さんのほう。双子だとか。

石見は頭を上下に揺すって、それならあるか。

おふたりのこと、よくご存知のようですけど、おふたりは双子、でいらっしゃる？

彼はたばこを唇に運んだ。煙を吐いた。双子だね。芽久美には会った？

たぶん、お電話でだけ。たぶんというのはつまり、わたしにはよく区別がつかないんですよ、どちらが美乃莉さんで、どちらが芽久美さんなのか。

簡単だよ。頭がおかしいのが芽久美。おかしかったろ。

答えずにいた。

死んでるからな。

わたしは首を傾げた。

実在するのは、美乃莉のほうだけ。

混乱した。一人二役？　そんなはずはない。夢のなかの対話によれば、彼女らは父親を取り合ったのである。美乃莉と芽久美の姉妹は、双方とも実在するはずなのだ。

本当は美乃莉ひとりなんだよ。わかる？　意味というか。

石見が正解を求めるかのように、中途半端に言葉を切ったので、他の可能性が閃いた……多重人格、ということですか。

まあ、そんなようなもんだ。自分ではそうは云ってなかったし、おれの目にも、普通のそれとはだいぶ違うようだったけど。普通って、そもそもが普通じゃないか。本物の多重人格者に会ったことあるかい。

いいえ。

うちの店に来たことがあるよ。若いもんが泡食って呼びにきたんで、店に入ってったらさ、だれがこんな不細工な女にくわえさせるか、とか、ポラ見てこの女って決めたじゃないか、とか、大声で口論しているわけだ。

店員とですか。

違うよ。だからひとりでさ。見た目はどうってこともない、学生風の若い男だった。それが声も、喋り方も、まったく変えるんだよ。いや変わるのか。こうしておれとあんたが喋ってるみたいにさ、交互に出てきて、相手の女の趣味を罵り合ってるんだ。

喧嘩するんですね。

だって違う人格だからさ。おれとあんたくらい違うんだから。そのうち話に女が割り込んできて、まるで訳がわからなくなった。大変だった。

店の子？

いやまた別の人格だよ。女の声にしちゃ無理があったが、まあ歌舞伎の女形が啖呵切ってるようなようすだね。知らないあいだにこんな店に連れ込まれてたって云って怒ってるんだよ。男の人格同士が共謀してさ、女の人格を眠らせるかどうかして、その隙に店にやって来たらしい。とにかく迷惑なんで、店の若いのがふたりがかりで抑えこんで、地下に連れていった。あんたも行ったあの部屋。おれも弱ったね。三人のうちのどれと喋ればいいのかわかんねえんだ。なかのひとりと喋っているつもりが、急に別の人格に移行するし、そのうち女の人格は泣きはじめるし、で、弱りきって、ちょっとお互いで話し合って代表を決めてくれと頼んだ。どうなったと思う？

さあ……右手と左手が殴り合ったとか。

あんた面白いこというね。で、女が止めたって？　石見は笑いながら後ろを向き、すっかり長くなっていたたばこの灰を、背後のスタンド付き灰皿に落とした。でも違う。また新しいのが出てきたんだ。何人でもいるんだよ。今度出てきたのは爺さんだった。急に軀が縮こまって、仕種も老人めいた。ぼそぼそした声で三人の名前を呼んで、連中を諫めはじめた。

あ、名前があるんですね、みんな。

フルネームであるみたいだったぜ。老人の人格も、普通の、なんだ、橋本さんとか田口さんとか、そういう呼び方されてたな。全員に一目置かれているらしくて、ほかの人格が出てきても、なんだか畏縮してるんだな。女の人格も泣きやんだ。その老人の説教の内容ってのが面白くて、そうじゃなくても大勢でひとつの軀ってのは不自由を強いられるのに、お互いを出し抜いたり罵ったりしてたんじゃあ、ますます世間と折合いが悪くなるじゃないかってね、けっこう現実的なんだよ。おれはその老人に対して、すまないがおとなしくお引取り願えないかといった。ところが聞えてねえんだ。は？　は？　と何度も訊き返したあげく、外の方の声はよく聞えませんでって、おおいカズ坊、だったかな、また別の人格を呼ぶわけだ。今度は利発な子供が出てきた。中学生くらいの声と口調で、みんながご迷惑をおかけしました。お話はずっと伺っていました。このままおとなしく帰りますから、どうか彼らを許してあげてください……きっとクレーム処理係だな。とにかくそうやって中学生の状態のまま帰っていった。物凄いだろ。そういうのとはだいぶ違ったね、美乃莉の人格交替は。おれの目の前で美乃莉と芽久美が対話するなんてことはなかった。漫画でよく、霊が憑依して、とかあるじゃないの。要するにあれなんだ。

脳裡を、弁天池の体験が過る。それまでとは人が変わったように、わたしにむしゃぶりついてきた美乃莉。身を強ばらせたあとの、驚きの表情と。逃走。

生身の芽久美は、十七で死んでる。首を括ったのさ、この公園で。

聞き流しかけて、音の記憶を反芻《はんすう》し。驚いて訊ねた。公園のどこですか。

林のなか。木にロープ掛けて、と聞いたから、きっとこの近くだろ。

若いのに、と同情めいたつぶやきをつい洩らしたが、心がそこにあったわけではない。いつしか唇に染みついてしまった常套語だ。

若いからさ、と石見も等閑な調子で応じた。

その頃から、もう精神を病んでたんでしょうか。それで自殺を?

詳しくは知らんね。なんでも父親を奪い合ったとか。

父親を奪い合った？　それは親の愛情を奪い合ったという意味だろうか、それとも男としての彼をふたりの女として奪い合ったということなのかと、わたしには判じかねた。訊いておこうか、いや訊いたところで素っ気なく、わからんね、とでも突き返されるだけだろうかなどと迷っているあいだにも、石見の話は進んでいく。

芽久美の幽霊が自分のなかに現れるんだと云ってたね。美乃莉ってのはあれは、もともと店にいた女なんだ。かれこれ十年前だな。今の店じゃないよ。当時おれが店長をやってた店。新宿。まあつい立場を忘れて入れ込んじまい、アパート借りて、半分囲うみたいにしてやってたわけだ。父親を亡くしたばかりだと云ってたから、向こうは父親のイメージを重ねてたんだろう。芽久美の存在は、そうなった後で知った。美乃莉は美乃莉でもともとちょっと変わったところがあったから、こっちはたいして動じはしなかった。たまにふいっと変になる女ってだけじゃないかと思い、逆に魅力が増したくらいのもんでさ。そういう感覚って、男だったらだれでもあるだろ。

　ありますね。

　ところがたまにじゃなかった。完全に芽久美が勝ってる時期というのがあるわけだ。おれが知ってたのは美乃莉の時期だけだったのさ。基本的には、何箇月かおきの交替だったんだ。芽久美のあいだはどうにも手に負えない。延延と訳のわからん話をしているか、男のものを握りしめてるか、餓鬼みたいにがつがつ食っているかでね。だから美乃莉の時期か芽久美の時期かっていうのは一目瞭然なんだ。芽久美が勝ってるあいだはぶくぶくとどんどん太ってくからさ。揺り返すのか、だから美乃莉が勝っているあいだは拒食気味になって、痩せていく。ひたすら仕事熱心になって、次に芽久美が出てきたときのために必死で貯えるんだ。芽久美は、仕事はもちろん買いものひとつ自分じゃできないからさ。乗物にも、怖がって乗れない。たまにはっと短いあいだだけ美乃莉に戻るから、それで辛うじて生きていられるようなもんだった。とんだ女を囲っちまったと思ったね。だが手放せるかというと、それは惜しい。芽久美っていうのははっきりいって色情狂だから、それはそれで面白いわけさ。おれもまだまだ、あのころは体力があったし。その調子でとうとう妊娠もさせた。妊娠したのは、やあもちろんひとつの軀なんだが、妊娠を自覚してそれを喜んだのはさ、美乃莉だった。おれは産んでほしくなかったけどね、いうことを聞かない。しかし出産は芽久美の時期だった。妊娠した美乃莉は子供を産めず、芽久美にしてみたら、長い眠りから覚めて気づいてみれば腹ぼての軀だったわけだ。ある意味、自分では与り知らぬその子供を、やがて芽久美は産んだ。

　さぞや、奇妙な気がしたでしょうね。

はっきり、生まれた子供を憎んでたね。そしておれのことをも憎みはじめた。というか、憎んでいるかのような行動をとって、わざと迷惑をかけるようになった。眠っている最中に犯されたような感覚でも覚えたんだろう、三千グラムのでっかいちんぽでさ。やひゃ、でっかいちんぽ。石見は可笑しげに、華やかなシャツに包まれた肩を、突き出すように動かした。

　的確と感じられるその比喩の、はてなにが彼には可笑しいのだろうとわたしは訝り、

「的確過ぎて気恥ずかしいのだろうか」

と恐ろしく久しぶりにカウンター上に姿を現したジミニー・クリケットに対して問いか

けたのである。いや、問いかけたあとからその相手がジミニー・クリケットであることが意識に明明としはじめ、みずからも非常に驚いたというのが正確なところだ。三十年ぶりだ。ディズニー映画《ピノキオ》のなかでピノキオの良き相棒となる蟋蟀《こおろぎ》の名前を、中学生時代のわたしは拝借して、幻想のなかの自分の相棒……極度に変形したゴールデンハムスター、もしくは自立した女性器状の妖精に、与えていた。ジミニー・クリケットのなんたるかを端的に表現するのは難しい。わたしが開業医の息子の部屋で接したゴールデンハムスターの毛皮を小さな小さな白人女性が頭からすっぽりと被って身を隠しているような生きものとでもいえば、その個性の何割かは表現したことになろうか。紛れもなく雌であり、すこしばかり連想力を働かせてみればそれは、金褐色の和毛《にこげ》の密生した女性器（といえば母親や祖母のものを垣間見たことしかなかったから、そこからの類推）と肉体の他の部分との関係性が入れ替わった存在に他ならなかった。まだ名前がなかった当時は、出現するのは、わたしが自室の、買い与えられたばかりでまだ木が酸っぱいにおいを漂わせている机に対《むか》い自慰をおこなっている最中に限られていて、天板の上の、すぐに手が届きそうでいて身を起こさなければ届かない位置から、無言でわたしの屹立の裏側を見つめ、いずれわたしが射精を果たせば、遠のいて霞んでいく欲望と連鎖して単なる記号に解体し、快美の余韻とともに透明化していく、いわば自瀆の守護神のようなものであった。キャラクタライズされた痛痒さだった。ジミニー・クリケットという名前はティンカーベルの変形に過ぎない。小さき者、といった意味合いである。《ピノキオ》に登場する本来のジミニー・クリケットがあきらかに雄の蟋蟀であることから、男性名だというのは推察できたけれど、それをあえて白人のおまんこに与えるというのは、親類の美少女に男装を奨めるような、洒落た捻りに思われた。わたしは自瀆にすっかり馴服《じゅんぷく》して、その行為に、崇高な直向《ひたむ》きさのみならず諧謔《かいぎゃく》の余裕をもって臨むようになっていた。痴態を、架空の視線に晒されることに馴染んで無痛となり、新奇な刺激を求めたわけである。遊び厭きた玩具にちゃちな改造や装飾（しかも取り返しのつかない類の）を施すのと同質の、少年らしい過失といえた。過失だったね、彼女にジミニー・クリケットという名前を与えてしまったのは。名前を得ると、彼女は豹変した。元祖ジミニー・クリケットよろしく饒舌になり、しかもその声と口調は男性のものに近かった。無遠慮で、自己顕示欲に満ちていた。もはや自慰の最中のみならず、始終、それこそ漕いでいる自転車のハンドルの上にまで出現しては、わたしにうるさく話しかけたり、ぶつぶつと独り言をつぶやくようになった。無責任な皮肉屋だった。それを云ってはおしまいだろうとわたしが思って思考から排除しようとしていることを、あえてまっさきに口にする。わたしをわざと困惑させて愉しんでいるふしがあった。しかし一方においてこの、もはや性別不詳の妖精は、わたしに偏愛を寄せて、常に欲情すらしているのである。今はどうだか知らないが若き日のわたしに対してはそうだった。わたしが自慰に耽っている椅子の上まで降りてきて、小さな舌で睾丸を舐めあげたり肛門を揉んでくれたりしたものだ。その一方で、尻を剝きだしにしての単純労働に夢中になっているわたしを下等だ低能だといって嘲笑し、醜い面皰《にきび》づらをした級友の口調を真似て罵ったりもした。わたしは被虐感に鳥肌を立てながら、それでも陰茎を擦りあげる手を止めることはできない。自立した、刺激なのだ、ジミニー・クリケットというのは。

「語感が可笑しいんだろうよ、でっかいちんぽ。幼稚で単純なんだよ。土曜の晩のテレビに涙流して大笑いしてるような男と見たね。あんまり本気で相手しないほうがいいと思うぜ」とジミニー・クリケット。

「しかし、わたしが知るかぎり唯一、美乃莉と芽久美の過去を客観的に語ることができる人間なんだよ」

「そんなの知りたくもなかったはずだろ。真相を嗅ぎまわれば嗅ぎまわるだけ、彼は神秘を失って、ただの腐りかけた肉塊に堕してしまうんじゃなかったのかね」

「彼？　おまえは別個の人物同士を混同していないか」

「混同してるのはおまえのほうだ。停滞した存在に過去を託して、本当はまだなにも起きていないような気分に浸ろうとしてる。だけどおまえがどういう気分でいようが、起きたことは凡て起きてしまってるんだし、起きなかったことはなにひとつ起きなかったんだよ」

「起きなかった。わかっているさ、起きなかった。そう認めてきただろう」

「いや認めきれてないね。認めろ。垂れさがったきんたまの貧相な縮れ毛にかけて認めろ。何千回、彼のでっかいちんぽの味を妄想しながら自分の細長いちんぽを擦りあげてきたか知らないが、しょせんおまえは現実の彼には一度も愛されやしなかった。彼からまともに言葉をかけてもらったこともなければ、そのでっかいちんぽの味も知らないし、両脚を抱えてそれを直腸にぶち込んでもらうこともできなかった。それどころか中学を卒業したが最後、再会することすら叶わなかった。せっかくいざってときのためにブラシの柄を肛門に突っ込んでは広げてたのにな」

「出鱈目を云うな」

「忘れたのか。耄碌《もうろく》して恍惚としてんじゃないのか。なにひとつ欲望どおりに行かなかった人生を呪え。侘しくなったらおふくろとでもやってな。きっとちょっとは若返るぜ」

埃でも落とすような素振りでカウンターの上を手で払うと、ジミニー・クリケットの姿は失せたが、どうせまた気紛れに現れるのだろう。困った観念を思いだしてしまったものだ。

きっとあいつは子供を殺すだろうと予想していた、とわたしの所作に構わず石見は話を続ける。芽久美がね。なにをやらかしてもふしぎのない女だし、そう、おれもそうなることを望んでいたかもしれないなあ。あんた、子供いる？

わたしはかぶりを振った。

そういや昔から立たないって云ってたっけか。じゃあ結婚もしてないの。

ええ。

そうか、ふうん、そうか。羨ましいような羨ましくないような。おれはどう見える？

どう、といいますと。

子供いるように見える？

あまりそういう観点から人を見たことがないので。

今、勘でさ。

勘といわれても、彼の子供というのはあきらかに存在している。たった今、皆川芽久美がそれを出産した話をしたばかりではないか。そちらは別にしての、つまり本来の家庭のほうにはどうかという意味の質問なのだろう。子供のない人間が進んでその手の質問はしたがるまいとわたしは考え、

ひとりくらいおありでしょうか、よくわかりませんが。

すると石見はすこし落胆したように、

見えるか、

とつぶやいた。とても子供がいるようには見えませんねと答えてほしかったものらしい。

彼は短くなったたばこを口にくわえ、空いた手でじゃんけんのちょきをつくって見せ、ふたたびたばこを挟んで唇から離して、

ふたり。両方とも女で、上はもう短大を出て就職してる。下は高校生。親がこういう仕事だから、多少はぐれるのを覚悟しながら育てたんだが、どっちも真面目だよ、下も、今んところはきわめて。このへんや渋谷のへんを昼間っからほっつき歩いてる餓鬼どもがみんな宇宙人に見える。髪の毛だって黒い。もっとも店の面接に来るような子たちもさ、なるべく十九二十《はたち》を中心に採ってるんだが、面接の時点では大概、圧倒的に地味なんだ。野暮ったいというか、はあ、今どきよくこんな娘が生き残ってたなと感心するような子ばっかりなんだよ。歓迎会の、座興に、これまでの男性経験を告白させたりするだろ。すると、さすがに処女ですってのは、いやそれでもふたりかくらいはいたな、まあそうじゃなくても、今の彼氏だけですとか、何人かと付き合いましたが一線を越えた相手はふたりだけで、どちらも結婚まで考えてた本気の相手でしたとかね、そんな子しかいないんだよ。たまに、見るからに遊んでそうなのが入ってきて、訊いてみたら自慢そうに小六のときの担任の先生を皮切りにすくなくとも二百本はしゃぶりまくってきましたとかさ、そういう、完全に色情狂だなこいつってのも入ってこないじゃない。で、こりゃ教育する必要なさそうだから楽だなと思って期待してると、あんがい下手糞でどうにもならない。勤めも長続きしない。けっきょく世のなかというか男性社会に対して献身的じゃないんだな。しゃぶってやってんだからって感じで、お客になんの感激も与えないんだ。わかる？

わかりますね。

しゃぶらせながら、おまんこに指突っ込んだり、肛門をくじったりしてても、こう、胸が熱くなる感じがないんだ。身も世もなく、いまおれはこの子のなかに吐き出したいんだっていう、昂りにまで至らない。真面目な子じゃないと駄目なんだよ。キャバクラとか駄目だぜ。ソープに集まる子らも、そっちはそっちでまただいぶ雰囲気が違うな。ピンサロの子っていうのが、おれが思うにはいちばん、おれたちの考える普通の真面目さに満ちてる。ちゃんと仕事の厳しさ想像して、でも自分は真面目だから勤まるだろうって頭で面接にやって来るのか、それともただ嗅覚が働いて向いてそうだと思うだけなのかは知らないが、ともかくそういう子がたくさん集まってくる。だから上の子のときは、こう真面目一辺倒じゃあいずれ尺八商売に足突っ込んじゃうんじゃないかって心配でね。上も下もスポーツやってるんだ。上はスケートで下は新体操。どっちが金かかるか知ってる？

いいえ。

圧倒的にスケート。その詳しい話はいいにして、上の子については、小さな頃から心配で心配で、考えはじめたら眠れなくなって、朝までずっと寝顔を見つめてたりさ。店の子たちを見下してるわけじゃないんだ。あれはあれで生き方だよ。おれなんかどう考えてもそれ以下の生き方だしさ。でも自分の子供ってのはまた話が別で、親の本能なんだな。きっちりした相手と結婚してきっちりした遺伝子を残してほしいわけで、これは生きものとしての本能だから、どうにも仕方がない。子供を産めなくなるような仕事じゃないけどさ、店の子たち見てても、ここ卒業したあとまともに結婚できんのかなって心配になるときはある。だから辞めるって子には必ずこういって聞かせる。いくら彼氏を悦ばせたくなっても店で覚えた技だけは使うなよって。その瞬間からおまえは彼氏にとって、ただの道具に成りさがるんだからなって。

相手の男性が、その子の過去を知っているかどうかにもよるんじゃないですか。必ずしもその、技術のある女性に対して差別的な意識を持っている男性ばかりとは限らんでしょうに。

「くひゃ」カウンターにジミニー・クリケットが現れて笑った。手で払った。

限るさ、と石見。それから、しばらくのあいだ口をつけずにただ手に持っていた缶ビールを呷って、そのまま最後まで飲み干してしまった。空いた缶を、握り潰しながらカウンターに置く。ぐげ、とげっぷをした。

限りますか。

ずっと独身だからかな、やっぱりあんたロマンチストだ。結婚を目の前の現実として考えたことがある人間だったら、だれだって言下にこういい返してくるよ。限る。仮に例外があったとしても、まるきり無視していいくらいにわずかだろう。相手がじつはホモだったとか、じつは見合いのときから鬘《かつら》で三十年経ってもやけに黒黒としてるんでようやく気づいたとかってほうが、まだ可能性があるね。そういうもんさ。ところであんた、ちょっと外に出られないか。こういう時間だけど、きょうはまだ一食も食ってなくてね、電車のなかで、さて降りたらなにを食おうかって考えてたときちょうどあんたから電話があった。昼飯は食っちゃってると思うけど、ご馳走になったぶんのビール奢るぜ。ここ空けといても、どうせ暇なんだろ。

暇ですね、基本的に。

飯も付き合えるなら奢るけど。

どうでしょう。わたしもきょうはまだ食べていないんですが、まあビールがあれば。

なんだ、じゃあ飯も付き合いな。

店員に対しての口調が染みついているようで、そう命令的に石見は云って、空色の手帳をカウンターから取り上げた。踵を返して灰皿にたばこを放り入れ、硝子の扉を押し戸外へと出ていく。わたしもサンダルを履いてそのあとを追った。《春の祭典》は放っておいた。日射しが黄色く傾いて、蝉たちがいっそう喧《やかま》しい。ドアに向いて鍵を掛けながら、玄関のタイルの上にあの熊蝉の屍骸を見つけた。今度こそ屍骸だろう。冷房のせいか意外と早く力尽きた。

だけどさ、と石見が背後でいう。だけど。

はい、とわたしは頭を動かした。鍵を掛け終えて振り返った。踏み石から地面に降りて、はい。

下の娘となると、もう上のときほど心配じゃないんだな。まったく心配してないに近い。それは、上がうまく育ってくれたからというよりも、娘を心配するって行為に自分でもう厭きちゃってるわけよ。たとえば下の子が、これがなかなかの美少女ではあるんだぜ、ほんと欲目抜きで、で、それと対い合わせで飯なんぞ食いながらさ、そいつがこう、たとえば文学青年が土左衛門になったような国語教師かなんかの股間に跪いて、一所懸命に頭を上下させてるところを想像したりするだろ。

そういうもんですか、男親というのはそういうことを考えるもんですか、とわたしは、行先を迷う気配の片鱗もなくまっすぐ本室の方向へ足を進めていく石見に、あまりあちらには接近しないでくれよと内心祈りながら速度を合わせている。

考える考える。というかおれなんかそういうことしか考えないね。でもしょうがないかって気になれちゃうんだよ、下の子に対しては。子供に対する愛情が薄れてるってわけじゃなくて、いや薄れてんのかな。そうかもしれない。だから、ええと、いったいなんでこんな話になったんだっけか。

さあ。

あれ、ありゃ、と小首を傾げながらも、石見はそれを競技として愉しんででもいるかのように軽快に雑木林のなかの遊歩道を進んでいく。正面に本室の茶色い屋根が見えてきたかと思うと、次の分岐で、彼はふと、外の道路へと進路を変更した。遊歩道の曲線に沿った微妙な方向転換を続けているよりも、いっそ曲り角のはっきりした直線的な道筋を選んだようだった。

そうか、思いだした。公園を囲んだ道路の歩道を、駅の方面に進みはじめたところで、彼は声をあげた。芽久美が産んだ子供の話だ。あんた、そういうのどう思う、独身者として。

どうって。

いや、だから、そういう子でも子は子でしょう大切にしなさいって憤るかと思ってさ、独身のロマンチストは。いってみれば不義の子だ。そのうえ母親には最初っから、存在そのもの、憎悪されている。可哀相な子供だよ。じつに。そういう子供の、医学上の父親の意識さ、どうあるべきだと思う。

……顔を見れば、どんな素性の子でもそれなりに可愛くなるとかいいますよね。きっとそういうもんなんだろうと、ただ漠然と思うくらいで、どうあるべきかといわれても。その子に会われたことは？

あるよ。

どうでした。

いや、そのときはもう腹を括ってたからさ。なにせ、電話があったかと思うと、きのう赤ん坊、どこそこ棄てといたからねときたもんだ。最初はその、そこの駅のコインロッカーだった。芽久美だったらそのくらいは平気でやりかねんと思って、ともかくもおれは警察に通報した。

こく、と蟀谷《こめかみ》のあたりに大きな音が生じた。血管が鳴ったのか、顎の付け根がどうかなったのか、それとも心臓の音が響いたのか、脳が動いたのかはわからない。ともあれ音がした。わたしは、石見に訊ねた。本当に棄ててあったんですか、子供が、ロッカーのなかに。

もちろん、といって彼は外に出てから初めてわたしの顔を直視した。そのとき初めて、彼の眼の、空洞のような無表情にわたしは気づいた。

11

皆川美乃莉のシステム手帳を石見はどこかに保持しているはずなのに、彼に並んだり遅れたりしながら、その腕のあたりに何度視線を落としてみても、あの美しい空色は見当らなかった。足を進めるべき方向をわたしが把握するには彼を視界に入れておくほかないのだから、途中で廃棄する素振りがあれば気づいたはずだ。鞄に収めたというのでもない。彼は手ぶらだった。年齢なりの脂肪を纏ったその身のどこかに、吸収してしまったとしか考えられなかった。魔法のようだった。

駅に程近い、交通量に満ちた交差点へとわたしたちは達した。行先について、具体的なところを彼はまだなにひとつとしてわたしに語っていない。これから一緒に食事をとるのだという情報しか、わたしには与えられていない。それからビールも飲める。ビールが飲める。これだけ駅に近づいてきたということは、もしかすると石見は、食事の前にまず、芽久美が赤ん坊を遺棄したコインロッカーをわたしに見せてやろうとしているのではなかろうかと思った。蜂の巣のような小さな扉の集合体の狭間に立ち、彼が指し示した扉を見つめている自分の後ろ頭を、わたしは脳裡に泛べた。緑色の四角い扉はわたしに、なんらかの感興を催させてくれるだろうか。使用中でなければ、扉は、その鍵穴に鍵をくわえ込んでいるはずだ。鍵の握りには、扉と同じ数字が彫りこまれたプラスチック板がぶらさがっているはずだ。楕円形である。橙色をしている、たしか。数字は、わたしになんらかの啓示を与えてくれるだろうか。もしそれが50以上なら、わたしの寿命を示しているとも考えられる。……

自動車の流れが緩みかけたと見ると、石見は歩行者信号の色彩に逆らって横断歩道に踏み出した。その行動が、あたかもスイッチだったかに見えた。自動車という自動車が上昇しきったボールよろしく、動きを止め、停滞した。不意打ちに交差点を覆った静寂に、歩道に群れ立っていた人人が一様に戸惑い、次の行動に移りかねているのが感じられた。わたしも戸惑った。

お、と車道から石見が振り返ってわたしを呼びつける。歩行者信号が青に変わった。俄《にわか》雨《あめ》が落ちはじめるように、側面の車道の交通が甦った。先陣を切ったのは一台の小型のオートバイだった。脱げ落ちる寸前にまでヘルメットを後方にずらして被った、Tシャツ姿の若者が乗っていた。彼が断トツの素早さだった。断トツに、時間に支配された世界への復帰を果たしたわけである。仮にわたしや周囲の人人の停滞が十秒ほどであったとして、彼の停滞はその半分だった。つまり今や彼の時間はすくなくとも五秒、わたしたちに先行しているというわけだ。それが固定の時間差ではなく、人生の圧縮率の差異が生じさせた、ラップタイムの差である可能性を考えてみた。こういうことだ。圧縮されない人生というものを想定して、それを宇宙と同等の永遠と定義する。他方には無限大に圧縮された人生がある。これは無だ。誕生、いや受精すら起きなかったゼロの人生だ。するとあらゆる人生について、固有の圧縮率が算定できることになる。なんぴとも宇宙の寿命というものを見届けえない以上、その絶対値を求めることは不可能だが、相対的に互いの圧縮率を測りあうことはできる。犬の平均圧縮率は人間の平均の七倍、といったふうに。犬の寿命は短い、ではなく、めまぐるしい、と捉えるわけだ。

　かようなことをわたしが瞬時に思いついたわけではなく、ましてやべつだんユニークな切り口ですらないのだ。最近、といってもわたしの最近というのは五年前十年前に及ぶことすらしばしばだが、ともかくニュース雑誌を読んでいて、the dog year という言い回しがあることを知った。畜生、また英語だ。英語に恋した覚えなどないというのに、鍵になる言葉といったらいつも英語だ。辟易するが、理解できる唯一の外国語なのだから仕方がない。選択の余地がない。かつてはありえたが今はもうない。……ある分野でめざましい進展があった年を、そう称するのである。the dog year. 犬にとっての一年のようにめまぐるしかった人にとっての一年、というわけだ。ずいぶん持ってまわった三段論法的な言い回しのようにわたしは感じて、どのような時間的観念に捕らわれた人人ならこんな言葉を思いついたり、気が利いているとして借用したりするだろうかと考えこんだ。やがて考えるのに厭きて、命題そのものを忘れてしまった。数日して、犬を見かけた拍子かなにかにまた命題を思いだし、そのほぼ同時に、時間を長短ではなく圧縮率の高低と認識して生きている人人に違いないという閃きを得た。命は等価という非現実的なスローガンに侵蝕されきった言語脳ならば、あるいは到達しうる観念だろう。わたしの言語脳をそういう形に削りなおすにはもうひとつ別の人生が必要だが、思考の訓練としてならば面白いと感じ、しばらくのあいだ、ときどき思いだしては実践していた。要するに訓練の成果だ。オートバイの若者が断トツだったという事象に対する、手慣れた一解釈を架空の観客に向けて披露したのみである。もしあの若者がこれまでずっと、わたしの十秒を五秒で走り抜けてきたのだとしたら、そろそろわたしと同等の地点に到達することになる。過ぎてしまっているかもしれない。近近に幕を閉じる人生なのかもしれない。が、むろん嘆かわしいことではない。それが彼の永遠であり、そしてそれは宇宙の永遠とすら等価なのだ。のみならず、あらゆる犬の永遠、兎の永遠、鴉の永遠、溝鼠《どぶねずみ》の永遠、小説家の永遠、それに殺された男の永遠、テノールの永遠、ウッチェロの永遠、薔薇色の君の永遠、横井昭とその姉の永遠、張本すなおの永遠、本多恵子の永遠、所長の永遠、石見の永遠、そしてわたしの永遠とも。ねえそうだよね、ジミニー・クリケット」

「けつの孔」

「石見は横断歩道を渡りきった位置に立ちどまっていた。一見、わたしを待っているかのようであったが、そのうちはっきりと駅の方角に背を向け、一歩、また一歩と、通り過ぎていく車の流れに寄りはじめた。信号待ちだ。どうやらコインロッカーに案内してくれる気はないらしい。小さな駅ではないが、当然、新宿や池袋のような化けもの駅でもない。往来に見咎められることなく赤ん坊を遺棄しうるコインロッカーは限られている。どこいらのロッカーかの見当はついていた。ただ、扉の数字を確認できなかったことがすこぶる残念だった。遠ざかったとなればいっそう、自分にとって意味深い数字であったような気がしてならなかった。かといって石見に数字を訊ねたところで、この粗野な男がそんな瑣《さ》瑣《さ》たることを記憶してはいまい。わたしはあとどのくらいの期間を生きるのだろう。あとどのくらい、この同じ疑問を抱き続けておらねばならないのだろう。

車道の往き来の勢いが衰えたと見るなり、石見はふたたび歩行者信号を無視しての横断に及んだ。蛮勇の迫力に交差点はまた静まった。もっともさっきほどの静謐ではなく、また長くも続かなかった。それにしても一種の曲芸である。ちょっとした人込みでも、人にぶつかられたり足を踏まれたりしながらでなければ歩けないこのわたしが、もし同じ渡り方を試みたらばたちまち御陀仏だ。きっと石見にとってはごく真っ当な横断歩道の渡り方であって、そこに感嘆の目を向ける者がいるなどとは想像したこともなかろうが。……

　そのようにして、いったん石見に追いついたわたしは、またも横断歩道の距離ぶんを引き離されてしまったのである。このたびも石見は車道の中程でちらと背後を瞥したが、わたしの姿を確認しただけで満足したらしく声はあげなかった。わたしのほうも、女学生同士ではあるまいに横並びになって歩く必要も感じなかったから、その後は彼の姿を見失わないことを心掛けつつ楽な歩調で行くことにした。

　歩きながらわたしは、遺跡の写真さえ見たことがないカルタゴのことを考えている。ナスカの地上絵やアンコール・ワットやモナコ・グランプリの眷属《けんぞく》といえば眷属。しかしこの古代の亡国の幻影は、かつて間違いなくわたしの一部だったのである。チャイコフスキー作品ほどの重要性はなかったものの、エルヴィス・プレスリーの髪型や横井昭の姉の体臭にはじゅうぶん匹敵した。わたしにとってのカルタゴは、フローベールの奇怪な歴史小説《サラムボー》そのものである。他のカルタゴを知らないからこそかえって、砂塵と香料臭で飽和した空気を肺の底までたっぷりと吸い込んで、それに酔い痴れることができたのだろう。みずからの資質に刃向かうかのように没個性と無感動を標榜した稀代のロマンティストが、熱病下の連続夢のような歪んだドラマを、考古学的成果およびそれらしきものの絢爛《けんらん》な鎧で包んだ、《サラムボー》はいわば長大な幻視詩である。フローベールの病は二十代のわたしに書物感染した。のち、三十代になって書きはじめた、壮麗かつ無欠な長篇小説（予定）もしくは《未完成ピアノ協奏曲第一番》もしくは卵の化石の、舞台が、もはや空想の手以外は伸べようのない過去にとられていたのは、わたしがカルタゴ病の後遺症から脱しきれていなかった証拠といえる。もっとも、十九世紀の仏人フローベールと紀元前の暗黒大陸との間に横たわっていた、無限に等しい深さの溝を思えば、わたしにとっての日露戦争など、押入のなかの蒲団なみに卑近ではあるが。

　カルタゴ、いや《サラムボー》の断片が脳裡に飛来したのは、さっき、歩道が公園から分離したあたりでのことだ。既視感に似た懐かしさが不意に胸中に生じて、またもやわたしは、あらかじめ夢にみた場面のなかにいるのだろうかと訝ったけれど、目に映る景色の手触りは、道路や建物自体はきわめて見慣れたものでありながら、鮮烈な空気に満たされている。懐かしさは拠り所を見つけられぬまま程なく薄れて、手掛かりは失せた。苛立たしさが残った。するというと先刻、石見と距離を置いたのが幸いしてか、カルタゴ、という響きが肩に舞い降りてきて、そうか《サラムボー》かと気がついた。なんのことはない、皆川芽久美が赤ん坊を遺棄したという石見の話が、わたしにその犠牲奉献の場面を連想させていたのである。叛乱を起こした傭兵たちの手により、水の供給を断たれたカルタゴ共和国は、神との取引に出んとし、犠牲奉献の祭儀が執り行われる。虚空神バールに無数の子供たちが捧げられる。儀式の描写におけるフローベールの筆は厭世的な冷淡さに満ちている。子供たちはあくまで供物として、小麦粉や猿や牛といった他の供物と同列に扱われている。個個についての描写はなきに等しい。一方、信仰であるとの断りがあるにもかかわらず、神を買収せんとする親たちのほうは、その醜悪さ、滑稽さが、簡潔な表現によっていっそう明晰だ。

　神官がいそげばいそぐほど、民衆の熱狂は高まっていった。生贄の数がへってくると、あるものはのこりの子供らを助けてやれと叫び、他のものはまだたらぬとどなった。その騒ぎは、まるで人間をつみかさねた壁が、この世ならぬ恐怖や不思議な快楽の叫喚にくずれおちたかのようであった。それから、信者たちが、いやがる子供らをひきずりながら、通路にやってきた。そして、しがみつく子供らをじゃけんになぐって引きはなし、赤マントの男たちにわたした。楽器を演奏する者どもは、疲れきって手をとめた。すると、母親の泣き叫ぶ声や、脂が烈火のなかにおいてじーじーとなる音がきこえた。

石見が路を折れるのが見えたので足を速めた。同じ角を紆《まが》ったが、往き交う人影のなかに石見の後ろ姿は見当らない。駅正面のアーケード街から溢れでたような店店が、左右に、ここからまだ当分のあいだ連なっている。アーケード街のなかより気の利いた飲食店が多く、足を伸ばすことの多い通りだ。置いてけぼりを食らったところでなんら困りはしないというのに、方向を見失ったような不安感が込みあげてきた。わたしはさらに足を速め、ほとんど走りだす寸前にまで至ったとき、

おう、おい、

という投げやりに人を叱りつけているような声が背後へと流れていった。足を止めた。慌てて止めたものだからサンダルの片方を前方に蹴り飛ばしてしまった。片足跳びでその位置まで進み、足を入れなおして振り返ると、石見は鋪道の外側に立ってたばこの煙を吐き出している。わたしは路を引き返した。

石見が立っている場所は、瀟灑《しょうしゃ》なレストランの前の、赤いタイル貼りの踏み石の上だった。通りかかるたび無意識にだが必ず一瞥して、その健在を確認してしまうような店だが、わたしは入ったことも、入るのを検討してみたこともない。酒には一家言あるものの食事については基本的に死なねばいいという程度の意識しかないわたしには、一言でいい、不似合いな店なのだ。改めて眺めてみれば、さぞや旨い料理を食わせるのだろうと通行人に感じさせるべく、周到な演出の施された外観である。適度に古びて、適度に小綺麗で、適

度に不親切だ。街路に向かって突き出すように下がった木彫りの看板に、バルセロナ料理、という日本語と、西語らしい店名を記した飾り文字があったが、わたしには読みがわからないし、意味もわからない。ひたすら味にばかり気を払ってまいりましたので店の見た目を工夫しているような余裕もございませんでしたが、客商売の礼儀ばかりは若い頃に叩きこまれておりますから、古びたドアの内側は古いながらも清潔でかつ店員は慇懃に畏《かしこ》まっております、と云わんばかりの外観であった。たとえ実際にはたいして旨くないにせよ、わたしに不似合いな店であることには変わりはない。所長にだったら、きっと似合う。石見にも似合っている。わたしには、面白いくらいに似合わない。テーブルに着いたわたしはだれの目にも、博打かなにかで奇跡的に一儲けして、このときばかりはせめてしょぼくれ人生の架空の観客に見栄を張らんと、湿った穴蔵のような住処から這い出してきたようにしか映るまい。人間だけを見ればわたしより石見のほうがよほど博打うちに見えるだろうに、可笑しなことである。そもそもサンダル履きで、わたしは入店を許可されるのだろうか。

石見はたばこをタイルに落として、伊太利製かそれ風の華奢な革靴で踏みつけた。

こういうの、あんた食うかな、と云って、片手の拇で肩越しにドアを指す。

さあ、とわたしは首を傾げて見せた。入ったことがありませんから。だいぶお高いんでしょうね。

奢るって。

わたしは軽く頭をさげた。むろん、そう念押しさせたくてわざと云ったのである。でも入れますかね、いつもの癖でサンダル履きで来てしまいました。つぁは、そんな堅苦しい店じゃねえよ。ほらおら、おれだってノーネクタイだ、と石見は顎を上げ、細いわけでもないのに妙に筋張った咽を前方に押し出した。

「ノーネクタイだ」とその肩の上でジミニー・クリケットが物真似をする。

わたしが頭を左右に揺らし腕組みするのを待たずして、するりと背中の側に降りて見えなくなった。石見はドアへと向かったが、その背中にジミニー・クリケットは見当らなかった。と思っていたら、今度は石見の胸の側から肩へと現れた。「鰻の稚魚」石見さん、と歩み寄った。わたしが急に声を高くしたものだから、彼はぎょっとした表情で振り返った。ここ、この店、鰻の稚魚を使った料理を出しますか。

唇を半開きにしたまま彼は頷いて、好きなの？

いえ。わたしは、食べたことは。

あそう。でもまあ、経験としちゃ面白いかもな。ひょろ長いからさ、魚の擂《す》り身で出来た麺みたいな、そういうもどき料理を食ってるみたいな感じだね。でも日本の白子《しらす》乾しのほうがぜんぜん旨いよ。だれに食わせてもそう云うだろ。食ってみたいの？　たぶんあるだろ。いいよ。

皆川……芽久美さんと、それを召しあがったことというのは。あったっけな。石見はドアを押した。ドアベルが薄鍋を叩くような音色でからりと鳴った。

ふたり、と石見が声をあげている。ドアが閉じきる前にわたしも店内に入った。近づいてきた店の者に、

ふたり。じゃんけんのちょきにした指を肩の高さに上げて彼は繰り返した。ジミニー・クリケットの姿は失せている。石見は、軽くまたわたしのほうを振り返り、ないよ。

どこに、とわたしは訊ねた。どこかにそういう貼紙でもあるのかと思ったのだ。現在、鰻の稚魚の料理は出していない、といったような。

いやそうじゃなくて、芽久美とも美乃莉とも、ここで鰻を食ったってことはないな。一度、外苑前にさ、似たような店があって、そこで食ったのは憶えてる。どっちだったかな。芽久美だったと思うよ。

そこでだけ?

おれがあんまり好きじゃないからさ、うん、ここでそれを食うってのはありえない。ここ見つける前に、外苑前のその店で初めて食ったんだ、おれも。で、二度ともういいかなと思ったよ。油っこくてさ、オリーヴオイルが。ぎとぎとでさ、なんていうか……

ご案内いたします、と黒いチョッキを着てメニューを抱えた三十路ほどのウェイターが、

石見の喋りを遮った。狭い店であり、奥のテーブルには夫婦ものらしい中年男女の姿がある。料理に対しての雑言を聞かせたくなかったのだろうとわたしは思った。石見が口を閉じると、

どうぞ、とウェイターは声を低め、わたしたちから離れ、磨硝子入りの衝立の向こう側を示した。わたしたちは進んだ。板張りの床の上、わたしのサンダルは、ぺちゃぺちゃと異様に大きな音をたてた。テーブルには真紅のクロスが掛かっていた。

こっちがいいな。広いほうがいい、とウェイターが示した二席のテーブルではなく、その隣の四席のテーブルを石見は選んで、クロスの上に空色のシステム手帳を放った。その鮮やかな現出にわたしは眼を瞬かせた。ちゃんと持っていた。この男は奇術師か。それともわたしの眼球が彼のシャツの柄にでも眩惑され続けていたのだろうか。石見は壁側の椅子の背を引いた。腰掛けながら、

頼んでみるか、とわたしを見あげる。坐んなよ。ここのは旨いかもな。鰻の稚魚。ある？

視線を宙に置いたままひとしきり喋って、その直後、ちら、と相手にそれを移すのである。そういう癖がこの男にはある。

ございます、とウェイターが身を傾けるのを見ながら、わたしは石見と対い合いに腰掛けた。

それから……と石見の虚ろな眼がこちらを向く。

ビールを。

ビール、なに？　眼はまずわたしに、そしてウェイターに。

ウェイターは二冊のメニューをテーブルに置きながら、グロールシュ、シメイの赤、国産もございます。

スペインのビールってのはないの。グロールシュってスペイン？

オランダになります。

シメイは。

ベルギーです。

スペインじゃないんだなあ。なにかな、スペインではビールってのは飲まないのかね、とわたしを見る。

飲むでしょう。

少少お待ちください、とウェイターは一礼してテーブルを離れていった。身を反り返らせて目でその行方を追ってみれば、厨房との間のカウンターに寄り添って、なかの料理人に話しかけていた。料理人は細面の白人だった。

わざわざ訊きにいくこたないのにな。なんて載ってる？　どこだ。言葉があれば飲むんだろう。石見はメニューの頁を繰っては、指で文字を辿っている。あるよ、ほら。なんて読む？

わたしもメニューを開いた。

最後の頁。

ありますね。ビール……ははあ、セルヴェッサ。

言葉があるんだから飲むんだよな。あ、国産ってのはハートランドか。まだあったんだな。綺麗な緑色の罎のやつだろ。旨いっていって芽久美がよく飲んでた。

そうですか。

遊びにも使ってた。肛門から飲ませてやったりしてたよ。

わたしはテーブルクロスに視線を落とした。抑えられた店の照明のせいで、黒ずみ、ちょうど血の色に見える。訊ねた。飲めるもんですか。

尻を高く上げさせてさ、うまく隙間を空けて息が抜ける感じにしてやれば、とくとく入ってくよ。一本ぶん、全部入る。おいしいおいしいって悲鳴あげてたぜ、はん。入ってくときは堪らんらしい。すぐにアルコールが廻って、全身が嘘みてえに綺麗な、綺麗なピンクになる。おれはてっきり灌腸《かんちょう》みたいに作用するもんだと思っててさ、そのまま布団の上で我慢させて、シーツちょっとでも汚したら生爪剥がすぞとかいって、おまえなんか自分のうんこのついた罎でもしゃぶってろとか云って……石見の喋りが途切れた。代わりに跫音が聞えた。ウェイターが姿を現してふたりの間に立った。

スペインでも飲むそうです。非常によく飲まれるそうです。

じゃあそれを置けばいいのに。

ウェイターは黙って頷き、小さく礼をした。

セルヴェッサ、

と石見が嬉しそうに口にしたのを、

セルベッサ、とウェイターが訂正した。

vだろ。

bと同じ発音になります。日本語的に発音したほうが近いようです。

そうなのか。セルベッサ。ふうん。

あの、ハートランドを。

畏まりました。

おれはワイン。赤。グラスで。

畏まりました。

それから鰻の稚魚と、あとなんだ？　とメニューを閉じてわたしを見る。

いえ、それだけで。

いいの？　きっとそんなに量ないぜ。

それだけで。

あそう、じゃあ、パンを多目に付けてえ、おれえはあ、オムうううレッと、あと、牛肉の煮込みみたいなのあったよな。

ございます。

それ。とサラダ。あ、いらねえや。いい、いい。ワイン持ってきて。

メニューが回収され、ウェイターはわたしの視界を去った。

石見がたばこの箱を取り出し上下に振りながら、冷房、きつくねえか。

強めですね。

飲めばあったかくなるか。でも外に出ると暑いな。どうにもならんな、などとたばこをくわえた唇で云って、火を点ける。吐き出された煙は、石見を取り囲むように左右へ流れた。

何年前の話ですか、コインロッカー、とわたしは訊ねた。

彼はテーブル中央から銅製の小さな灰皿を引き寄せながら、七……八年になるか。七八年だな、上の子が中学に入ったばっかりだったから。

嬰児《えいじ》の遺棄というのはどれほどの罪なんでしょう。

さあな。

心神喪失者ということに？

いや、けっきょく警察沙汰にはならなかったんだ。

百十番したんでしょう。

ああん、した。したした。新宿から。店の外に出て、公衆電話から匿名でね。迂闊に警察に名告ったりして、なにがどう転がっておれに被害が及んでくるかわからんからな。だが店に戻って冷静になってみて、こりゃやばいぞと思って青くなってさ。

飲みものが運ばれてきた。紙のコースターが三つ配られ、それぞれに、緑色のビール罎、空の背高なグラス、そして赤ワインの入った背の低い切子のグラスが置かれる。

つまりさ、とウェイターが遠ざかるのを待って石見は言葉を繋いだ。自分が産んだ子だろうが余所の子だろうが、そして結果として赤ん坊が元気だろうが死んでようが、芽久美のしでかしたことは歴とした犯罪なんだ。あいつのことだから、ロッカーの中には赤ん坊と一緒にこれでもかってほどの証拠を残してることだろう。必ず捕まる。警察に捕まった芽久美は、赤ん坊の父親がおれだってことを隠しやしない。要するにおれは今の電話で、頭の変な女を囲って子供までつくりましたと、警察に、ひいては世間に公表したようなもんだと気づいたわけだ。いや警察も世間も本当はどうでもよくってさ、おれが怖かったのは家族の視線だな。娘たちの憎悪に満ちた目を思い泛べると、胸のなかに冷たい風が吹き込んでくるような気がしたね。おれはあれが嫌いなんだ、ほら、金属製品で、型に流し込んで作るやつ。

鋳《い》物《もの》？　と訊ね返して、グラスにビールを注ぎはじめた。緑色の罎の向こうで、石見が赤ワインを唇に運んでいる。わたしもビールを啜った。管理室でも飲んでいたので咽の暴れはなかった。ただ冷水のようだった。

　石見はグラスを顔から離すと、一呼吸を置いて、鋳物だ、そうだ。あれ必ずどこかに息抜きかなんかの孔があって、中が覗きこめるじゃないか。子供の頃、家の床の間に、その、鋳物の、シェパード犬の置物があったんだ。お坐りしてる形で、底には円い緑色のフェルトが貼ってあった。おれやら弟たちやらが幼児のころから始終撫でまわしてるもんだから、表面はすっかりつるつるになっててさ。底に孔が空いてるってのはフェルト越しの感触で知っていた。でも、弾力のあるなにかが詰まっているみたいに、おれはずっと錯覚してたんだよ。たぶん、重かったからだろ……十歳か、十一歳のときか、久しぶりにそれが目についたんで、なんの気なくつかみあげてみたら、底のフェルトがもう剥がれかけててさ、べこべこに張りがなくなってた。それなりに愛着があったからそのまま戻しておくのは気が退けて、ボンドで貼りなおしてやるようなつもりでさ、いったん引っ剥がしたんだ。で、初めてその下が空洞だってことに気づいたのさ。犬のなかの空虚をまのあたりにした。あかりの下で覗きこんでみると、犬の中身が見えた。長らく愛着を抱いてきた犬を、おれは初めて裏側から見た。裏側といっても金属の厚みがあるから、きちんとした裏返しじゃない。凹凸がはっきりとした凹凸になってなくて、逆に平坦なはずのところに厭な形の突起があったりして、要するに犬になろうとしていまいちなりきれてないような、じつにグロテスクな内部なんだ。ぞっとした。犬の上辺を眺めてるのも厭になった。で、そのまま外に持ち出して、近所の川に棄てたよ。人間の内心とか本性っていうと、おれはいつもその犬のことを思いだす。あんたの中身も、おれの中身も、美乃莉の中身もね、外見とは似て非なる、グロテスクで空虚な生きものなんだ。表面がどんなにしっかりとして、つるつるでもさ。そういうおれの本性のなかに、風が吹き込んだ。吹き込んだがゆえに、凹凸の曖昧さや奇妙な突起がはっきりと感じられたが、こっちは上辺と違って磨きようも削りようもない。フェルトで被って、見えなくしておくほかないんだ。わかる？　だからおれは決断して、急いで駅の電話番号を調べてそこにかけた。コインロッカーの担当者に替わってくれと云うと、それは駅ビルの管理だってんだな。じゃあそっちの番号はって訊いたら、ロッカーに貼ってあるステッカーを見てくれと云う……

　ときどき頷き返しながら、ちびちびと冷たいビールを啜っている。テーブルクロスの赤色が目に染み入って、石見との間の距離感が曖昧になってくる。

　ふと彼がこちらを凝視し、微笑していった。灌腸液だ。

　わたしは頷き、口中の金色の液体を嚥下した。

　あんた知ってた？　すっかり吸収しちまうんだぜ、あれ。

　ビールですか。

　彼は頷いて、だから灌腸にゃなんない。とろおんとたちまち酩酊して、夢現《ゆめうつつ》で悶えまくってたかと思うと、不意にころんと眠っちまう。眠りながらぶうって洩らすんじゃないかとこっちは心配するんだが、いつもけっきょく、翌朝までなにごともなく眠り続けてる。炭酸ガスで大腸が膨れあがるのはさすがに苦しいらしい。でも肛門に力を入れて内圧に耐え続けてると、必ずしも苦しいばかりじゃなくなってくる。すくなくともおまんこはどろどろに濡れる。そうして我慢したまま眠っちまえば、目覚めたときには腹はすっかり凹んでる。屁も出ない。もちろんその直後の糞は水っぽいらしいが、全部がそっちから出てくるわけじゃない。大半はいったん軀に吸収されて、ちゃんと小便として排出されるんだ。面白いよ。石見は指に挟んでいたたばこを深深と吸った。煙を吐き、ああ旨い、と云い、ちゃ、と舌を鳴らした。女は好きなんだろ。

好きですよ。

女に灌腸して遊んだことある？

いえ、まだ。

あっちにちんぽこ突っ込んだことは……あ、できねえのか。

できませんね、どうにも、とわたしは余裕を見せるべく微笑した。気持ちいいものですか。

最初、無理やり突っ込むときだけな。そのあとは、なんの感触もない。ぬるま湯のなかで、腰だけ動かしてるようなもんだ。やっぱり普通にやったほうが気持ちいいなと思って途中で孔替えたりしてたら、膀胱炎になっちまってさ、それは別の女だけど。だからまあ、そっちに関していえば、あんたもたいして損してるわけじゃない。おれの考えによれば、肛門の感覚に限っては女よりも男のんがずっと上だね。おれの考えではね。前立腺マッサージ受けたこと。

まだ経験がありませんね。

最初は吃驚するぜ。どろどろどくどく小便みたいに精液が出てきてさ、いつまで経っても止まんない感じなんだ。あんたも出せることは出せるんだろ？　きんたまが病気ってんじゃないよな。

自慰はできますよ。

じゃあ試す価値ありだ。おれの軀はいったいどうなっちまったんだろうって不安にすらなるよ。女がいくときってのはこういう感じなのかと思ったりもするが、それはけっきょくわかんないな。女の軀はわかんない。石見は灰皿の上でたばこを潰した。

グラスの中身が半分ほどに減ったので、罎のビールを注ぎ足した。石見の陰茎を握って、その小便を分けてもらっているような気がしてきた。コインロッカーの件の、続きを伺いたいんですが。で、駅に行かれたんですか。

うん。でもそれは、あとでの話だな。まず電話に出た駅員に、名前を訊いて、あとで必ず礼をするからステッカーの電話番号を見てきてくれと頼んだ。いくらと云ったわけじゃないが、見てきてくれたよ。ああ、でもいま思いだしたけど、その駅員にはけっきょくなんの礼もしなかったぞ。ずっと忘れてた。むこうも忘れてるだろ。とにかくそいつが教えてくれた番号に電話をかけなおして、出てきた管理係というか、駅ビルの事務職員だな、そいつの名前を訊いて、自分は偽名を名告って、助けを乞うた。こう云ったんだ。自分にはノイローゼの女房がいて、赤ん坊と一緒に出掛けていったと思ったら、さっきひとりで帰ってきた。赤ん坊はどうしたと訊ねると、そちらのコインロッカーに棄ててきたと云う。鍵も棄ててしまったようで、どの扉かはわからない。赤ん坊の安否が心配で、さっき思わず百十番通報したんだが、考えてみたらそれで後ろに手がまわるのは自分の女房だ。病人だから罪にはなるまいが、きっとおれのことを恨むだろう。恨み続けて似たような真似を繰り返すだろう。だから人助けと思って、ちょっとロッカーを巡《まわ》って、それらしい使用中のやつがあったら、赤ん坊が入ってないかどうか確かめてくれないか。自分もすぐそっちに行くからと。むこうはまるで信じてなくて、駅ビルじゅうにいったい何百個のロッカーがあると思ってるんですかって、松尾ってやつだったかな、松島か、忘れたが、なんだか怒ってやがってさ、仕方がないんで携帯の番号を教えて……番号はすぐ変えるつもりだった……それ相応の礼はするから、ロッカーを巡ってくれただけで十万払う。警察より早く赤ん坊を見つけてくれたらその倍払うと云った。急にそわそわしはじめて、どこから調べましょう、どの辺だかって当てはないですかなんてさ、わからんから早く行け、それだけでもう十万なんだから早く行けと怒鳴ったよ。おれもすぐさま電車に乗った。電車のなかで携帯が鳴った。松尾からだったが、背後にパトカーのサイレンが聞えたんで遅きに失したかと思った。間に合わなかったのかと訊ねたら、いや間に合ったが、とにかく早く来てくれと云うんだ。二階の男子便所に来て自分の名前を呼んでくれと云う……

　料理が来た。最初は、わたしの鰻だった。両手の拇と中指で作ったわっかほどの、黒く浅い筒型の器の底で、灰白色の細い麺状のものが、油と絡みあっている。細かく見れば、どれも一端に黒ずんだ目玉がある。累累たる魚の屍だ。パンの籠が添えられた。

　本当に、麺のように見えますね。

　いいよ、さきに食いな。たぶん塩《しょ》っぱいから、パンに載せて食うといい。

　いわれたとおり、フォークで何匹かまとめて抄《すく》いあげて薄切りのパンに載せると、一本一本、なるほど鰻のミニアチュアである。周囲のパンが油を吸って、透明感ある黄褐色に変わる。鰻の記憶が濡れた風景を形づくっている。

　食いなよ。

　齧りついた。風景が鰻ごと、歯形に欠損した。咀嚼《そしやく》したが、オリーヴ油と岩塩の味以外、あまり感じられない。身は舌で擂《す》り潰せるほど柔らかく、仮に麺だとすれば腰らしいものがまったくない。頭骨の感触も背骨の感触もない。しかし奇妙に食い応えがある。魚たちの記憶を貪っているという、視覚的な充足感だろう。

石見は続ける。電車を飛び降りたおれは、駅ビル側の改札を出て、そのまま二階の男子便所に入っていって、松尾の、たぶん松尾、その名前を呼んだ、おれだっていって偽名云ってさ。そしたら閉じてた奥のドアがちょっと開いて、松尾がびくついたようすで顔を出した。電話での声の感じが細かったんで、てっきり小柄なやつだとばかり思ってたらさ、おれよりずいぶん大きいんだよ。その代わり、その代わりってこたないか、思ってたより若い感じのやつだった。さっきのウェイターくらいかな。妙に色白な野郎で、女みたいにぱっちりした眼をしてさ、で、その眼をさ、真っ赤に泣き腫らしてんだ。あんたが松尾かって訊いたら、うんうん、と頷いた。赤ん坊は、と訊ねた。このなかです、と松尾は云った。人目が怖いのでずっとこのなかに隠れてました、どうぞって云って、個室のなかに身を引っ込めた。おれもそのなかに入った。そこでおれは初めて、美乃莉が孕んで芽久美が産んだ、自分の三人めの子供と対面したんだ。

鰻であったもののといおうか鰻にならんとしていたもののといおうかその殺戮の最終工程の後味を、わたしは上顎の粘膜に擦りつけた。初めてだったんですか、まるきり。あ、初めて、と答えて石見は血を啜る。わたしは小便を呷っている。いや灌腸液か。石見の思考においてそれらは別個の色調のうちに安定しているのだろうかと考える。わたしの場合、まずもって混同しがちである。混同しがちである自分をレストランのこの椅子の上で再確認した。ビール、テキーラ、鰻入りの薬液、自分の唾液の味、他人の口内に覗く唾液、手についた尿、血膿、玉川上水の黒い水、公園を包む霧雨……いや液体とも、物質とすら限らないのだ。肉体のあらゆる粘膜、におい、硝子に映った空、映画俳優の名前、地面の木の葉の影、室外機の熱風、見知らぬ女の髪、皮膚の痒み、カント哲学、テレビコマーシャル……際限がない。さまざまなものをわたしは容易く、それこそ五感の次元で取り違えてしまう。女の髪が艶やかに揺らぐのを見て口中に苦みを感じたり、灌腸液の刺激に咽を鳴らしたりする。いや目の前のこれは正真正銘のビールなのだが。

　そういえば若いころ読んだポルノグラフィに、主人公の少年が女児の肛門に勃起した陽物を挿入し小便をして彼女の腹を膨らませ、妊婦に見立てて大いに悦に入るという場面があり、なんと莫迦げた小説かとわたしは苦笑いしたのだった。どういった点をして莫迦げていると感じたかといえば、陽物の充血が排尿機能になんら差し障ることなくつまり状態の変化が機能の付加であるかのごとく描かれていることやすっきりと彼の膀胱内に収まっていたはずの小便が女児の下腹にもたらした膨らみの誇張ぶりなども可笑しかったは可笑しかったのだがそれらはまあどうでもよくて、ではどこかというと、少年が自己愛を投影しうる無性性の象徴的存在として選びとり拐《かどわ》かしたのであろう幼女に対して直腸への逆侵入や放尿といった象徴的行為に身を砕いた結果が、妊婦という重量感に満ちた具象のましてや青写真に過ぎなかったという滑稽に、彼が、というよりも著者がまるきり気づいていないあたり。幼女やら肛門といった字面の磁力にばかり気をとられて虚空に浮かぶクラインの壺を拵えそこねた著者をわたしは嘲笑した。当時のわたしの感覚に従っていうならば、少年はみずからの行為の無意味に絶望する必要があり、もしくはその洒落た衣服に幼女の肛門から噴出する大便雑じりの自分の小便を浴びて汚辱にまみれた幻影に零落すべきであり、そういった瞬間が描かれていない以上これは他律的に小説的な読み方をされうるなにかではあっても自律的な小説そのものではありえない、と堅くわたしは信じていた。それは信念というより単純な確信であり、とりもなおさず当時のわたしにはまだ石見的な、ものの内外、硬軟、陰陽、自己と他者……相反するもの同士の相剋を愉悦する、二元論的な意識が健やかに満ちていたということだろう。虚構と現実……今は必ずしもそのようには感じず、あの小説は、あれはあれでなかなか精緻な、罎の中の拵えものであったと評するにやぶさかでない。拵えものが罎の口からはみ出して現実に依存しているかに感じられたのは青臭い錯覚に過ぎず、本当はわたしの現実が半ば罎の中に入り込んでいたのだと思う。むろん今もそうだ。というよりも罎の中で過ごす時間ははっきりと増している。わたしの指先は常にあの悪漢少年の肩に触れて、その不鮮明な輪郭に確たる美を感じている。著者には自分がなにを慾しているのかが瞭然としていなかったに過ぎないのだといった、同情的な仮説にわたしの心は容易く吸い寄せられ、するとそれきり考察は失速して渾沌の海へと落下してしまうのである。なにを考察していてもそうなのだ。わたしは老いて、そろそろ朦朧としはじめているのかもしれない。あははは。石見はグラスをテーブルクロスに載せたが人差指と拇はその脚の中程をつまんだままである。……産まれたときはいちおう人並みに病院に行った。芽久美が頼んだらしくてさ、看護婦が、職場にいたおれの携帯に電話してきたんだ。もしもし石見さんですか。お父さんですね。小一時間ほど前にもう産まれてます。男の子です。はいそうですか、どうもありがとう。もう産まれてますってのが面白かったね。返品や交換は承っておりませんとでも云われてるようだった。なんとなく予感がして、ところで五体満足でしょうかとおれは訊ねた。ええ、と看護婦は声に力を込めて答えた。あんまりはっきりした返事だったんで、かえって、なにかあるなという気がした。はっきり云って、芽久美に真っ当な子供が産めるだなんて思ったことは一度もなかった。女としてのというか生物学的な能力とはこれはまた別次元の話だ。だって臨月やその近辺のぼて腹自体は何度も眺めたり撫でたりしてるわけだからさ、芽久美にも繁殖が、繁殖じゃないな生殖だ、生殖が可能だってことや、中の子供がちゃんと成長してるってことはおれも意識してたわけで。なあ、臨月の腹。まるきりでっかい果物だよな。なんであんなにまるい必要があるのかふしぎだよ。カンガルーの袋みたいにさ、柔らかいけど頑丈ってほうが合理的なんじゃないかと思うんだけどな。あのころよくみた夢でさ、あのぱんぱんの腹の表面にすうっとナイフの刃を走らせるだろ、そしたら中から、葡萄の実を剝いたみたいにつるっと濡れた球が滑り出てくる。球の表面は細かい血管に被われてる。皮膚を長長と裂かれて、痛がって泣いてる美乃莉に、ほら見ろきれいに剝けたじゃないか、本当は十箇月も待つ必要なんかなかったんだよ、おれは最初から知ってたんだ、なんていって熱弁を振るってるんだ。なぜか夢のなかじゃ必ず美乃莉のほうだったな。中から出てくる球は、ありゃあきらかに目玉のイメージだね。理由はわからん。そのぬるぬるしたのを両腕に抱えてさ、さてこいつをどこでどう処分したもんかと途方に暮れてるあたりで、目が覚める……考えてみたらけっこう日を空けずに逢ってたな、妊娠中。まあ楽しかったよ。すっかり腹が迫り出してくる頃には悪阻《つわり》も収まってて気分がいいらしくて芽久美にしちゃ上機嫌のことが多かったし、おっぱいはでっかくて吸いがいがあるし、おまんこはいつも充血して燃えてるみたいだしさ。女房のときは妊婦のそういうのに気づかなかった。いじくっちゃいけないと思って手え出さなかったからな。面白いよ、女は。この歳になってさ、つくづくと、ああおれはなんておまんこが好きなんだろうと思うのさ。たぶん、どんな女のも好きなんだろうな。反吐が出るほど醜い女のおまんこも陰毛が真っ白になってるような婆さんのおまんこも、たぶんおれは好きだと思うよ。腐ったみたいに崩れたおまんこもおれは大好きだし、何日も洗わずにいて夏のゴミ捨て場みたいに臭くなったやつもそれはそれでさ、文句は云うけれど結局のところ好きなんだ。鼻は曲がっててもちんぽはしっかりズボンを押し上げてる。妊娠してる芽久美のおまんこは絶品だった。何時間もいじり続けて、舐め続けて、ちんぽ入れて、また舐めて、ぜんぜん厭《あ》きなかった……知ってるか、臨月近くなると女は性欲が衰えるっての、あれはもう昔の話なんだ。いや真面目な話なんだこれが。新聞で読んでさ、やっぱりかと思ったね。原因はわかんないらしいんだけど近頃の若い女はさ、プロなんとかって黄体ホルモンを過剰分泌しがちで、そのせいで生理のときとか妊娠してるときほど、ちんぽが欲しくて欲しくて堪んないんだってさ。黄体ホルモンっていうのはそういうときに卵巣とか胎盤から分泌されるやつだ。でもそれ自体が媚薬ってわけじゃない。過剰分泌が原因なのさ。よくわからんがそういうことらしい。なんなんだろうな、生理中や妊娠中にばっかり男のちんぽが欲しいってことは、要するにそのちんぽじゃあ妊娠しないわけじゃないか。最近は男の精子もなぜか少ないっていうし、なにかこう自然の摂理ってやつなのかな。もうあんまり人間は増えてくれるなってことなのかな。このさき人類が増えようが減ろうがおれには関係ないけどさ、しかしおれの眼の黒いうちに腹ぼてとか生理中のと血まみれになってやるのがいちばん普通ってことになったら面白いは面白いよな。でも男ってのは総じて血が苦手なもんだから、口でやるのが普通になるのかな。なるかもな。女は女で、奉仕欲ってのが強いじゃないか。奉仕快楽ってのがあるのさ。だから肉体的にはちっとも気持ちよくなんかないはずなのにちんぽしゃぶりながらおまんこはべちゃべちゃになるだろ。腹ぼてのときの芽久美なんかおれがピンポンって鳴らして玄関に入っていくや、本当に犬みたいにズボンに飛びついてきて勝手にチャックを開けてたからな。あいつの飼い犬はおれに素っ気ないんだよ。芽久美のほうがよっぽど犬だった。おれはまだ靴も脱いでないってのに、ずっと腰にしがみついてちゅぱちゅぱ吸ってるんだ。まあ可愛いよな。しばらく吸わせてやってて、気分が乗ってきたらそのまま玄関で尻捲ってやって最初の一発ぶちこんで……

わたしは驚いていた。彼女が初めてわたしの管理所を訪れたのは飼い犬にまつわるヒステリックな苦情を申し述べるためであり、彼女の正体が皆川芽久美であると気づいて以降、あの際の弁の一切を虚言か妄言であるとわたしは断じてきたのである。わたしは石見の喋りを遮った。芽久美さんは犬を飼ってらっしゃる?

いったいどうやったらそんな瑣末なことに興味を抱けるのかとでも問いたげに石見は瞼を広げて、今も生きてるかどうかおれは知らないぜ。芽久美というか、拾ったのは美乃莉なんだろう。でもまあ飼ってた。おれが知ってる頃にはちゃんと生きてた。名前はなかったと思うね。すくなくともおれは知らない。両方ともただ犬犬って呼んでたから犬ってのが名前だったのかもしれない。柴犬よりちょっと小さいくらいの雑種だった。けったいな犬でさ。愛想ってもんがまるでなくて、性格の悪い猫みたいだったな。縫いぐるみか、そうじゃなきゃ野良猫をあしらうみたいな飼い方をずっとされてたから、そんなふうになっちまったのかもしれない。美乃莉のほうはそれなりに生きものらしく扱っていたが、芽久美のほうはね、犬もよく生きてたよ。ちょっと目障りだとか邪魔だっていうと口笛吹いて玄関まで呼んでさ、ドアの外に蹴り出しちゃうんだよ。芽久美のほうはそれきり何日も忘れたままでいる。おれが久しぶりに逢いにいくだろ、そしたらすっかり痩せこけて穢くなったそいつが階段の下にうずくまってたりするわけさ。おれが部屋のドア開けて、おい外で犬が死にそうだぞって云うと、あら忘れてたって玄関に出てきて口笛を吹く。やがてのっそりと犬が入ってくる。口笛吹かれるまでは入れないとわかってるんだ。こんなに貧相になっちゃってごめんなさいねごめんごめんと芽久美は涙まで流しながら裸になって一緒に風呂場できれいきれいに洗ってやってドライヤーしてブラシして高っけえ餌の缶詰何缶も開けてスヌーピーの漫画みたいに山盛りにして食わせて、しばらくはそういう待遇が続く。それからまた蹴り出す。外にいるあいだはそのあいだでアパートのだれかが餌を放ってたんだろうが、それにしてもよく生きてたもんだと思うね。口笛なんか無視してりゃあ芽久美も部屋に居坐ってるのを無理やり引っぱり出しはしなかったろうに、必ずいいほうの期待を抱いちまうんだなあ。畜生の浅ましさだなあ。

　ウェイターがテーブルに近づいてきて、ようやっと石見が注文したオムレツを置いていった。そのまま鍋底の形をした巨大な代物で、それをかえって精彩が失われるまでに色鮮やかな野菜が取り囲んでいる。ウェイターがふたりの中間に置いたそれを、石見は手元に引き寄せて抱え込み、中心からフォークでほじっては口に運んだ。

　……そういう芽久美の毒気や悪意やあるいは愚劣さを濾《こ》し取っちゃあ蓄積して、くろぐろとね、もうくろぐろと色付いてるっていうのがその胎児のイメージだったからさ、真っ当な赤ん坊だとは夢にも思ってなかった。だから看護婦から電話があったときはさ、どういう子でもいったん胎《はら》んなかから出てきちまえば人権が生じるっていうか、あ、人間なんだと初めて気がついたような感じで、違和感があった。おいおい、いいのかよって感じだった。それでも人並みに、仕事を中休みして病院へは行ってみたがね……個人経営の産院だった。看護婦に案内されて入ってった狭くて天井の低い部屋のベッドの上で、芽久美は真上を向いて目を閉じていた。腹は平べったくなってて、胸のあたりが規則正しく上下していた。脇に赤ん坊の小さなベッドがあるようなつもりでそれまではいたんだが、考えてみたら新生児室なんだよな、産まれたその日なんだから……美乃莉から芽久美に入れ替わってからそう経ってはいなかったんで顔はまだほっそりとしてた。近づいて見おろして、これまで家畜のように扱ってきたがこうして見てみるとずいぶん綺麗な女じゃないかと感心してたら、その瞬間、ぱっと眼を開いたもんだから、ぎょっとした。大声をあげかけた……なんだ起きてたのかとか具合はどうだとか、そのうち平静になっていろいろと言葉をかけたんだが、それに対する返事というのはいっさいなくて、ただ一言、見てって、とだけいった。きっと赤ん坊のことだと思って、頷いて、部屋を出た。そのまま病院からも出た。職場に戻る電車のなかで、もうあの女は切ろうと思った。それから一週間も経たないうちだったんだよ、コインロッカー、駅の……松尾が泣いてたのはさ、ああもう完全に松尾って名前になっちゃったな、便所で待ってた若いやつ。あいつが泣いてたのは、赤ん坊が死にかけてると思い込んだからでさ、おれの漠然とした想像は当たってたとも外れてたともいえないが、要するに普通の赤ん坊じゃなかった……松尾のようすがようすだったんで、赤ん坊がどうかなってたんだなと思った。おれが個室に入ると、松尾は用心深くドアを閉めた。清潔な便所だったが、とにかく狭苦しくて、松尾の口臭が気になった。胃でもわるいらしくてさ、厭なにおいだった。赤ん坊はバスタオルにくるまれて便器の蓋の上にいた。眠っていた。そう思った。なかなか可愛いもんじゃないかというか、印象は悪くなかった。眠ってるな、と松尾に云った。いえ、と松尾はかぶりを振った。

そして云う。ふつう泣きますよね、赤ん坊って泣きますよね。いや、寝てりゃ泣かねえさ、泣くかよっておれが答えるだろ、そしたら松尾のやつ、まるで、恨めしや……恨めしやってな調子でさ、こう抜かすんだよ……寝てませんよ、この子。

わたしはグラスを口に運び、またテーブルに戻した。石見のフォークが四つ割りにされたトマトの背を貫いた。彼はそれをなぜか鼻先にまで持ちあげ、しゅ、しゅ、と鼻孔を鳴らしてにおいを嗅いだ。

野菜がさ、おれは嫌いなんだ。

なにもかも？　わたしは問い返した。

石見は小刻みに頷いた。はずみに、トマトの中心部分を満たしていた種子を含んだゼリー質が、腐った眼球のように果肉から滑り出してテーブルに落ちた。落下の最中それは鮮明な緑色に輝いていたが、赤いクロスの上では灰色がかった黄色に見えた。石見はフォークを左手に持ち替えて、右手の指先で、それを端から丹念に布地になすり込みはじめた。

なんかさ、精液っぽいだろ野菜ってのは、どいつもこいつも。

味が？ と訊ね、失笑する。

石見は顔を顰めた。精液の味なんざ知らねえよ。あ、知ってら。餓鬼んとき自分のを嘗めたことがあらあ、そういや。味らしい味がなにひとつしなかったんで拍子抜けしたんだった、そうしてみるまでなんとなく牡蠣みてえな味がするような気がしてたからな。だからまあ、そうなんだよ、味とかさ、においも、温かい野菜だよ、男の軀ってのは。逆か。トマトも茄子も胡瓜も大根も精液を吸って育ったような味がすると思わない？ 女ってのはやっぱり肉って感じがするじゃないか。くく。ひ。そういやさ、昔、朝までやってる討論番組あるだろ、あれで、捕鯨の賛成反対に分かれて例の調子でやり合ってたことがある。で、賛成というか強引にそっちの組に入れられちまったんだろうけどさ、ひとり、ハンターって肩書きの男が混じってたんだよ。趣味なんだろうけどさ。本職は農業とかなんだろうけどさ。ともかくそいつに向かって反対派のグリーンピースかぶれの学生が質問したわけよ、いったいあなたがたはどういう気分で可愛い動物たちを追いまわしたり殺したりしてるんですか。拍手が起きた。野蛮人が、ぐうの音も出まいがってな拍手だった。ハンターが立ちあがって、渋渋ってな歩調で演台に近づいていって、マイクの支えを握って答えた。

鹿にしろ猪にしろそれを追ったり撃ったりしているときはいつも、ぎんぎんに勃起して今にもいきそうでございます。ひはは。そうだよ、当り前なんだ。肉を追ってるわけだからさ、脳のおんなじ所が高速廻転してるわけよ。おれなんかあれだよ、安いステーキ屋があるじゃないか。

　どの程度のステーキ屋をして安いと称しているのか不明だったが、頷く。

そういうとこで、固い、脂は脂でぴちっと固まって縁にくっついているようなサーロイン頼んで肉汁啜ってるとやっぱり勃起するもんな。こりゃ若い女だなと思うぜ。話しながら彼は、トマトのゼリー質をクロスにすっかりなすり込んでしまった。黒ずんだクロスに、肌色に濡れた種子たちが干潟の魚のようにへばりついている。石見は満足そうに見おろして、なおのこと指先をその周囲になすりつけながら、フォークの先に残していたトマトの外殻をやっとのこと口許に運んだ。すると一気に、口腔内に収めてしまった。

　しかし、お食べになるんですね。

　彼は顔の下方を大きく変形させて、

　健康のためにな。若さと健康のためだったらおれはあんたの精液だって飲むさ……ああ精液臭え。すると唇の間から果肉のかけらが飛び出して絶妙な軌道を描いて彼のグラスの中に入り込み、当初のおおよそ半分に減じている臙脂色の液体の表層を、はためかせた。躍動に、わたしの意識は吸われた。それは液体の断面であると同時に、それを抑えつけている大気の断面でもあった。自律呼吸という生への無条件の信頼の、臨界とその揺らぎとを、われわれはこうも容易く見つめることができる。息詰まるような思いで自分の手のなかの輝かしい液体へと視線を移せば、こちらはいまだ奥深いところに微細な気泡を発し続けて、臨界はより複雑でかつ曖昧だった。やや圧迫感から解放されて、わたしは呼吸を深くした。

畜生、最悪だな。トマト入りのワインだよ。こりゃ最悪だ、と口中の果肉を咀嚼しながら石見は云い、そうして一息ついたあとでウェイターに向かって手を振った。おい、おおい。

ウェイターが来た。

ワイン、新しくしてくれ。食いもんが入っちゃった。厭なんだよおれ、そういうの。

ウェイターは黙ったまま、一礼をするあいだにテーブルからワイングラスを取り払い、頭を上げたときにはもうテーブルから一歩距離を置いていた。

話を……引き戻してよろしいですか。

どうぞ。

便器の上の赤ん坊……お子さんは、

だから、起きてた。松尾がそう云うんで、どこがだよと思って腰を屈めたらば、その瞬間、ぐらって顔が動いてさ、まだ視力もないはずの眼で、おれを睨みつけやがった。怖気《おぞけ》だったよ。ね、ほらね、と松尾がいう。早く病院に連れてったほうがいいですよ。ロッカーから取り出した瞬間からずっとこういうようすだから。泣きもしないし、藻掻きもしない。辛抱強い虫みたいに、ときどき思いだしたように動いて、またじっとしてる。きっと、命がもう切れかけてますっていうんだよ、命が切れかけてるっていったな。おかしな表現をするやつだと思ったけどさ、しばらくして、電池が切れかけてるっていうよなと思ってさ、若いやつにとっちゃ赤ん坊ってのはそういう感じかもしれない。松尾の言葉どおり、赤ん坊はおれのほうを睨みつけたっきりまた動かなくなっていた。指ひとつ動かしやがらねえ。目ん玉もまったく動かねえんだ。だがおれもそれまでにふたりの赤ん坊を見てきて、多少は子育ても手伝ってたからさ、こいつ、衰弱してるわけじゃねえなってのはぱっと見でわかった。もっと根本的な問題だよ。脳の機能とかの問題だ。えらいもん背負い込んじまったと思ったね。元からどろどろした予感はあったが、それにしても厄介な餓鬼を産んでくれたもんだと思ってさ、目の前が暗くなった。本当に暗くなるんだな、ああいうとき。霧雨んなかの景色みたいな感じ。乾いてたはずのベニヤの壁や、床のタイルが、気がつくと、みんなしっとりと湿ってるような色合いに変わってたよ。すると、こっちはそういう深刻な気分でいるってのに松尾がさ、洟を啜りあげながら、で、お約束の謝礼ですけどだの抜かすじゃないか。かっとなって、なんだ莫迦野郎って後ろ頭ふんづかまえて頭突きかましてやったら、むこうのほうがだいぶ身長が高いもんだから顔のまんなかに当たってさ、鼻血がどっと噴き出すわ、おれの額はやつの歯で裂けるわ、ましてや莫迦が、騙しただなんだっつってつかみかかってくるもんだから、黙れっつってズボンの上から金玉握りしめて壁に抑えこんでさ、そんなことやってたもんだからふたりともすっかり血まみれになった。なんだか妙に重量感のある、でっかい金玉だったたな。なんだよこのでかさはって二箇重ねて握り込んでさ、手のなかではっきりと変形するまで握りしめてやったら、悲鳴をあげながら気を失って、どさっと倒れこんだ。こっちはまだまだ気が収まらないんで、脚開かせて靴で股間を蹴り続けてたら、気を失ったまま血尿を洩らしやがった。ズボンの薄い部分から情けない噴水みたいにちょろちょろ噴きあがってるのが、それがロゼワインみたいな色してやがんだ。笑って、赤ん坊を抱えて個室を出た。鏡の前に来て初めて自分が血まみれだってことに気づいた。赤ん坊の顔を見てみりゃ、やっぱりおれだか松尾だかの血がさんざんに飛び散ってる。それでいて平然と、人体模型みてえに眼を見開いてんだ。まあ、気味悪かったね、さすがのおれも。そのままそのへんのゴミ箱に放り込んで逃げようかと思ったよ。なんでこういうのが生まれたかな、罰《ばち》があたったかな、なんて殊勝なことを思いもした。いや外に女囲ってる程度のことじゃあ、もちろん罰なんかあたったりゃせんよ、だったら昔の男はみな生き地獄にいたはずだ。そういうんじゃなくて、やっぱりおれは、生まれてほしくなかったんだよ。美乃莉が産むんならよかった。だが芽久美だったら、いっそ母子ともに死んでほしかった。絶対になにかさ、悪いことが起きるって確信に近いものがあったし、だから、次に美乃莉が出てくるのはこりゃお産のタイミングにゃ間に合わねえなと諦めたあたりからそういう意識がはっきりとあってさ、行動にも出てた。可愛がるようなふりして、ちょっと遊ばせろとかいって待針持ち出して、苺なみにでっかくなった乳首にそれ突き刺して、くりくり捻ってさ、けっきょく貫通させたり、それで逃げ出さないと、周囲にもぷすぷす突き刺してって、針山みたいにしたこともあった。しまいにゃ腹にまで刺してたよ、もちろんちんぽ突っ込んだままで。ぷ、て、小さな血の珠が生じて、膨らんで、針を呑み込んでくんだが、しばらくは崩れないままでいる。表面張力だ。芽久美も身を固くしてるからさ、ぷるぷる震えて成長しながら、でも珠の形を保ってるんだ。その最初の痛みに芽久美が狎れてくると、おまんこのなかがどっと熱くなる。甲高い声をあげて、ものすごい勢いで腰を上下させはじめる。血の珠が崩れて、張りつめた皮の上を流れ落ちる……死ね……死ね……と囁きながら、おれは待針を芽久美の軀に埋めていく。ときには頭のとこだけ残して完全に埋め込んでた……死ね……死ね……毒が発生した原因だな。蝦蟇《がま》の膏《あぶら》みたいに、ああいうことするたびに芽久美の子宮のなかにぷつぷつと毒物が生じてさ、それをすっかり吸収してたんだと思うね、あの赤ん坊は。そんなわきゃねえか。でもそんな気がする。上着のなかに半分隠してさ、駅ビルの階段を駆け下りて、通りに出て、タクシーをつかまえた。乗ったら、運転手がぎょっとした顔で振り返って、何病院に行きましょうという。赤ん坊の頭は上着のなかだったが、両足が、おれの腕の上に覗いてた。怪我してるのはおれなんだ、子供は無事なんだよ、転んだけど子供は無事だったんだって笑い顔つくって言い訳してさ、でもやっぱり子供が心配だから産院へやってくれ、取り上げてくれた先生が安心だからとか、男親ってのはこういうとき駄目だなあとか、莫迦みてえな話しながらさ……莫迦みてえだ。莫迦だ。反吐が出る。そう云いながら石見はオムレツの大きな塊を口に掻き入れ、その咀嚼のさまをわたしに見せつけるかのように、あの運転手にも赤ん坊にも、あのときのおれ自身にも反吐が出る。反吐が出ら。

芽久美さんは、そのときまだ産院におられたわけですか。入院中だったんでしょうか。

脱走中、と石見はまたオムレツを見せた。

ウェイターが盆を捧げて現れ、テーブルに新しいワインの入ったグラスを置く。

遅いんだよ、と石見は赤い揺らぎを横目にしたが、手を伸ばそうとはしない。オムレツの皿を抱えこんでいる。退院の手続きをとらずに病室から姿を消した。金も払っちゃいないわけだから、脱走中だよな、まあ。

なるほど、とわたし。

同時に、

「なるほど」

とワイングラスのなかのジミニー・クリケット。

なるほど、とわずかに遅れて、石見までもが声を重ねる。ちろとわたしが、彼が上昇させんとしているフォークの煌めきへと視線を飛ばすと、優雅な光の流線は水槽のなかで事切れた線虫のように、崩れたオムレツの上に軟着陸した。

いやなに、喋り方。

わたしの喋り方ですか。なにか。

なんだっけ。「東京のまちづくり」だっけ、あんたがつくってた本。

わたしは微笑した。よくぞ憶えていてくれたものだ。本などといわれると面映ゆい。わずか八頁の冊子です。二枚の紙を重ねてふたつ折りにしますよね。すると八頁になります。たった二枚なんですよ、だから。

二枚をふたつ折りなら四頁じゃないの。

表と裏は別別に数えますから、ふたつ折りにすれば……わたしは宙を手刀《しゅとう》で刻む……表、裏、表、裏、表、裏、表、裏……八頁です。

表、裏、表、裏……たしかにそうだな。そう数えるのか。じゃあおれは五十年間、ずっと頁ってもんを半分に数えてたんだな。ま、そんなこたいい。その「東京のまちづくり」に載ってる記事はさ、あんたが取材して書いてたの、動物園の飼育係にインタビューしたり。

頭を一度だけ小さく振る……そういう作業までは。各部署の担当者が寄せてきた原稿や写真を、割り付けて紙面内に収めるのがわたしの仕事でした。文章が長過ぎれば勝手に切り詰めたり、ぎゃくに短過ぎれば修飾語を足して調整したりはしていましたが。インタビューがかってますか、わたしのものの訊ね方は（笑）

がかってない、といったら大嘘だな。おれになにを云わせたいのか、あらかじめちゃんと決めてあってさ、ひたすらそっちへそっちへと誘導されてるような気がするよ。

そういうつもりは……とまた一度だけ頭を振る……いえ、すこしも。

じゃああんたのもともとの質《たち》かな。端《はな》から、これはこういうもんだと決めてかかってるもんだから、なにが見えてようが聞えてようが、ひとつの同じ結論にしか至らない、至れない。たまにいるよ。見たいものしか見えない。聞きたいものしか聞えない。店の地下でさ、初めておれと話したとき、こいつはかくかくの手合、とあんたは単純に結論したはずだ。情報が少ないんだからしょうがない。だがきょうは、おれと美乃莉や芽久美との関係を知り、おれの娘たちの話を聞き、芽久美の腹を裂くおれの夢の話を聞き、芽久美の飼い犬の話も、餓鬼のころ川に棄てた犬の置物の話だっておれはしたし、野菜が嫌いだってのも云った、駅ビルの便所で松尾を血だるまにした話もした。おれに関するあんたの知識は革命的に増した。それでもあんたがおれに向けている視線は、気色わるいくらい、不変だ。デジタル時計みたいに素っ気なく、規則正しく瞬きするばかりだ。一見、低姿勢におれの四方山話を傾聴している。そういう素振りだ。だが内心じゃあ、大きな馬に跨って羊を柵のなかに追い込んでるような感じでいるんだ。おれには感じられる。おれからどういった言葉かを引き出したがってる。それがなにかは、まだわからん。わからんが策略を感じる。策略の目的も、もちろんわからん。断罪か？　いや答えなくていい。どうせ違いますとしかあんたは答えんだろう。だからせめても、おれは途中からあんたへの抵抗を試みてきた。これまでしてきた話には、山ほどの嘘が混じってる。ひとつ例を挙げてやろう。おれには、アイススケートをやってる短大出の娘なんかいないんだ。驚いたかい。そんな調子で、適当に嘘を交ぜて話してきた。あんたに徒労感を味わわせるためだ。きっとご大層な、予定どおりの結論に至らんとしてるんだろう。最初からそういうつもりで、あんたはおれに電話をし、美乃莉の名前を出して公園におびき寄せたんだろう。しかしそのあんたの結論は、おれの口から出任せに支えられてるんだぜ。石見は唐突に破顔一笑した。皺の多い笑顔だった。彼の最も無邪気な表情に見えた。

　スケートをやっている娘さんが、いらっしゃらないというのが、嘘八百のひとつである可能性もあるわけですね。

　そうだよ、驚きな、とつぶやいてオムレツを掻く。もはやこちらを見ようとしない。

　わたしは……と言葉を選ぶわたし……わたしが、どこかしら石見さんに対して偏《かたよ》った視線を投げかけていることは否定できません。が、これはかくかくの手合という決めつけは、お互いさまではありませんか。

　お互いさまじゃねえよ。あんた、自分が相手を観察しているばかりと思いなさんな。同じほど、いやおれのほうがよほど仔細にだ、あんたを観察してきたんだ。右に左に話題を横滑りさせながら、どういう反応を見せるかチェックしてきた。偏執狂、妄想狂、各種の変態性欲者、パートナーを求めている男色家、話し相手のいない哲学者、殉教地を探している聖人、生贄を探している犯罪者、発表の場のない芸術家、ただのアナーキスト、ただの凡人、それら未満……どの可能性も横並びにして検討してきた。おれが云ってるのはその結論で、あんたのはただの思いこみだ。

どれが、わたしに関する結論ですか、現在のところ。

それら未満。

頷く……あの、ビールをお代わりしたいんですが。

どうぞどうぞ。

グラスを持って振り返り、ウェイターに眼で合図をした。まだ頰に笑い皺を残している石見に視線を返して……それが正解でしょう。

おい、だれが馬の上に戻れと云った。無難な返事で賢明さを装えと云ったかね。

だれの目にも……と溜息……それが正解でしょう。わたしは公園の管理人で、ほかにはなにもない男です。家庭も、私生活らしい私生活もありません。

公園の管理人でしかない男が、なぜ美乃莉や芽久美や、その犬や、それが産んだ赤ん坊にこだわる。ついでにいえばだ、その赤ん坊に対する、おれの感情にもこだわっている。

恐喝者か、と最初は思った。ジャーナリストやそれを気取った出歯亀野郎かとも思った。美乃莉か、おれか、子供か、あるいは美乃莉の犬かを救済しようとして近づいてきた宗教者もしくはボランティアかとも思った。しかしどうも違う。どれも違う。あんた、だれだ？

ビールが来た。ウェイターの労をねぎらうつもりの行為ではあったが、わたしはグラスに向かって頭をさげた。もしくは頷きかけた。それから、その外周を握り込んで唇に寄せ、とくりとくり、のんびりと、新鮮なビールを胃の腑に流した。ちりちりした泡立ちの感触が皮膚を伝い、スラックスのなかに達して軽い尿意を呼び起したが、まだむしろ心地よい段階である。グラスの底部でテーブルクロスを押さえつけた。息を吐いた。あなたはタクシーで産院に向かわれた。続きを話してください。そのあとで、わたしが何者かお教えします。

このさきも事実を話すって保証はないぜ。

それでも松尾という青年の実在程度には信じるに値するわけですね。

石見はわたしを見た。また視線を落とした。まあそういうわけだがな。石見は頬を平坦にし、フォークの柄を皿に落とし、ジミニー・クリケットの浸かったワインを口に運んだ。「わわわわ」とジミニー・クリケットが家鴨のような叫びをあげながら軟化し、石見の唇の間へと吸い込まれていく。石見の反対の手が手際よくたばこを取り出す。ワイングラスとそれがすり替わる。石見はたばこに火を点けた。さふう、と煙を吐いた。

おれはタクシーを降りた。おれと赤ん坊は、タクシーを降りた。産院は休診中だった。そういう時間帯だった。ドアには休診中って札が掛かっていた。しかしおれはなかに入った。おれと赤ん坊は、なかに入った。待合室は無人だった。受付の硝子には白いカーテンが掛かっていた。

テーブル上にファンファーレが響いたので視線を落とすと、わたしのビールグラスのなかでジミニー・クリケットが誇らしげに両手を広げていた。グラスを振った。泡だけが残った。

受付の台の上にアクリルの立札が置いてあった。白くて、横から見ると三角形の一辺だけ足りない感じのやつだ。急患はブザーを押して呼び出せってなことが書いてあった。正確な文句は憶えてない。文字の一部が赤く塗ってあった。ブザー、だったかな。急患、かもしれん。他は黒だ。その右隣に女のおっぱいみたいな形をした肌色のスイッチがあった。乳首が、いや釦《ぼたん》が平たくて白いってのを除いたら、本当に女のおっぱいにそっくりで、これを設計したやつは人を笑わせようとしたんだろうかと首を傾げた。ブザーの形がそんなだったんで、押すってほうに頭がいかなくてさ、乱雑に並んでたスリッパのひとつに履き替えて、しばらく呆然と、待合室のまんなかに立っていた。そのうちどこかから患者なり職員なりが顔を出して、おれの姿を見て騒いで寄ってくるだろうから、それを待ちゃいいと思ってた。だいたいにおいて、自分で騒ぎたてるよりも騒がれるほうが楽に事が運ぶからな。ところが待てど暮らせど、猫の仔一匹、現れりゃしね。廊下の向こうで人の跫音がしたと思って、歩いていってそっちを見る。だれの姿もない。いつの間にか跫音も消えてる。受付のカーテンの向こうに人の気配を感じて、玄関のほうに進んで、そっちを見つめる。カーテンは揺らぎもしない。目を離した隙に揺らぐんじゃねえだろうなって、視線を固定して、そのまま一分……二分……なにも起きない。腕のなかの赤ん坊は赤ん坊で、身じろぎひとつしない。見おろすと、まだ見えてないはずの眼で、じっとおれの顔を睨みつけてる。腹が痛くなってきた。よく痛くなるんだよ。餓鬼の頃からだ。緊張するとそうなる。額の生えぎわにうっすらと汗をかくくらいの本格的な痛みで、とことんうんざりした気分になって、ともかくも赤ん坊をそのへんの長椅子の上に置いた。ブザーのことを思いだした。その意味するところも実感した。あれを押せば、人が来る。するとおれは、あれやこれや他人に説明しなきゃなんねえ。説明してるうち、赤ん坊の父親だっていう自覚が多少なりとも芽生えるだろう。周囲に与える印象もそのまんまだ。ははあ要するにこれは、おれに選べってことだなと思った。神か仏か悪魔か閻魔か、因果か運命か、そんなことは知らん、なにかがおれを試している。押せば父親だ。押さずに逃げれば他人だ。そうして携帯の番号を変えればいい。職場に美乃莉なり芽久美なりが来ても、取り次がせなきゃいい。ほかは知れてない。さてどうする。おれは玄関に下りて、受付台に肘を掛けた。どうする？　石見は顔を上げ、店内を眺め回した。この店を産院の待合室に見立てているかにも、それを模して、物語の続きをでっち上げる時間を稼いでいるかにも見えた。

あなたは押さなかった……と時間切れを宣告……だって現状、あなたはその子の父親ではない。

すると石見はかぶりを振って、ほくそ笑んだ。押せなかったんだ。

わたしはビールのグラスをつかんだ。それを口まで寄せる前に、

ドアが開いて、美乃莉が飛び込んできた。美乃莉だった。目つきでわかる。血だらけのおれを見て、死にましたか、死にましたか、といった。無事だと答えた。そこの長椅子にほら。美乃莉が靴を脱ぐ。おれははっとしてその肩をつかんだ。覚悟しろ、普通の子じゃなかった。美乃莉は振り返って、はっきりと頷いた。わかってる、という動作だった。おれは初めて、芽久美の意識の底辺はあくまで美乃莉だってことを認識した。わかってるんだよ。表面に出てこられるかどうかなんだ。なぜおれがここにいるとわかった、と訊ねた。

石見さんがいらっしゃるとは思いませんでした、ただ目が覚めて、電話の留守録を聞いたら、こちらの病院からの電話が何度も何度も入っていて、だけど部屋には赤ちゃんがいなかったので、恐ろしい予感がして、急いで住所を調べて来ました、という。連携が見えた。

わたしはビールを飲んだ。炭酸ガスと一緒に吐いた。連携。

ふたりの連携、と頷く石見。母親って存在が自分の子供に抱く、ふたつの大きな感情を、

美乃莉と芽久美は最初から分担してた。あっさりというならば愛情と憎悪。自分が産んだって意識のない、鸛《こうのとり》が運んできたような赤ん坊を、美乃莉はひたすら愛でる。この小さなぶよぶよした生きものはいったいなんだとか、なんで自分は無条件に貴重な体液を与えたりその糞尿を始末したりしてるんだなんていう、どす黒い感情はぜんぶ芽久美に押し込めちまう。

そのぶん、芽久美さんは嫌悪するわけですね。虐待など。

あの雑種犬並みの扱いだったろうことは想像がつくさ。まあ虐待だな。鬱陶しくなれば棄ててくる。もう充分だから帰ってくれ、もといた場所に失せてくれ、と。

胎内……いや、

とわたしがみずから否定すると、それは石見の声と重なった。いや、おれの股ぐらにだよ。そう思ってるから、棄てたあとおれに連絡してくるわけさ。名推理だ。いくら芽久美が頭がおかしいったって、本気で赤ん坊をおれの軀に戻せると思ってるわけじゃない。突っ返したいんだってパフォーマンスだよ。おれに連絡したところで幕なんだ。そして美乃莉の出番となる。小道具の回収係。しょせんひとつの人格なんだ。互いの行動をなんとなく把握しあってる。

充足している。心配には及ばないと。

芽久美がなにをやらかしてても、必ず美乃莉が尻拭いする。考えてみりゃずっとそうだった。芽久美はああも滅茶苦茶なのに、正真正銘、進退谷《きわ》まるってことがない。にっちもさっちも行かなくなっちまう前に、ちゃんと美乃莉が目を覚ます。美乃莉は手際よく芽久美を養い、保護していた。ひとりの人間の裏表だと思えばさ、それなりに自立した存在だったことになる。あのときも、おれが赤ん坊を回収しなかった場合に備えて、ちゃんと美乃莉に戻って行動してるんだよ。多重人格の一種なのかもしれないし、本当に美乃莉が云ってたとおり、美乃莉という人格のなかに芽久美の亡霊が現れるのかもしれないが、ともかくも深いところで、美乃莉と芽久美は連携をとってる。もう芽久美から電話があっても、とりあう必要はないと思った。芽久美はそのあと二度立て続けに、赤ん坊を棄てたと連絡してきた。二度とも、おれは取り合わなかった。知らんよと云って電話切って、放っといた。その後、今度は美乃莉が電話してきた。芽久美がご迷惑をおかけしているようですけれど、わたしは、これからも電話して構いませんかと云う。おれにも情はある。おまえはいいと答えた。芽久美は駄目だ。この携帯は間もなく棄てる。もうひとつの携帯の番号を、おまえには教えてやる。おまえが困ってそこにかけてくるのは構わん。だが一度でも芽久美がかけてきたら、そっちの携帯も棄てる。わかったか。わかりましたと云う。生活費は振り込む。わかりましたと云う。番号を芽久美には知られるな。芽久美にわかるようなメモをとるな。すると、大丈夫です、たぶん芽久美には石見さんの名前が読めません、読めません読めません読めません……何度も何度も、暗示をかけるみたいに。

さきほどから石見はたばこの先端で灰皿の底に、軽く円を描く動作を繰り返している。手にまとわりついている煙が、だんだんと薄れ、消えた。そのさまを見つめながらわたしは、ふたたびカルタゴの儀式に思いを馳せはじめていた。

　菲《ひ》沃斯《ようす》の常飲者たちは四つんばいになって巨像のまわりをはいまわりながら、虎のようにほえた。イードニムは予言し、信者はさけた唇で賛歌をうたった。格子垣が押しやぶられ、すべてのものが供物をささげようとさわぎたてた。——前に子供をなくした父親たちは、子供の肖像や玩具などをはじめ、保存しておいた遺骨までなげだした。短刀をもっていたものは、他のものへおどりかかって、切りあいをはじめた。神殿の奴隷たちは、青銅の箕《み》で、鋪石のふちにつもっている灰をすくった。そして、生贄が都のうえに、また星の世界にまでいきわたるようにと、その灰を空へなげあげた。

　なにを考えてる、と石見が問う。

　フローベールの、とわたしは正直に答えてみた。《サラムボー》のことを。

　小説？　もっと難しい本かい。

　面白い？

古い本ですから、たぶん読者を選びます。

あんたは選ばれた。

そのようです。

おれは選ばれるかな。

選ばれそうですよ。

きょうはずいぶん喋った。

話がお上手です。

仕事だよ。喋って、人を騙して、使う。でもきょうはあんたに使われた。これに……と石見はまるで宣誓するように、皆川美乃莉の手帳に左手を伸ばし、重ねた。たっぷり喋らされちまった。これ一冊だろうな。

わたしは小首を傾げて、と仰いますと。

次はこっちの女の話をって、別の手帳が出てくるんじゃないだろうな。

わたしは微笑した。それ一冊です。

信用しとくか、とオムレツの皿を見つめていい、ぱっと視線を上げる。ここの飯はどう。

鰻の稚魚は。

満足しました。

ぜんぶ食っちまえ。おれの話はどうだった。

満足です。

それだけ？

感想ですか。

おれをどう思う。どういう人間だと。

さっきのような云い方をされると、まあ嘘の多い方なんだろうと思いますよね。この人は、本当に石見さんなんだろうかとさえ。

石見は声をあげずに破顔した。皺の多い笑顔だった。やがて云った。そう来たか。じゃあそういうあんたは、本当はだれだ。

何度も申し上げてきたとおり、建設局の職員です、性的不能の。

あんた自身に疑問を感じることってのはないのかね、おれは本当にそんな、童話の挿絵の端にちょろっと描かれてるような、影の薄い公園管理人に過ぎないんだろうかと。

疑問はないですね。感じません。

あんた、つくづく面白い。十七で死んだ、とそこで石見が言葉を切って残りのワインをすっかり飲み干したので、わたしのなかの、死に絶えたなにかを祝福されているのだと思いこみかけた。しかし十七という年齢には、これという引っ掛かりを感じない。遥かな星座の、藍に翳った一角だ。背後の星雲とあやふやな図像を形成して、それは注視するほどに遠ざかっていくようである。わたしの一部が壊死したとすれば、それは十七の歳どころではあるまい。十三か十一か……五つか三つか、それとも母の胎内でのことか。十七で死んだというのはわたしのことではない。ではきっと皆川美乃莉の話だなと、わたしが単純に双子の名前を取り違ったところで、

芽久美、と石見が、あたかもそれを訂正する。おれが見ることのなかった本物の芽久美が、あの公園を死に場所に選んだのが、なんとなくわかってきた。あの公園はあの世の入口で、あんたはあそこの門番だ。自分でも思わないかい。

そうですよ。

わたしの肯定ぶりから、確信の度合いを値踏みしてみる気もなげに、

食っちまいな、と石見は対話の流れを断って、腰をあげるため、身を前傾させた。おれは、外で電話をかけてくるから。

12

便所から戻ってきたわたしに対し、

もうじきだから、と石見は手招くような素振りをし、椅子に掛けさせようとした。石見の軀が鳴った。電話だった。呼出し音はごく当り前の、秋の虫を模したような電子音だっ

た。新聞漫画でＲＲＲ……と表記されるような例の音だ。石見が胸ポケットから電話機をつまみ出すと、折り畳んだ薬の袋が一緒についてきた。電話機に付いた小窓を確認しただけで、相手と話そうとはしない。わたしに頷いて見せた。わたしたちはテーブルから離れた。石見は会計場を素通りした。わたしが便所へと立っているあいだに済ませたのだろう。わたしが礼を述べる遑《いとま》もなく、石見は肩でドアを押した。新鮮な宵闇がわたしたちを迎えた。また別に、赤い踏み石の先にもひとり、わたしたちを待ち構えていた者がいた。白シャツに、黒ズボン、黒チョッキ。長髪。今はネクタイを結んでいない。小ぶりな鞄を提げている。若い。男の顔を、わたしはよく憶えていた。石見の店でわたしの手首をつかんだ男だ。視線が定まらずにいささか困惑しているような目つきをした、監視係の店員である。石見に黙礼している。石見がさっき電話をしたのは、この店員を呼ぶためだったようだ。

　ちょっと遠回りになるけど、と石見が云って、彼の店とは反対の方角に歩きはじめた。彼の云うとおり、公園に背を向けるではないけれど、管理所に戻るにはあきらかに遠回りとなる向きである。そろそろ、わたしは管理所に郷愁を感じはじめていた。長時間あの場所を離れていると、古い惨めな記憶に気分が翳るように、なにというでもなく無暗と不安な感じが押し寄せてきて、ただ歩いているのさえ、なにかに触れているのさえ、厭になってしまう。しかし自分から電話し食事を奢られておいて、聞くだけを聞いたら即座に退散するというのも、憚らわしかった。出勤前に片づけておくべき小用があるのだろう、長くはかかるまい、と無言のまま判断をくだして、彼が遠ざかっていく方向にサンダルを引きずりはじめた。振り返ると、店員が真後ろに付いてくる。大きな歩幅で、たちまち息がかかるほど距離を詰めてきた。護衛のつもりかそれとも一種の遊びなのか、どちらにせよ素敵な気分ではなかったから、足を速めて石見に近づいた。店員がまた距離を詰めてくる。わたしも石見に近づき過ぎて、頭の後ろでひと括りにした彼の髪が、鼻面に触れそうだった。三人ひと繋がりの奇怪な獣になったようでも、また自分が刑場に引き立てられていく罪人のような感じでもあったが、直面している成行きが自身の意向とはまったく無関係であることが、わたしに幾許かの安閑を与えていたのは間違いない。場の主導権を握ることにわたしは不慣れだし、そういう状態に酔うこともできない。本当は使ってはならない力を行使して、物語をいたずらに現出させ人人の視線を集めて、外の通りで行列を成している大切な事柄との対坐を先送りにしているような気分に陥ってしまうのだ。観衆の反応が熱烈であればあるほど、通りのほうが気になって仕方なくなってしまう。幼い頃、家の外での体験を母や祖母に話していたら、しばしば思いがけない箇所で好奇心を示され詳細を問われて、そのうち本来自分がなにを話したかったのかわからなくなってしまったものだ。意志の葉陰になり目立たなくなっているとはいえ、いまだわたしの心の庭にはその種の困惑がびっしりと蔓延《はびこ》っていて、不意にわたしを躓かせる。しかしながらいざ庭の外へと出てみれば、通りは閑散とし、待ち侘びたところでいつ賑わうでもないのだ。なにがわたしを待っているでもないのだ、端から。

この通りは賑やかだ。この通りにはなんでもあると、常からわたしは感心してきた。野菜があり、古いLP盤があり、台所用品があり、絵葉書があり、目覚まし時計があり、輸入ビールとそれに合う食事があり、郵便局があり、仕立てのワイシャツがあり、甘ったるく戸外まで漂うお香があり、中華料理の見本ケースがあり、凝った織りの舶来タオルと、それを皮にした無数の縫いぐるみがあり、貧しげな家があり、貧しげな、とても入る気にならないような居酒屋もあり、しばらく先には夜警を雇った豊かな家があり、そこに至るまでに噴水を擁した小公園があり、そこにはいつも子供や酔った若者たちが集って、交差点の路面はきらきらと、塗り込まれた微細な反射物質によって夜通し輝いている。なんでもある。店店のあかりを、個別の電波を受像した画面のようなつもりで見つめ見つめ進んでいると、書店のなかから、昼間、共に美乃莉を追尾した、あの痩せこけた青年が通りに飛び出してきた。彼はこちらに顔を向け、なにか、啞然とした風情で立ち竦んだ。わたしに連れがあることがよほど意外なのだろうと思った。青年の頭には、彼が初めて事務所を訪れたときに被っていた、鳥打帽が乗っかっている。失せたと云っていた。どこやらで見つけられたようだ。書店の黄色い紙袋を小脇にしている。そういえば小説を書いて、すでに本も出版していると云っていた。わたしが長らく小説家と認識していた犬連れの人物よりも、またわたしよりも、はるかに彼のほうが小説家なのである。彼はわたしを記録するだろうか。この奇態な短い行列はいつか彼の作品の背景を横切るだろうか。青年は帽子を取った。そのさまが再会の挨拶というよりも葬列に対する別れの礼拝めいていたから、わたしはなんとなく挨拶を返すことができなかった。

このあたりか、と石見が云って、路地に折れた。隊列は崩れたが、監視係の店員は相変わらずわたしの背から離れなかった。表通りから一変して、商店のあかりはなく、瀟灑な民家の連なりが、押し黙って闇が深まるのを待っている。路地は短く、すぐさま水道道路にぶつかる。石見がまたモーゼの奇跡を見せた。それまで歩道を途切れることなく往き交っていた人や自転車が、みな墨色のまぼろしであったかのようにわたしたちの眼前から失せて、ジャスミンの植込みに包まれたガードレールと、その向こうの車道だけが残った。石見がガードレールの切れ目から車道へと踏みだした途端、今度は自動車の流れが途絶えた。左右を見渡してみて、単に近辺の歩行者信号がいっせいに青になったがゆえの現象とわかったが、奇跡の直因はどうあれ、わたしには、石見がなにかに祝福された存在であることは間違いなく感じられた。また思いだして、奇跡の勢力圏から遅れぬようサンダルを引きずりながら、石見の影に美乃莉の手帳の片鱗を見出そうとしてみたが、手にもスラックスの尻にも四角い物体などありはしない。また虚空へと放り上げてしまったようだ。しかし必要になればいつでも、虚空から摘み出して広げ眺めることができるのだ、きっと彼には。

そそくさと車道を渡りきり次の路地に入ったところで石見は足を止め、わたしと監視係とが追いつくのを待っていた。たまたまなのか、せっついているのか、背中に監視係が腕をぶつけてきた。振り返りそうになったが、狂気を湛えたような目つきを思いだして頭を戻した。石見が可笑しそうに、

そいつを、と顎をしゃくった。店で、今いちばん信頼……女に興味ないから。

そうなんですか、と頷いてから、それが実務的な信頼感であることに気づいた。わたしは言葉を返さず、背後を見ることも決してしなかった。

行こう、もうすぐそこだから、と石見はまた獣の尾のような髪先をわたしに向けた。今度の路地もさして距離はなく、それはJR線高架下の乾いた空虚へと連結している。空虚というのはわたしが個人的に抱いている印象であって、本当は、意味なく舗装されたのみで放置されている空き地よりも駐車場や砂地の小公園の占有率のほうが高い。始終日陰であるため植物の色彩に乏しい乾ききった場所だが、雨の日の歩行者や子供たちや、ホームレスや、置かれている自動車にはそれがありがたい。石見との距離がまた離れた。最初の空き地の巨大な支柱の脇を足早に彼は通り抜けて、外の敷地との高低差のためできた低い土手ぎわまで行き、立ち止まって地面を見た。それから、おおい、といった調子でわたしたちに手を振った。なにか見つけたようである。不毛な空間にあって土手には辛うじて、

細細たる植物がフェンス向こうのあかりに翳っていた。またも監視係の腕がわたしの背に当たり、今度は明白にせっついている。石見が翳った地面を指し示す。なにが落ちているでもなく、ただアスファルトが平坦に沈んでいるのみと見極めるが早いか、そのあたりに向けて恐ろしいほどの力で突き飛ばされた。サンダルが両方とも脱げ落ち、片方の爪先をおかしな角度で舗装面に擦りつけてしまったが、手を地につくかつかないかのところで辛うじて体勢を保った。未分化の驚きと怒りを包んだ怖気が弾力の失せた頬を撫であげた。予感にかられながら背後を振り返ると、監視係はもう眼前に迫っており、相変わらず困惑したような目つきのまま、すでに拳を耳の高さにまで引き上げていた。拳は大きく、打撃の範囲は左眼のすぐ下から鼻の脇を経て上顎にまで至った。瞬間、眼を突かれたような錯覚と、鼻の詰まった感じとが生じた。じつは上顎への打撃がいちばん大きかったのである。よろけて尻餅を突くと、衝撃で、そこいらの歯がいっせいに口から飛び出したような気がした。

けつ出してさ、ああ、四つん這いになってよ、いいか？　と石見の声がした。声のほうを向いたとき、わたしは初めて顔に痛みらしい痛みを意識した。顔面の下方から這い上がってくるような痛みだった。石見のシャツは薄闇に彩度を落とし、黒い大理石模様を成している。横顔に、表情らしい表情は窺えない。いいか？　という問いかけはどうも、部下に対して成されたものだった。勢いよく、店員は近づいてきて、わたしの左腿の外側を烈しく蹴りつけた。わたしは声をあげ、膝を揃えた。鈍い厭な痛みが、脚全体に沁みる。膝を開けばまた蹴られると思い、女のように横坐りしたまま店員を見あげようとしたら、唇の上を温かいものが通り過ぎた。指で拭った。指は黒く汚れた。わたしの皮下には廃油でも流れているらしい。店員はいつしか片手にまっすぐな棒を握っていた。それを頸に当ててリズムをとっている。棒の細部は夜目に朧《おぼろ》だが、鋭利さを錯覚するほど、すうっとまっすぐである。伸縮式の警棒のようだ。彼は黙って、たたん、たたん、とシンコペーション気味にリズムをとり続けていた。尻を出せと、石見はわたしに命じた。女には興味を抱かないというこの店員に、わたしの肛門を犯させる腹積もりのようである。店員の黒ズボンに視線を向けて、前開きあたりに隆起を見定めようとしたが、闇に溶け合っていてよくわからない。

はぁやく、と焦れたような声をあげながら石見が近づいてくる。なにも命取ろうってんじゃない。おとなしくしてりゃすぐ済むって。お別れのダンスみたいなもんだ。あれやこれや、おれも心配事の多い人間でね、きれいさっぱり自分の人生から消え失せたと思ってた人間が、また目の前に現れたりすると、また血圧がさ、なあ、医者に気をつけろっていわれてんだよ。だから念のためさ。早く済ましちまおう。ベルト外せ。

云われたままベルトに手をかける。横隔膜のあたりがひとりでに震えはじめた。ベルトを解き、スラックスのファスナーを下ろしているあいだに、また唇の上を血が流れて、シャツの身頃に落ちた。

四つん這い。

はい、とわたしは口のなかで返事した。これから犯されるのだとして、そのこと自体への嫌悪感は薄い。明快な排泄器官である肛門や直腸をなにかが逆撫でしたとして、それらが本来の機能への確信を新たにするだけのことだろう。わたしは軀を返して、アスファルトに両手を突いた。姿勢の加減か鼻血が大量に流れ出してきて、ぱたぱたと地面を濡らしはじめた。スラックスの背をつかまれた。トランクスごと強く後ろに引かれて軀も一緒に動いた。身をよじって引っ掛かりを躱しながら、犯されるのを手助けしている自分を奇異に感じた。わたしは内心どこか、この愚鈍そうな若者に犯されたがっているようだ。肉のない尻が外気に触れた。睾丸に固くて冷たいものが触れ、わたしは吃驚して肛門を引き締めた。触れたのは、どうやら監視係の靴であった。衣類を踏むためだったようで、直後、一気に膝近くまでが剝きだしにされた。わたしはずっと地面の血を見ていた。軀が前後するごと、最初の一滴の上下に落ちて、途切れ途切れの縦長の図像が生じつつあった。監視係が腰を屈める気配がして、肛門粘膜に冷たい物がぶつかってきた。とても男根の温度ではなく、警棒を、たぶん縮めた状態で押しあてられたのだと察すると、思いがけない屈辱感にわたしの視界は狭まり、頭の端が殴られたように痛みはじめた。硬質な刺激に睾丸が、垂れさがった陰嚢のなかを上昇していく。どこまでもどこまでも上昇して、しまいには胴体のなかにすっぽり収まってしまった。そう感じた。連動して腰骨両端の内部に痛痒さが生じた。肛門はみずから収縮を繰り返して、警棒をすこしでも温めんとしていた。括約筋の運動は陰茎にまではっきりと伝わり、わずかずつ、それは充血を始めた。警棒に強い力が加えられた。やや見当違いな角度に思われたので、わたしは背中を反らせて修正を手伝った。軽やかで不明瞭な石見の声が耳朶に響く。尻を突き上げて警棒を受容せんとしているわたしを、面白がっているのだろう。しかし恥辱は、陰茎の充血を促進した。凶暴なまでの勢いにみずから驚き、慌てて、思わず片手を地面から離して手を伸ばしかけたほどである。理性がそれを誡《いまし》めた。両手が余計な所作に及ばぬように、わたしは指という指を握り込んだ。そうしていても次第次第、まるで密度を増した夜気に下方からしがみつかれて身を擦り合わされているような幻想が生じはじめて、勃起はなおのこと威勢を増した。わたしは夜を抱いている。悦楽は短かった。突然、肛門全体を抉り抜かれたような熱が尻の中心に生じて、下腹の筋肉がひとりでに激しい上下運動を示した。警棒が一気に進入してきたのである。やるせない痛みの輪が、それ自体、金切り声をあげているかのような、味わったことのない熱い不快感にわたしは支配された。警棒がどのていど体内に没しているかはわからなかったが、すくなくとも直腸がその冷たさに慌てふためいている。放屁したいが、通路を完全にふさがれている。病的な下痢の苦しみに似ているが、その底辺に広がっている風景は、息苦しく、また果てしない。なにもかもに嫌気が差して無気力にならざるをえないようなその鈍痛と比して、裂けた肛門の鋭利な痛みはむしろ救いだった。ジミニー・クリケットの饒舌に近い。そういえばジミニー・クリケットが現れてもよさそうな状況と思われるのだが、とりあえず視界に、まだそれは見当らない。いまだ辛抱強くわたしは鼻血が形成した図像をひたすら見つめていた。いったん完成に近づいていたはずなのに、今はもう乱れ、ぶれて、過剰な画像になり果てている。わたしの欲望の、これは引写しだろうか。

尻臀の片方に、監視係が身を寄せてきた気配を感じた。しゃがみこんでいる。ブロード織の袖口が腰骨に触れる。大きな暖かい手がわたしの陰茎を強く握った。所在なかった器官がそうして枷を得たことに、わたしはむしろ安心し、薄く息を洩らした。握り込まれてみると、陰茎からはすでに汐が退いて、それがふたたび軟化しているのがわかった。手の力がいったん弛み、深く、睾丸まで含むようなかたちに握りなおしてきた。同時に傷ついた肛門が、警棒のさらなる侵攻を感じとった。今度の侵攻は急速かつ深深と貪欲だった。内臓が藻掻く。裂かれる。咽が恐怖を叫んだ。逃げ出そうと手足を動かせば、ふたつの睾丸を合わせて潰れるほど烈しく握られた。新しい激痛は他の痛みと相俟って狂おしく、顔は一気に血の気が失せ、警棒に押し上げられた胃の腑から、胃液混じりの、先刻、咀嚼して、嚥《の》みくだした鰻の稚魚の成れの果てが咽まで上がってきて、熱い苦みを発した。警棒は容赦なくわたしの腹の中で暴れて内臓を攪拌した。ふたたび胃が激しく動いて次の瞬間ついにわたしは地面に嘔吐した。さすがに警棒の動きが止まり、睾丸もまた、圧迫から解放された。尿道が通じた。わたしは小便を洩らした。少量ではなかった。ジミニー・クリケットは現れない。

おあ、と監視係が初めて、面倒くさげに声をあげ、わたしの尻から軀を離す。警棒からもその手が離れたのを感じた。串刺しで放り出されたかたちのわたしの前に、石見の靴が現れた。

まだ気ぃ失うなよ。その片方が迫ってきて、わたしの顎を軽く蹴りあげた。だいぶ、おれのことなんか忘れてきただろ。

忘却のための儀式であると強調しているわけだが、わたしの耳には、狂信者かなにかを演じての言い種としか響かなかった。暴力が果たす機能に信頼を寄せるほど、この男は愚かではあるまい。きっと石見にとってのジミニー・クリケットが彼に囁いた――かつて横井昭がわたしを誘い込んだいくつかの遊戯にも似た、刹那的な娯楽であるに違いない。石見というこの無頼になりきれぬ魂の行き場のなさ、彼が慢性的に感じているであろう焦燥をわたしは想像したあと、あるいは石見のジミニー・クリケットはこの監視係その人かもしれないと、物語を飛躍的に帰納させた。無法者を気取りながら、存外、この石見とは真面目な男である。一度に多くの嘘は吐けないようだし、そこそこに仕事熱心で、世間並みに家庭に縛られてもいる。彼の日常は彼の日常なりにうんざりするほど閉塞しているはずであった。そこに生じた亀裂、奇怪な小幻想の源泉が、この監視係だというのは、ありうる話ではなかろうか。空調のない地下室の椅子に浅く腰掛け汗まみれの自慰をおこなっている石見の下方で、身をまるめ、彼の塩辛い睾丸をしゃぶっている監視係の、石見を見あげている焦点を失いがちな眼差しを、奉仕の合間合間に洩らす啓示に満ちた咽声を、わたしは容易に想像できる。音楽に満ちた暗い店内で不意に手首をつかまれた瞬間、わたしはすでに彼らの遊戯に引き込まれていたのかもしれない。実行の契機をつくったのはわたし——厳密には、わたしの予知的な夢想——だが、思えば彼らはあの日から、いつでもわたしに会いに来ることができた。わたしの居所を知っていた。儀式は、ワインに勢いづいたふたりがとつぜん管理所に押し入ってくることにより、灰色のリノリウムの上で行われた可能性だってあったのだ。

　尻が、監視係の再接近を感じた。警棒越しに監視係の手を感じた。それは一息に引き抜かれて、わたしの腸は焼けた。熱は蟀谷にまで昇った。気を失うなと石見は云った。ということは儀式はまだ続くのである。鼻血の図像に重なり広がった嘔吐物を眺めながら口中の残滓を呑みくだした。咀嚼された確かな形を失った鰻といいとろけたパンといい、高い位置から、溶け残った雪を眺めているようだ。冬の街を瞰下《みお》ろしているようだ。監視係の大きな手が肩をつかんできて、弛緩しきった肛門を、固い、新しい圧迫が襲ってきた。括約筋が伸びきってしまったようでまったく力が入らないけれど、かといって成されるがままに伸張するわけでもないらしく、皮膚を無理やり引っぱられたとき特有の熱さと冷たさが入り交じったような痛みが繰り返し爆ぜる。警棒は事前に見ていたから貫入してくるさまを思い描くのも容易だったが、今度は、なにをどう挿入されているものか皆目わからない。どうやら棒状の物ではないというのは想像できた。またあるていど重量を有した物体だということもわかる。わたし自身、予想だにしなかったことだが、その質量こそが、一連の暴行における最大級の恐怖をわたしにもたらした。挿入の苦悶は警棒よりずっと短く、また続けて腸内を掻きまわされる被害もなかったが、ごろりとした重量が自分の腹のなかに転がり込んできたのを知るや、わたしの五感はひしゃげた。感覚の空虚を支配したのは、まるで脳が融解していくような黒い恐怖だった。わたしは断末魔ばりの悲鳴をあげた。黙れとばかりに顎を蹴られた。わたしは舌先を噛み、同時に上下感覚が失せて、思わず片肘を折った。横ざまに倒れた。石見の靴先の輝きが視界に躍った。白い輝きはわたしに、遠い日、においを嗅ぐ幸運に恵まれた、彼の、樹皮に附着した精液を思い起こさせた。いつしか石見に彼を重ねていた自分を発見した、わたしは、瞬時に。

済んだよ、立てよ、と石見の声。わたしは懸命に従った。身を起こし、スラックスを持って立ちあがった。足許がふらつく。よろけて自分の嘔吐物を踏んだ。

ズボン上げて公園に帰りな。そして日報に、異状なし。

云われるまでもなく、わたしは衣服を整えはじめていた。また云われるまでもなく、日報にはそう記すつもりでいた。ふたりの顔を見返す気にならず、俯いたままで視線を動かし、サンダルの影を求めた。見つけ、進む。片方に足を入れ、もう片方のところまで歩き、また足を入れると、そのままの足取りで空き地を出た。振り返らなかった。直腸内の異物が自重で下がって、肛門からだいぶはみ出しているように感じたので、手を、背中から下着のなかに入れて確かめた。はみ出してこそいなかったが、肛門にすこし指を挿しただけで、尖ったざらつきに触れられた。どうも石のようである。なんのことはない、石塊《いしくれ》のようだ。そこいらに転がっていた、珍しくもない石だろう。わたしの直腸には、まあお似合いである。トランクスから引き出した指は、先が朱色に濡れていた。

　足取りはわれながらしっかりしているが、速く歩こうとすると腸の石が上下し、傷ついた肛門がなおのこと痛む。噴出寸前の便を大量に抱えているみたいに、摺り足気味に歩んでおらねばならないのが、一息に老い、病んでしまったかのようで惨めだった。公園を目指して横断歩道を渡りかけて、同じ歩道の続きに酒の量販店があることを思いだした。尻ポケットに上から触れ、財布の感触を確かめてから、方向転換した。通りすがる人人はみな、わたしを、穢なげに避けた。血と嘔吐物にまみれて直腸には石塊を抱えた公園管理人に、同情の言葉をかけてくる者はなかった。歩いているうち、不意に視界が歪み、狭まり、わたしは驚いて、街路樹を支えている丸太の上に手を置いた。舗石を見つめているうち、歪みは収まったが、視界の広さはなかなか元に戻らない。諦めて、また歩きはじめた。そろそろと酒屋に立ち入ると、客や店員の動きが止まった。あまり店に迷惑をかけたくないので、特売品として箱ごとレジの近くに置いてあった、十八年もののラフロイグを一本つかんだ。代金を支払ってしまうと、財布の中にはほとんど残らなかった。店内にはピーター&ゴードンのヒット曲が流れていた。罎の入ったポリ袋を手に公園に向かううち、視界はわずかずつ広がったが、まだ完全ではない。苦痛に絶叫したとき、脳の血管の一本二本、破損してしまったのかもしれない。

園内に踏み入って間もなく、遊歩道に鴉が群れているのを見た。わたしが近づくにつれ、一羽また一羽と地面を離れ、左右の柵の上に並んだ。食われていたのは、羽根色の濃い鶏だった。片方の肢が途中から曲がっている。ウッチェロだ。腹から引きずり出された内臓が、逃げ出しかけているように土の上に伸びている。頭は、すでにない。ともかくもラフロイグの罎を握って振りまわして、鴉どもを追い払う。鴉たちはわたしを罵りながら遠巻きにした。わたしは強い衝撃を受けていたが、まだ時間が満ちていないのか、悲しみの情は湧いてこない。娯楽としての嬲《なぶ》り殺しではなく、すくなくとも食されているのだから、自然の摂理に添った美しい死であると、頭のなかで語り、直後に、嬲り殺しが摂理ではないと決めつけかけた愚を、みずから嗤った。死は死だ。美醜も上下もない。わたしは腰を屈めてウッチェロの肢に触れた。曲がったほうの肢だ。指に力を込めると、それは簡単に折れた。罎の底で根元を押さえつけて、皮膚をちぎった。枯れ残った萼《うてな》のようなそれを指で廻しながら、手許に置いておこうと決めて、ワイシャツのポケットに差した。そして死骸を跨いだ。数歩離れるともう、背後に鴉たちの羽音がした。また集まってきたようだ。振り返らなかった。

管理所の鍵を開けて、なかの電気を点けるなり、凄絶な疲労感が殴りかかってきて、危うく床に膝を落としかけた。しかし気を失う前に、やるべきことがいくつか残っていた。管理室にあがって、まずウッチェロの肢を机の抽斗に収めた。それからラフロイグの封を切った。罎からじかにモルトを呷りながら、便所に向かう。便器は洋式だ。尻を出し、坐りこんで息むと、激痛が脳天を突いた。ラフロイグを飲んでそれを怺《こら》えて、また息む。酒を呷っているというのに、たちまち顔面の熱が失せる。脂汗が額に噴き出し、冷たくなった顔を流れ落ちた。石塊が、だいぶ肛門からはみ出したように感じられたので、片手の指で触れてみると、まだ先端が小指の先ほど覗いている程度である。激痛に負けて腹の力を弛めれば、またすっかり引っ込んでしまうかに思われた。仕方なく、咽の奥から叫び声をあげながら、指で肛門を拡げた。もはや痛覚が麻痺していてよさそうなものなのに、なお新たな激痛が被さってくる。視界はふたたび狭まり、暗くなり、手前を星がちらついている。ジミニー・クリケットのことをわたしは思い、出現を待ち望んだ。だがその最も不快な言葉が反芻されるばかりで、幻想も生じなければ霊感も降りてこない。味も素っ気もない苦痛の現実のなかに、わたしはいた。指先に力を込められる程度まで、ようやく石が露出する。もはや肛門の機能的な存続は見捨てるつもりで、悲鳴をあげあげ、力任せに引きずり出した。石が便器に落ちた。音が残った。

しばらく、気を失ったように、膝に乗せた腕に、額を突いていた。肛門の痛みが心臓の動きと同期しはじめて、そのリズムが蟀谷を打ちはじめて、ようやく顔を上げることができた。紙を肛門にそっとあて、見れば、鮮血に染まっている。いまさら驚きなどない。紙は床に捨て、立ちあがって便器を覗いた。便器のなかも血だらけだった。濁った水に手を入れて石塊を拾う。想像よりも小さくはあったが、それなりの大きさと重量があった。そしてまた想像よりもずっと黒っぽく、いびつな形をしていた。細長く、左右が尖り、直線的でありながら、全体に渦を巻いて見える。わたしはより卵に近い形状の石を想像していたのだ。実際にわたしが産み落としたそれはといえば、結晶化した大便、もしくは凶暴な男根といったところか。スラックスやラフロイグを床に残したまま、いったん便所を出て、台所の水道で石を洗った。愉悦感が込みあげてきた。いまわたしが産んだこの石塊は、価値のほどはともあれ、《ピアノ協奏曲第一番》とは対極のなにかである。可笑しかった。水道を止め、萎びた性器を揺らしながら、一歩また一歩、ＦＣ36ＦＦへと近づいていく、その脚許にわたしの最高傑作を捧げんがために。しかし祭壇の人形の赤い双眸は、すでにわたしを冷たく見透かし、視線は遥か公園の外界の、なにかを見つめ、なにかを、あきらかに予見していた。

13

やあ諸君、度重なる睡魔との死闘を乗り越えて、よくまあここまで辿り着いてくれた。惜しみない賞賛の拍手と、とっておきの吉報を贈らせていただく。ここからの数十行は、この小説のいちばん面白い部分だよ。もし読書早期にこの文章を見つけたのなら、それは宝籤《たからくじ》の、特賞とまではいわないが三等四等には匹敵する幸運といえる。幸運は逃すな。ほかの部分はもう、よほどの事情がないかぎり読むな。

本当はここでチャイコフスキーの晩年を辛気くさく語って、見知らぬ諸君をますますうんざりさせようとわたしは企てていた。実弟モデストの筆による長大な伝記は例外としても他のあらゆるチャイコフスキー伝が彼の死に明快な形を与えんとして関係者の関係者による証言という充塡剤での補修を試みたり物語の鋳型で圧し潰してみたりと苦心惨憺したあげくばりや欠損の目立つ不気味なオブジェを生みだし云云。批判がましい伝記評のようなものだ。書きはじめるや否や、わたしは自分の文章に厭き厭きしてしまった。この件はジミニー・クリケット調に要点のみをまくしたてて早早に打ち切るべきだと結論しなおした。ちなみに《ピノキオ》のなかでジミニー・クリケットの声を演じたのは、挿入歌《星に願いを》を歌った芸人クリフ・エドワード本人だ。通称ウクレレ・アイク。むろんウクレレを弾いた。チャイコフスキーはウクレレの独奏曲を書いたか？　いや一曲も。とりとめない話が続かぬよう、この種の問いかけをあらかじめひとつ設定しておき、その解答をもって、ピョートル・イリイチ・チャイコフスキー個人に纏わる話題は、いっさい打ち止めとしよう。以後、彼の遺した作品は別として、彼そのものは小説に二度と登場しない。設問は、合理的でかつ断定的な解答が可能な、素朴なものがよかろう。解答呈示後は、いつ果てるとも知れぬ夢想の描写がまたも始まる。設問する。

チャイコフスキーはチャールストンを踊ったか？

チャイコフスキーの晩年の、主だった出来事は以下である。彼は麻薬中毒の甥ウラディーミル・ダビドフと恋愛関係にあった。彼は《スペードの女王》を書いた。彼はパトロンからの送金を断たれた。彼は訪米した。彼はバレエ《くるみ割り人形》と歌劇《イオランタ》を書いた。双方をみずからの指揮により聴衆に披露したが不評だった。彼は最後の引越をした。しかしその後も相変わらず欧州じゅうを飛びまわっていた。終生、彼は旅行者だった。彼は金のために《ピアノのための十八の小品》と《六つの歌曲》を書いた。彼は英国でケンブリッジ大学の名誉博士号を授与された。彼は《交響曲第六番》を完成させた。

これにはモデストの提案で《悲愴》という愛称が付けられた。数日後、彼はペテルブルグの街で、レストランで出された生水を飲み、その結果コレラに罹って死んだ。その週のペテルブルグでは彼を含めて七人がコレラで死んでいる。カザン大寺院での彼の葬儀には八千人が参列した。ただし音楽学者アラクサンドラ・オルロヴァは、一九六六年、彼の死は服毒死だったと主張する老人と邂逅している。老人はチャイコフスキーが卒業した法律学校の、最後の卒業生のひとりだった。彼の話はこうだ。晩年のチャイコフスキーはある貴族の甥っ子とも恋愛関係にあった。それを激怒した貴族は、皇帝への書状をしたためて検事総長ニコライ・ヤコビに託した。検事総長はかつてのチャイコフスキーの同級生だった。母校の名誉が穢れることを懼れたヤコビは、急遽、他の同窓生らを含む名誉法廷を組織した。チャイコフスキーも召喚された。判決は、彼の自殺だった。彼は甘んじた。法律学校と安っぽく訳すのが慣わしになっているが、チャイコフスキーの母校は高級官僚育成のための高等教育機関である。老人はその歴史を調査している過程で、ヤコビの妻からこの話を聞いた。……

解答の瞬間が近づいてきた。チャイコフスキーが渡米したのは、死から遡ること二年半前、一八九一年の春のことである。主目的は、のちにカーネギーホールと名付けられる新しい音楽堂での指揮だった。彼は新大陸の上流階級から熱烈な歓待を受けた。新聞は彼の年齢を六十歳と推定して報道したが、本当は五十一歳になりたてだった。彼はニューヨークのほかフィラデルフィアとボルチモアでも指揮棒を振った。彼の指揮ぶりは、めりはりが効いていて情熱的だったと想像される。しかし決して指揮台の上でチャールストン・ダンスは踊らなかった。ステップを覚えて露西亜に戻り、部屋でこっそりと楽しんでいた可能性も皆無と断言できる。この小刻みなダンスは当時まだ、南部の黒人たちの素朴な娯楽に過ぎなかった。全米的流行を見たのは、一九二三年、彼らのステップを取り入れたミュージカル《Running Wild》がブロードウェイにかかってからのことなのだ。

＊＊＊　＊＊＊　＊＊＊　＊＊＊

　鴉たちの叫び。しかし自分は夢のなかにいるという自覚があった。これまでの人生に幾度となく生じてきた、さきざきの経験の断片があらかじめ飛来して過去の自分――すなわち現在の、夢をみている自分――に、おまえはこの情景までの途上にいるのだと悟らしめるような、霊感的夢想ではなくて、素朴な心象風景に眠りが陰鬱な色彩を添えて、現実界の人人が適度に役割を分担しながら、とうにわかりきっていることを語りかけてくるようなたぐいの、これは純然たるゆめであると了解したうえで、わたしは慎重に調査を進めていた。夢のなかにおいてすら、確かな手掛かりを得られるはずだという確信があるのは、わたしが見極めたがっている皆川美乃莉が、その鈍重な肉体性とは乖離したところの、いわばわたしに内在する側の彼女であるからだ。調査の果てに彼女は、張本すなおと渾然一体となり、遠い、夜の放水路縁の記憶に、……色の輝きを放つに至るかもしれない。あるいは横井姉弟と同質のにおいを放ちはじめて皮膚に纏わりつき、わたしを辟易させるかもしれない。いずれの結果にも甘んずるつもりでいた。もっとも本多恵子との同化はあるまいと予想している。本多恵子というのはわたしの心象の枠組みそのものだからだ。わたしの存在自体、彼女の淫らな夢想の産物であるといってもいい。また薔薇色の君でもありえない。なぜなら彼女は、美乃莉／芽久美という二重存在の予兆そのものである。そのようなことを夢のなかのわたしは、まるで母親への言い訳のように思考し、夢は、思考に足並みを揃えて、苛立たしいほど、ゆったりと進んでいる。＃＃＃

「犬を飼えるアパートを探しているんです」とわたしは老人たちを見渡して云った。顔なき顔のいずれもが管理所の常連たちである。夢のなかのわたしは案外に冷静であり、また冷静な自分を過剰なくらい意識して、それらしくふるまうよう気を払ってもいた。「もちろん窓からこの公園が見える範囲でですよ。不動産屋の貼紙にペット可とはなかったと思います。だが野良犬や野良猫を引き込んで住まわせても、怠惰な管理人は決して文句を云わないんです。その程度のアパートということになりますな。弁天堂は、……寺の飛地なんです。あの一角は、あまり建て替えられていませんね」

老いたテノールが笑う。いざ笑い声があがってみると、玄関に立っているのは彼ひとりのようだ。「弁天池の澱んだ水から這い上がって、ずぶ濡れのまま管理所にやって来たというわけですか」

生意気に、揚げ足をとったつもりでいるが、それは話が逆だ。昔はこういう男ではなかった。わたしの気分に忠実に、どんな曲でも歌ってくれたものだ。テノールは笑いながら、玄関の、枠ばかりのドアをくぐって境内へと踏み出した。わたしもあとを追った。ざらついた石畳を囲む、湿った黒い地面。お堂の向こうの、池を隔てた鳥類園で、南の鳥たちが叫んでいる。

「このさきの、……寺までを囲んでいる家並みのことをいってるんだよ、わたしは。寺の地所というのは総じて、本尊の輝きと相似形を成している。だから飛地であるこの島から上の墓地までは、いくつかの直線で綺麗に結ばれるはずなんだ。アパートはその領域にあるに違いないという話をしているんだよ」

テノールはわたしから距離を置きながら、返事の代わりに、わたしが一度も聴いたことのないチャイコフスキーもしくはシューベルトの歌曲を歌いはじめた。《グレゴリオ聖歌》によく似た、いや似ても似つかぬ、G調の歌だ。だれが訳したものか日本語の歌詞がついている……自由……自由に……自由の……心の入らぬ、語呂ばかりを意識した低劣な翻訳だ。歌が終わるのをわたしは、行く手を阻むように視界の左右から突き出している小枝についた、小さな花花を見つめて待った。花の色が刻刻と変化するので、まるで何年も経ったような気がした。

「じゃあ参りましょう」とテノールが、軽快な足取りで橋を渡っていく。頭をさげて枝をくぐり、それに追随した。短い橋を渡って遊歩道を斜めに越えると、断層を被いつくした生生しい羊歯群の裂け目に石段が生じる。テノールはもう、ずいぶん上にいる。おいでなさい、早く、早く、と彼が心のなかで思っているのがわかるが、そう声として聞いたわけではない。一段一段がやたらと離れて危なっかしいあたりをわたしが苦心して登っていると、また上方でテノールが、登りにこれほど苦心するということは、きっと登りきったところが女の部屋でしょう、などと楽観的なことを予測している。しかし声はない。声にしたところで届くような距離ではない。石段はますます急になり、まるで崖を這い登っているような具合になってきた。新しく目の前に現れた肌色の花崗岩に至っては、それ一段でわたしの身長の倍もありそうである。張りついて、手足の掛かりそうな箇所を探してみたが、こういう場所で段を成しているにしては立派な切り出し方をされた石で、表面がいくらか皺ばんではいるけれど、はっきりとした凹凸は見当らない。こんな石を、体重のあるテノールが這い上がれたとはとても思えないから、きっと迂回路があるのだろう。左手には羊歯の群れが迫っているので、石の、ざらついた表面に掌を当てながら、右側へと進んでみた。次の石との境が、暗い隙間になっていた。ここが通り抜けになっているぞと喜びかけた。ところが隙間に対ってみると、どうも奥のほうが通れるほどの幅ではない。先に

あかりも見えない。試しに、腕を挿し入れてみた。涼しい風が腕を押し上げてきた。相変わらずの循環ぶりだ。　＃＃＃＃＃＃

次の石は色が濃く、手触りは粗かった。その石が終わると、今度は大小さまざまな石を組み合わせた石垣になった。隙間には残念ながらセメントが塗り込めてある。ゆうべ雨がよく降ったか、セメントにはまだ湿り気が残っていた。この石垣が途切れるまで歩かねばならないかと思うと、やはり先程の隙間に入ってみるべきだったという後悔が込みあげた。細く、覚束なかった足許は、そのうち谷側を雑草に護られた小径になり、石垣が途切れた向こうに、仄暗い雑木林の風景が迫り上がっているのが見えてきた。公園とこの一帯とがそのような位置関係であったとは思いのほかで、これならば、手鏡ひとつで、管理所のなかを隅隅まで覗くことができようと、妙にしみじみと感心をした。谷側の緑は分量を増して深まり、そのまま公園の雑木林に至るかに思われたが、石垣の途切れにまで至ってみると、小径もそこで途切れて、さきはだいぶ高い崖になっているようだ。近いとはいえ、やはり公園とは厳と断絶しているのである。高い場所は得意ではないから引き返しながら、石垣の緩いところを這い上がろうかと企んでみたが、履きものがサンダルでは心許ないし、登ったところでそんな場所に女の部屋があるものかという気もする。墓地だろうという気がする。そこで、色鮮やかに発光する雑草の連なりを眺め眺め進むことにした。そのうち別の出口が見つかるだろう。　＃＃＃＃＃＃

思ったとおり、草のなかの黒い影は、穴凹ではなく生きものだった。小説家の黒犬か、それによく似た犬だ。四肢を投げ出して横たわっているのが、奇妙な形の穴凹に見えたのである。死んでしまったのだろうかと、近づいていって見おろすと、長い毛に被われた頭部に、ぽかりと眼が開いて、わたしを見返してきた。球面にわたしの顔が映った。午睡を邪魔された黒犬は、立ちあがり、不快げに激しく身を震わせて、わたしから離れた。犬を飼えるアパートを探していたことを思いだして、飄飄と左右に揺れ、遠ざかっていくその尻を追いかける。石見の話を聞いているあいだはもっと毛の短い、煤けたような犬を想像していたが、考えてみれば雑種なのだからどういう形態でもふしぎはない。犬のあとを追うという判断は正しかったようで、来るときは灌木の連なりとしか見えなかったはずの場所に、恐ろしく急な、ジグザグの下り坂が見出せた。犬は慣れた調子でとんとんと下っていく。高さはない。しかしサンダル履きのわたしに、この坂道は怖い。見晴らすと、数軒の低い建物から成る小聚落《しょうしゅうらく》のまんまんなかに、坂は通じているふうである。路地の雰囲気には見覚えがあった。何度も歩いたことのある公園から遠からぬ路地だが、弁天堂からこういう位置関係になっているとは知らなかった。やはり坂を下る気にはなれないので、手前のアパートの、二階の共用通路に直接跳び移ることにして、傾いた叢に踏み入った。途端に足を滑らせた。アパートと崖との狭間に落ちて大怪我することを覚悟したが、思いがけず落下の速度はゆっくりだった。視界を下から上へと移動していく、錆びた細い手摺

を、それが視界から消え去るまえに両手でつかんで、胸元まで引き寄せることができた。しかしサンダルは落ちた。＃＃＃＃＃

ドアの鍵は締まっているだろう。窓は格子の向こうで開きっぱなしだ。わたしの顔ほどの高さの、小さな窓だった。格子の両端を手で握り、顔を近づけた。なかは浴室だった。浅葱色のタイル壁……男性用の便器……丸い洗面台……隅に、蓋を閉じた洋式便器……爪先立ちして手前を見おろすと、ステンレスの浴槽の縁が、わたしの頭上をくぐって入り込んだ陽光を撥ね返していた。浴槽の中に血にまみれた肉塊が見えたように思い、ふたたび爪先を精一杯まで伸ばしてみたが、なにもなかった。壁よりも細かなタイルを敷き詰めた床に、スリッパが二組散らばっている。一組が、美乃莉／芽久美の専用とすれば、もう一組は石見のために用意されているに違いない。嫉妬の念がふつふつと沸きあがるのを感じたが、この散らかりようからいい、石見は長らく訪れていないはずだと察して、みずからの心を宥《なだ》めた。磨硝子の入ったドアは固く閉じて、ぼんやりと、脇に積みあげられた雑誌の影を透かしている。そうして、見えるものはそれだけだった。本多恵子の住居との類似にむろんわたしは気づいて、女の部屋などどれも似たようなものだという、懐かしい諦観に浸っていた。すると、どこからか人が動いている音がして、磨硝子の上の暗い絵柄が変化した。いるのだ。美乃莉か、それとも芽久美か。疑問のうちに爪先立ちが限界に達して、姿勢が崩れた。＃＃＃＃＃

　強く弾かれたような、純粋に肉体的な驚きのなかで目覚めると、頭を包帯でくるんだ女が、人工光の滲みのなかでわたしを出迎えた。女の手が近づいて翳り、わたしの眉のあたりを冷たく撫でた。なんら抵抗感なく指はわたしの皮膚を辷《すべ》り、ゆえに汗を拭われたのだと気づいた。眼の焦点が女の目鼻に合いはじめると、皆川美乃莉のふりをした、また別の女がわたしの人生に登場したのだと思い込みかけた。顔の造作のひとつひとつは、きのうの女にほかならないのに、彼女を印象づけていた逞しいまでの重量感が、目の前の顔にはない。より彫りが深く、顔全体も小さいようだ……手帳を返してください、空色の……と女は云った。挨拶にしては不躾だから、これまでもずっとわたしに話しかけていたのだろう。わたしは朦朧《もうろう》とそれに答えていたのだろう。きのうより掠れ、震えているけれど、同じ特徴の声だった。女は、皆川美乃莉である……石見さんに渡してしまったよ……と答え、はんぶん軀を起こしてあたりを見回した。管理所の玄関だった。わたしは待合用の長椅子の上にいた。天井には蛍光灯が点り、空気は湿気に満ちていた。硝子向こうの景色は、鈍色を纏って、時刻は判然としない。昨夜の記憶の、最も新鮮な層を手探るうち、鈍痛が、腹の底を押し上げた。周期的に襲ってくるこれを騙さんがための酩酊が、ある頃合から意識に強く粘りつきはじめ、やがて抗する気力も萎えきって、この長椅子を目掛け玄関へと転げ出た。そうしてそのまま、わたしは突伏し、寝入ってしまったものだ……石見さんと、お知合いなんですか……と女は目を見開いて腰をあげ、わたしとの距離を広げた。女が、皆川美乃莉（きのう弁天池でわたしといだき合い、接吻を交わした（否、石見の弁を重ねて解釈するならば、泥水のなか、身も世もないさまでわたしの舌を求めてきたのは、美乃莉のなかのもうひとつの人格、芽久美（この公園のどこかで首を括った、愚鈍で好色で貪欲な、彼女の妹の、亡霊）と考えるのが妥当だろう。子供の行方を追い求めてここを訪れたのも、弁天池から這い上がってわたしの前から逃げ去ったのも、臆病な美乃莉の人格だろうけれども、あいだに、わたしの舌を求めてきた淫らな魂は、芽久美だ）存在）の、これが同じ肉体であるとしたら、たった一日で（何日もわたしがこの長椅子で昏睡していたのでなければ、あの接吻からまだ一日しか経過していない）人はこうも憔悴できるものかと驚嘆せざるをえない。きのうの肉体を、神経質な彫刻家の手で、新しく閃いた陰惨な主題に合わせて丹念に削りなおされたようである……今は、朝ですか、それとも夕方ですか……と彼女に訊ねた。訊ねながら括約筋に力を入れて肛門を窄めてみた。頼りないながら、収縮する。確かな痛みもある。きのう繰り返し味わった炸裂するような痛みに比すれば、今の痛みは平板で、かつ深い。化膿しているかもしれないとわたしは想像し、治癒までの面倒を思って、げんなりした気分になった……石見さんと、お知合いですか……と彼女は同じ質問を重ねてきた……あなたは、美乃莉さん……とわたしは確認した。彼女は頷いた……子供がまだ見つかりません。ずっと捜しています……警察には……彼女はかぶりを振った。芽久美のなんらかの行為を隠蔽しているのだとわたしは直感した……今は朝ですか……いいえ……と美乃莉は腕時計を見た……もう、間もなく正午に……ああ……と意外な事実にわたしは呻きながら、彼女の、細い仕立てのスカートに包まれたまるい腰と、その背後の昏い公園の景色とを同時に見つめていた。そうすることが可能な、というよりも、否応なくそうさせられてしまう、奇妙な柄のスカートを彼女は穿いていた。灰色の濃淡で表現された、欧州の古城や遺跡と、それらを囲む森林と、生きもののように渦巻いて盛り上がった雲とが、遠近法を無視して組み合わされて大きな繰り返し模様を成している。建造物のひとつひとつは、非常に細かく描かれているので、これほどの距離でなかったら乱れた格子柄のようにも見えよう。しかしこの距離からだと、あくまで歪んだ風景の複合体である。まして視線との角度が浅い周辺部分には、存在しないはずの緑色や鳶色や朱色の錯覚がちらついて、硝子越しの現実との間を橋渡ししている。そういうスカートを、美乃莉は穿いていた。上に質素な黒いTシャツを被り、昨日と同じ帆布のバッグを肩に引っ掛けていた……石見さんとは彼の店で話したことが。しかし名前は知らなかった。芽久美さんが、どういうわけか電話で、わたしを石見さんと呼んだことがありました。だから手帳にあったその番号に連絡しました。手帳を預けておくのに相応しかろうと思ったんです……そうですか……石見さんはここにやって来た……ここに……美乃莉はまた両目を見開いた……ここに……彼の職場はこの近所ですよ。ご存知では……美乃莉は唇を開けたまま頭を振った。張りを失った頬が細かく震えた……替わったんですね……そういえば以前は新宿とか。それから食事をご馳走になりまして……わたしのことを、なにか話してましたか、と美乃莉は探るような目つきで云った。わたしがなんらか穿鑿《せんさく》したのだとしたらそれは罪過であると告げんばかりの目つきである……べつだん穿鑿する気はなかったんですが、と叱り返すようなつもりで、先回りをして云う。話し好きの人で、いろいろとお話しになったのは事実です。わたしは真剣に耳を傾けました。癖でね。そのためにか、あとで制裁を受けました。きっと真剣に聞き過ぎたんでしょう。彼の店の者に、警棒と大きな石とで肛門を裂かれました……美乃莉は眉を寄せ、そのつらそうな表情でわたしの胸のあたりを見つめて……それで……とつぶやいた。そうされてみて思いだしたのだが、じつのところ下着に至るまで、わたしはきのう暴行を受けたときの衣服を纏ったままでいた。便所に屈んで血まみれの石塊を必死にひり出したあとは、もはやロッカーの中を掻きまわしたり新しいシャツを広げたりの気力も残っていなかったというのが理由のひとつ、いまひとつには、またなにかの拍子に鼻孔の血管が裂けたり、弛みきった肛門が無暗に汚物を吐き出さないとも限らないから、急いで着替えて洗いものを増やすこともなかろうという怠惰な判断があった。こうべを垂れ、自分の身なりを改めて眺めた。ワイシャツの前身《まえみ》頃《ごろ》は鼻血で縞柄になっている。これは昨夜からわかっていた。しかしそのうえに相当量の嘔吐物が撥ね返っているのは、きょうの新しい発見だった。鰻の稚魚の頭部だとはっきり認識できる附着物もあった。触れると、すでに乾燥しきっており、指に力を込めるまでもなく生地から剝がれ、長椅子の座面まで転げ落ちた。シャツの裾はスラックスからはみ出し、ベルトが弛んでいた。おそらく眠りながら無意識に弛めたのだろう。スラックスの前開きのあたりから腿にかけて、ところどころ他よりも色が濃い。湿っているのかと拇を乗せてみた。乾いている。小便を洩らしたときの、撥ね返りの痕跡であろうと想像される。なぜこうも色付いたのかは、わからない……着替えはありますか……着替えましょう……と腰をあげ、椅子からだいぶ離れたところに転がっているサンダルを足で追った。そうしているうち肛門の奥に、また深い痛みが走った。痛みを、わたしは嗤いながらサンダルを追った。ジミニー・クリケットの祝辞を待っていた。余計に三秒ほど俯いていた。しかしどこにも現れなかった。次の自慰には現れるだろう。わたしが管理室に上がると美乃莉も靴を脱いで付いてきた。着替えを、世話する気でいるようだ。暴行に関して、責任を感じているようだ。こちらのあかりも点けっぱなしだった。天気が昏いので、ちょうどいい……着替えはロッカーですか……わたしは頷いた。彼女はわたしを越して部屋の奥に進んだ。そのためわたしの視界のなかで、少年の棺であるＦＣ36ＦＦと、彼を捜してさ迷っている母親とが、一瞬、十字形を成すという事件が起きた。人格単位でいえば、美乃莉は少年を身籠ったのみで、産み落としたのは芽久美なのだから、わたしの視界を横切ったのは、引き裂かれた母性の、片割れに過ぎない。だから厳密には母親というよりも、汚れた人形をわが子と信じて愛でる狂女にも似た、もの悲しい魂に過ぎない。しかしその肉体性において、目の前の女は紛れもなく少年の母親である。つまり皆川美乃莉とＦＣ36ＦＦとは、ともに不完全な子宮であるという意味で、驚くほど相似しているのだ。そのふたつがクルスを成したという事実は、わたしの心臓をやたらと高鳴らせた。美乃莉は空いた机にバッグを置いてロッカーの前まで進み、わずかに躊躇したのち、間違ったほうの扉に手を掛けた……あ……とわたしは声をあげてしまった。もう一度、その中から屍体が転がり出てくるような気がしたのだ。声に、美乃莉は扉を開きながら振り向いた。もちろん、なにも出てきはしない。灰色のロッカーは、老いぼれた子宮だ。存在の不確定に揺らぎ続ける皆川美乃莉や、冷気を充満させたＦＣ36ＦＦには、到底並びえない遺物である。冷凍された少年を完璧と目するならば（実際にわたしはそう目している）、そこに奉仕する存在である子宮は、熱烈な律動を保っている必要がある。ＦＣ36ＦＦのモーター音に包まれてこそ、あるいは美乃莉の不安な夢想のなかにあってこそ、少年は永遠に生まれ続ける。自己再生を続ける。美乃莉はわたしを見ている。わたしは彼女を愍しはじめた……その隣です……とわたしは教えた。彼女は頷き、扉を閉めて、隣の扉の前に身を移動させた。なかをよく検分できなかったことを心残りにしているのが表情に窺えた……そこに、よく隠れていらしたと仰いましたね、きのう……少年の話題を遠巻きにしているのはむしろ危険と判断して、そう自分から口に出した。美乃莉は正しいほうのロッカーを覗きながら緊張した横顔から……はい……

……と発した……わたしがここにいるあいだじゅう……顔がこちらを向いた……はい……じ

っと息を潜めて。可能ですか？……我慢は要ったでしょう。でも特別な子供です。赤ん坊のときも決して泣きませんでした……言葉は？……話せます。辛抱づよく質問していれば、すこし話します……学校へは？……特別な学校に。でもほとんど行っていません……芽久美さんがお子さんに、わたしを石見さんだと教えこんだんですね。違いますか……美乃莉は黙って腰を屈め、ロッカーに頭を突き入れた……しかしお子さんは決してわたしの前に姿を現そうとなさらない。見つかれば取って食われるとでもきっと……いいえ、わたしが見つかるなと教えていました……と美乃莉の顔がロッカーの中で否定する……見つかれば大切な居場所を失いますから。おズボンはどれでもいいですか……どれも似たようなものだから、どれでも……と答えた……下着も替えられますか……そうすべきだろうと思い……はい……片手にわたしの衣類を抱えて美乃莉はロッカーを閉じた。空いているほうの机の上にいったんそれらを置くと、近づきながら両手をこちらに延べてきた。シャツの釦を外すのを手伝おうとしているのだが、ふと、まるで抱擁を求めている所作のように見えた。わたしが抱擁を求めれば彼女は応じてくるだろうか。わたしと泥水のなかで接吻を交わした狂女の、この女は裏返してある。とすれば彼女が平然とふるまうほど、内臓器官では狂躁的にわたしを慾しているという修辞が成立するというものだ。斯くして、彼女が接近してくるほんの二三秒のあいだにわたしは、彼女の陰唇を満たし陰毛を浸しているかもしれぬ粘液を妄想し、その臭気や味がわたしに想起させるはずの、父の屍体をぶらさげた杜や、その変奏とも称すべき、いつかモヘンジョ・ダロの有料便所とわたしが命名した、冷えきった閉鎖空間の心象にまで意識を潜り込ませる。狎れ親しんできた抑圧が現実に先んじてわたしを裸に剝く。乾ききって皺ばんだ皮膚を荊《いばら》で縛《いまし》め、幼い時代から無窮に重ねてきた滅びへの宣誓を、いまひとたび繰り返させる。斯くして、追憶の天才であり自己意識の怪物でもあるわたしは、ようやくみずからに偶像への奉献を許諾する。この熱く悲しい子宮への捧げものをいま室内に見出すとすれば、昨夜、わたしが産み落としてFC36FFの脚許に飾っておいた、いびつな石塊がもっとも相応しかろう。つまり彼女が接近してくるほんの二三秒のあいだにわたしの心は、FC36FFの中の冷凍少年とみごと同調し、むかし胎児であった頃の彼（いまふたたび胎児であるとの修辞は、この瞬間はさておき）がおこなっていたように、彼女の羊水を肺臓いっぱいに吸い込み、同じ液体のなかにのびのびと排泄し、果てしない心音を愉しみ、厚い筋肉の壁を蹴りつけては面白がっているみずからの新しい肉体を夢想するまでに至っていた。石塊の奉献はむろん、夢想においてしかそうすることが叶わぬわたし／少年の形代《よりしろ》としてだ。間近になった美乃莉の指の、触手めいた動きにわたしは不穏を感じて、咄嗟に手で胸元を被ってしまった。美乃莉は手を下ろした。わたしはワイシャツの釦を外しはじめた。美乃莉はわたしから顔を背けて離れ……痛みますか……と勘違いを口にした。動作の解釈としては勘違いだが、的外れな言葉でもない。肛門とその周囲はしきりに痛い。立っているとそれだけで軀の底部に鈍痛が蓄積していくようである。昨夜の記憶を辿りながら室内を見回し、机上にラフロイグの罎を認めて、云った……すこし飲んだら、楽になるでしょう……美乃莉もまた罎へと視線を走らせた。かえって悪いでしょうに……しかし楽になります……お医者には……痛みが続くようなら。面倒でしょうけれどね、いろいろ……彼女は俯いて、ふたたび衣類を抱えた。台所へと退がりながらそれを受け取ろうとしたわたしに、彼女は顎を上げて、そのまま行くように命じた。流し台の前の敷物の上で、ワイシャツを脱ぎ、床に落とした……躯を拭きますか……と彼女が訊いて、衣類を流しの脇に置いた……いいえ……と答えた……拭きましょう。このタオルでいいですか……と、彼女は流しの上のタオル掛けに手を伸ばした……お湯を沸かしましょうか。でも時間がかかりますね……水で濡らせばいいでしょう……彼女は水道の蛇口をひねってタオルを濡らした。絞りながら……じゃあきっと石見さんから、芽久美とわたしの事情はお聞きですよね……だいたいのところは……肌着も脱いでください……わたしは肌着を裏返して頭を抜いた。肌着にもだいぶん血が染みていた。ワイシャツの上に放った。彼女はいっそう近づいてきて、まずわたしの顔の側面にタオルで触れた。目を閉じると彼女の体臭が香った。汗も臭った。少年を捜しどおしなのだ。顔全体を拭われたあと、耳を拭かれ、首を拭かれた。そのあとタオルが裏返されたらしく、胸に当てられて、冷たさにはっとした。目を開いた。包帯にくるまれた頭の下で、黒いふたつの隆起がせわしなく動いていた。わたしの躯が揺れると、空いていたほうの手が、二の腕をつかまえてきた……芽久美さんでいらっしゃるあいだの記憶は……とわたしは虚ろな頭で云いかけ、困って黙り、しばらくして続きを思いついた……たとえばきのう、池のなかで、たぶん芽久美さんに入れ替わられたと思うが……芽久美でいるときの記憶は、ありません……きっぱりと答えてきたのを、わたしはかえって疑わしく感じた。また同時に、彼女の身に触れたくて堪らないような気分にもなった。胸から腹にかけての薄い血痕を拭われているあいだ、ずっと迷っていたが……背中も拭いときましょう。後ろを……と彼女がタオルを下ろしたのを機に、乳房の片方に触れてみた。下着の装飾の固い感触がした。彼女は驚いた顔をしたものの、逃げなかった。指に力を込めたが、やはり逃げない。ただ責めたてるように……制裁を受けた腹いせに、わたしを嬲りますか……と訊いてきた。返事をせず、ただ手を乳房からスカートの裾へと移動させてみた……清潔じゃありませんよ……と彼女は云い、やはり逃げようとはせず、流し台の縁に背を付けた。そこに体重を預けた。急激な亢奮に膝が震え、肺が震え、早く彼女の性器に触れなくてはという切迫感が、わたしの思考を一気に昏くした。手首でスカートを捲り太腿に至ると、ナイロンストッキングの硬い感触に出迎えられた。美乃莉は顎を上げて、わたしを睨めつけている……もともと繊細だった芽久美の人格は、十代の終わりから日に日に崩れて、今ではすっかり残骸のようです。彼女の世界は閉じ続けています。言い回しではなくて、本当に、とても狭いんです。わたしにとっては平坦な道が、彼女にとっては急激に迫り上がった坂道で、坂道は崖になって、もっと先では空と溶け合っています。球の内側に暮しているような感じです。そういう世界のいちばん底が、子供の頃から居る、このあたりです……腿の付け根まで這い上がる。一切を、ストッキングの張力が堅く被っている……子供が生まれてからいっそうひどくなって、あらゆるものを取り違えたり、決めつけたりするようになりました。子供のことは石見さんが自分のところに寄越した小さな鬼かなにかのように思い込んで、忌み嫌っています……手首を返し、陰核が抑え込まれているであろうあたりを指で擦ると、美乃莉は唇を結んだ。より奥に進むと、ほっとしたように弛めた……公園で見かけるあなたをどうしてか石見さんだと信じきって、帰れ帰れと、ことあるごと、子供に命じてきました。それだけではなくて……人差指の爪を……ほんの赤ん坊の頃から、あの子には狎れ親しんだ場所で……ねじ入れる……芽久美は繰り返しあの子を遺棄していました、あそこにある、あのロッカーに……ようやくナイロンの紗に生じた孔を、指先で拡大しながら訊ねる……どうやってここに入り込んで？　鍵は……あとあと、子供が独りでおこなうようになったのと、同じ方法です。というよりも、それは芽久美が教えたんです。いえ、わたしだったかも。夕方、もうじきここを締めるという頃、玄関のドアが開いたようで、だけれど、カウンターから顔を出してみても、だれもいなかったということが何度もありませんでしたか……あったかもしれないが、情景として記憶しているでもない。中指の先が下着の縁の立体的な縫取りを経て薄い皮膚に降りる。まばらに生えた陰毛の、固い感触……

それは赤ん坊を抱えてこれから棄てようとしている芽久美か、それを取り戻しにきたわたしか、そうじゃなければ、成長して自力であそこに隠れにきたあの子です。さっきまであなたが寝ていらした長椅子の下に隠れて、あなたが出ていってしまうのを待つんです……下着を寄せる。ざらついた陰唇……そうすれば朝まで、自由にここに出入りできます。玄関のドアの鍵はふたつとも内側から開閉できます……陰唇の内側は温かな粘液を湛えている。美乃莉はついに眼を閉じて息を吐いた。甘い息だ。不定型な肉の狭間を、指は潜り、子宮へと急ぐ……朝もう一度玄関へと戻り、ふたつの鍵を掛け、長椅子の下で小さくなってあなたの出勤を待ちます。あなたがやって来て鍵を開き玄関を抜けて管理室のなかに入ってしまったら、そっとまた抜け出します。あなたに鍵を開けさせるためだけにそうしてきました、侵入が知れて、ここの戸締まりがより厳重にならないよう……頭に血が昇り過ぎたか、それとも亢奮ゆえに血の気が失せたか、軽い立ち眩みがして、視界に杜が重なり、蠢き、破れた肛門と腸がいっそう痛みはじめる……もっとも芽久美が赤ん坊を棄てるときは、そこまでの手順は踏まなかったでしょう。だから昔は、朝来ると玄関の鍵が開いていたことが、何度かあったはず……云うとおりだった。そういう経験を経て、わたしは戸締まりに対し神経質になった。開いていたことが、何度かあった。だからわたしは、鍵を開閉する前や後、ドアが動くかどうかを確認する習慣をつけた……なぜ助け出すのにそんな手間を。わたしに相談すればよかろうに……美乃莉は片手を浮かせて握った……怖くて、それは。だって子供を繰り返し棄てていたのも、この同じ手です……ロッカーの鍵はどうやって開閉していた……と問う。彼女は頭を左右に動かして……あのロッカーは、いつでも開いていましたよ……そんなはずはない。開けようとしたことがあるよ。鍵が掛かっていて開かなかった。この記憶は確かだ……さっき、扉の裏を見て鍵を確かめました。鎌のような形をした閂《かんぬき》が、九十度廻転するだけの構造でした。中から指一本で開閉できます。だからそのときは、中に子供がいたんでしょう。眠っていなければ、隙間からあなたをじっと見ていたはず……その美乃莉の言葉がスイッチにでもなったか、直腸あたりの深い痛みがとつぜん悪寒となって、脊髄を駆け上がってきた。咄嗟に彼女の肩を抱いた。右手の指は、彼女のなかに保っている。不安を追いやらんと、無理にいっそう奥へと進める。子宮に近寄る。彼女の粘液は量を増し、肉は弛んでいる。もっと進む。もっと。自動車のエンジン音が接近してきて、途切れた。わたしは指を止めた。自動車のドアを開閉する音。くぐもった話し声と、跫音……人が……と美乃莉が囁いて、わたしの腕を押し下げ、子宮から遠ざける……わたしが出ますからシャツを……と残して、流し台から離れていく。彼女に見捨てられた中指をわたしは眺め、においを嗅ぐ。公正にいって悪臭の部類である。子供のころ嗅いだ湊のにおいだ。指を口に入れると、それはただ苦かった。気配によれば、玄関には複数の人間が立ち入っているようだ。新しい肌着を被り、ワイシャツを羽織る。美乃莉が応対している声が聞えるが、内容は定かではない。続いて驚いた事態となった。

わたしがシャツの釦を留めているあいだに、来訪者たちはこの管理室の側へと上がり込み、わたしの視界に現れたのである。赤茶と金とに、おのおの髪を染めた（金色のほうは頭頂部が黒く戻っている）ふたりの若者だった。なにが始まるのかと、急いで袖の釦を留めていたら、視界に美乃莉が戻ってきて、冴えない表情で……ロッカーの処分を頼みましたか……すっかり忘れていた。きのう電話で約束をとりつけた業者だ。正午に来ると云っていた。わたしは彼女に頷き……不要だからね……赤茶の髪のほうがわたしの存在に気づき、会釈する。その脇をすると金色が通り抜け、腰を屈めた。ＦＣ36ＦＦの脚許の、きのうわたしがそこに置いた石塊へと手を伸ばす……おい！……とわたしは思わず、滅多に出さぬほどの大声を出した……それじゃない。それは私物だ……金色は啞然として振り返っていた。わたしは腕を大きく振って……こっちの片方だ。左側の、中が空っぽのほうだ……金色はふて腐れたような態度でまことの不要品へと近づき、扉を開いて中を眺め、手を掛けて前後に揺すり、赤茶のほうに目配せした。赤茶は腰に巻いたポウチから領収帳を取り出して金額を書きこみ、わたしの前に来ると、皺ばんだ千円札を何枚かと一緒にそれを突き出して、出鱈目な語順の日本語で、住所氏名の記入と印鑑を求めてきた。外国人なのか、それともわざと出鱈目に喋っているのかは推し量りかねた。ロッカーが金に換わるというのは望外のことだった。しかしたかだかスコッチ一罎ぶんの金のために住所氏名を記さねばならないというのは、あまりに面倒くさい。金と帳面を押し戻して……いいから持っていってくれ……と云った……いいから早く……そういったやり取りのあいだに金色はひとりでロッカーを抱えて、舞台を去った。追って赤茶色も去った……景色が寂しくなりましたね……と美乃莉が云った。わたしは自分の机の前まで行き、生白く、それでいてそこかしこが煤けた、細長い痕跡を眺めた……すっきりしました……机上の罎を台所へと運び、流しのなかの疵だらけのグラスを濯《すす》ぎ、振って水を切り、そこに酒を注いだ。罎はまだ、三分の二近くが琥珀色である。すこし咽を潤してから、スラックスのポケットから鍵束や小銭を出して流し台に置いた。ベルトを外しはじめると美乃莉が寄ってきて、当然の連携であるかのように先刻のタオルを流水に浸した。わたしは黙ったままスラックスを下ろした。美乃莉のほうを見ると、脇でタオルを絞りながら、寄り添う時機を見計らっている風情である。トランクスを脱いで眺めると、後ろ半分が血まみれだった。スラックスはよく確かめないまま放ってしまったが、このぶんでは相当な染みになっているだろう……後ろを見せてください……と看護婦のように美乃莉がいう。思えば人の母である。従うと、背後に彼女が跪いた気配がして、次にワイシャツの裾が捲られた……脚を開いて、すこし前屈みに……タオルがわたしの太腿の内側を撫であげ、尻臀を磨き、そのあと慎重に肛門の周囲を這った。冷たさがしきりに陰嚢の底に触れて、その刺激はわたしの陰茎を充血させはじめた……血だらけになりました……と美乃莉が云ってわたしから離れて、またタオルを洗いはじめた……前も……と彼女がわたしの肩を引いて軀を返させながら、膝を落としたとき、陰茎の角度は水平に近く、シャツの裾を割って前方に突き出していたので、先端が彼女の頰に接しかけた。彼女は黙ってシャツの身頃をつかみ上げると、まずは腿の内側を拭き、陰毛の周辺を拭き、そのあと睾丸と陰茎とを軽く拭った。陰茎を、そのうち彼女は口に含むのではないかとわたしは予想したが、そうはしなかった。彼女は立ちあがり、またタオルを洗いはじめた。わたしは新しいトランクスを穿き、美乃莉が選んできた、ベルトレスで胴回りがきつめなため普段は穿かないスラックスに、脚を通した。靴下も替えた。わたしは出窓に近づくと、そこに積みあげたCDのなかから《ブランデンブルグ協奏曲》の入ったものを探した。わが子に会えない不安に潰されかかっている精神に、情緒的なチャイコフスキーは耐えがたかろうという判断である。WBS-5EXの電源を入れてターンテーブルにディスクを乗せる。協奏曲が流れはじめた。台所のほうを振り向くと、美乃莉は疲れはてた風情で、清潔とはいいかねる厚地の敷物の上に、坐りこんでいる。

美乃莉　わたしは三日も眠っていたそうです。だからときどき頭が痛くて。

わたし（WBS-5EXのボリュームを調整しながら）音楽を。事故ですか。

美乃莉　自動車の当て逃げに遭ったようですが、芽久美でいたあいだのことなので詳しくはわかりません。気がついたら病院でした。

わたし　そしてお子さんのことが心配になり、ここに電話をしてこられた。

美乃莉　部屋を大家さんに見てもらいましたら、だれもいないと仰るので。

わたし　きっとこのロッカーに隠れ続けていると。

美乃莉　はい。隠れているといっても夜は自由ですし、お留守のあいだも出てきて過ごしていたでしょうし、食べるに困らないよう、お金の置き場所は教えてありましたから、辛抱強く、わたしが迎えにくるのを待っているんだと。いつも目を覚ましたとき、あの子が近くに見当らないと、夜の公園で待ちます。朝までには現れます。

わたし（残されたほうのロッカーに近づいていき扉を開いて）これが閂だ。なるほど、指で開閉できますね。

美乃莉　できますでしょう。

わたし（指で閂を動かしながら）それにしても狭い所に。子供でも直立しているほかない。眠ってもいたんだとしたら、ずいぶん不自由な姿勢を強いられてきたことだ。

美乃莉　でも中に居るのが好きだと。本来的な目的は虐待を避けることですが、ほかの場所よりロッカーの中が好きだと、聞いています。

わたし（台所に向かいながら）芽久美さんが現れている、つまりあなたが、彼女であられる期間、親戚に預けておくといったふうな、なにか打開……（案と策のどちらを添えるのが言葉として正しかろうと自問しているうち、もはや打開すべき難局に相手がいないことを思いだし、沈黙）

美乃莉　そういう親戚はありませんし、親ももういません。どこかの機関に相談すれば、必ずわたしは、あの子と引き離されるでしょう。だけどあの子も特別な子供です。わたしにしかよく理解できないと思ってます。

わたし（ラフロイグの罎とグラスを手に、彼女のかたわらに膝を落として）そうなんでしょうな。

美乃莉　芽久美でいるあいだもときどきはわたしは目を覚ましますから、それでこれまでなんとかなってきました。子供のほうも意外とけろりとしていて、言葉は遅れていますがちゃんと育って……ああ、わたしは子供を捜さないと（腰をあげようとする）

わたし　どこを捜すというんです。

美乃莉（両手で顔を被う）わかりません。

わたし　家で待つか、このあたりで待っているか、それでいつまでも会えなければ、あとは警察の領分では。

美乃莉　罰されるでしょうか。

わたし　芽久美さん？　は肉体的にあなたか。（ラフロイグを呷って）わかりません。また夜が来ます。公園の夜を待たれることだ。

美乃莉（悲痛な嗚咽《おえつ》）

わたし（ラフロイグ）

美乃莉（より悲痛な嗚咽）

わたし　（ラフロイグお代わり）
美乃莉　（今しも消えいりそうで消えいらぬ、長い長い嗚咽）
わたし　石見さんから伺いましたが、芽久美さんはこの公園で亡くなったとか。
美乃莉　（顔を被ったまま）彼がそう？
わたし　林で首を吊られたと。
美乃莉　それは彼の記憶違いか、言い間違いです。首を吊ったのは芽久美ではなく、美乃莉です。つい間違えてしまったのはわかりますが。
わたし　首を吊ったのは、あなたか。
美乃莉　（頷く）
わたし　（ラフロイグの罎）
美乃莉　（ようやく顔を見せると、表情もなく）父のベルトで。
わたし　姉妹で父親を奪い合った末と。
美乃莉　芽久美は、彼にどういうふうに話していたんでしょう、わかりません。芽久美とのあいだで父を奪い合うというのはありえません。もし彼女が父と結ばれていたら、わたしはそっと祝福したり、あるいは彼女と一緒になって父を憎んでいたと思いますし、わたしに対しての彼女もそうだったでしょう。じっさい父から情をかけられたのは自分のほうだけど、わたしは死ぬまで信じていましたが、どうでしょう……いえそのはずです。芽久美にそういう機会はなかったはずです。直感的にわたしと父のことを悟って、内心嫉妬を抱いていたというのなら、ありえます、心のとても深いところで。父母の離婚後、芽久美のほうは母と暮らしていました。わたしは叔母とふたりでときわ台のマンションに住んでいました。母の妹です。離婚後の父は、間もなく彼女に接近したんです。父はもともと、母よりも叔母のほうを好きだったような気がします。ふたりが顔を合わせていることはむろん母にも芽久美にも内緒で、わたしは双方から堅く口止めされていました。わたしが初めて目にした男女の営みも、父と叔母のそれです。父が泊まりにきた日の深夜、水を飲むために自室から出ると、叔母の部屋のドアの向こうに、気配がありました。わたしにも知識はありましたから、なかでなにがおこなわれているかの察しはつきました。見たかったので、バルコニーに出て、外から部屋を覗きました。真っ白に電気が点った部屋の床で、父はこちらに頭を向けて、両膝を立てて横たわり、その上に叔母がしゃがんで、さかんに身を上下させているのが見えました。レエスのカーテン越しに見えました。父のほうは着衣のままだったと記憶しています。叔母は全裸でした。痩せた人です。肋骨の影の上で小さな乳房が狂った生きもののように躍っているさまに、見蕩れていると、ふと視線が合いました。間違いなく叔母は、カーテン越し硝子越しに、わたしの顔を眺めていました。しかし軀の動きを止めませんでした。だからわたしも見続けました。父はずっと目を閉じて、まるで魘《うな》されているように頭を左右に揺らしていました。程なくして、叔母は父を嫌うようになりました。いきさつは知りません。父のほうは叔母に未練を残しているらしく、わたしが居ることを口実に、以前よりも頻繁に叔母のところを訪ねてくるようになりました。すると叔母はわたしたちを置いて外出してしまいます。父は仕方なく、叔母の代わり、もう高校生になっていたわたしを、余所の女性のように扱っては、口説きます。父は地位のある人でしたが、すこし、どこか気のおかしい人だったと思います。分刻みの多忙な生活からやりくりした来訪のひとときを彼がいつも哀しく終わらせているのを、わたしはとても気の毒に思って、くちづけに応じたり、軀に触れさせたりするようになりました。もつれ込むように、やがて本当の男女の仲になりました。わたしが叔母のやり方を真似ると、父はたいそう歓びました。最初は愛情というよりも、ひたすらわたしは、可哀相な人を労《いたわ》っているのだという心持ちでした。妊娠は夢で知りました。父に電話をすると、知人の医師を紹介してくれました。検査を受けて、夢が当たっていたことを知りました。堕胎は、受胎告知の直後におこなわれました。医師は父から命ぜられていたんです。わたしは麻酔の眠りのなかで、自分のなかに生じているという小さな宇宙をただ夢にみて、自分が受けているのが堕胎の施術だとは気づきませんでした。そのうえ、若くて誠実そうな医師の、腕前はまだ未熟でした。手術の結果、わたしのなかの宇宙は消え、卵管は癒着して、わたしは排卵できなくなりました。精神的な要因もあったんでしょうけれど、ともかくわたしは女性生理を失い、ふたたび胎内に、宇宙を生じさせる夢はみられなくなりました。父はわたしを熱心に慰めました。父に対してわたしはすっかり我儘になり、ときおり与える肉体は、忠心への御褒美に成り果てました。しかし父は喜んでいるふうで、彼のために欠損を抱えてしまった存在であることをわたしが強調して、横暴にふるまうほど、わたしを所有している歓びが増してくるようすで、この父との新しい関係性は、わたしにも他では得られない満足を与えてくれるものではありました。だけどわたしは本当は、父にではなく、また母にでもなく、叔母にこそ欠損を慰めてもらいたかったんです。結婚経験のない叔母も、あるいはなんらかの欠損を抱えた人なのではないかという期待がわたしにはあり、もうひとつには、きっと彼女から嫌われていたからでしょう。叔母はわたしたち父子が陰で睦んでいるのに気づいて、もともと原因をつくったのが自分であるにもかかわらず、わたしを忌み嫌い、住まいから追い出したがっていました。母は働かない人でしたから、彼女と芽久美の暮しはだいぶ貧しくなっていて、そうなるともう、わたしには行き場がありません。父のところにも行けません。父との間柄は急速に、世間並みの親子に近づいて、さらに熱烈な恋愛関係にもあるという、ふしぎなほどの高みに達していましたが、彼には彼の家庭がありますから、長い時間は一緒にいられません。実の親子でもあるだけに、別れぎわの苦しさといったら、胃の腑が縮こまって、本当に嘔吐してしまうほどでした。肉体的なその苦しみが厭で、父と逢うのもだんだんつらくなり、そこで、もともと間違って双つに生まれてきた肉体ですから、いっそひとつに戻すことを思いついて、決心しました。

すでに芽久美の精神は壊れがちでしたが、彼女とひとつになることで彼女も修復できるから、最善の策だと思いました。死に場所を、この大公園とするのに迷いはありませんでした。父母が離婚して御殿山を離れるまで、わたしはこの公園を自分と芽久美のものだと思っていました。首を吊るのに父のベルトを使うというのは、最初、愛情表現を兼ねた皮肉な思いつきに過ぎませんでしたが、次第にあれなくしては死ねないという強い思いこみに変わり、入手のためにわたしはわざわざ無理を云って父を呼び出して、最後の性交をしました。父はベルトがないないといってホテルの床を這いずったあげく、けっきょくベルトをせずに職場に戻っていきましたけど、本当はわたしが学生鞄に隠していたんです。#####

目を覚ましたわたしは、台所の敷物の上で軀を曲げて、脚の間に両手を挟んで、管理室の天井にはあかりが点り、床にはＦＣ36ＦＦの低い唸りが満ち、そして、ほかにはなんの気配もなかった。起きあがり、室内を見回した。人影はない。ＦＣ36ＦＦの、忍冬文の上掛けが取り払われて、床に落ちているのが見えた。咄嗟にスラックスのポケットをまさぐったが、なんの感触も得られなかった。そうだ、ズボンを替えたのだったと思いだして、怖怖と、床のズボンを拾いあげた。ベルトが抜き取られていた。白い姿を剝きだしにしたＦＣ36ＦＦに近づく。床に、鍵束が落ちている。見られた……美乃莉……とわたしは女の名前を親しげに呼んで、玄関に姿を求めた。だれもいない。すでにわたしは確信していた、ふたたびの絶望が、美乃莉に同じ行動を繰り返させたに違いない。サンダルを履いて外に出た……美乃莉……夜の公園の雑木林をわたしは進む……美乃莉……導かれたように、いささかの迷いもなく、外灯が薄蒼く染めあげた影を、わたしは見つけることができた、林のなかでもとりわけ隆隆と、枝の張った、古松の幹に添うように、低くぶらさがった女の影を。湿った地面から、離れた両足のそばには、わたしの記憶のなかからでも調達してきたものか、小さな円椅子が倒れている。わたしの位置から座面の色は見えない。いや、あれは現実の椅子である。管理所の前の植込みに放置されていた椅子だ。わたしが片づけなかった椅子だ。長らく立ち竦んだあと意を決し、一歩また一歩、わたしが死んだ女に近づいているとき、公園が、一気に暗転した。闇になった。

停電。公園の外灯をも巻き込んだ大規模なそれと事態を察したわたしは、踵を返し、見えない管理所を目指し、闇を手探った。かつて経験したことのない、深く広大な闇だ。どこでなにが起きた？　そういう情報さえ、この闇のなかでは、得るすべがない。電力に依存したありとあらゆる文明が、この一帯では仮死しているのである。ＦＣ36ＦＦの動作も停止しているはずだった。どれほど停電は続くのだろう。管理所を出る前に少年の状態を確認しておかなかったことをいったんは悔いたが、覗いていたところで同じことだったと諦めた。思えばあらゆる電力が停止しているのでもない。管理所にも、すくなくともやがて懐中電灯のあかりが生じる、わたしが戻ってその保管場所を探りあて次第。だが停電中にＦＣ36ＦＦを開いて、中を覗くのは、怖い。解凍が早まる。万一停電が何十時間にも及べば、そうしていったん冷気を逃したがために屍体が解凍しきって、腐敗が進行するという最悪の事態にもなりかねない。しかし思えば、かといって覗かねば腐らぬという保証もないのだ。腐らぬ保証は、いまない。このまえ少年を眺めたのは、いったいいつのことだったか。思いだせない。記憶まで闇の向こうに遠ざかっているようだ。そもそも少年は、まだ、あの中にいるのか。皆川美乃莉が、凍りついた子をそのままに、ひとりで逝ってしまったとなぜいえる。いや美乃莉が本当に逝ったとすら、わたしには断言できるのか。いま見た屍体は本当に美乃莉か。芽久美ではないのか。石見の弁と美乃莉の弁だけとっても矛盾があるというのに、彼らが本当に石見であるとも美乃莉であるとも知らずに、いったいわたしはなにを信じているのだろう。少年の屍体？　ロッカーから転がり出てきた少年の屍体？　わたしのほかにだれが見た。眼鏡を掛けたホームレスと、あとは本多恵子の亡霊だけだ。わたしが屍体を保管しはじめたのは、ホームレスの示唆があったからだ。彼はここを自分の公園だと云った。闇をまさぐる手を、冷たいものが刺す。雨だ。林が騒ぎはじめた。ＧＧＧＧＧＧ

ペニス

闇を区切った箱形の、連続が断たれた。

「ここら一帯、すっかり停電ですね」と女は、暗い玄関に辷《すべ》り込んできて傘を揺すりながら、馴れ馴れしく云う。たぶん一度もわたしは、その声を聞いたことがない。女にしては深く、それでいてやや鼻にかかった声である。闇に脅かされがちでいたわたしは、懐中電灯を向けると、

「だれだ」と、強く、短く、放った。

「すこしお邪魔しますね」と女は眼を細めて云い、片手を顔の前に翳してカウンターに近づいてきた。「きょうはもう、いらっしゃらないかと思ってましたら、外から、懐中電灯のあかりが見えたもんですから」

無数の、無名の来訪者のひとりのようだ。にちにち多種多様な人人が、ここを訪れては去っていく。明確な目的を持ってなにかを頼みにくる人もあるし、ただ退屈凌ぎの会話のために足を運んでくる人もある。カウンターの上のクリップ板には来訪者が住所氏名を記

すための用紙が常備されているが、記入が義務づけられているでもない。今のところ最後の記入者は、先月、西園で転んで肘を擦り剝いたといって、絆創膏を求めてきた小学生だ。

「林のなかを来られましたか」とわたしは女に訊ねた。

「いいえ、橋のほうから」と女は答えた。若い女だった。小さく整っているのに、どこかしら辻褄が合っていないような顔立ちをしていた。どこがどう不整合と見定めることはできなかったが、なにかがずれていた。香水が雨のにおいに、まさって、逞しくかおりはじめた。

「＊＊さん」と女がわたしの俗名を口にしたので、わたしは非常に驚いた。俗名とまで、もはや意識するに至っている。八年間、この孤独な職場に居坐り続けているお蔭で、わたしをそのように呼ぶ者はひとりもいなくなってしまった。ときたま思いだしたようにこの分室を訪れるばかりの東京都建設局公園緑地部東京都西部公園緑地事務所井ノ頭恩賜公園管理所の所長も、ただ、きみ、とわたしを呼ぶのみである。憶えていないのだ。名指しにする差し迫った必要もないし、わずかな敬意や善意から正確に名を憶えてみたとて、口に出す機会が得られるまでに、必ず次の所長と交替してしまう。懐中電灯を、わたしは壁のタイルに向けた。彼女はほっとしたように片耳からイヤフォンを摘み出した。顎やうなじの線に紛れていた黒いコードが細く輝いて、わたしはようやっと、彼女が片耳で音楽を聴いていたことを知った。彼女はコードを引いて、その肩に提げた三日月型の鞄から、小さなプレイヤーを釣り上げた。どういったメディアを再生するプレイヤーか、わたしには判断しかねた。それは本当に、掌中に握り込めるほど小さかったのだ。彼女がカウンターに置いて、操作して、赤い小さな輝きが失せた。「性的に、あなたが不能者であることは知っていますよ。そういう信念で生きておられること」

信念にした覚えはないが不能者であるのは、事実だ。どのように答えたものか定めかね、ただ女の顔を見返していた。壁からの反射光を浴びて、女は初めの印象よりいっそう若かった。小娘だった。

「わたしは」と云って、女はそれから時間をかけて言葉を選んだ。「闖入者《ちんにゅうしゃ》です」

「公園利用者なら、そこまでは立ち入り自由ですよ。闖入者では、ありえません」

「わたしは幕を引きにきました」

懐中電灯の光線を宙に支えているのを、急につらく感じはじめた。落胆にか、それとも安意ゆえか、ひとりでに肩が下がり、五十年ものの肉体が、相応しい衰弱をあからさまにするのを自覚した。「きょうがその日か」

女は不整合に、なおかつうつろに笑って、「誤解なさんないで。わたしが話したいのは、わたしがどういう人間かです。わたしはもう、ときどき仕事をしていて、これからはこう名告《なの》ろうと決めてます。ご記憶の名前だと思いますけれど」

女が黒っぽく染めた爪を鞄に辷らせると、取り出しやすいよう準備してあったのだろう、名刺が、指先に生じた。懐中電灯のあかりの下に、それをくぐらせた。本多恵子、と死んだ女の名前が横書きされていた。確証はないが、もう死んだと、わたしが思っている女である。わたしは思わず女を見直したが、似ても似つかぬ女だし、だいいち本多恵子はわたしよりだいぶ年嵩なのだ。

「本多さんを、ご存知で」

「わたしの母です」

「はあ」と反射的に目を見張り、頷き、記憶との照合はそのあととなった。「彼女とはもう、まる十五年……しかしお子さんがあったというのは初耳です」

「ご存知ないはず。だってわたしはまだ十五になりません」

「そうは、見えない」

「母は先週死にました。それをお伝えするのも伺った目的のひとつです」

「そうですか」とわたしは頷いた。「亡くなりましたか」

「驚かれませんね。予感がありましたか」

黙って頷いた。

「奥、いいですか」と女——申告どおりとすればまだ少女である。しかしそうは見えない——は、わたしの背後に手を突き出した。

「構いませんが暗闇ですよ。それに冷房が切れているから蒸し暑い」

「いいですか？」

わたしは懐中電灯を握った。後ずさった。「開いてますから。見えますか」

自分でドアを開いて、女は管理室に入ってきた。わたしは、八年間ずっと空席になっている対《むか》いの机の前から、椅子を引いてきて、自分の椅子に近づけた。ドアの前に置いてある予備のスリッパを、女は履いていなかった。わざと履かなかったと見えるので、なにも云わなかった。女は意外に大柄だった。靴を脱いでもわたしと変わらぬ身長があり、ストッキングに包まれた足先は、前後に長かった。ずいぶん昔に死んでしまった祖母の足を、わたしは想起した。靴の先に指が当たって痛いといって、よく嘆いていたのである。

「どうぞ」とわたしは椅子に光を当てた。

女は鞄を床に置きながら、坐り、足を浅く組み合わせた。「膵臓癌が手遅れでした」

自分の椅子を彼女のほうに向けて、そっと、腰をおろす。懐中電灯は、そのあかりが近くの壁を照らす角度で膝の上に押さえこんだ。「彼女には、ずいぶんお世話になりました。わたしのことにお詳しいようだけど、それはお母さんから」

「最後は痛み止めのモルヒネで朦朧《もうろう》としていましたから、よくわたしをあなたのように思い込んで話しかけていました。作家さんだというのはわかりましたけど、ここにいらっしゃるというのを調べるには、ちょっと時間がかかりました。母の昔の同僚に、お名前を憶えてらした方があって」

「作家ではありません。大昔に一度、短篇を載せていただいただけです。それだけです」

「でも恋人だった」

「友人ですよ。ただ、とても深い信頼が、われわれのあいだには」

不意に、女は、焦れたようにかぶりを振って、

「ね、ちょっと」と云いながら、勢いよく椅子を寄せてきた。膝がぶつかりかけ、そのあと香水香が襲ってきた。わたしは臆し、懐中電灯を取り落とした。破砕音はなかったけれど、あかりは消えた。闇になった。女は汗ばんだ両手でわたしの片手を包んだ。女の表情は見て取れなかった。わたしの鼻は莫迦になりかけていて、もはや人間らしい体臭や口臭を嗅ぎとるでもないので、凡てが夢の出来事のようである。女はわたしの手を、強く自分の胸へと導いた。丈の短い上着の下に、綿ニットのワンピースを着こんでいる。下着をつけていないので、湿った生地越し、指先には肋骨の感触があり、たなごころには、柔らかく薄い乳房と、その上にうずくまった乳首とが感じられた。なにか確たる目的に沿っての行為だというのは明白だったから、わたしは腕の力を抜いて、なすがままに、ただ結果を評すればいいのだと思った。数秒、そうしてわたしの手を自分の胸に押しつけたあと、女はいったん力を抜いて、それから膝を広げた。わたしは女の顔を見た。見定めようと努めた。

「どちらも本物ですよ」

三つの手が下方に落ちた。女はわたしの手をワンピースの下に引き込もうと、腕に力を込めた。こちらの腕にも力が入ったが、女が硬く従わないので、彼女の椅子を手前に引き寄せるかたちになった。わたしは引き込まれた。生温かな空間のなか、指先が柔らかいものに接した。女はそちらにも下着をつけていなかった。初めから、わたしに触れさせるつもりで訪れたのだろう。女はなおのことわたしを引き寄せ、それが男性器であることをはっきりと確認させた。指の背が細い陰茎の下方を撫でて、まるく萎縮した陰嚢に達する。固く、またそれは小さく、小鳥の卵を連想させた。「生まれつきあるのは、もちろんこっちです。刃物はまだどこにも入れてませんが、定期的な注射でこういう軀になります。注射のために去年から仕事をしています。わたしはこういう生きものです。そしてあなたの子供です」

咄嗟に腕を縮めたが、この新しい本多恵子は、強情にわたしの手を引き寄せなおし、それをみずからの陰茎と重ねて脚で強く挟み込んだ。頼りない弾力に満たされていた器官に、芯が生じて、次第に角度を変じる。「伝えにきた、肝腎のことです」

「ありえない。だってわたしは生まれてこのかた、性交というものをおこなったことがないんだよ」ところどころかぶりを振って、そう簡明に説いた。まして（本来の、わたしのよく知る、懐かしい）本多恵子は冷感症だったのである。医学的にどう位置づけられる状態かは知らないが、そう彼女は称して、わたしとの肉体的接触をあらかじめ拒んでいた。

女（の顔をした生きもの）とわたしとを隔てる闇は、途方もなく濃密であった。眼や唇の存在こそ漠と感じられるもののそこに表情は読めず、そのようにしていると、いったい自分がどこに向かって話しているかもあやふやになってきた。

「本当に忘れてしまっているのか、忘れたことにしているのか、じゃあわたしはどうして生まれてきたんです。DNAを診てもらいましょうか。母の話から察するに、たぶん酔いに任せてでしょう、あなたは一度、約束を破って、彼女を暴力的に犯しましたね」

「莫迦な。記憶にないし……できるものか」

「どういう方法でか、それは、さあ、ともかくその出来事を境にふたりの交流は途絶えたと、すくなくとも母は記憶していましたよ。やがて自分のなかのわたしの存在に気づいたとき、なぜこの冷酷な世界に送りだそうと決めたのか、十五年前の母の気持ちなんか本当はわたしにはわかりません。きっと心のどこかであなたを崇拝してたんだろうと想像して、わたしもまた見知らぬあなたを、崇拝していたと思います、それはほんの子供の頃から。だから今ではとても落胆しています」

「神と比較されては、だれしも困りはてる」

「神ではなかった。ただのひとりの男性でしたよ、わたしのなかの父親は。だけど意識朦朧とした母との対話を重ねるうち、自分を規定してきたその存在が、どう自己規定して生きていた人物なのか、はっきりと見えはじめました。人格的にも性的にも孤高。それゆえ無力で、無害で、そして完全。完全な傍観者。永久に孵化《ふか》しない卵」

「いや、本気で完全を自負する人間などいない。完全を目指したことも、わたしはない」

「否応なく、そう演じてこられたと」

「演じてもいない。ただ、いわばわたしは、ずっと封ぜられがちだったんだ。生憎《あいにく》と世のなかから強くは求められない生まれつきだった。だから、仕方なく小さな世界で生きてきた。それに満足しているとはいえないが、状況に不満を抱き続けるのは苦手だ。それだけだよ。諦めてしまうんだよ」

嘲笑の鼻息。「なるほど、あなたが書いた小説ね」

「読んだのか」

「母が強く推したそうですね。完成度に感心しましたよ、最初は。でもふと綻びに気づきはじめて、読み返すと、どこもかしこも綻びだらけ。いまあの短篇にはもう、作者の完全性への妄執しか感じません。あなた、続かなかったはず」

「どういう話を書いたかも忘れてしまったよ」

「ただ、読んでいて発見がひとつ。見知らぬあなたに規定されて生きてきた自分は、鋳型《いがた》であるあなたの都合によって形づくられているのだと、わたしはずっと信じていました。はっきりと云いましょうか、わたしは、あなたの欲望を完全に満たすべく、自分を拵《こしら》えているつもりだったんです、何年もかけて。だけど、どうやら違ったわ。自分はただ、完全性に執着してきたんだと、今は気がついた。遺伝子ですよ」

「きみは……完全か。そうか」

「あなたは失敗したけれど――だってあなたは自分が終着点のつもりで、自分で凡てが閉じて、孤独に朽ち果てるのだと信じて、安穏としてきた、世の中をあざ笑いながら――でもわたしがここにいる。わたしはあなたの不完全性の徴《しるし》です。だからもう、凡庸に堕していいのよ。ただしわたしを崇拝しなさい。わたしを落胆させた罪は深い」

「わたしにはいかなる子供もないよ」

「忘却。それは陰惨な行為の証明じゃないかしら」

「きみの言葉をわたしは信じない」

「じつのところ二種類の欲望に引き裂かれて生きてきた俗物に過ぎないあなたの、わたしは、傷口から沁みだした膿です。悲しいかなそうでした。だから最も清冽な生きものに転化するほかなかったんだと思います。わたしがここを去ったあと、あなたは濁った精液を、わたしのまぼろしに向けて吐き出すでしょう。だからあなたは終着点ではない。わたしから先に連なるでもない。わたしの精液は、もうそろそろ透明ですから」

「なるほど。清冽だね」

「だからわたしは失敗しえませんよ。それにまだ若い。あなたが目指して生きてきたものの、完成形は、わたしです」

「その主張を否定する気はない。ただきみは今、矛盾をひとつ口にした。もう失敗しえないというのは、いまわの際にだけ可能な科白だよ」

脚の力が弛んだ。解放された右手をわたしはスラックスのポケットに収めた。ここで八年間、日報に異状なしと記し続けてきた手である。澹澹《たんたん》と、鳥獣の死骸を片づけ、ビールのアルミニウム缶を潰し、CDケースの蓋を開け閉めし、髭を撫で、目脂《めやに》を刮《こそ》ぎ、老いた陰茎を嬲《なぶ》ってきた、右手である。ポケットの布地越し、いま一度、わたしはわたしの陰茎を強く握ってみた。不確かで遠い痛みが、どこかに生じた。そうしているうちわたしの子供と名告った生きものは、椅子を廻してわたしから離れていった。遠く、ひょっとすると遥かな彼方に、その顔が蒼く浮遊して、消え、また現れては消える。声がする。

「——ませんから安心して。母がすこしだけ貯金を遺してくれました。わたしは仕事をして、もう独りで生きられます。母には親も兄弟も付き合いのある親戚もいませんでしたから天涯孤独のようなものですが、崇拝者に囲まれて暮らしています。だから、もしもあなたがわたしに会いたくなったら、名刺の番号に電話を。そして崇拝者のひとりだと名告ること」

ドアの音……靴音……わたしの世界の外殻が、また連続を断たれる音。無音が残った。いや無音ではない。公園にはもう長いこと雨音が満ちて、それだけはいつだって、この小さな世界の隅隅にまで浸透するのだ。とりわけ今夜は遮る機械音もなく、冷蔵庫や冷凍庫の中にまで染み込んでいることだろう。私見によれば、音程は上擦り気味のＧだ。ＧＧＧＧＧＧ。わたしは椅子から立ちあがると、手探りで、管理所に備え付けの小さな台所へ向かった。いまかたわらを去っていった生きものより、いくらか古い酒が、そこにまだ残っているはずだった。

カウンターの上に小さな影が滲んでいた。思いだして手を伸ばした。忘れ物である。プレイヤーだ。つかみあげるとそれは存外に軽かった。イヤフォンのコードを、手繰るのも面倒なので引きずったまま、台所で罎の影を見極めて反対の手を伸ばす。椅子への戻りがけ、ブラインドカーテンに近づいて外を覗いてみたけれど、外灯のあかりを失った夜の大公園はひたすら暗くて、音には降りしきっているはずの雨粒すら見当らない。なにもない。室内の奥へと視線を返した。ロッカーや冷凍庫やら大きな物が並んでいるはずのあたりにも、見えるのはただ闇の濃淡ばかりだった。それがわたしの世界の最果てだった。ふたたび椅子に慎重に腰をおろして机に向かい、モルトを罎からじかに含んだ。それを口の中で転がしながらプレイヤーを嬲っていたら、スイッチに触れたらしく指の間に、赤い小さな光が点った。床でイヤフォンが騒いだ。コードを手繰って、現れたイヤフォンのひとつを、耳に入れた。

口の中のモルトを飲みくだして、また罎をつかんだ。かつてどこかで耳にしたような単調なダンス音楽に過ぎないけれど、聴き進むうち、コード進行が《弦楽セレナーデ》のなかの、あの甘美な《悲歌《エレジー》》に酷似しているのに気づいた。もうひとくちモルトを呷って、反対の耳にもイヤフォンを挿し、目を閉じた。そのうち本当に《悲歌》を聴いているつもりで、架空の指揮棒で空気を掻いてみると、意外に調子がよく、もうすこし酒がまわってきたらば、これはもう、構成を切り刻んだ《悲歌》でしかない。どの部分が現れても、たとえとつぜん別の楽章が現れても、わたしは見事に振りきってみせるぞと、公園の大聴衆に向かい不敵にほほえむ。新しい主題が現れた。問いかけ。わたしは本多恵子を怒りまかせに犯したか？　記憶にない。まるでないのだ。いつか本多恵子自身に訊ねるほかない。リズムが乱れた。なにかが《悲歌》に混入している。左のイヤフォンを外して、それが電話の呼出し音であることを認めた。電話は、通じるのだ！　指揮棒の動きが止まらぬよう、一拍めで受話器をつかみ、二拍めで顔に運んだ。

「もしもし」と呼びかけてきたのは、聞き覚えのない男の声だったが、＊＊さん、＊＊さん、とわたしの俗名を連呼しているので、

「はい」と一言だけ返した。男は名前ではなく身分を云った。驚いたことに、わたしの住まいの管理者であるという。面識ありげな話し方だが、よく顔が思い泛ばない。そもそも本当にわたしにかかってきた電話なのか。はじめ連呼していたのは、本当にわたしの俗名か。

「――お母さんもね、お出にならないし、しょうがないんでね、こっちにかけさせていた

だきましたけどね、ちょっとお部屋がねえ、ちょっとね、なんだか外まで臭っててね、なんだかしょうがないんですよ。なにか腐ってるんじゃないかと思うんですけど、＊＊さんね、このところいっぺんでも帰られ――」あまり冷静ではないようで、云わんとしているところが汲みにくい。声質自体も聴き取りにくい。まだ続いている。遠く、近く、羽虫のように唸り続けて、わたしの指揮をいつまでも妨げる肚である。

「うるさい」と小声で返して、次の一拍で受話器を戻した。急いでイヤフォンを挿す。演奏に乱れはない。気持ちが落ち着いた。指揮棒を左手に持ち替え、右手で鏝を握った。夜はまだ長かろう。停電もまた長引きそうだが、プレイヤーの電池に残量があるかぎり、これといって不自由はない。わたしが必要とするものも愛するものも、ぜんぶここにある。いつしかわたしが酔い痴れ疲れはて居眠りを始めたとて、この優秀な楽団は一糸乱れぬ演奏を続けるだろう。

　詮ずるところ、また朝は来る。雨雲の細やかな乱反射がこの大公園になだれ込んで、きょうまでと同じ一日がやって来る。そのようにしていずれの時も崩れ落ち、日の終わりにはわたしの日報を、異状なし、の文字が飾るのだ。自分の心の内ばかりに気をとられて不安に潰されそうな思いにかられるのは、必ずいつもわたしが管理人たる立場を忘れ、公園との一体感を失っているさなかであるようだ。わたしの悲惨な末路を見届けんと、遠巻きな外界が息を凝らしているのがひしひしと感じられて、やりきれなくなる。しかし思えばわたしへの嘲笑は、きょうやきのうから始まったではなし、それに彼らが望むほど、わたしは脆弱な存在ではない。ここいらの鴉のような猛猛しさを、木立のざわめきほどの含み笑いに隠して生きてきたのがわたしだ。わたしはわたしを熟知している。易易とは降伏などしないし、死にもしない。またわたしは知っている、矮小《わいしょう》な世界においてこそ魂は逞しく蔓延《はびこ》ることを。理解しにくい存在を人は象徴に封じ込めたがるが、なんでわたしそのもの、死んだ卵であるものか。形への信仰にも、忠誠にも、わたしは無縁な魂である。ただ野良犬なみに忍耐づよく、溝鼠《どぶねずみ》なみに強靭で、またあるときは夜を跋扈《ばっこ》する兎の群れのように、無形の、自在な魂がわたしだ。生ける交響楽だ。

あした明るい雨の大公園は、他にあるかぎりの明るい雨の日と等しく、訪問者たちを湿った緑の異界へ導き、封ぜられた過去にさ迷わせて、途方に暮れさせることだろう。足許に満ちた熱《いき》れくさい空気は、生きたわたしの吐息だ。

解説

翻訳家・書評家　大森　望

『ペニス』は、津原文学の極北に位置する異形の傑作である。ミステリとしても、幻想文学としても、歴史的な達成であることはまちがいない。このハヤカワ文庫版をきっかけに、その事実がもっと広く知られることを祈りたい。

歴史を遡ってみると、講談社X文庫ティーンズハートの看板作家だった〝津原やすみ〟が、少女小説レーベルから飛び出し、筆名の表記を〝津原泰水〟に改めて、『妖都』で再デビューを果たしたのは一九九七年のこと。早くもその翌年、双葉社のミステリ専門月刊誌〈小説推理〉で連載が始まったのが『ペニス』だった。連載は、一九九八年十一月号から二〇〇一年二月号まで、世紀をまたいで足かけ四年に及び（中断期間あり）、二〇〇一年三月に双葉社で単行本化された。二一世紀は、まさに『ペニス』とともに始まったのである。

小説の主な舞台は、東京都武蔵野市と三鷹市にまたがる井ノ頭恩賜公園。一九一七年に開園した歴史の長い公園で、JR中央線と京王井の頭線が乗り入れる吉祥寺駅の南口から徒歩五分というたいへん便利な立地から、都民に広く親しまれ、花見の名所としても知られている。広大なその敷地には、同じ津原泰水の『バレエ・メカニック』に〝井の頭動物園〟という名前で登場する井の頭自然文化園をはじめ、多くの施設がある。〝カップルで乗ると別れる〟という都市伝説で有名なボート乗り場、野外ステージ、野球場やテニスコートなどのスポーツ施設、三鷹の森ジブリ美術館（三鷹市立アニメーション美術館）、井の頭弁財天……。

語り手の〝わたし〟は、公園管理所の分室（正式名称は、東京都建設局公園緑地部東京都西部公園緑地事務所井ノ頭恩賜公園管理所玉川上水前分室）に勤務する五十歳の公務員。あるとき、彼は、分室の使われていないロッカーの中から、小学生くらいの少年の屍体を発見する。不在時はつねに施錠されている分室のロッカーに、遺体はいつどうやって運び込まれたのか？　この（本格ミステリ的に言えば）〝不可能状況下の死体出現事件〟を核に、『ペニス』は動きはじめる。単行本刊行時、帯裏には、以下のような著者の言葉が記されていた。

冷凍庫のなかの子供の屍体を見つめる初老の男。ふと脳裡に泛んだこのひとつの情景が、物語を隅隅に至るまで確定してしまいました。男はインポテンツであらねばなりません、好きな音楽はチャイコフスキーであらねばなりません。男は公務員です。おそらくは大公園の管理人です。そして屍体である子供の正体を、彼はさっぱりとわからずにいます。――さまざまな時制を飛び交いながら、物語は多元的に収束していきます。

果てしない推理小説でもあるし、もの悲しいポルノグラフィでもあります。

この言葉を額面どおりに受けとるなら、『ペニス』は推理小説の極北であり、同時にポルノグラフィの極北でもある。かつてこんな推理小説は存在しなかったし、こんなポルノグラフィも存在しなかった。いままで存在しなかったものを存在せしめようという若々しい野心と情熱がみなぎる小説だが、にもかかわらず、あえてインポテンツの中年公務員を主人公に選ぶひねくれっぷりが津原泰水らしいと言うべきか。

〝津原泰水〟のデビュー作にあたる前述の『妖都』は、本書よりひと足早く、二〇一九年十一月にハヤカワ文庫から再刊されている。その直後、朝日新聞デジタルの読書サイト「好書好日」に掲載されたインタビュー（聞き手・朝宮運河）で、著者は『妖都』について、〈書いているうちに少女小説時代に抑えつけられていたものが噴出してきて（笑）、既存のジャンルから逸脱するような作品になりましたね〉と語っている。

それにならえば、あらかじめ〝逸脱〟を意図して書かれた最初の長篇が『ペニス』だったという言いかたもできるだろう。そもそも題名からして、少女小説ではぜったいにありえない（それどころか、一般向けのエンターテインメントとしてもいろいろと問題が大きい）。こんな題名がついているおかげで、〝日本の幻想文学史に屹立する傑作〟とか書くことが不可能になってしまう——という愚痴はともかく、商業的にもさまざまな悲哀を味わうことになったようだが、作中でも、この〝逸脱〟は強く意識されている。見てのとおり、『ペニス』は、ルールから〝逸脱〟したと語り手が咎められる場面（後述）で始まり、中盤では、小説における〝逸脱〟をめぐる過去の議論が回想される。同人仲間であるNが書いた小説を読んで、〈あるていど型に嵌って書くことも大切なのではないか（中略）。型が明示されていなければ、読者の目には逸脱も逸脱として映らないのではないかと〉述べる語り手に対し、Nは、「逸脱、という意識はなかったな」「作品を認めてほしいとは思っているけど、逸脱をわかってほしいというふうには思ってないよ。だいいちぼくは、べつに逸脱してるとは思ってないわけだから」と答える。議論をつづけるうち、やがて語り手は、〈自分の主張の根幹を成しているのは市場原理だと思いあた〉る。これはもちろん、『ペニス』自身をめぐる議論でもある。遵守か、逸脱か——ルール（ジャンル小説の型）を守るべきか、それとも破るべきか。主人公同様、『ペニス』自身も、両極のあいだを揺れ動く。

　前出のインタビューで、著者は、『妖都』『ペニス』『少年トレチア』と続く〝津原泰水〟初期長篇について、〈お手本にすべき作品がなかったので、書くのが本当に大変でしたね。完成したらどうなるか、自分でも分からなかった。ここまで先行作に寄りかからずに書かれた作品は、世界でもそうないと思います。当時はいつ死んでも悔いがないように、その日思いついたことはすべて書き留めていました。このシーンは翌日に回そうという計画的な書き方はしていないんです。今とは違うやり方ですが、結果として異様に密度の濃い作品になっています。デビュー当時の津原泰水が何をやろうとしていたのか、この三冊を読んでいただければ分かるんじゃないでしょうか〉と述べているが、その三冊の中で、分量的にも密度的にも突出しているのがこの『ペニス』だろう。もう二十年近く経つが、本書を初めて読んだときの衝撃は忘れがたい。こんな長篇が〈小説推理〉に足かけ四年も連載されていたなんて……。書いた津原泰水も偉いが、それを受け入れた担当編集者も、版元の双葉社も偉かった。日本の小説業界もまだまだ捨てたもんじゃない。

　――などと書いているとものすごくコワモテのようだが、すでにお読みになったかたはおわかりのとおり、『ペニス』はべつだん難解な小説ではない。著者の言葉どおり、少年の屍体をめぐる〈あるていど型に嵌った〉ミステリであると同時に、ペーソスあふれる〝もの悲しいポルノグラフィ〟の側面も強調される。

　その点は、小説冒頭から明らかだ。なにしろ語り手は、仕事をさぼって吉祥寺のピンサロに入り、サービスしている最中の女の子の頭をうっかり上から撫でたところ、それが違反行為（サービス中の女の子を押さえつけること）だと見なされて店員に手首をつかまれ、「お客さま、ちょっと事務所のほうへ」と言われてしまう（そして、〈また逸脱してしまった〉と反省する）のである。

この生活感あふれる（？）エピソードが〝もの悲しい〟のは、語り手が性的不能者であると明かされているからでもあるし、五十歳の〝わたし〟のしょぼくれた語りに、ペダントリーと内省と哲学が絶妙に配分されているからでもある。隙あらば過去を回想する（現在と過去をシームレスに行き来する）この語りは、『ペニス』の大きな特徴のひとつ。

〝わたし〟はこのときも、連続した自分だと実感できる若さの下限は三十五歳だという説を唐突に唱えはじめる。いわく、十五年以上過去の自分は自分だと思えない。たとえば、二十年前の自分（三十歳のわたし）が〈本当に今の自分と連続した存在であったことを確認するためには、いったん四十歳あたりの自分にキャンプを張って、そこからさらに過去方向を双眼鏡で眺めなくてはならない〉と主張し、〈もしレンズ越しになだらかな連なりだけが観察できたなら、三十歳から五十歳までのわたしは連続体であると証明されることになるが、こうなるともう実感としての連続ではない。感覚的には断絶に等しい〉と持論を展開する。この妙な理屈っぽさが絶妙のタイミングで場違いに披露されることが独特のおかしみを生む。

しかし、ストーリー上は意味のない無駄話の連続かと思っていると、ひとつひとつのディテールが小説全体にとって必要な部品として有機的にからみあい、機能しているので油断できない。冒頭のピンサロの場面で言えば、店の壁に貼ってあるルールに始まり、入口のポラロイド写真を見て指名したのにどう見ても別人としか思えない女の子がやってきたこと、その子の源氏名がメグで、乳暈が異常なほど大きいこと、〝わたし〟が器質的インポテンツではなく、機能的インポテンツ（射精そのものは可能）であること、チャイコフスキーにまつわる〝わたし〟の蘊蓄と、その後の店長とのやりとり……それらすべてが、ミステリ的な意味でも文学的な意味でも伏線になっている。

二読三読すれば、この小説がいかに精緻に組み立てられているかがわかるだろう。ストーリーを追うのではなく、くすくす笑ったり感心したりしながら細部をじっくりのんびり楽しむうちに、それらが（性交できないペニスという〝不能の中心〟の周囲に）見たこともないような物語の庭園をかたちづくってゆく。語りに入り込む妄想がどんどんふくらみ、現実と妄想、ミステリと幻想小説の境界が果てしなく曖昧になりはじめる。それでも最後は、ミステリとしてきちんと決着するが、そこにはミステリの枠をはみ出す過剰な何かが詰め込まれ、ありえないほど大きな広がりを感じさせる。その意味では、小栗虫太郎『黒死館殺人事件』、夢野久作『ドグラ・マグラ』、中井英夫『虚無への供物』、竹本健治『匣の中の失楽』と続く日本のアンチミステリ四大奇書の系譜に本書を位置づけることも可能だろう。

単行本の初刊から十九年、双葉文庫版から十六年の歳月を経て、津原泰水最大の〝奇書〟が復活し、ようやく正当な評価が得られるチャンスがめぐってきたことを喜びたい。

二〇一九年十二月

本書は、二〇〇一年三月に双葉社より単行本で、二〇〇四年三月に双葉文庫より刊行された作品を、再文庫化したものです。

著者略歴　1964年広島県生，青山学院大学卒，作家　著書『妖都』『ヒッキーヒッキーシェイク』『バレエ・メカニック』（以上、早川書房刊）『薫屋家の崩壊』『少年トレチア』『ルピナス探偵団の当惑』『綺譚集』『赤い竪琴』『ブラバン』『たまさか人形堂物語』『11』他多数

HM=Hayakawa Mystery
SF=Science Fiction
JA=Japanese Author
NV=Novel
NF=Nonfiction
FT=Fantasy

ペニス

〈JA1413〉

二〇二〇年一月　二十　日　印刷
二〇二〇年一月二十五日　発行
（定価はカバーに表示してあります）

著　者　津《つ》原《はら》泰《やす》水《み》
発行者　早川　浩
印刷者　入澤誠一郎
発行所　株式会社　早川書房
郵便番号　一〇一 - 〇〇四六
東京都千代田区神田多町二ノ二
電話　〇三 - 三二五二 - 三一一一
振替　〇〇一六〇 - 三 - 四七七九九
https://www.hayakawa-online.co.jp

乱丁・落丁本は小社制作部宛お送り下さい。
送料小社負担にてお取りかえいたします。

印刷・星野精版印刷株式会社　製本・株式会社川島製本所
©2020 Yasumi Tsuhara　Printed and bound in Japan
ISBN978-4-15-031413-2 C0193

本書のコピー、スキャン、デジタル化等の無断複製は著作権法上の例外を除き禁じられています。

本書は活字が大きく読みやすい〈トールサイズ〉です。